묵점 기세춘 선생과 함께하는

동양고전
산책

2

묵점 기세춘 선생과 함께하는

동양고전 산책 2

초판 1쇄 발행_ 2006년 2월 20일
초판 3쇄 발행_ 2015년 8월 20일

글쓴이_ 기세춘

펴낸곳_ 바이북스
펴낸이_ 윤옥초

책임편집_ 정세희, 임종민
편집팀_ 도은숙, 김태윤
표지디자인_ 최승협
책임디자인_ 황성실
디자인팀_ 이정은, 이민영, 김미란

ISBN_ 89-957444-4-8 04820
        89-957444-2-1 (전2권)

등록_ 2005. 07. 12 | 제313-2005-000148호

서울시 영등포구 선유로 49길 23 아이에스비즈타워2차 1005호
편집 02)333-0812 | 마케팅 02)333-9918 | 팩스 02)333-9960
이메일 postmaster@bybooks.co.kr
홈페이지 www.bybooks.co.kr

책으로 아름다운 세상을 만듭니다. - 바이북스

묵점 기세춘 선생과 함께하는

동양고전 산책

2

기세춘 지음

바이북스
ByBooks

[이 책은 처세훈이나 도덕교과서가 아니다.
새로움은 이단의 괴이함이 아니라 정통의 복원이다.]

필자의 변명

　누군지는 모르지만 이 책을 집어든 당신이 아름답다. 문학도일까?
사학도일까? 철학도일까? 문사철이 다 죽었다고 하는데 당신은 아직
도 인문학을 사랑하고 있으니 말이다.
　『장자』에 이런 우화가 있다. 어떤 이가 고담준론이 밥 먹여주나 한
탄하며 기술을 배우기로 했다. 그는 가산을 탕진하면서 수년 동안 정
진하여 기술자가 되었다. 그런데 그가 배운 것은 공교롭게도 용을 잡
는 기술이었다. 그러니 소ㆍ돼지나 닭 잡는 기술이면 몰라도 쓸모가
없었다. 지금 생각하면 용 잡는 기술이라면 반도체 생산기술이나 배
아줄기세포 복제기술 정도로 우대받을 수도 있었을 것이다. 과학사가
인 쿤(T. S. Kuhn, 1922~1996)은 과학의 발전이 패러다임의 전환에서
이루어진다고 했다. 이런 점에서 문사철은 과학과 밀접하게 관련되어
있다. 인문학의 중요성에 대해서는 각설하고 다시 한 번 독자 여러분
을 환영한다.

여러분도 그렇겠지만 나에게도 같은 땅에서 같은 시대를 살아오면
서 마음으로 사모하며 스승으로 존경하는 어르신들이 계시다. 더구나
그분들을 가까이서 뵙고 가르침을 받을 수 있었던 것은 특별한 행운
이었다. 노촌 이구영 선생님, 늦봄 문익환 목사님, 도원 서영훈 선생
님이 그분들이다. 노촌 선생님은 『중국역대시가선집』을 내도록 도와
주셨고, 늦봄 선생님은 『예수와 묵자』를 공저로 출간하는 영광을 주
셨다. 도원 선생님은 광복 직후 신생활운동을 주도한 계몽운동 일세
대이시고 흥사단 일을 오랫동안 맡아오셨기에 우리 4·19세대에게는
존경을 받아오신 분이다. 한학에도 조예가 깊으신 선생께서는 졸저
『동양사상 새로 읽기』 시리즈를 읽으시고 격려해 주셨으며 월간 《우
리 길벗》을 창간하시면서 '동양고전 산책' 이라는 꼭지로 연재토록 배
려해 주셨다. 이 책은 《우리 길벗》에 연재된 글들을 중심으로 《신동
아》 등 여타 잡지에 기고한 글들을 정리하고 보충한 것이다.

아마 나는 서당교육과 근대교육을 아울러 받은 마지막 세대일 것이
다. 서당에서 귀에 박히도록 들어 지금까지도 나를 규제하는 말이 있
다면 '너는 양반의 후손으로 소인배가 되지 말고 군자君子가 되어야
한다' 는 말이다. 2,400년 전 순자는 전국시대라는 난세를 살아오면서
영욕의 갈림에 대한 생각을 말했는데 서당 훈장님의 말씀과 판박이처
럼 같다. 박학하면서도 곤궁한 것은 방자하기 때문이며, 맑고 싶으나
더욱 흐려지는 것은 입 때문이며, 변론을 하지만 설복되지 않는 것은
논쟁 때문이며, 바르게 세우려고 하지만 드러나지 않는 것은 남을 이
기려 하기 때문이며, 신실하지만 공경받지 못하는 것은 독단을 좋아
하기 때문이니, 이것은 소인小人이 힘쓰는 일로 군자는 하지 않는 일
이라고……

이 말대로라면 나는 소인이 틀림없다. 너무 독선적이고 방자하며, 남을 비판하는 험구가이고, 남들이 가지 않는 길을 고집했고, 관장官長(군자)으로 출세하지 못하고 곤궁하게 살고 있으니 순자가 말한 소인의 조건에 딱 들어맞는 것 같다. 그런 의미에서 나에 대한 서당훈육은 실패한 셈이다.

원래 '군자'는 관장이 된 대인大人을 가리키는 말로 노심자勞心者를 대표하고, 소인은 노력자勞力者인 민民을 말하는 것이었다. 그런데 공자가 인정仁政과 균분均分을 지향하는 왕도주의 왕당파를 군자유君子儒로, 부국강병富國强兵을 지향하는 패도주의 관료파를 소인유小人儒로 구분하여 노선투쟁을 벌였던 것이다.

하지만 순자는 공자와 달리 소인유를 지지했으므로 공자의 군자관을 바꾸어 영화로운 지도자는 군자요, 욕된 지도자는 소인이라고 말했으며, 이러한 기풍이 이사·한비 같은 마키아벨리즘적인 제자를 배출한 것이다.

이처럼 고전은 짧은 훈화에도 철학, 정치·경제사상 등의 가치관이 터잡고 있다. 그러므로 소양이 부족하면 수박을 겉으로 핥고 호초를 통째로 삼키는 꼴이 되어 매운 맛인지 단 맛인지 알 턱이 없다. 그 정도는 못해도 고전 읽기는 우선 정명正名이 기초가 된다. 방금 인용한 순자의 글도 군자와 소인이란 명칭의 바른 뜻을 모르고는 이해할 수 없다. 특히『논어』의 주인공들인 인人-민民, 군자-소인, 대인-성인 등 계급적 명칭은 후대로 갈수록 대체로 그 뜻이 변화하며 확장된다는 사실을 놓치면 고전의 본뜻을 바로 읽어낼 수 없다. 또한 어떤 글자가 아예 뜻이 바뀌어버린 경우도 있다. 예컨대 '사寺'라는 글자가 지금은 '절집'을 의미하지만 후한後漢 이전에는 호텔이나 관청을 뜻하는 글자였다. 불행히도 우리의 고전 번역은 2,500년 전 글자를 오늘날의 뜻으로 해석하는 오류를 범함으로써 왜곡 변질된 것이 거의 대부분이다.

어떻든 나는 공자의 군자관을 수긍하지 않는다. 공자가 말하는 군자유의 균분均分 경리輕利도 중요하고, 소인유의 부국富國 중리重利도 유용하기 때문이다. 더욱이 순자의 군자관은 수용할 수 없다. 순자가 말하는 군자의 처신술은 정치가나 관료에게 필요한 것일 뿐 민중에게는 해당되지 않으며, 게다가 권력에 초연한 학자에게는 아세阿世를 부추기는 말로 들리기 때문이다. 학자의 의무인 창신創新을 위해서는 선인先人을 넘어야 하므로 비판과 논쟁, 방자하다는 비난을 감수해야 한다.

무엇보다 공자나 순자는 모두 윗사람의 입장에서 말할 뿐 아랫사람들을 대변하지 않는다. 윗사람은 효율적으로 지배할 방도를 생각하고, 가진 것도 없고 잃을 것도 없는 아랫사람들은 해방과 저항을 생각하기 마련이다. 나의 글쓰기는 아랫사람들의 해방을 위한 것이므로 비판적이어야 마땅하다고 믿는다.

물론 비판은 상하좌우에 똑같이 적용되어야 한다. 따라서 어느 쪽도 편들어 주지 않으므로 더욱 어렵고 외롭다. 남들의 무지를 일깨운 소크라테스는 오히려 민주당파의 고발로 사형을 받았고, 장자는 정언正言으로는 말할 수 없었기에 광인의 입을 빌린 우언寓言으로 선인들을 비판했다. 다만 노동자 출신의 사회운동가였던 묵자는 악은 밝혀져야 한다는 신념으로 비판을 옹호하고 직설적으로 공자를 비난했다. 하지만 훗날, 법고法古하면서 창신하려던 선비들의 글쓰기조차도 숨어서 읽고 감추라는 뜻으로 '잠서潛書' 또는 '장서藏書', 읽고 불태워버리라고 '분서焚書', 훗날 보라고 '유서遺書', 잘 숨겨두라고 '부부고覆瓿藁'라 했으니 비판이란 이처럼 어려운 것이다.

오늘날 소인이란 본래의 의미에서 크게 변했다. 즉 소아를 위하여 대아를 버리고 물욕과 출세욕에 매달리는 속물근성의, 이른바 소인배를 뜻한다. 그런 의미에서 본다면 나는 대의를 위해 자기를 희생했다고 자부할 수는 없으나 적어도 자기를 위해 대의를 굽히는 삶을 살지 않았고, 명성을 위해 시대에 영합하거나 대중을 추수하지 않았으니 최소한 선비의 삶에서 일탈하지는 않았다고 믿고 싶다. 그런 점에서는 내가 받은 서당교육은 일면 성공한 셈이다.

나는 진실로 서당공부를 할 때부터, 대학을 다니고 재야운동을 하고 글을 쓴답시고 은둔의 삶을 살아오는 오늘까지 한 번도 출세나 영화를 바란 적이 없다. 오히려 자기를 버리는 삶이 선비의 길이라는 조선 선비들의 신념을 존경해 왔다. 난세에 소신을 굽히지 않는 삶이 얼마나 고난으로 가득한지는 수많은 고고한 선비들은 물론이거니와 직접 조부와 선친을 통해 통감했으나 불초하지만 그 길에서 차마 멀리 달아날 수는 없었다. 그렇지만 칠십 평생에 가난하고 외로운 삶을 후회한 적은 없다.

이처럼 최소한의 선비로 산다는 것도 나에게는 외로운 길이었다. 외로운 길은 남들이 가지 않는 길이라서 쓸쓸하고, 남들이 몰라주어서 서럽고, 가난하고 배고파서 괴롭다. 깊은 산속 암자에서 장좌불와 면벽십년의 수행자는 얼마나 외로울까? 속된 나로서는 짐작도 가지 않는다. 그들은 정작 자신의 깨달음과 중생 구원의 비원이 있어 희열에 잠기는 것일까? 그러나 나는 희열은커녕 항상 고뇌에서 벗어날 수 없었다.

속세에서 소요하는 자유인으로 살고자 했던 장자는 "내가 세상을 잊기는 쉬우나 세상이 나를 잊게 하기는 어렵다"고 토로했다. 그러나 나는 세상을 잊기는커녕 세상살이를 항상 주시했고, 세상이 나를 잊게 하기는커녕 세상이 나를 부르고 질책하는 소리를 항상 경청하려 했다. 그렇다면 나는 깨달음이나 도인과는 거리가 먼 속인俗人일 것이다.

나의 글쓰기도 마찬가지다. 그동안 10여 권의 책을 냈지만 도인道人인 척, 깨달은 척 말재주를 부리려고 하지는 않는다. 더구나 성공하지도 못한 주제에 무슨 처세술과 교훈담을 늘어놓겠는가? 오직 과거와 현재의 역사적 진실에 정직하고 민족과 민중을 사랑하기에 봉건성을 지나치지 않고 논쟁 비판하며 새로운 해석을 제시하려고 애썼다. 《우리 길벗》에 연재한 글들은 바로 그 흔적들이다.

나는 가끔 울고 싶을 때가 있다. 연암 박지원 선생은 요동 벌을 바라보며 참으로 울 만한 자리라고 말했다. 그 울음은 태아가 태중에 갇혀 있다가 세상에 나오면서 내는 목소리라고 했다. 그러므로 연암의 울음은 통쾌한 해방의 울음이었을 것이다. 그러나 나는 선인들의 글을 읽다가 감동하여 눈물을 흘릴 때도 있지만, 그보다는 갑갑해서 울고 싶은 때가 더 많았다. 우리가 선인들의 글을 읽는 것은 그분들의 깊은 사색과 고민, 그리고 그 속에서 들리는 울음소리에 동참하고자 하는 것이다. 그러기에 선인들과 스승들은 우리를 갇힘에서 풀어주고 위로가 될 수 있는 것이다.

이 책에는 2,000년 전 동양의 성인들로부터 근세의 사상가들까지 수많은 울음꾼이 등장한다. 그들은 저마다 갇힘에서 풀려나 소리치는 것이다. 독자 여러분이 이 책에서 그들을 만나 함께 울기를 바란다. 그래서 갇혀 있는 그 무엇에서 풀려나 소리쳐야 한다.

지금껏 나의 외로운 글쓰기를 격려해 주신 애독자들에게 머리 숙여 감사드린다. 진정한 한국인이 되기 위해서는 동양사상을 바로 알아야

함을 여러분도 이미 잘 알고 있을 터이다. 여러분의 주변 사람들에게
도 권해 주길 바란다. 그리고 독자와 더불어, 이 책을 출간해 주신 바
이북스 대표 윤옥초 님과, 나와 공감하며 원고에 숨을 불어넣는 작업
을 함께 해나간 이혜경 작가와, 6개월 가까운 시간 동안 까다로운 일
임에도 불구하고 성실히 해준 바이북스 식구들께 감사드린다. 특히
정세희 씨와 임종민 씨는 원고를 온전하게 요해了解하지 못하면 할 수
없는 꼼꼼한 교정으로 이만한 모습의 책으로 만들어주어 특별히 감사
드린다.

　끝으로 외람되고 불초한 이 글이 스승님께 누가 되지 않기를 바라
며 독자 제현의 거침없는 비판을 학수고대한다.

60번째 광복절에 진정한 해방을 기원하며

기세춘奇世春

목차

제4부

경제사상

2,500년 전 묵자는 인성人性도 물들여지는 것임을 간파하고 재화의 소비형태가 정치·도덕·문화 등의 가치를 규정한다고 보았다.

독자들은 생산관계가 상부구조를 규정한다는 마르크스의 토대론을 기억할 것이다. 또한 "우리가 만든 도구가 우리를 만든다" 혹은 "미디어가 곧 메시지(message)"라는 마셜 매클루언(H. M. McLuhan, 1911~1980)의 명제도 비슷한 맥락이다.

어떻든 그 어떤 사상도 역사의 산물임을 부인하지 못할 것이다. 특히 동양고전은 오늘날과 같은 산업사회가 아니라 농경사회를 그 기반으로 한다는 점을 유의해야 한다. 동양의 근대 산업화가 늦어진 원인으로 지목되는 절약節約과 경리輕利의 덕목도 실은 농업사회의 지속을 위해 불가결한 덕목이었을 뿐, 경제를 경시했던 것은 결코 아니다.

더욱이 불경을 제외한다면 동양경전은 모두가 경세치학經世治學이므로 인민들의 의식주를 제일의 문제로 설정한다.

그중에서도 특히 묵자는 인류 사상 최초로 '가격론'을 말한 경제학자였다. 그는 평등하게 사랑하고(兼愛) 서로에게 이롭게 하는 것(交利)이 하느님의 뜻이라고 말했다.

공자는 부국강병주의를 패도로 규정하고 반대했으므로 관자의 중리론重利論을 반대하고 중의경리론重義輕利論(의義를 중히 여기고 이利를 가볍게 본다)을 주장했으나, 그렇다고 부富와 이利를 부정한 것은 아니었다.

유가들이 군자유君子儒와 소인유小人儒로 분열되어 피나는 노선투쟁을 벌이고 급기야 공자가 대부 소정묘少正卯를 법살한 사건은 경제정책의 대립에서 비롯된 것이었다.

군자유는 '재물이 흩어져야 인민이 모인다'는 균분均分론을 폈고, 소인유는 '창고가 차야 예절을 안다'는 부국주의를 주장하였다. 그러므로 그들의 경제사상을 모르면 그들의 도덕론도 제대로 알 수 없다. 그런데 우리 학자들의 경전 번역은 시대적 고민을 무시하고 시대를 초월한 성인의 교훈담으로만 몰고 간다. 그런 탓에 모든 경전들이 한결같이 재물財物을 돌같이 보라는 어느 수도사의 말과 한 치도 다름이 없다.

이제 이 글을 통해 동양의 경제사상을 제대로 살펴보기 바란다.

20 관자와 묵자의 증리사상

서론

우리는 흔히 경제사상은 서양이 앞서고 동양은 무지했다고 생각하기 쉽다. 그러나 그렇지 않다. 서양이 앞서기 시작한 것은 200여 년 전 18세기 산업혁명 이후부터였다. 동서양을 막론하고 고대의 정치는 먹고사는 것을 가장 중요한 일로 여겼으며, 심지어 제사까지도 풍년을 기원하는 것을 목적으로 시작되었다.

우리가 잘 알고 있는 '오행五行'도 원래는 경제를 말한 것이다. 즉, 불로 나무를 태워 화전을 일구고, 흙에 물을 대고, 쇠로 짐승을 잡는 생활수단을 오행 또는 오사五事라 한 것이다. 그래서 오행을 다스리는 관부와 곡식을 담당하는 관부를 합해 육부六府라고 말했던 것이다. 『서경』「우서虞書」순전舜典에는 기원전 2000년경의 임금인 순舜이 9명의 장관을 임명한 기록이 있는데, 그중 4명이 경제장관이었다. 물과 흙을 다스리는 '사공司空'과 토목공사를 담당하는 '공공共工'은 지금의 건설교통부 장관에 해당되고 곡식과 농사를 담당하는 '후직后稷'은 지금의 농림부장관에 해당되며, 산택의 나무와 짐승을 담당하는 '우虞'는 지금의 산림청장에 해당될 것이다.

담헌서湛軒書/내집內集/권4/의산문답毉山問答

순임금·우임금 때는	實翁曰 虞夏言六府
수·화·금·목·토·곡을 '육부六府'라 말했고,	水火金木土穀是也
『주역』에서 말한 팔상八象이란	易言八象
천·지·수·화·뇌·풍·산·택의 팔괘를 뜻한다.	天地水火雷風山澤是也
『서경』「주서」홍범洪範편에서 말한 오행五行이란	洪範言五行
수·화·금·목·토를 의미한다.	水火金木土 是也
불씨佛氏는 지·수·화·풍을 사대四大라 말했다.	佛氏言四大地水火風 是也.
이처럼 고인들이 때에 알맞게	古人隨時立言
만물의 총명總名을 지어냈을 뿐	以作萬物之總名
여기에 한 개라도 덜고 줄일 수 없다고 말한 것은 아니다.	非謂不可加一 不可減一.

북학의北學議/오행골진지의五行汨陳之義

기자箕子가 지은 홍범편에	箕子之洪範曰
"오행을 잃어버렸다"는 말이 있다.	汨[1])陳[2]) 其五行.

---

1) 汨(골)=喪也.
2) 陳(진)=棄也.

오행이란 백성이 그것으로 생활을 영위하는 물자物資이므로 날마다 사용함에 없어서는 안 되는 물건이다. 그러므로 오행과 곡식을 담당하는 부서를 육부라 한다.

五行者 民所資以爲生 日用而不可闕者. 故水火金木土穀 曰六府.

서양의 화폐는 리디아(Lydia)에서 기원전 700년 직전에 발명되었다고 한다. 그러나 동양에서는 서양보다 1,000여 년 앞서 상商나라(BC 1766~1400 이전) 상인들의 상업商業이 성행하면서 화폐를 발명하여 사용하였다. 처음에는 조개(貝)를 사용했는데 조개화폐에 대한 기록은 청동기가 사용되던 서주西周 말기까지도 보인다. 즉, '거백환遽伯還'이라는 청동 제기祭器를 만들고 그 명문에 "조개 14붕의 거금을 들여 만들었다"고 기록하고 있다. 또 기원전 992년에는 오형五刑을 금전으로 대속代贖하는 여형呂刑이 공포되었다. 청동제 화폐는 기원전 8세기경 동주東周 때에 만든 듯하다.

이처럼 옛날부터 중국인은 경제에 밝은 민족이었다. 그러나 춘추전국시대라는 난세를 맞아 유사儒士계급이 득세하면서 경제를 담당하는 농공상農工商이 천대를 받았다. 특히 유사들은 농사만을 중시하고 비교적 진보적인 공상工商계층을 천시했다. 이것이 동양의 근대화가 늦어진 원인이라고 보아야 할 것이다.

서경書經/주서周書/주고酒誥(BC 1112)

매(紂의 도읍지) 땅의 사람들이여!

妹土

너희 재상宰相들의 뜻을 따라 곡식 가꾸는 일에 힘쓰고,   嗣爾股肱 純其藝黍稷奔走
부지런히 아비와 어른을 섬기고,   事厥考厥長
수레와 소를 끌고 멀리 장사를 나가라.   肇[3]牽車牛遠服賈.

관자의 중리사상

고대 사상가 중에서 경제를 중시한 사람은 관자管子일 것이다. 그는 제齊나라 재상으로서 국가 목표를 부국부민富國富民에 둔 경세가經世家였으며, 제나라가 해변에 위치한 이점을 살려 무역으로 재물을 축적하여 부국강병을 이루어 환공을 패자霸者로 만든 탁월한 정치가였다.

사기史記/관안열전管晏列傳

관중은 제나라의 재상이 되어 정치를 맡자,   管仲旣任政相齊
제나라가 해변에 위치한 이점을 살려,   以區區之齊在海濱
재화 유통업으로 재물을 축적하여   通貨積財
나라를 부강하게 하고 병사를 강하게 했다.   富國强兵.
그리고 세속과 더불어 좋아하고 싫어했다.   與俗同好惡.

춘추시대에 공자가 인정仁政과 균분均分을 주장하면서 대국

---

3) 肇(조)=謀也.

의 부국강병주의를 비난했는데 그 패도霸道의 대표자는 관자
였다. "재물이 모이면 백성이 흩어지고, 재물이 흩어지면 백성
이 모인다"는『대학』의 말은 균분 경리輕利주의의 대표적 명언
이고, "창고가 차야 예절을 알고, 의식이 족해야 영욕을 안다"
는 관자의 말은 부국 중리重利주의의 대표적 명언이다. 지금까
지 우리 시골의 할아버지들조차 관자의 이 말을 읊조리고 있
으니 과연 명언 중의 명언이라 할 것이다.

관자管子/권23/경중輕重 갑甲

관자가 말했다.	管子日
"나라를 다스리고 봉토를 받은 자는 백성을 기르는 목자이니	今爲國 有地牧民者
계절에 따라 생산에 힘쓰며 곡식 창고를 지킨다.	務在四時 守在倉廩.
나라에 재물이 많으면 먼 곳 백성들이 찾아올 것이니	國多財則 遠者來
국토의 개간사업을 일으켜 백성이 머물러 살도록 해야 한다.	地辟擧則民留處.
창고가 실해야 예절을 알고	倉廩實則知禮節
의식이 족해야 영욕을 안다."	衣食足則知榮辱.

관자管子/권4/추언樞言

잠언에 이르기를 민民을 사랑하고	樞言日 愛之
이利롭게 하고 도움을 주고 편안케 하라고 했다.	利之 益之 安之.
이 네 가지는 도의 발현이니,	四者道之出
제왕이 이것을 이용하면 천하는 다스려질 것이다.	帝王者用之 而天下治矣.

관자管子/권1/승마乘馬

'토지' 는 정치의 근본이다.

'조정' 은 의義를 다스린다.

'시장' 은 재화의 수급을 조절하는 기준이다.

'화폐' 는 재화의 이용후생을 재는 수량이다.

제후의 토지를 전차 1,000대를 낼 땅으로 정한 것은

'군비를 제한' 하기 위한 것이다.

이런 다섯 가지 정치원리를 안다면

다스림에 도가 있다 할 것이다.

地者政之本也.

朝者義之理也.

市者貨之準也.

黃金者用之量也.

諸侯之地千乘之國

器之制也.⁴⁾

五者其理⁵⁾可知也

爲之有道.

관자管子/권1/권수權修

땅이 재화를 내는 것은 때가 있고,

민이 노동을 하는 것은 피로가 쌓이고,

대인과 군주의 욕심은 끝이 없는 것이다.

그러므로 민에게서 거두어들이는 것에 법도가 있고,

민을 부림에 그침이 있게 한다면,

나라는 비록 재물이 적어도 반드시 편안할 것이다.

地之生財有時

民之用力有倦

而人君之慾無窮.

故取于民有度

用之有止

國雖少必安.

관자管子/권23/규도揆度

오곡은 백성의 목숨을 담보하는 것이며,

화폐는 저장 분산시켜 조절하는 것이다.

五穀者 民之司命也.

刀幣者 溝⁶⁾瀆⁷⁾也.

---

4) 制器方六里爲一乘之地也. 方一里九夫之田也.

5) 理(리)=治也.

6) 溝(구)=隔絶也.

호령은 천천히 또는 빨리 하게 하는 것이다.   號令者徐疾也.

관자管子/권23/규도揆度

농부는 항상 직분이 있고   管子曰 農有常業

여인은 항상 일이 있다.   女有常事.

한 농부가 경작하지 않으면 백성은 굶주리는 자가 생기고,   一農不耕 民有[8]爲之饑者

한 여인이 길쌈을 하지 않으면 백성은 헐벗은 자가 생긴다.   一女不織 民有爲之寒者.

굶주림과 추위에 떨며, 얼어 죽고 굶어 죽는 것은   飢寒凍餓

반드시 곡식을 생산하는 농토에서 일어난다.   必起於糞土.

첫째, 왕은 삶의 시작인 생산生産에 힘쓰는 것이 기본이고,   故先王謹於其始

둘째, 죽 한 그릇으로 아들을 파는 일이 없도록 하는 것이 기본이고, 事再其本 民無饘者賣其子

셋째, 그대들이 직접 먹여주는 것이 기본이고,   事三其本若爲食

넷째, 향리에서 책임지고 삶을 공급해 주는 것이 기본이고,   事四其本則鄉里給

다섯째, 원근의 물자를 서로 유통시키며,   事五其本則遠近通

죽으면 장사 지내주는 것이 기본이다.   然後死得葬矣.

　특히 관자는 인류 최초로 화폐를 관장하는 관청인 구부九府를 세웠다(『사기』「화식열전貨殖列傳」). 구부는 오늘날 재정경제부나 조폐공사에 해당되는 것이다. 그는 제후들에게 조공朝貢을 석벽石壁(돌구슬)으로 바치게 하고(『관자』「경중輕重 정丁」 석벽모石璧謀), 봉선封禪에 참여할 때 청모靑茅(푸른 갈대)를 바치게

---

7) 瀆(독)=開通也.
8) 有(유)=或也.

함으로써(『관자』「경중輕重 정丁」청모모菁茅謀) 석벽과 청모를 금
은金銀 대신의 법정화폐로 만들기도 했다.

사기史記/화식열전貨殖烈傳

관자가 훌륭한 것은	管子修之
화폐를 관리하는 구부를 설치함으로써	設輕重[9]九府[10]
환공이 패자가 될 수 있게 한 것이다.	則桓公以霸.

관자管子/권24/경중輕重 정丁/석벽모石璧謀

관자는 환공에게 청하여 음리에 성을 쌓게 하고	管子對曰 請以令城陰里
옥 기술자들에게 돌을 깎아 구슬을 만들게 했다.	因使玉人刻石以爲璧.
1척은 만 냥, 8촌은 8천 냥,	尺者萬泉[11] 八寸者八千
7촌은 7천 냥으로 정하고,	七寸者七千
규벽(모난 구슬)은 4천 냥,	珪中四千
원벽(둥근 구슬)은 5백 냥으로 값을 정했다.	瑗中五百.
석벽의 계획이 완비되자	璧之數[12]已具
관자는 서경으로 가서 천자를 알현하고 말했다.	管子西[13] 見天子曰
"청컨대 천하의 제후들로 하여금	請以令使天下諸侯
선왕의 묘당에 조공하거나 주 왕실을 알현하게 할 때는	朝先王之廟 觀於周室者

---

9) 輕重(경중)=錢也.
10) 九府(구부)=皆掌財幣之官.
11) 泉(천)=錢也.
12) 數(수)=計策.
13) 西(서)=西京 卽洛陽으로 가다.

붉은 활과 석벽을 바치지 않으면   不以彤弓[14]石璧者

입조할 수 없다고 영을 내려주십시오."   不得入朝.

이에 천하 제후들은   天下諸侯載

황금과 주옥과 오곡과 비단을 수레에 싣고   黃金珠玉五穀文采布泉

석벽을 사기 위해 제나라로 운송했다.   輸齊以收石璧.

석벽은 천하로 흘러 나가고   石璧流而之天下

대신 천하의 재물은 제나라로 흘러 들어왔다.   天下財物流而之齊.

관자管子/권24/경중輕重 정丁/청모모菁茅謀

관자가 대답했다.   管子對曰

"강회에 한 띠풀이 있는데   江淮之間有一茅

줄기가 세모로 되어 있어   而三脊[15]毋至其本

그 이름을 청모라 합니다.   名之曰青茅.

청컨대 천자의 관리를 파견하여   請使天子之吏

둘레를 봉금하고 지키게 하십시오.   環封而守之.

그리고 천자께서는 천하 제후에게 영을 내리십시오.   夫天子則 號令天下諸侯曰

'제후들은 천자를 따라 태산에 천제를 모시고   諸從天子封[16]於泰山

양보에서 산천제를 올리도록 하겠으니   禪[17]於梁父[18]者

반드시 청모 한 다발을 가지고 오시오.   必抱青茅一束

제단에 깔 것이니   以爲禪藉.

---

14) 彤弓(동궁)=功臣에게 주는 붉은 활.
15) 三脊(삼척)=세모.
16) 封(봉)=天壇의 天祭.
17) 禪(선)=山川祭祀.
18) 梁父(양보)=地名.

영을 따르지 않는 자는 천자를 따를 수 없소.'"
그러자 천하의 제후들은 그들의 황금을 싣고
뒤질세라 다투어 달려갔다.
강회의 청모는 가만히 앉아서 열 배가 올라,
그 값이 한 다발에 백 금이 되었다.

不如令者 不得從天子.
天下諸侯 載其黃金
爭秩而走.
江淮之靑茅 坐長而十倍
其賈一束而百金.

　부국강병의 패도를 지향하는 대국의 군주들과 이들의 신료
였던 법가들은 인욕人欲과 이익추구를 용인했고, 반대로 균분
과 인정仁政의 왕도王道를 지향하는 소국의 군주들과 유가들은
인욕과 이익추구를 부정했다. 이처럼 관자는 이利와 욕망을 긍
정한 최초의 사상가라는 점에서 인욕을 부정한 유가들과 현저
하게 다르다.
　다만 욕망의 긍정이 절검節儉의 덕목을 반대하는 것은 아니
다. 인간의 욕망과 이利를 긍정하든 부정하든, 고대 사상가들에
게 절검은 역시 최대의 덕목이었다. 고대 농경시대는 농업생산
이 한정되어 있으므로 절약만이 생존의 조건이었기 때문이다.
그러므로 인간의 욕망을 억제해야 한다고 주장한 공자와 맹자
도, 긍정하는 관자와 묵자도 똑같이 절용節用을 강조했다.
　다만 이들의 욕망 긍정은 오늘날 자본주의 상품경제에서
인간의 욕망을 확장 자극하며 소비를 찬양하는 것과는 다르
다. 또한 '절검'과 '절용'은 그 함의하는 뜻이 약간 다르다.
절검은 절약, 검소한 것을 말하고, 절용은 '절도 있는 소비'를
뜻한다. 절검의 반대는 사치와 낭비이며, 절용의 반대는 '초
과소비'이다.

그런데 주목되는 것은 『관자』에서 말한 절용론節用論도 묵자의 '초과소비론'과 거의 일치한다는 점이다. 이것을 어떻게 해석해야 하는가? 『관자』를 편찬한 제나라 직하학궁稷下學宮의 학자들 중에 묵가가 있어 묵자의 말을 옮긴 것이거나, '절용론'은 원래 관자의 사상이며 묵자는 다만 이러한 관자의 이용후생의 실학實學적 기풍을 계승한 것, 둘 중의 하나일 것이다.

사치奢侈

관자管子/권12/치미侈靡

치세와 교화를 일으키려면 어찌해야 하는가?	問曰 興時化若何
과분한 사치를 선한 것이라고 하지 말라.	莫善於侈靡.[19]
실질을 천시하고 쓸모없는 것을 공경하면	賤有實 敬無用
벌을 주어야 한다.	則人可刑也.
그러므로 곡식을 천시하면 반드시 주옥을 공경하고,	故賤粟米而如[20]敬珠玉
예악을 좋아하면 반드시 사업을 천시한다.	好禮樂而如賤事業.
근본인 농업은 다스림의 시작이다.	本之始也.

절용節用

관자管子/권17/금장禁藏

밝은 임금이 궁실을 아름답게 꾸미지 않은 것은	夫明王不美宮室
작은 것이 좋아서가 아니며,	非喜小也

---

19) 侈靡(치미)=과분한 사치.
20) 如(여)=將也, 當也.

음악을 듣지 않는 것은 음악을 싫어하기 때문이 아니다.　　　　不聽鐘鼓 非惡樂也

그것이 생업을 해치고 교화를 방해할까 염려되어 그런 것이다.　　爲其傷於本事而妨於敎也.

무릇 인정이란 바라는 것을 얻으면 즐겁고,　　　　　　　　…凡人之情 得所欲則樂

싫어하는 것을 만나면 우울한 것으로　　　　　　　　　　逢所惡則憂

귀천을 불문하고 다 같은 것이다.　　　　　　　　　　　此貴賤之所同有也.

가까이해도 할 수 없으면 바라지 않고,　　　　　　　　　近之不能勿欲

멀리해도 할 수 없으면 잊지 못하는 것은　　　　　　　　遠之不能勿忘

어진 마음이라도 다 그런 것이다.　　　　　　　　　　　仁情皆然.

절장節葬

관자管子/권17/금장禁藏

그러므로 중도中道에 몸을 세우고 양생에 절도가 있어야 한다.　　故立身於中 養有節.

궁실은 건조와 습기를 피하는 것으로 족하고,　　　　　　　宮室足以避燥濕.

음식은 혈기를 고르게 하는 것으로 족하고,　　　　　　　　食飮足以和血氣.

의복은 더위와 추위를 조절하는 것으로 족하며,　　　　　　衣服足以適寒溫.

예의는 귀천을 가리는 것으로 족하고,　　　　　　　　　禮儀足以別貴賤.

사냥놀이는 혼연한 마음으로 족하고,　　　　　　　　　游虞足以發歡欣.

관곽은 뼈를 썩히는 것으로 족하고,　　　　　　　　　棺槨足以朽骨.

수의는 살을 썩히는 것으로 족하고,　　　　　　　　　衣衾足以朽肉.

분묘는 길을 기억하는 것으로 족하고,　　　　　　　　墳墓足以道記.

도움이 되지 않는 공력을 들이지 않고　　　　　　　　不作無補之功

보탬이 되지 않는 일을 하지 않는다.　　　　　　　　不爲無益之事.

묵자의 중리사상

인류 최초의 경제사상가

묵자는 동이족의 목수 출신으로 반전운동의 시조로 불리는데 그의 반전운동 역시 '전쟁은 노동과 민생에 반하는 것'이라는 생각을 그 기반으로 삼고 있다. 이처럼 그는 노동과 민생을 중시한 인류 최초의 경제사상가였다. 그는 노동자 출신답게 민중의 뜻과 '이익'을 하느님의 뜻으로 보는 실용주의자였다. 그러므로 묵자는 겸애兼愛·교리交利라는 하느님의 뜻으로 헤아려 민중에 이롭지 않은 기존의 모든 가치를 부정한다. 이처럼 중리重利사상은 공자의 경리輕利사상과 첨예하게 대립한다.

『묵자』의 「비유非儒」편은 당시 주류담론인 유가를 비판하는 글이다. 또한 묵자는 공자의 천명론天命論에 맞서 「비명非命」편을 썼고, 공자의 복례론復禮論에 맞서 「소염所染」편을 써 지배이념에 대항한 것을 비롯하여, 공자의 의전론義戰論에 맞서 「비공非攻」편을 썼고, 유가들의 후장론厚葬論에 맞서 「절장節葬」론을 썼고, 유가들의 예악론禮樂論에 맞서 「절용節用」편과 「비악非樂」편을 썼으며, 공자의 경리사상에 반기를 들고 「칠환七患」편을 써서 중리사상을 주장했다.

묵자墨子/칠환七患

식량은 나라의 보배다.	食者國之所寶也
나라에 3년치 식량이 없으면	國無三年之食者
나라는 그의 나라가 아니다.	國非其國也.

집 안에 3년치 식량이 없으면　　　　　　　　　　　家無三年之食者
자식은 그의 자식이 아니다.　　　　　　　　　　　　子非其子也.

풍년이 든 해에는 백성들도 어질고 양순하며,　　　　時年歲善 則民仁且良
흉년이 든 해에는 백성들도 인색하고 악해진다.　　　時年世兇 則民吝且惡
대저 백성에게 어찌 상도常道가 있겠는가?　　　　　　夫民何常之有.

　묵자 사상을 한마디로 요약하면 '겸애와 교리'이다. 교리란 천하 만민이 '서로를 이롭게 하는 것'을 하느님의 뜻이라고 본 것이다. 또한 그는 삼표론三表論을 주장했는데, 이것을 실제로 적용 시험하여 인민에게 이로운 것만이 가치 있고 그렇지 않은 것은 진리가 아니라고 선언했으므로 실용실증주의의 선구자라고 할 것이다. 유가들이 '경리'를 외칠 때 묵자는 반대로 '중리'의 깃발을 들고 '이利는 곧 의義'라고 주장했다. 동서양을 막론하고 인류사에서 경제적 이利를 악惡에서 선善으로 해방한 것은 근대 이후에야 가능했음을 생각할 때 2,500년 전 묵자의 중리사상은 획기적인 것이었다.

묵자墨子/비악非樂 상

백성에게는 세 가지 환란이 있다.　　　　　　　　　　民有三患.
굶주린 자에게 먹을 것이 없고(食),　　　　　　　　　飢者不得食
추위에 떠는 자에게 입을 옷이 없고(衣),　　　　　　　寒者不得衣
피로한 자에게 쉴 곳이 없는 것이다(住).　　　　　　　勞者不得息.

묵자墨子/경설經說 상

의義는 이利다.   義 利也.

의는 뜻으로써 천하를 아름답게 하고   義 志以天下爲芬

힘껏 인민을 이롭게 하는 것이다.   而能能利之.

묵자墨子/노문魯問

공적이란 사람에게 이로우면 뛰어난 것이고   故所爲功 利於人 謂之巧.

사람에게 이롭지 않은 것은 졸렬한 것이라 하는 것이다.   不利於人 謂之拙.

완전고용

　유가와 묵가들은 완전고용을 당연한 의무로 생각했다. 묵
가들이 지향한 안생생사회의 지역공동체와 유가들이 지향한
소강사회의 혈연공동체는 다 같이 농업경제를 토대로 하는
공동체를 지향하는 것이므로 당연히 '완전고용'을 주장한다.
완전고용은 공동체의 필요조건이며 가장 두드러진 특징이다.
이를 위해 묵자는 필요공급必要供給을 주장하고 사적 소유를
반대했다.

　반면 상공업을 토대로 하는 오늘날의 자본주의에서 실업자
는 반드시 필요한 산업예비군이므로 없어서는 안 될 필요조건
이다. 그러므로 자본주의는 '불완전고용'을 원칙으로 한다는
점에서 공자와 묵자의 이상과는 정반대이다. 그런데도 요즘
학자들은 이른바 유교자본주의론에 편승하여 공자의 캐릭터
를 자본주의의 섹시한 사내나 멋진 CEO로 왜곡하고 있다. 그
러나 유교자본주의론은 자본주의가 기독교 문화에서만 싹트

고 자랄 수 있다는 이론을 부정한 것으로, 유교문화에서도 자본주의가 성공한 사례를 설명하는 이론일 뿐 유교사상과 자본주의가 유사하다는 것은 결코 아니다.

묵자墨子/절용節用 중

모든 노동자들로 하여금	凡百工
각각 자기의 소질에 따라 일에 종사하도록 하며(完全雇用),	使各從事所能.
모든 백성들에게 필요한 대로 충분히 공급해 주면(必要供給)	日凡足以俸給民用
그것으로 그쳐야 한다.	則止.

묵자墨子/절용節用 상

성왕의 정치는 생산을 장려하여	聖王爲政 其發令興事
인민들이 풍족하게 재화를 쓸 수 있도록 하였으며,	便民用財也.
인민의 이용후생에 보탬이 되지 않는 일은 결코 하지 않았다.	無加不用而爲者.
그러므로 재화가 낭비되지 않고	是故用財不費
백성은 피로하지 않고 도리어 이롭게 한 것이다.	民德不勞 其興利多矣.

가격론

또한 묵자는 인류 최초로 가격론價格論을 말한 경제학자이기도 했다. 그의 가격론은 2,500년이 지난 지금도 유효한 것이다. 서양에서는 18세기에 들어와서야 케네(F. Quesnay, 1694~1774), 애덤 스미스, 리카도(D. Ricardo, 1772~1823) 등에 의해 가격론과 경제학이 비로소 탄생되었다.

묵자墨子/경설經說 하

· 물건을 사는 것은 값이 내린 때다.   買無貴.

　반대의 경우는 물건을 판다는 것을 말한다.   說在反其賣.

· 가격은 시장에서 수요자와 공급자의 의견이 합치된 것이다.   買 盡也者.

　합치되었다는 것은 팔지 않을 이유가 사라졌다는 뜻이다.   盡去其所以不售也.

　팔지 않을 이유가 사라졌다는 것은   其所以不售去

　또한 가격이 결정되었다는 것을 의미한다.   則售正賈也.

· 가격이 맞으면 매매가 이루어진다.   賈宜

　이것은 수요와 공급이 합치된 것을 의미한다.   則售. 說在盡.

· 매매행위는 돈과 물건이 서로 값을 매기는 것을 의미한다.   買 刀糴21)相爲價.

　돈의 값이 내리면 물건의 공급이 많아지고   刀輕則 糴不貴

　돈의 값이 오르면 물건의 공급이 줄어든다.   刀重則 糴不易.

· 화폐의 변동이 없어도 물건값이 변하는 경우가 있다.   王刀無変 糴有変.

　흉년 풍년에 따라 물건의 공급에 변동이 생기며,   歲変糴

　그것이 돈의 값을 변동시킨다.   則歲変刀

　금화金貨를 선호하고 동화銅貨를 파는 경우와 같다.   若鬻子.

초과소비론

　이처럼 묵자는 중리사상을 주장했지만 개인의 과욕과 사익
추구를 긍정한 것은 아니었다. 그는 오히려 사유재산제를 반
대했고 절용운동을 전개했다.

---

21) 糴(적)=買也, 市穀也.

그는 협객집단을 조직하여 민중해방의 하느님운동, 반전평화운동, 절용문화운동을 전개했는데 이것들은 상호 긴밀히 연관되어 있다. '절용문화운동'이란 개념은 다소 생소하겠지만, 전쟁·후장厚葬·후악厚樂을 모두 재화의 잘못된 소비행위로 규정해 이를 반대하고, 노동의 생산물인 재화를 절도 있게 소비해야 한다는 반체제문화운동이었다.

이러한 절용문화운동은 민중해방의 신관神觀을 기초로 하는 것이지만, 직접적으로는 『묵자』「사과辭過」편에서 말한 '초과소비론'을 기초로 하고 있다. '초과소비'란 소비가 지나친 낭비와는 다른 개념으로, 재화의 본래 목적을 초과 일탈한 과시소비誇示消費 문화가 잘못된 이념을 의식화시켜 올바른 의식을 전도시켜 버린다고 보는 묵자 특유의 이론이다.

묵자는 인간의 소비행위를 인간의 이용후생을 위한 합목적合目的 소비와 인간에게 이롭지 않은 초과소비로 나눈다. 그는 전쟁, 사치스런 의복, 호화로운 궁궐과 음악, 후한 장례 등을 재화財貨의 본래 목적을 초과하여 소비함으로써 지배자의 위력을 과시하는 초과소비로 파악했다. 그는 이러한 초과소비가 억압과 착취의 메커니즘을 일상화하려는 지배자들의 사악한 문화이므로, 재화를 본래 목적대로 사용하는 절용문화로 바꾸어야 한다고 주장한다.

이처럼 그는 인류사상 최초로 재화의 소비를 문화의 기초로 인식하고 이것이 지배체제를 규정한다는 것을 발견한 경제사상가였다. 그러므로 그는 스스로 노동자들의 공동체를 꾸리고 절검한 생활을 했다. 묵자는 절용운동이야말로 천손天孫들의 공동체인 '안생생' 대동사회를 건설하기 위한 기본적인 조건으로 생각했다. 이는 생산관계가 정치와 문화 등 상부구조를 규정한다는 마르크스의 생각보다 2,000년 앞선 선구적인 발견이라고 할 수 있을 것이다.

다만 묵자의 초과소비론은 미국의 경제학자 소스타인 베블런 (T. B. Veblen, 1857~1929)의 『유한계급론』(1899)에서 말하는 '과시소비'와 비슷하지만 함축하는 의미는 약간 다른 것이다.

이제 묵자의 소비문화혁명론은, 2,500년이 지난 오늘날 소비 조작 사회에서 앙리 르페브르(H. Lefebvre, 1901~1991)가 말한, 이른바 주체적인 삶을 탈환하기 위한 '일상성의 단절'과 '영구문화혁명론'의 효시로서 다시 주목을 받고 있다.

묵자墨子/대취大取

옛사람이 아는 절약은   昔之知嗇
오늘날 내가 깨달은 절용이 아니다.   非今日之知嗇[22]也.

묵자墨子/절용節用 중

옛 성왕들은   是故古者聖王
절용의 법을 제정하고 말했다.   制爲節用之法 曰
"수레장이 · 가죽장이 · 그릇장이 · 목공 등   輪車 鞼鞄陶冶 梓匠
천하의 백공百工들은   凡天下百工
모두 능력에 따라 일에 종사하며,   使各從事其所能

---

22) 嗇(색)=多入而少出.

민중의 이용후생에 족하면 그것으로 그쳐야 한다." 凡足以奉給民用則止.

묵자墨子/사과辭過

궁궐과 집을 짓는 법도는	子墨子曰 爲宮室之法
무릇 재화와 노동과 힘을 소비하여	凡費財勞力
편리함에 보탬이 되지 않는 것은 하지 않는다.	不加利者不爲也.
옛 성왕이 궁궐을 짓는 법도는	是故聖王作爲宮室
생활에 편리한 것으로 그치고	便於生
위세를 과시하거나 즐기기 위한 것은 하지 않았다.	不以爲觀樂也.
성인이 옷을 짓는 법은	故聖人之爲衣服
신체에 쾌적하고 피부를 부드럽게 하는 것으로 족하고	適身體和肌膚而足矣
이목을 현란하게 하여	非榮耳目
어리석은 민중에게 과시하려는 것이 아니었다.	而觀愚民也.
그러나 오늘날 군주들은	當今之主
옷 짓는 것이 이와 달라	其爲衣服 則此異矣
반드시 백성들에게 가렴주구하고	必厚作斂於百姓
인민이 먹고 입을 재물을 약탈하여	暴奪民衣食之財
비단으로 수를 놓고 아름답고 섬세한 무늬로 물들이며	以爲錦繡 文采靡曼之衣
금을 녹여 고리를 만들고 진주와 옥으로 패물을 단다.	鑄金以爲鉤 珠玉以爲佩
이것은 더욱 따뜻하고 싶은 마음이 아니라,	此非云益煖情也
재물과 노동을 허비하여	單財勞力
인민의 삶에 무용한 것을 생산하는 것이다.	畢歸之於無用也.
이로써 부하고 귀한 자는 사치하고	是以富貴者奢侈
고아와 과부는 얼어 죽고 굶어 죽는다.	孤寡凍餒.

호화 장례 반대

지금부터 2,500년 전에는 동서양을 막론하고 지배계급들이 후장厚葬하는 것은 일반적인 현상이었다. 그보다도 2,000여 년 앞선 이집트의 피라미드와 1,000여 년 뒤인 중국의 진시황릉을 보라! 그것들은 수만 명의 노예를 수십 년 동안 혹사시켜 지은 사후 왕궁이었다. 이런 후장의 풍습에 도전한 인류 최초의 사상가는 바로 '노동자의 성인' 묵자였다.

묵자는 '절장론節葬論'을 저술하여 유가들의 호화로운 장례와 오랜 상례를 '초과소비'로 규정하고 이를 강력히 반대했다. 목수였던 그는, 살아서뿐 아니라 죽어서까지도 신분차별이 지속되는 장례법을 증오했다. 노동생산물을 땅에 매장하며 부귀를 과시하는 것도 모자라, 살아 있는 노예를 함께 순장시키는 야만적 장례제도를 참을 수 없었던 것이다.

묵자墨子/절장節葬 하

지금 왕공 대인이 상을 당하면 이르기를	此存乎王公大人有喪者曰
내관과 외곽은 반드시 이중으로 하여,	棺槨必重
장사는 반드시 후하게 해야 하며,	葬埋必厚
수의는 반드시 많아야 하며,	衣衾必多.
무덤은 반드시 커야 한다고 말한다.	丘隴必巨.
필부와 천민에게 죽은 자가 있으면 집안이 거의 고갈되고,	存乎匹夫賤人死者 殆竭家室
제후에게 죽은 자가 있으면 부고가 텅텅 비게 된다.	存乎諸侯死者 虛府庫.
그리하여 금과 구슬로 몸을 두르고	然後金玉珠璣比乎身.
비단으로 묶고 수레와 말을 무덤에 묻는다.	綸組節約 車馬藏乎壙.

또 반드시 천막 · 상여 · 그릇 · 칼

깃발 · 상아 · 가죽을

되도록 많이 묻어야만 만족한다.

죽음은 이사 가는 것처럼 보내야 한다고 말하며

천자와 제후는 순장하되

많게는 수백 명에서 적게는 수십 명이며,

장군과 대부는 많으면

수십 명에서 작게는 수 명의 노예를 순장한다.

만일 유가의 말을 본받게 하여

장례를 후하게 치르고 상례를 오래하는 것으로

실제로 민중을 부하게 하고 백성을 모여들게 하며

위태로움을 안정시키고 어지러움을 다스릴 수 없다면

이것은 어짊도 의리도 효자의 섬김도 아닐 것이다.

후장에 대해 손익을 계산해 보면

백성들로부터 거두어들인 많은 재물을 묻어버리는 것이며,

3년상은 오랫동안 생업을 금지하는 것이다.

재물을 이루어놓은 것을 죽은 자와 함께 묻어버리고

후생들에겐 생산 활동을 오랫동안 금지하면서

부유해지기를 바라는 것이니

이것은 마치 경작을 금지하면서

수확을 바라는 것과 다를 바 없다.

후한 장례와 오랜 상례를 고집하는 자들은 반박한다.

"묵자의 주장대로 과연 후한 장례와 오랜 복상이

성왕의 도리가 아니라면

又必多爲屋幕凡筵壺鑑戈劍

羽旄齒革

寢而埋之 滿意.

送死若徙 曰

天子諸侯殺殉

衆者數百 寡者數十.

將軍大夫殺殉

衆者數十寡者數人.

意亦使其法其言

厚葬久喪

實不可以富貧衆寡

定危理亂乎

此非仁非義非孝子之事也.

細計厚葬

爲多埋賦財者也

計久喪 多久禁從事者也.

財以成者 挾而埋之

後得生者而久禁之

以此求富

此譬猶禁耕

而求穫也.

今執厚葬久喪者言曰

厚葬久喪

果非聖王之道

대저 왜 중국의 군자들은 　　　　　　　　　　夫胡說中國之君子

그치지 않고 행하여 왔고 지금까지 붙잡고 놓지 않는가?" 　　爲而不已 操而不擇哉

묵자가 말했다. 　　　　　　　　　　　　…子墨子曰

"그것은 이른바 습관을 편리하게 생각하고 　　　　此所謂便其習

풍속을 의롭다고 생각하는 것뿐이다. 　　　　　　而義其俗者也.

옛 월나라 동쪽에 개술較沭이라는 나라가 있는데 　昔者越之東有較沭之國者

그들은 첫 아들을 낳으면 쪼개 먹으면서 　　　　其長子生則解而食之

다음 태어날 동생을 위한 의식이라고 말한다. 　　謂之宜弟

할아버지가 죽으면 할머니를 짊어지고 가서 산에 버리면서 　其大父師 負其大母而棄之

귀신의 처와 같이 사는 것은 도리가 아니라고 말한다. 　曰鬼妻不可與居處.

또 초나라 남쪽에는 담인국啖人國이 있는데 　　　楚之南有啖人之國者

그들은 부모나 친척이 죽으면 　　　　　　　　其親戚死

살을 발라내어 버리고 뼈만 묻는데 　　　　　　剖其肉而棄之 然後埋其骨

그래야만 효자의 도리라고 생각한다. 　　　　　　乃成爲孝子.

또 진나라 서쪽에는 의거국儀渠國이 있는데 　　　秦之西有儀渠之國者

그들은 부모나 친척이 죽으면 　　　　　　　　其親戚死

장작불로 태워 화장을 하면서 　　　　　　　聚柴薪而焚之

연기가 올라가는 것을 하늘나라에 오른다고 말하고 　燻上謂之登遐

그래야만 효자가 될 수 있다고 생각한다. 　　　　然後成爲孝子.

윗사람들은 이러한 의식을 정치로 이용하고 　　　此上以爲政

아랫사람에게는 습속이 되어 끊임없이 행해지다 보니 　下以爲俗 爲而不已

이제는 붙잡고 놓을 수 없게 된 것이다. 　　　　操而不釋

그런데 이것을 어찌 인의의 도리라고 할 수 있겠는가? 　則此豈實仁義之道哉

그것은 이른바 습속을 편리하게 생각하고 　　　　此所謂便其習

습속을 의로운 것이라고 생각하는 것뿐이다.
그런즉 이것을 어찌 진실로 인의의 도라고 하겠느냐?"

而義其俗者也.

則此豈實仁義之道哉.

이처럼 당시에 장례논쟁은 지배체제를 옹호하던 유가들과 이를 거부했던 묵가들 사이의 이념논쟁이며 사활을 건 체제논쟁이었던 것이다. 이른바 유가들의 예악과 장례는 구체제를 지탱하는 종교적 의례일 뿐만 아니라, 벼슬을 얻지 못한 유사들이 장례식을 도와주고 밥을 빌어먹는 수단이었기 때문이다. 그러므로 묵자의 '비악론'과 '절장론'은 유가들의 격렬한 비난을 감수해야 했던 반체제 문화운동이었던 것이다. 더욱이 전국시대에 이르자 도굴이 성행하여 사회문제가 되자 장자 등 당시 제자백가들이 모두 장례논쟁에 끼어들어 전면적인 논쟁으로 발전했다.

논어論語/양화陽貨 21

공자의 문인 재아가 공자에게 물었다.

宰我問

"삼년상은 너무 길다고 생각합니다.

三年之喪 期已久矣.

군자가 상례 때문에 3년 동안 예를 하지 않으면

君子三年不爲禮

예가 반드시 무너질 것이요,

禮必壞.

상례 때문에 3년 동안 악樂을 하지 않으면

三年不爲樂

악이 반드시 무너질 것입니다.

樂必崩.

묵은 곡식도 떨어지고 햇곡식이 나오며,

舊穀旣沒 新穀旣升

불을 만드는 나무도 바꾸는 것이니,

鑽燧[23]改火

1년으로 그치는 것이 좋다고 생각합니다."

期可已矣.

공자가 답했다. "(부모가 죽었는데)

1년이 지나면 쌀밥을 먹고 비단옷을 입어도

너는 편안하겠느냐?"

재아가 답하길, "편안합니다"라고 했다.

공자가 말했다. "네가 편안하다면 그렇게 해라.

그러나 군자는 거상 중에는 맛있는 음식도 달지 않고,

음악을 들어도 즐겁지 않고, 안락한 거처도 편안치 않으니

일년상으로 마치지 않는 것이다.

이제 그대는 편안하다고 하니 그렇게 해라."

재아가 밖으로 나가자 공자가 말했다.

"재아는 인자하지 못하구나!

자식은 태어나 3년이 지나야 부모의 품을 벗어날 수 있다.

그러므로 삼년상은 천하의 일반적인 상례이다.

재아도 3년 동안 부모의 사랑을 받았을 것이다."

子曰

食夫稻 衣夫錦

於女安乎

曰 安.

子曰 女安則爲之

夫君子之居喪 食旨不甘

聞樂不樂 居處不安

故不爲也.

今女安則爲之.

宰我出 子曰

予[24]之不仁也.

子生三年然後 免於父母之懷

夫三年之喪 天下之通喪也.

予也 有三年之愛於其父母乎.

장자莊子/잡편雜篇/외물外物

유가들은 아무리 밤중에 도굴을 하되 풍류와 예로써 한다.

대유大儒가 소유小儒에게 아뢰어 전하기를,

"동방이 밝아온다. 일은 어떻게 되어가는가?"

소유가 무덤 속에서 대답했다.

"치마와 저고리는 다 벗기지 못했으나

儒以詩禮發冢,

大儒臚[25]傳曰

東方作矣 事之何若.

小儒曰

未解裙襦[26]

---

23) 燧(수)=부싯돌. 불을 만드는 나무.

24) 予(여)=宰我의 名.

25) 臚(려)=上傳於告下也.

입에는 구슬이 있습니다."

대유가 말하길, "『시경』에 진실로 이런 시가 있느니라.

 '파릇파릇한 보리는 저 언덕에 자라건만,

살아서 보시도 못한 놈이

어찌 죽어서 구슬을 입에 무는가?'

귀밑머리를 움켜쥐고, 볼때기를 꽉 누르고,

쇠망치로 조심스럽게 턱을 두들기며,

서서히 아가리를 벌려,

입 속의 구슬이 다치지 않게 하라!"

口中有珠

詩固有之曰

靑靑之麥 生於陵陂

生不布施

死何含珠

爲接其鬢27) 壓其顬28)

儒以金椎控其頤

徐別其頰

無傷口中珠.

여씨춘추呂氏春秋/권10/맹동기孟冬紀/절상節喪

매장을 얕게 하면 여우와 살쾡이들이 무덤을 파내고

너무 깊으면 지하수에 이른다.

관곽을 좋게 하는 것은

땅강아지와 개미, 뱀과 벌레를 피하기 위한 것이다.

오늘날 세속은 크게 어지러워 장례가 더욱 사치스러워졌다.

이는 곧 죽은 자를 염려하는 마음이 아니라

산 자끼리 서로 자랑하기 위함이다.

사치하려는 자는 영화를 생각하고 절검하려는 자는 고루하여,

죽은 자의 편에서 생각하지 않고,

부질없이 산 자들끼리 헐뜯고 칭찬하는 것은

葬淺則狐狸拍之

深則及於水泉.

善棺槨

所以避螻蟻蛇蟲也.

今世俗大亂之主 愈侈其葬

則心非爲乎死者慮也

生者以相矜尙也.

侈靡者以爲榮 節儉者以爲陋

不以便死爲故

而徒以生者之誹譽爲務.

---

26) 裙襦(군유)=치마와 저고리.
27) 鬢(빈)=살적.
28) 顬(줴)=빰.

어버이를 사랑하는 효자의 마음이 아니다.　　　　　　　此非慈親孝子之心也.

호화음악 반대

유가들에게 예와 악樂은 통치제도의 두 수레바퀴였다. 그러나 당시 음악은 노예제 사회를 지지해 주는 문화였으며, 지배계급들의 쾌락을 위한 것이었다. 묵자는 '비악론'을 저술하여 이처럼 타락한 음악을 '초과소비'로 규정하고 이를 반대했으며, 그 대신 '민중에게 이로운 음악'을 주장했다.

묵자墨子/공맹公孟

옛날 삼대 폭군들은　　　　　　　　　　　　　　　古者三代暴王

음악을 성대히 하면서 백성을 돌보지 않았다.　　　　桀紂幽厲 蔿爲聲樂 不顧其民.

그 결과 몸은 형틀에서 죽고 나라는 멸망했다.　　　　是以身爲刑僇 國爲虛戾者.

이들은 모두 유가의 도를 따랐던 자들이다.　　　　　皆從此道也.

묵자墨子/비악非樂 상

음악에 대해 위로 상고해 보면 성왕의 일에 맞지 않고,　上考之 不中聖王之事.

아래로 헤아려보면 만민의 이익에 맞지 않는다.　　　　下度之 不中萬民之利.

배는 물에서 이용하고, 수레는 뭍에서 이용하여　　　　舟用之水 車用之陸

군자는 발을 쉴 수 있고　　　　　　　　　　　　　　君子息其足焉

소인은 등과 어깨를 쉴 수 있다.　　　　　　　　　　小人休其肩背焉.

만민이 재물을 지출하여 그 비용을 기꺼이 바치면서도　故萬民出財 齎[29]而予之

---

29) 齎(재)=給市財用之直.

감히 원망하지 않는 까닭은 무엇인가?

그것이 도리어 민중의 이익이 되기 때문이다.

악기가 이처럼 민중의 이익에 맞는다면

내 어찌 음악을 비난하겠는가?

不敢爲憾恨者 何也.

以其反中民之利也.

然則 樂器反中民之利亦若此

卽我不敢非也.

오늘날의 화두는 인류와 그 삶의 터전인 지구의 보존에 집중되고 있다. 어느 누구도 현재의 인류문명이 인류와 지구를 파괴하고 인류의 종말을 향해 달리는 욕망과 죽음의 열차임을 부인하지 않는다. 그리고 이처럼 질주하는 죽음의 열차는 물신物神에 의한 헛된 욕망의 무한한 확장과 대량소비의 강제와 조작에 있음을 알고 있다. 그러나 누구나 인류 종말의 원인이 된 환경을 말하면서도 그 누구도 헛된 욕망의 억제와 절용문화운동을 실천하지 않는다. 그것은 우리의 유일신이 된 물신을 거역하는 것이 되기 때문이다. 그런데 놀랍게도 묵자는 2,500년 전에 이미 그것을 예견하고 실천운동으로 옮겼던 것이다.

21 유가의 경리사상과 경제정의

공자의 경리사상

앞에서 살펴보았듯이 중국은 물론이거니와 고대의 모든 정치는 의식주를 제일로 삼았다. 그러므로 역대 군왕들은 무엇보다 경제를 중시했다. 그러던 것이 춘추전국 500년간의 전란시대를 맞아 공자가 경리輕利사상을 주장함으로써 경제제일주의는 쇠퇴했다. 그러나 공자도 부자가 되기를 원했고 인민이 부해지기를 바랐다.

논어論語/술이述而 11

공자가 말했다. "만약 부를 얻을 수 있다면,   子曰 富而可求也
비록 지위가 낮은 관리인 마부(僕)라도 나 역시 사양하지 않겠다.   雖執鞭[1]之士 吾亦爲之.

---

1) 執鞭(집편)=朱子는 賤役之事로 해함.

그러나 (天命이 儒士로 태어났으니) 그렇게 할 수 없으므로
내가 좋아하는 학문에 종사하겠다."

如²⁾不可求

從吾所好.

논어論語/자로子路 9
공자가 위나라로 갈 때 염유가 수레를 몰았다.
공자가 "사람이 많구나!"라고 하자,
염유가 물었다. "많아진 다음에는 무엇을 더해야 할까요?"
공자가 답했다. "그들을 부富하게 해야 한다."
염유가 "부해진 다음에는 무엇을 더해야 할까요?"라고 묻자,
공자는 "그들을 교화시켜야 한다"고 답했다.

子適衛 冉有僕

子曰 庶矣哉.

冉有曰 旣庶矣 又何加焉

曰 富之.

曰 旣富矣 又何加焉

曰 敎之.

공자는 재화생산을 임무로 하는 노력자勞力者가 아니고 노심
자勞心者 계급인 유사 신분이었으므로 부富보다도 귀貴를 선택
해야 했고, 노심자들인 군왕·귀족·유사들에게 부와 이利를
멀리하라고 가르쳤을 뿐이다. 요즘 말로 하면 공직자의 청렴
을 강조한 것이다.

논어論語/이인里仁 16
군자는 의義를 밝히고, 소인은 이利를 밝힌다.

君子喩³⁾於義. 小人喩於利.

---

2) 如(여)=而의 逆接.

3) 喩(유)=告. 曉. 明也.

논어論語/자로子路 4

번지가 농사기술을 배우기를 청했다.

공자가 말했다. "나는 농사에 대해서는 늙은 농부만 못하다."

번지가 나가자 공자가 말했다.

"번지는 소인이구나!"

樊遲請學稼.

子曰 吾不如老農.

樊遲出 子曰

小人哉 樊須⁴⁾也.

논어論語/술이述而 15

나물 먹고 물 마시고 팔을 베고 누웠으되

즐거움이 그 안에 있으니,

불의로 얻은 부귀는 나에게는 뜬구름만 같구나!

子曰 飯蔬食飮水 曲肱而枕之

樂亦在其中矣.

不義而富且貴 於我如浮雲.

또한 공자는 성품이 귀족적인데다 타고난 신분을 벗어나지 말아야 한다는 정명론正名論을 주장했으므로, 유사의 직분이 아닌 생산노동과 민생을 간과했다. 공자를 계승한 맹자는 한 발 더 나아가 이利와 선善을 대립시키고 '이利는 도척盜跖의 도道'라고 비난했으며, 이를 계승한 동중서는 '이利는 도둑의 근원(利者 盜之本也)'이라고 규정하게 되었다. 이로부터 유가들은 생산노동과 이利를 천시하기 시작했다.

논어論語/선진先進 7

나는 관곽을 만들기 위해 수레를 팔고 걸어 다니지는 않겠다.

내가 대부의 말석에 종사하였기에

吾不徒行以爲之槨

以吾從大夫之後

---

4) 須(수)=번지의 이름.

걸어 다닐 수 없기 때문이다.   不可徙行也.

맹자孟子/진심盡心 상

닭이 울면 일어나서 선善을 위해 힘쓰는 것은   雞鳴而起 孶孶爲善者
순임금의 무리이다.   舜之徒也.
닭이 울면 일어나서 이익을 위해 힘쓰는 것은   雞鳴而起 孶孶爲利者
도척의 무리이다.   蹠5)之徒也.
순과 도척의 구분은 다른 것이 아니라   欲知舜與蹠之分 無他
이利와 선善의 차이에 있다.   利與善之間也.

춘추번로春秋繁露/권17/천도시天道施

이利는 도둑의 뿌리이다.   利者 盜之本也.

　그리하여 유가에게 중의경리론重義輕利論은 국가경영원리가
되었다. 공자는 국가의 관건을 첫째가 신의(信)요, 둘째가 경
제(食)요, 셋째가 군사(兵)라고 말했다. 만약 이 순서를 바로잡
지 않으면 나라가 망한다고 생각했다. 그리고 사군자士君子는
'신信'을 위해 정사를 돌보는 것이 직분이므로, 소인의 직분인
'식食'을 위해 경제를 돌보아서는 안 된다는 것이다. 만약 이
러한 명분名分을 어기고 식을 중시하여 이利를 허용한다면 천
하에 원망이 가득할 것이라고 염려했다.

---

5) 蹠(척)=盜跖. 9,000명의 도둑떼를 거느린 도둑의 시조(莊子/雜篇/盜跖).

논어論語/안연顔淵 7

자공이 정치를 물었다.

공자가 대답했다. "먹을거리 등 경제를 충족시키는 것이요,
군사를 튼튼히 하는 것이요, 신의를 쌓는 것이다."

子貢問政.

子曰 足食.

足兵 民信之矣.

논어論語/이인里仁 12

공자가 말했다. "이利를 맘대로 행하게 방임한다면
천하에 원망이 많아질 것이다."

子曰 放於利而行

多怨.

그러므로 공자는 생산과 재용을 중시하는 변법파變法派를
'소인'이라 비난하고 권력투쟁을 벌인다. 공자는 부국강병을
주장하는 '관료파'를 덕치와 인정仁政을 배반하는 소인으로 규
정했고, 맹자는 한 걸음 더 나아가 왕도를 배반한 패도覇道라
고 비난했다. 공자가 그의 강력한 경쟁자였으며 소인파小人派
의 거두인 소정묘少正卯를 법살法殺한 일이 바로 그러한 권력투
쟁의 상징적 사건이다(『동양고전 산책』 제1권 3장 '소인에 대한
오해' 참조).

경제 면에서 이들의 대결을 요약하면, '재물이 흩어져야 민
民이 모인다'고 생각하는 왕도파의 경리사상과, '창고가 차야
예절을 안다'는 패도파의 중리사상의 대결이라 할 수 있다.
즉, 왕도파는 균분과 소비를 중시했고, 패도파는 생산과 축적
을 중시한 것이다. 이를 오늘날의 시각으로 비교한다면, 공맹
의 왕도파는 오히려 진보좌파적이고, 관자와 자산子産의 패도
파는 오히려 보수우파적이었다고 말할 수 있을 것이다.

맹자孟子/이루장구離婁章句 상

맹자가 말했다. "전쟁을 좋아하는 자는 중형에 처해야 하며,
제후들과 합종연횡하는 자는 그 다음이고,
풀밭을 개간해 확장 토지에 세금을 부담시키는 자도
중형에 처해야 한다."

孟子曰 故善戰者服上刑.
連諸侯者次之.
辟草萊任[6]土地者次之.

대학大學/10장

덕은 근본이고 재물은 말단이다.
근본을 외면하고 말단을 중시하면
민중을 쟁탈케 하고 약탈을 방임하는 것이다.
재화가 모이면 백성은 흩어지고
재화가 흩어지면 백성이 모이는 것이다.

德者本也 財者末也.
外本內末
爭民施[7]奪
是故 財聚則民散
財散則民聚.

그러나 무산계급이었던 유사들은 중세시대에 이르자 지주
계급이 되었고, 이제 그들은 공실公室이나 가문家門에 취직을
하지 않아도 먹고살 수 있는 유한계급有閑階級이 되었다. 노예
를 소유한 한량계급이자 신유학新儒學의 주체인 이들은 현세를
부정하는 불교와 도교를 결합시킨, 부귀공명을 뜬구름처럼 여
기는 고고한 수도자를 선망했다. 이에 경리사상은 유교의 병
증으로 굳어졌던 것이다.

---

6) 任(임)=賦稅負擔也.
7) 施(시)=解也.

유가의 경제정의

공자학이 경리를 주장하지만 원래는 도가들처럼 청담淸談이 아니라 관료가 되어 봉록을 받기 위한 관료학官僚學이었다. 공자는 유사이므로 그에게 당연한 직분은 학문이며, 그 학문은 군자君子, 즉 관장官長이 되었을 때 업무를 수행하기 위한 수단임과 동시에 녹祿을 얻는 수단이었다. 그러므로 유사들에게 부귀를 얻는 수단은 학문이었다. 그들은 벼슬살이를 농사 짓는 것과 똑같은 것으로 보았다. 이처럼 초기 유가들은 성리학과는 달리 산림처사가 아니었고, 도리어 나라에 도가 있으면 벼슬하여 부귀를 누리는 것이 당연한 것이라고 생각했다.

맹자孟子/등문공滕文公 하

주소가 물었다. "옛 군자는 벼슬살이를 했는가?"

맹자가 말했다. "벼슬살이를 했다.

옛 기록에 의하면 '공자께서 3개월 동안 섬길 군주가 없으면

안절부절 벼슬자리를 찾아서 다른 고을로 떠나갔으며,

임용될 때 바칠 선물을 반드시 싣고 갔다'고 한다.

공명의의 말에 의하면,

'옛날 사람들은 3개월 동안 섬길 군주가 없으면

조문을 갔다'고 한다."

주소가 물었다. "3개월 실직에 굶어 죽는다는 말은

周霄問曰 古之君子仕乎.

孟子曰 仕.

傳曰 孔子三月無君

則皇皇如也

出疆必載質.[8]

公明儀曰

古之人三月無君

則弔.

三月無君弔

---

8) 質(질)=任用時 바칠 禮物.

성급한 것 아닌가?"

맹자가 말했다. "사士가 벼슬자리를 잃는 것은

제후가 나라를 잃는 것과 같다.

사士가 벼슬 사는 것은 농부가 농사 짓는 것과 같은 것이다."

不以急乎

曰 士之失位也

猶諸侯之失國家也.

士之仕也 猶農夫之耕也.

논어論語/위령공衛靈公 32

군자란 (공직자이므로) 도를 추구할 뿐 봉록을 추구하지 않는다.

농사를 지으면 굶주림이 그 가운데 있지만,

학문을 하면 봉록이 그 가운데 있기 때문이다.

따라서 군자는 도를 걱정할 뿐

가난을 걱정할 필요가 없는 것이다.

子曰 君子謀道不謀食.

耕也 餒在其中矣.

學也 祿在其中矣

君子憂道

不憂貧.

이처럼 당시 유사들은 무산계급이었으므로 벼슬을 하지 않으면 굶어 죽을 수밖에 없는 처지에 놓여 있었다. 공자도 14년간이나 벼슬을 찾아 천하를 주유했다. 그러나 그는 무도無道한 부귀를 추구하지 않았고 제자들에게 무도한 나라에서는 벼슬을 버리고 그 나라를 떠나라고 말했다. 도道를 중히 여기고 이利를 가볍게 본 그의 이러한 경리사상은 목숨을 걸고 신념을 지키려는 용기와 결단으로 지금까지 기림을 받고 있다.

논어論語/태백泰伯 14

공자가 말했다. "천하에 도道가 있으면 나타나고,

도가 없으면 숨어버린다.

나라에 도가 있는데 가난하고 비천하다면 부끄러운 일이요,

子曰 天下有道則見

無道則隱.

邦有道 貧且賤焉恥也

나라에 도가 없는데 부하고 귀하다면 부끄러운 일이다."

邦無道 富且貴焉恥也.

그리고 부귀는 반드시 도道에 의해서 얻어야 한다는 다음 글은 유가의 경제정의를 말한 것으로, 학자들에 의해 침이 마르도록 회자되고 칭송받는다. 그러나 나는 이것이 봉건사회의 경제정의일 뿐 오늘날 민주평등사회의 경제정의라고 말할 수는 없다고 생각한다.

논어論語/이인里仁 5

부귀는 사람마다 바라는 것이지만
도(周禮)에 의해 얻은 것이 아니면 처하지 않는다.

子曰 富與貴 是人之所欲也.
不以其道[9] 得之不處也.

> 남만성 : 정당하게 얻은 것이 아니라면 누리지 말아야 하며
> 도올 : 정당한 방법으로 얻은 것이 아니라면 그것에 처하지 않는다
> 김학주 : 정도로써 얻은 것이 아니라면 누리지 말아야 한다

빈천은 사람마다 싫어하는 것이지만
도(周禮)에 의하지 않은 빈천이라도 피하지 않는다.

貧與賤 是人之所惡也.
不以其道 得之不去也.

> 남만성 : 빈천은 정당하게 얻은 것이 아닐지라도 기피하지 말아야 한다
> 도올 : 그것이 정당한 방법으로 얻은 것이 아니라도 부당한 방법으로
> 　　　벗어나려고 노력하지 않는다
> 김학주 : 빈천은 정도로써 얻어진 것이 아니라 하더라도 면하려 들지
> 　　　말아야 한다

---

9) 道(도)=禮也, 仁義也, 法術也.

우리는 앞의 글 속에 다음과 같은 중대한 의미가 내포되어 있음을 주목해야 한다.

첫째, 부귀빈천은 반드시 도道에 일치해야 한다는 것이다. 그런데 그 도가 무엇인가에 요점이 있다. 그 도라는 것이 노예제사회의 도리인가? 아니면 신분차별이 없는 민주평등사회의 도리인가에 따라 그 내용이 달라지기 때문이다. 그러므로 앞에서 말한 '도'를 '정당한 방법'으로 번역함으로써, 시대를 초월한 보편적 도리로 해석하는 것은 잘못이다.

둘째, 이 글은 부와 귀, 빈과 천이 반드시 일치해야 한다는 것을 암시한다. 즉 귀한 신분은 당연히 부해야 하고, 천한 신분은 당연히 빈해야 한다는 신념이다. 즉 부↔귀, 빈↔천이 유가들이 말하는 도인 것이다. 그러니 오늘날의 시점에서 보면 그들의 도는 신분차별의 노예제적 봉건도덕에 불과한 것이다.

셋째, 귀족이 아닌 유사들에게 부귀와 빈천은 모두 관직에 달려 있음을 말하고 있다. 벼슬을 하지 못하면 빈천하고, 벼슬을 하면 부귀해진다는 것은 오늘날에는 타파해야 할 부조리다. 그러나 공자가 살던 시대의 법도에서는 부귀가 모두 벼슬로만 가능했음을 알아야 한다. 당시에는 관리의 봉급이 농민에 비해 너무나 많았기 때문이다. 정전제에 의하면 한 가장은 100묘의 농지를 지급받는 데 비해 중사中士는 200묘를 지급받고, 각종 세금과 부역이 면제되었다. 그리고 상사上士는 4배, 대부大夫는 8배, 경대부는 32배였다고 한다(『맹자』「만장萬章」하). 그러므로 무산자였던 유사들은 벼슬하는 것이 부자가 되는 길이었다.

넷째, "도리에 의하지 않은 부당한 빈천이라도 피하지 말라"고 가르치는 것은 숙명론이며, 노예도덕이라고 비난받아 마땅할 것이다. 북송北宋의 개혁파인 왕안석의 신법을 모조리 파기한 수구파의 영수인 사마광은 『자치통감資治通鑑』에서 이를 운명론으로 설명하고 있다.

자치통감資治通鑑/권74(사마광 저)

귀천 빈부는 하늘의 분수이다.	貴賤貧富 天之分也.
하늘의 분수를 어기면 반드시 하늘의 재앙이 따르고	僭天之分 必有天災.
사람의 분수를 잃으면 반드시 사람의 재앙이 따른다.	失人之分 必有人殃.

그러므로 위 예문을 민주적 경제정의로 읽을 수 없다. 위 글에서 도道를 우리 학자처럼 '정당한 방법'으로 번역하는 것은 글자로는 가능하겠지만 뜻으로는 잘못된 번역이다. 오늘날의 '정당한 방법'과 2,500년 전의 '정당한 방법'은 같지 않기 때문이다. 더욱이 앞의 『논어』 「이인里人」편의 해석에서 볼 수 있듯이 도올은 "빈천에서 벗어나려고 노력하지 않는다"는 해석 앞에, 원전에는 없는 "부당한 방법으로"라는 표현을 집어넣음으로써 본뜻을 한층 더 왜곡하고 있다.

공자가 말한 '도'는 봉건시대의 신분 차별적 도일 뿐 오늘날 민주사회의 도리는 아니다. 예컨대 공자 당시에 '천한 필부는 보배를 품은 것만으로 죄罪가 된다'는 속담이 유행했다. 당시는 노예제적 봉건사회였으므로 천민이 귀한 보배를 품는 것은 '정당하지 않다'는 것이다. 당시 유가의 경제정의가 부당했음을 말해주는 증거이다.

시경詩經/위풍魏風/벌단伐檀

심지도 않고 거두지도 않으면서	不稼不穡
너희는 무슨 수로 벼 300섬을 탈취했고,	胡取禾三百廛兮.
사냥도 하지 않으면서	不狩不獵
어찌 너의 집 뜰엔 담비가 걸렸는가?	胡瞻爾庭有縣狟兮.
그대들 군자여! 공밥을 먹지 마소!	彼君子兮 不素殮兮.

좌전左傳/환공桓公10년(BC 702)

주나라 속담에 이런 말이 있다.	周諺有之
'필부는 죄가 없지만 구슬을 품으면 죄가 된다.'	匹夫無罪 懷璧其罪.

좌전左傳/소공昭公3년(BC 539)

제나라 대부 안자晏子가 말했다.	晏子曰
"지금은 말세입니다.	此季世也.
민民의 소출의 셋 가운데 둘은 공실公室에 빼앗기고,	民三其力 二入於公
나머지 하나로 연명해야 합니다.	而衣食其一
공실의 곡간에는 재물이 좀먹고 썩어나는데	公聚朽蠹
늙은이는 얼어 죽고 굶어 죽는 실정입니다."	而三老凍餒.

다음은 유가들의 부당한 경제정의를 보여주는 주자의 글과 이를 비판하는 청淸의 대진戴震(1723~1777)의 글이다. 이 글을 읽고도 유가의 봉건도덕을 경제정의라고 말할 수 있겠는가?

주자대전朱子大全/권14/무신연화주차戊申延和奏箚

형이 가벼울수록 민중의 풍속을 순후하게 하기보다는	刑愈輕而愈不足以厚民之俗
왕왕 반대로 패역 작란하려는 마음을 조장시키기 마련이다.	往往反以長其悖逆作亂之心
반면 옥송獄訟이 번다하면 할수록	而使獄訟之愈繁則
선왕의 법을 강구하지 못하는 과오를 범한다.	不講乎先王之法之過也.
옥송이 있으면 반드시 먼저 그 존비·상하와	凡有獄訟 必先論其尊卑上下
장유·친소의 분수를 논한 다음	長幼親疎之分
사안의 곡직을 들어야 한다.	而後聽其曲直之辭.
만일 하위자가 상위자를 범하고,	凡以下犯上
비천이 존귀를 능멸했다면,	以卑凌尊者
비록 옳았다 해도 도와주지 말아야 하며,	雖直不右
옳지 않았다면 죄를 덧붙여야 한다.	其不直者罪加.

여모서與某書(대진 저)

이른바 그들이 말하는 도리라는 것은	其所謂理者
혹리酷吏들이 말하는 법과 다를 것이 없다.	同于酷吏之所謂法.
혹리는 법으로 살인하고	酷吏以法殺人
유사들은 도리로 살인한다.	後儒以理殺人.
눈앞이 캄캄하구나!	浸浸然
법을 버리고 대신 도리를 논하며 죽이니	舍法而論理死矣
달리 구할 방도가 없구나!	更無可救矣.

이처럼 공자의 경리사상은 관리들에 대한 명분론이었지만 유가들에 의해 생산계급을 천시하는 관존민비사상으로 발전

하여 민을 착취하는 역기능을 하게 되었다. 신분차별이 엄격한 봉건사회에서 상놈을 천시하는 풍토가 바로 경제적 착취로 이어지는 것은 당연한 귀결이었다. 그러므로 청대淸代에 이르면 거의 모든 학자들이 유가의 경리론을 비판했다. 그런데도 우리 학자들은 아직도 공자의 봉건적 경리사상을 비판정신에 입각하여 읽지 않고 민주사회의 경제정의론으로 윤색하며 예찬하고 있으니 한심한 일이다.

이욕의 해방

순자荀子는 유가이면서도 공맹의 경리사상을 반대하고 이利와 욕망을 긍정하고 부국주의를 지향했다. 같은 맥락에서 그는 묵자의 균분을 비난했는데, 실은 공맹도 균분을 주장했으므로 이는 공맹을 반대한 것과 마찬가지다.

특히 순자는 공자의 '극기복례'를 비판한다. 그는 주례周禮의 부흥이 아니라 현재의 왕법을 따르라고 주장했고, '극기克己'를 '극신克身'으로 보지 않는다. 그는 이익을 좇는 마음을 악惡이 아닌 인간 본연의 마음으로 인정한다. 다만 의義가 이利보다 우선임을 강조한다. 그는 정치란 인간의 욕망을 억제하는 것이 아니라 적극적으로 의롭게 인도하는 것이라고 생각했다.

또한 순자는 맹자와 송견宋鈃(BC 382~300)의 '과욕론寡欲論'을 비판한다. 그는 나라를 다스리는 것은 인간의 욕망을 이용하여 상벌로 권면하고 금지하는 것인데, 송견의 주장대로 인간이 욕망이 적어지고 영예와 치욕을 모른다면 권면하고 금지할 수단이 없으므로 국가의 존립 근거가 없어지며 백성은 가난해질 것이라고 생각했다.

　맹자와 순자는 다 같이 공자를 계승했지만, 경제 문제에서는 맹자는 좌파적이고 순자는 우파적이었다. 순자를 계승한 여불위와 이사李斯(?~BC 208)는 진시황의 천하통일을 도왔으나 반유가적이었다. 더구나 이사는 분서갱유焚書坑儒를 한 유가의 죄인이다. 그러므로 순자는 법가法家로 지목되었고 유가의 이단으로 배척되었다.

순자荀子/대략大略

의義와 이利는 사람이 둘 다 가지고 있는 심성이다.	義與利者 人之所兩有也.
비록 요순이라도 백성의 이로움을 좇는 마음을 제거할 수 없으나,	雖堯舜不能去 民之欲利.
능히 이욕利慾이 의로움을 좋아하는 마음을	然而能使其欲利
이기지 못하게 할 수는 있다.	不克其好義也.
비록 걸주라도	雖桀紂
백성의 의로움을 좋아하는 마음을 제거할 수는 없으나,	不能去民之好義也.
의협심이 이익에 대한 욕구를	然而能使其好義
이기지 못하게 할 수는 있다.	不勝其欲利也.
그러므로 의義가 이利를 이기게 하면 세상은 다스려지고,	故義勝利者爲治世
이가 의를 이기게 하면 세상은 어지럽다.	利克義者爲亂世.

순자荀子/정명正名

무릇 치국治國을 말하면서 욕망의 제거를 기대하는 것은	凡語治而待去欲者
욕망을 인도할 방법을 모르고	無以道欲
욕망이 있다는 것만을 고민하는 사람이다.	而困於有欲者也.
또한 욕망이 적게 되는 것을 기대하는 것은	凡語治而待寡欲者
욕망을 절제할 방법을 모르고	無以節欲
욕망이 많은 것을 고민하는 사람이다.	而困於多欲者也.
그러므로 치란治亂은 마음이 옳다는 것에 달려 있을 뿐	故治亂在於心之所可
욕망의 많고 적음에 달려 있는 것이 아니다.	亡於情之所欲.

순자荀子/정론正論

송견은 사람의 본래 마음은 욕심이 적은 것인데,	子宋子曰 人之情欲寡
모두 자기 마음은 많은 것을 욕구한다고 착각하고 있으니,	而皆以己之情爲欲多
이는 잘못이라고 말한다.	是過也.
그러나 옛사람의 다스림은 그렇지 않았다.	古之人爲之不然.
사람의 마음은 많은 것을 욕구하고 적은 것을 욕구하지 않으므로	以人之情爲欲多 而不欲寡.
부를 후하게 하는 것으로 상을 주고,	故賞以富厚
감하고 더는 것으로 벌을 주었던 것이다.	而罰以殺損也.
이것은 모든 왕들이 공통된 것이다.	是百王之所同也.

여씨춘추呂氏春秋/권2/중춘기仲春紀/정욕情欲

하늘이 사람을 점지할 때 탐욕이 있도록 만들었다.	天生人 而使有貪有欲.
욕망에는 인정이 있고 인정에는 절도가 있다.	欲有情 情有節.
성인은 절도를 지켜 욕망을 그치게 하였으므로,	聖人修節 以止欲.

인정을 행하였으나 지나치지 않았을 뿐이다.

귀가 오성을 욕구하고, 눈이 오색을 욕구하고,

입이 오미를 욕구하는 것은 인정이다.

이 세 가지는 귀한 사람이나 천한 사람이나,

어진 사람이나 어리석은 사람이나 같으며,

성군인 요순이나 폭군인 걸주도 같은 것이다.

故不過行其情也.

故耳之欲五聲 目之欲五色

口之欲五味 情也.

此三者 貴賤愚智賢不肖

欲之若一.

雖神農黃帝 其與桀紂同.[10]

이로부터 1,400여 년이 지난 북송 때에 왕안석王安石 등 신법파新法派의 스승인 이구李覯가 경리사상을 비판했다. 그는 "사람은 이利가 아니면 살아갈 수 없고, 욕망은 사람의 자연스런 마음"이라고 주장하고 유가의 '천리賤利'를 반대했다.

우강집旴江集/권2/원문原文(이구 저)

이利를 도모해도 되는가?

사람은 이가 아니면 살아갈 수 없으니

어찌 도모하면 안 된다 하겠는가?

욕欲은 도모해도 되는가?

욕이란 사람의 정이니 어찌 도모함을 불가하다 하겠는가?

다만 도모한다 해도 예로써 하지 않으면

탐욕이요 방탕이니 죄악이다.

利可言[11]乎.

曰 人非利不生

曷爲不可言.

欲可言乎

曰 欲者人之情 曷不可言.

言而不以禮

是貪與淫 罪矣.

---

10) 이 글은 楊家의 것이라는 주장도 있다.

11) 言(언)=謀也.

우강집旰江集/권2/예론禮論 1

대저 예는 인도의 표준이요 교화의 주인이다.	夫禮 人道之準 世敎之主也.
음악 · 정사 · 형정이란 것도 예의 가지이며,	曰樂 曰政 曰刑 禮之支也.
인 · 의 · 지 · 신도	曰仁 曰義 曰知 曰信
예의 별명이다.	禮之別名也.
대저 예의 비롯됨은 사람의 본성인 욕망을 따르되	夫禮之初 順人之性欲
그것을 다스려 절도 있게 꾸미는 것이다.	而爲之節文者也.

우강집旰江集/권16/부국책富國策 1

유가의 의론은	儒者之論
의義를 귀히 여기고 이利를 천하게 여기지 않는 것이 없다.	鮮不貴義而賤利
그들의 말은 도덕과 교화가 아니면	其言非道德敎化
입에 담으려 하지 않는다.	則不出諸口矣
그러나 『서경』「주서」 홍범洪範편의 팔정八政은	然洪範八政
"첫째가 식食이요 둘째가 화貨"라고 했으며,	一曰食 二曰貨.
공자도 역시 식食이 족하고 병兵이 족해야	孔子曰 足食足兵
상하가 신뢰할 수 있다고 말했다.	民信之矣.
이것은 나라를 다스리는 실질은	則治國之實
반드시 재용財用이 근본이라는 뜻이다.	必本於財用
예禮는 재용으로 거행되고,	禮以是擧
정사政事는 재용으로 안민安民할 수 있고,	政以是成
애愛는 재용으로 확립되며, 위威는 재용으로 시행된다.	愛以是立 威以是行
재용을 버리고 태평성세를 이룬 자는 일찍이 없었다.	舍是而克爲治者未之有也.
그러므로 성현군주와 경세제민經世濟民의 선비는	是故賢聖之君 經濟之士

반드시 먼저 나라를 부하게 했던 것이다.　　　　　必先富其國焉.

　그러나 남송의 성리학은 유가 전통인 경리사상을 계승하여 이를 '멸인욕滅人欲 존천리存天理'로 더욱 강화시켰다. 이에 당시 진량陳亮(1143~1194)은 주자의 경리사상을 반대하고 '왕패병용王覇竝用'과 '의리쌍행義利双行'의 공리주의를 주장하며 주자와 격렬한 논쟁을 벌였으며, 섭적葉適(1150~1223)은 '숭의양리崇義養利', 즉 의義를 숭상하여 이利를 기르고, 예禮를 높여 각자의 능력을 발휘토록 할 것을 주장했다.

성리대전性理大全/권50/역행力行(주자 저)

배우는 자는 모름지기 인욕을 바꾸어	學者須是 革盡人欲
천리를 부흥시켜야 한다.	復盡天理.
그 방책은 배움으로부터 시작된다.	方始是學.
또 이르기를 인욕과 천리는	又曰 人欲與天理
이것이 커지면 저것은 부족하고,	此長彼必短
이것이 부족하면 저것은 커진다.	此短彼必長.

복주원회서復朱元晦書(진량 저)

왕도와 패도는 병용되고, 의義와 이利는 둘 다 행해야 한다.	王覇竝用 義利双行.
천리天理와 인욕은 병행할 수 있다.	天理人欲可以竝行.

송원학안宋元學案/용천학안龍川學案

우임금이 공功이 없다면 어찌하여 육부를 이루었고,	禹無功 何以成六府.[12]

천덕天德이 이利가 없다면 어찌 사덕四德을 갖추었겠는가?　　　　　　乾無利 何以具四德.

용천문집龍川文集/문답問答 하(진량 저)

욕망은 성性에서 나왔으므로 사람은 모두 욕망이 있다.　　　　　　欲出于性 則人之所同欲也.

그것이 바름을 얻으면 도라 하고　　　　　　　　　　　　　　　得其正則爲道

바름을 잃으면 욕이라 할 뿐이다.　　　　　　　　　　　　　　失其正則爲欲.

그러므로 욕이 악이 되면 그것을 다스려 절제할 뿐이다.　　　　因其欲惡 而爲之節而已.

습학기언習學記言/권23(섭적 저)

어진 이는 마땅함을 바로 할 뿐 이利를 도모하지 않고,　　　　　仁人 正誼不謀利

도를 밝힐 뿐 공功을 계산하지 않는다는 말은　　　　　　　　　明道不計功.

처음 들으면 대단히 좋은 말 같으나　　　　　　　　　　　　　此語初看極好

자세히 들여다보면 전혀 공소한 말이다.　　　　　　　　　　　細看全疏闊.

옛사람은 남에게 이익을 주면서도　　　　　　　　　　　　　　古人以利與人

스스로 그 공을 자랑하지 않았으므로 도의가 빛났을 뿐이다.　　而不自居其功 故道義光明.

후세 유가들은 이러한 동중서董仲舒의 말을 실천하였으나　　　　後世儒者行仲舒之論.

아무런 공적과 이로움(功利)이 없다면　　　　　　　　　　　　旣無功利

도의道義라는 것이 쓸모없는 헛소리일 뿐이다.　　　　　　　　則道義者乃無用之虛語爾.

　　이에 앞서 위진대魏晉代에 하안何晏과 왕필王弼 등의 이른바
『노자』를 끌어다가 유가에 편입시킨 '원노입유援老入儒'의 현
학玄學이 등장한 이후부터 공자의 경세학經世學은 도가의 청담

---

12) 六府(육부)=五事+穀食.

清談으로 변질되어 있었다. 주자의 성리학은 이에 크게 영향을
받았으며, 공자의 경학經學을 봉록에 뜻을 두지 않는 산림처사
山林處士의 공리공담으로 변질시켰다는 비난을 받는다.

일지록日知錄/권7/부자지언성여천도夫子之言性與天道(고염무 저)

오호五胡가 중화를 어지럽힌 것은	五胡亂華
청담淸談이 유행한 재앙에서 기인된 것임을 사람들은 잘 안다.	本於淸談之流禍 人人之知.
오늘날은 전대보다 청담이	孰知今日之淸談
더욱 심한 줄을 누가 알겠는가?	有甚於前代者.
옛날의 청담은 노장을 담론했으나,	昔之淸談談老壯
지금의 청담은 공맹을 담론한다.	今之淸談談孔孟.

사존편四存編/권1/존학存學/태창육부정선생서太倉陸桴亭先生書
(안원顏元 저)

나 같은 미천한 사람의 망령된 말일지 모르지만	故僕妄論
송유宋儒의 성리학은 한漢의 위학緯學과 진晉의 현학玄學과	謂是集漢晉
석가와 노자를 집대성한 것이라고 말한다면 옳겠지만,	釋老之大成者則可.
요와 순과 주공의 정파라고 말한다면 옳지 않다고 본다.	謂是堯舜周公之正派則不可.

대진집戴震集/부재附載/답팽진사윤초서答彭進士允初書

송대 이전에는 공맹은 스스로 공맹이요,	宋以前 孔孟自孔孟
노장 석가는 스스로 노장 석가였다.	老釋自老釋.
노장 석가를 말하는 자들은	談老釋者
그들의 말을 높이고 신묘하다 했을 뿐	高妙其言

공맹에 붙이지는 않았다.

송대 이래 공맹의 저서는 그 해석을 모두 잃어버렸으니

유가들은 노장 석가의 말을 마구 끌어다가 해석했기 때문이다.

不依附孔孟.

宋以來 孔孟之書 盡失其解.

儒者雜襲老釋之言以解之.

대진집戴震集/맹자자의소증孟子字義疏證/하/재才

그런고로 성현의 도는 무사無私일 뿐 무욕無慾이 아니다.

노장 석가의 말은 무욕일 뿐이며 무사가 아니다.

저들은 무욕을 주장함으로써

도리어 자기의 사사로움(成佛極樂)을 성취하고자 하는 것이다.

是故聖賢之道 無私而非無欲.

老莊釋氏 無欲而非無私.

彼以無慾

成其自私者也.

그러나 17세기에 이르면 동서양을 막론하고 계몽사상이 일어나 경리사상은 더욱 비판을 받는다. 명말 청초의 재야 학자들은 대체로 이利와 욕망의 해방을 주장했다. 특히 명말의 황종희黃宗羲는 민의 '자사自私'와 '자리自利'를 주장했다. 그는 경리사상에 대해 "군주의 사리私利를 공리公利로 호도하여 천하의 이利를 독점하기 위한 거짓 도덕"이라고 비난했다. 그런데도 우리 유학자들은 조선이 멸망할 때까지 관존민비와 경리사상을 고수했다.

곤지기困知記/상(나흠순羅欽順 저)

『예기』「악기樂記」의 욕欲 · 호好 · 오惡와

『중용』의 희로애락喜怒哀樂을 합하여 칠정七情이라 한다.

칠정의 이리는 모두 성性에 뿌리박고 있으며,

그 가운데 욕欲이 가장 중요하다.

樂記所言欲與好惡.

與中庸喜怒哀樂 同謂之七情.

其理皆根於性者也.

七情之中欲較重.

하늘이 백성을 낳으면 욕이 있게 마련이다.　　　　　　　　　　蓋惟天生民有欲

욕을 따르면 희喜하고, 욕을 거스르면 노怒하고,　　　　　　順之則喜 逆之則怒

욕을 만족하면 낙樂하고, 욕을 만족하지 못하면 애哀한다.　得之則樂 失之則哀.

그러므로「악기」는 오직 성性은 곧 욕(性之欲)이라 했다.　故樂記獨以性之欲爲言.

욕을 악惡이라고 할 수는 없다.　　　　　　　　　　　　　　欲未可謂之惡.

욕이 선이 되고 악이 되는 것은　　　　　　　　　　　　　其爲善爲惡

절節이 있느냐 없느냐에 달려 있을 뿐이다.　　　　　　　　係於有節與無節爾.

명이대방록明夷待訪錄/원군原君(황종희 저)

인간은 생명을 받은 시초부터　　　　　　　　　　　　　　有生之初

각각 자신을 사私사롭고 이利롭게 해왔다.　　　　　　　人各自私也 人各自利也.

후세의 군주들은 천하의 이해利害의 권세는　　　　　　後之爲人君者不然.

모두 자기로부터 나온다고 말하며　　　　　　　　　　以天下利害之權 皆出于我.

천하의 이利를 자기가 독점하고　　　　　　　　　　　以天下之利盡于己

천하의 해害를 인민에게 돌렸다.　　　　　　　　　　　以天下之害盡歸于人.

그리고 민에게는　　　　　　　　　　　　　　　　　　亦無不可使 天下之人

자신을 위한 이利를 취하지 못하게 하고　　　　　　　不敢自私 不敢自利.

군주의 사리私利를 천하의 공리公利로 생각하도록 의식화했다.　以我之大私 爲天下之公.

처음에는 옳지 않다고 생각했으나 오래지 않아 익숙해졌다.　初而慙[13]焉 久而安焉.

그 결과 막대한 산업을　　　　　　　　　　　　　　　視天下爲莫大之産業

자손에게 상속하여 대를 이어 누리도록 했다.　　　　　傳之子孫 受享無窮.

---

13) 慙(참)=媿也 不直失節.

정림집亭林集/권3/여황종희서與黃宗羲書(고염무 저)

| 도道는 무엇을 하기 위한 것인가? | 其道何由[14] |
| 그것은 반드시 후생을 근본으로 한다. | 則必以厚生爲本. |

주역외전周易外傳/권1/무망无妄(왕부지王夫之 저)

형체를 천시하면 반드시 인정人情도 천시하고,	賤形必賤情
인정을 천시하면 반드시 생명을 천시하며,	賤情必賤生
생명을 천시하면 반드시 인의仁義를 천시하고,	賤生必賤仁義
인의를 천시하면 반드시 생명을 멀리하고,	賤仁義必離[15]生
생명을 멀리하면 무위無爲를 참이라 말하고,	離生必謂無爲眞
생명을 거짓이라고 말할 것이니	而謂生爲妄.
노장과 부처의 사설이 번창할 것이다.	二氏之邪說昌矣.

잠서潛書/하/선유善遊(당견唐甄 저)

유람 · 여색 · 재물 · 옛 그릇 · 궁실을	好遊 好色 好財 好古器
좋아하는 것은 인지상정이다.	好宮室者 人之恒情也.
사람이라면 어느 누가	人亦孰
그러한 인정人情을 이루려고 욕망하지 않겠는가?	不欲遂其情.
천자는 비록 존귀하지만 그 역시 이러한 욕망을 가진 인간이다.	天子雖尊 亦人也.
그러므로 군자는 인정을 떨쳐버리지 않고,	君子不拂人情
대중의 뜻을 거역하지 않는다.	不逆衆志.

---

14) 由(유)=行也.
15) 離(리)=避也, 絶也, 遠也.

이로써 도모한 것을 쉽게 이루고 성공할 수 있는 것이다. 　是以所謀易就 以有成功.

원선原善/상(대진 저)

사람과 만물은 다 같이 욕망이 있다. 　人與物同有欲.

그러므로 욕망은 성性의 사업이다. 　欲也者 性之事也.

사람과 만물은 다 같이 지각이 있다. 　人與物同有覺.

그러므로 지각은 성性의 능력이다. 　覺也者 性之能也.

대진집戴震集/맹자자의소증孟子字義疏證/하/재才

무릇 사물(事)과 행위(爲)에는 모두 욕망(欲)이 있다. 　凡事爲皆有於欲.

욕欲이 없으면 위爲가 없고, 욕이 있어야 위가 있다. 　無欲則無爲矣. 有欲而後有爲

그 위가 바꿀 수 없는 지당함에 귀착됨을 　有爲而歸於至當

이理라고 말한다. 　不可易之謂理.

욕이 없으면 위가 없는데 어찌 또 이가 있겠는가? 　無欲無爲又焉有理.

대진집戴震集/맹자자의소증孟子字義疏證/하/재才

도덕의 성대함은 　道德之盛

사람들로 하여금 욕망을 이루지 못함이 없도록 하고 　使人之欲無不遂

감정을 통달하지 못함이 없도록 하는 것뿐이다. 　人之情無不達 斯已矣.

대진집戴震集/맹자자의소증孟子字義疏證/상/이理

욕망은 생명을 이루는 것이다. 　欲遂其生

또한 사람의 생명을 이루게 하는 것이 인仁이다. 　亦遂人之生 仁也.

22 조선 선비의 경제사상

조선 성리학의 경제사상

중세시대인 16세기 초 조선의 퇴계退溪는 경리사상을 새롭게 해석했다. 퇴계는 이利와 인욕人欲을 구분하고, 인욕은 남의 생명과 천지의 생명살림을 위해 절제되어야 하지만, 이利는 인간의 생명살림에 필요한 것이라고 인식했다. 다만 공직자의 지위에 있으면 이利는 천리天理에 따라 저절로 오는 것이므로 이利를 꾀하는 마음을 가져서는 안 된다는 것이다. 이것은 군자에 대한 도덕적 요구를 말한 것이며 민民이나 소인에게는 해당되지 않는다. 이것은 이利를 도둑의 도道로 비난한 맹자나, 이利=욕欲=사私와 의義=이理=공公을 불상용不相容의 대립관계로 보는 유가적 전통과는 현저히 다른 것이었다.

부국강병富國强兵 반대

대학大學/10장

나라와 가문을 키우려 하고	長¹⁾國家
재물과 공용功用을 힘쓰는 것은	而務財用²⁾者
반드시 소인小人의 도를 따른 때문이다.	必自³⁾小人矣.
그러므로 소인이 나라와 가문을 다스리면	小人之使爲國家
재앙이 한꺼번에 이를 것이니,	菑害并至.
비록 선한 자가 있어도 어찌할 수가 없다.	雖有善者亦無如之何矣.
그래서 나라는 이利를 이利로 생각지 않고,	此謂 國不以利爲利
의義를 이利로 생각한다고 말하는 것이다.	以義爲利也.

논어혹문論語或問/권12/안연顔淵

극기克己의 '기己'는 인욕人欲의 사私요,	己者 人欲之私也
복례復禮의 '예禮'는 천리의 공公이다.	禮者 天理之公也.
한 마음속에 기己와 예禮, 사私와 공公은 병립을 용납하지 않는다.	一心之中 二者不容竝立.

자성록自省錄/중답황중거重答黃仲擧(퇴계 저)

『주역』「문언전文言傳」에서 '이利는 의義의 조화'라고 했는데,	故曰利者義之和
이는 '천리天理를 따르면 이利를 구하지 않아도	如云循天理 則不求利
저절로 이롭지 않음이 없다'는 뜻이다.	而自無不利者是也.
만약 이利를 인욕人慾이라 한다면	若以利爲人欲

---

1) 長(장)=大也.
2) 用(용)=功用, 庸(功也).
3) 自(자)=由也, 從也.

천리天理 속에는 털끝만큼도 없어야 하거늘
어찌 "이利를 의義의 조화"라 하였겠는가?

則天理中一毫著不得
何云義之和也.

    조선은 당시 세계에서 가장 선진 사상이었던 성리학을 자주
적으로 수용 발전시켜 중국을 능가하는 학문의 경지를 이루었
다. 그러나 유교의 한계인 관존민비, 경리사상은 민생民生을
파탄에 몰아넣었고, 집권자들은 당쟁에만 골몰했으니, 조선
중기 이후부터는 성리학은 나라를 지탱할 수 없이 형해화되었
다. 다만 선비들이 자신의 나라와 민생에 대해 치열하게 고민
한 점은 지금도 우리를 감동케 한다. 퇴계, 율곡 등 혁혁한 유
가들의 투철한 애민愛民 애국愛國의 선비 정신이야말로 후인들
에게 의병운동과 독립운동의 정신적 밑거름이 되어 나라를 되
찾은 원동력이 되었음을 잊어서는 안 될 것이다. 나는 민생을
걱정하는 선인들의 글을 읽으면서 분노와 감격의 눈물을 금할
수 없었다.

퇴계집退溪集/차箚/무진경연계차戊辰經筵啓箚

옛말에 이르기를 한 곡식이 여물지 않으면
백성들이 굶주림을 당한다고 했다.
오늘날은 백 가지 곡식이 여물지 않았으니
백성은 무엇으로 배를 채운단 말인가?
혹독하고 포악한 관리들은 줄을 대고 농간을 부리며,

古語云 一穀不登[4]
民受其飢
今則百穀不登
民何以充腹.
酷吏暴胥 因緣作奸

---

4) 登(등)=熟也.

말을 몰아 쳐들어와 위협하고	脅驅侵督
독촉하기가 성화같이 다급하여	急於星火
살가죽을 벗겨주고 골수를 뽑아야 하니	剝膚椎髓
온 나라가 극한 상황으로 휩쓸리고 있다.	靡有限極.
무지한 소민들은 위의 덕은 보지 않고	無知小民 上不見德
아래의 침탈만을 볼 뿐이니,	下有見侵
서로 원망하고 비방하며 한숨만 짓고	相與怨讟5)興嗟
부모의 은혜도 버리고 처자의 사랑조차 끊어진다.	棄父母之恩 絶妻子之愛.
이곳을 버리고 딴 곳으로 가려 해도 다른 지방도 역시 마찬가지라	去此而適他 他方亦然
사방이 혼란하니 숨고 도망갈 곳이 없다.	四方湯湯6) 無處藏逃.
그러니 장정들은 떼를 지어 도둑이 되고	强壯則群聚而爲盜
노약자는 시궁창에서 죽어간다.	老弱則轉死於溝壑.

율곡집栗谷集/책策/도적책盜賊策

궁궐 안에서는 환락에 취해 밥 먹을 겨를도 없는데,	九重之內 不遑暇食
궐문 밖에서는 임금의 은택이 흐르지 않아	而闕門之外 王澤不流
불쌍한 창생은 무슨 죄, 무슨 허물뿐,	哀我蒼生 何罪何辜
기름기는 가렴주구로 말라가고	膏澤竭於聚斂
근골은 과중한 노역으로 수고로우며,	筋骨勞於重役
거기에 장마와 가뭄이 번갈아 기근이 겹쳐	加以水旱相因 饑饉荐臻7)
마을마다 길쌈하는 노래가 끊어지고,	大東賦杼軸之空8)

---

5) 讟(독)=誘也.
6) 四方湯湯(사방탕탕)=蕩蕩洪水.
7) 荐臻(천진)=거듭 이르다.

골짜기마다 가뭄과 홍수를 탄식한다.   中谷興暵濕之嘆[9]

들에는 굶어 죽은 시체가 즐비하고   野有餓莩[10]

구제의 손길이 끊겨 버려진 백성이 애달프구나!   罔救煢[11]獨之哀.

율곡집栗谷集/책策/도적책盜賊策

백성이 항구적인 산업이 없으면   民無恒産

그 본연의 착한 마음을 잃게 되고,   失其本然之心

굶주림과 추위가 몸에 절절하면 염치를 돌아볼 수 없게 되어   飢寒切身 不顧廉恥

일어나 도적이 되니 어찌 본마음이겠는가?   起而爲盜. 夫豈本心哉.

그 원인을 찾아 폐단을 개혁하지 않고   不求其故 不革其弊

다만 죽이고 잡으려고만 하면,   而但欲勦捕而已

한 곳의 소굴은 비록 소탕한다 해도   則一方之巢穴 雖可蕩覆

저들 항심恒心을 잃고 삐뚤어진 백성을   而彼無恒心放僻之民

도적이 안 되도록 보장하겠는가?   能保其不爲盜乎.

율곡집栗谷集/권15/논안민지술論安民之術

오늘날 민력民力을 살펴보면   度今民力

죽어가는 사람처럼 숨소리가 잦아들어   如垂死之人 氣息奄奄

평시에도 지탱하기 힘들 지경이니,   平日支持亦不可保

만일 외환이 남북에서 일어나면   脫[12]有外警起於南北

---

8) 大東小東杼軸其空(詩經/小雅).
9) 中谷有蓷暵其乾矣(詩經/王風).
10) 莩(표)=餓死.
11) 煢(경)=의지할 곳 없는 외로움.
12) 脫(탈)=접속사로 쓰임. 만일, 가령.

장차 질풍에 낙엽이 쓸리듯 할 것이다.

백성들을 버리고 종묘사직은 무엇을 의지할 것인가?

생각이 여기에 미치니 나도 모르게 통곡이 나온다.

則將必若疾風之掃落葉矣.

百姓已[13]矣 宗社何依焉.

言念及此 不覺慟哭也.

율곡집栗谷集/권15/논안민지술論安民之術

옛날에는 백 호의 촌락이었는데 지금은 열 집이 못 되고,

지난해는 열 집의 촌락이었는데 지금은 한 집도 없다.

읍과 동리는 적막하고 쓸쓸하여

사람의 연기가 멀리 끊어졌고 그렇지 않은 곳이 없다.

만약 이러한 폐단을 개혁하지 않는다면

나라의 근본이 무너질 것이니,

국가라고 생각할 수조차 없을 것이다.

是故昔年 百家之村 今無十室

前歲十家之村 今無一室.

邑里蕭條

人煙夐[14]絶 無處不然.

若不更張此弊

則邦本顚蹶

無以爲國矣.

조선 실학의 경제사상

중세가 막을 내리기 시작하는 계몽주의시대인 17세기 조선
의 선비들은 형해화된 성리학을 극복하기 위해 경제를 중시하
는 실학實學을 일으켰다. 실학의 특색은 성리학의 경리론을 버
리고 '중의중리론重義重利論'을 주장한 데 있다. 그들은 인의仁

---

13) 已(이)=黜棄也.

14) 夐(형)=멀다.

義와 부리富利를 대립적으로 보지 않는다. 이는 주자의 논적이었던 진량, 섭적과 같은 입장이었다. 특히 그들은 한결같이 사士·농農을 한 계급으로 통합할 것과 경제와 기술에 대한 학문을 강조했다. 특히 농사꾼 중에서 관리를 발탁하는 이른바 역전과力田科를 두고 유사들을 농촌으로 하방시켜야 한다고 주장했다. 그것은 오늘날 자본주의적인 '경의중리론輕義重利論'과는 다르지만, 서양의 계몽주의에 비해 늦지도 못하지도 않았다. 역사에 가정이란 있을 수 없지만 만약 실학이 실천되었다면 우리는 서구열강에 뒤지지도 않았고 망국의 치욕도 없었을 것이라는 생각이 들어 통탄을 금할 수 없다.

성호사설유선星湖僿說類選/권2/상/이해인부利害仁富(이익 저)

공자는 이利를 말하는 일이 드물었다.	孔子罕言利.
그런데도 유가들은 자기에게 이로운 것은	先儒謂 苟利於己
반드시 남에게는 해로운 것이라고 한다.	必害於人.
대저 밭을 갈아 먹고, 길쌈을 해서 입는 것은	夫耕稼而食. 蠶績而衣.
나에게 이롭지만 남에게 해를 끼치지 않는다.	在我爲利. 而害不及人.
반드시 해롭다고 말하는 것은 너무 지나친 것이다.	謂之必害 則疑若過矣.
맹자는 양호陽虎에 대해서 말하면서	孟子引陽虎之語曰
"인仁하면 부富하지 못하고, 부하면 인하지 못한다" 했다.	爲仁不富. 爲富不仁矣.
땅을 개간하고 힘써 농사를 지으면 재화가 축적되고,	墾土力作 財貨有積
학문이 우수하여 벼슬살이를 잘해서	優學顯仕
후한 녹을 받으면 부자가 될 수 있다.	厚祿至富
그런즉 부리富利를 갖는 것이	則固有之

반드시 인의仁義를 행함에 방해가 되겠는가?　　　　　　　何礙于仁哉.

성호전서星湖全書/곽우록藿憂錄

생산을 빠르게 한다는 것은 무엇인가?　　　　　　　所謂爲疾何也.

이것은 농사와 때를 빼앗지 않는 것일 뿐이다.　　　　此不奪農時而已.

나라 안의 놀고먹는 일손들을 모아,　　　　　　　集國中遊食之手

농기구를 주어 개간을 일으켜 밭을 만들면,　　　　資其器械墾起爲田

저절로 촌락이 이루어질 것이니,　　　　　　　而自成村閭

이 땅을 개간자들의 영업전으로 삼고　　　　　以爲永業

십분의 일 공조만 내게 한다.　　　　　　　惟責十一之貢.

이것을 권장하는 방책이 있으니,　　　　　　其勸課有術

공적이 두드러진 자에게　　　　　　　功能最著者

한漢나라의 역전과力田科의 법에 의거하여　　　　依漢力田之科

녹을 주어 포상하면　　　　　　　畀之祿秩以褒之

불과 십 년이면 황무지가　　　　　則不十年而蕪穢之坪

곡식을 내는 옥토로 변할 것이다.　　　　可變爲生穀之土矣.

성호사설유선星湖僿說類選/권3/하/육두六蠹

민가에서 아들을 낳으면　　　　　　　人家生子

가장 우둔한 자에게 농사나 지으라고 한다.　　　　目其最蠢曰農也.

이것은 다름이 아니고 나라의 기풍이 진실로 농사를 짓지 않고도　　此無他. 國風固多別岐非農

후한 이득을 차지할 수 있는 다른 길이 많기 때문이다.　　而可以厚占也.

만약 사농士農을 한 계급으로 통합하고,　　　　若使士農合一.

법으로 교화하여 따르게 한다면,　　　　　法有遵化.

마치 물고기가 물에서 놀고 새들이 숲으로 돌아가는 것처럼,   如魚之游水. 鳥之歸林.

농사꾼 중에서 재덕이 있는 자를 발탁함으로써   其有才德. 拔之於阡陌之間.

저절로 팔리기를 기대하지 않게 한다면,   不待自衒.[15]

백성들이 장차 자기 직분을 살펴 진작하고   則民將視[16]作己分.

눈과 손으로 익힐 것이니   目熟手習

각자 자기 직업에 안정될 것이다.   而各安其業矣.

연암집燕巖集/과농소초課農小抄/제가총론諸家摠論(박지원 저)

신이 살펴본 바에 의하면 옛날부터 민民은   臣謹按 古之爲民者

사농공상士農工商의 사민四民이 있었다.   四曰士農工賈

그런데 요즘에는 사민士民의 직업만을 숭상하게 되었다.   士之爲業尙矣.

『주례』의 「동관冬官」과   如周禮冬官

『사기』의 「화식열전貨殖列傳」을 보면   及太史遷所著貨殖一篇.

공상工商계급의 실정을 알 수 있으며,   槪見工賈之情.

『한서漢書』「예문지藝文志」의   而漢藝文志所載

구가백십사九家百十四편은   九家百十四篇

농가들의 기예와 학술서였던 것이다.   卽農家之藝術也.

이처럼 선비의 학문은   然而士之學

농업, 공업, 상업의 학문이 모두 포함되는 것이므로   實兼包農工賈之理.

농공상의 업무는   而三者之業

반드시 선비의 연구를 의지해야 성공할 수 있는 것이다.   必皆待士而後成.

---

15) 衒(현)=팔다.

16) 視(시)=明也, 敎也, 察也.

후세에 농공상이 실패한 까닭은 故臣竊以爲 後世農工賈之
선비가 실학을 하지 않은 과오에 있다. 失業 卽士無實學之過也.

초정집楚亭集/병오소회丙午所懷(박제가 저)

대저 놀고먹는 자는 나라의 커다란 좀이다. 夫游食者 國之大蠹也.
놀고먹는 자가 나날이 불어나는 것은 游食之日滋
사족이 나날이 성해지는 때문이다. 士族之日繁也.
"신은 청컨대 무릇 이들 사족들에게 …臣請 凡水陸交通販貿之
수륙 운수업과 판매 무역업을 허가하여 호부에 입적시키고, 事 悉許士族入籍
혹은 자본과 장비를 빌려주고 或資裝以假之
점포를 개설하여 거기서 살도록 하고, 設廛[17]而居之
성과가 뛰어난 자는 벼슬자리에 발탁하여 권장하십시오." 顯擢而勸之.

다산전서茶山全書/1집/권21/기이아寄二兒(정약용 저)

반드시 먼저 경학經學으로 기초를 세운 다음 必先以經學 立着基址[18]
앞선 역사歷史를 섭렵하여 然後涉獵前史
그 득실과 치란의 근원을 알아야 한다. 知其得失 理亂之源.
또한 모름지기 실용의 학문에 마음을 써 又雖留心實用之學
고인의 경제에 대한 글을 살펴야 하며 樂觀古人經濟文字.
이로써 만민을 윤택하게 하고 此心常存
만물을 발육시키는 뜻을 가진 후에야 澤萬民育萬物然後

---

17) 廛(전)=가게.
18) 址(지)=터.

진정한 독서인이요 군자라 할 것이다.　　　　　　　　　　　　方做得讀書君子.

다산전서茶山全書/1집/권11/전론田論 5

무릇 선비는 누구인가?　　　　　　　　　　　　　　　　　夫士也何人

선비는 어찌하여 손발을 놀리면서　　　　　　　　　　　　士何爲游手游足

남의 땅을 삼키고 남의 노동을 먹는가?　　　　　　　　　　吞人之土 食人力哉.

대저 선비가 놀기 때문에　　　　　　　　　　　　　　　　夫其有士之游也

땅의 생산력이 다 개발되지 못하고 있다.　　　　　　　　　故地利不盡闢也.

놀면 곡식을 얻을 수 없음을 알면　　　　　　　　　　　　知游之不可以得穀也

장차 직업을 바꾸어 땅으로 돌아갈 것이다.　　　　　　　　則亦將轉 而緣南畝矣.

선비가 전업轉業하여 농촌으로 돌아가면　　　　　　　　　士轉而緣南畝

지리地利가 열리고 풍속이 후해지고 난민이 그칠 것이다.　　而地利闢 風俗厚 亂民息矣.

그러면 농업으로 전업할 수 없는 자는　　　　　　　　　　曰 有必不得轉

어떻게 할 것인가?　　　　　　　　　　　　　　　　　　　而緣南畝者 將奈何

공업과 상업으로 전업하는 자도 있을 것이며,　　　　　　　曰 有轉 而爲工商者矣

아침에 나가 밭을 갈고 밤에는 책을 읽는 이도 있을 것이며,　有朝出耕 夜歸讀古人書者矣.

부잣집 자제를 교수하는 것으로 살길을 찾는 자도 있을 것이다.　有教授富民子弟 以求活者矣.

실리를 강구하여 토질의 마땅함을 가려내고　　　　　　　有講究實理 辨土宜

수리를 일으키고 기구를 제작하여 노동력을 절감하기도 할 것이며,　興水利制器 以省力.

수예와 목축을 가르쳐서 농업을 도울 수도 있을 것이다.　教之樹藝畜牧 以佐農者矣.

이들의 공적은　　　　　　　　　　　　　　　　　　　　若是者其功

어찌 육체노동에 비교할 수 있겠는가?　　　　　　　　　豈扼腕[19]力作者 所能比哉.

중국인들은 굴원의 작품 〈이소離騷〉와 제갈량의 출사표를 읽고 눈물을 흘리지 않는 자는 인간이 아니라고 한다. 한국인으로서 퇴계 이황, 율곡 이이, 반계磻溪 유형원柳馨遠(1622~1673), 성호 이익, 연암 박지원, 초정楚亭 박제가朴齊家(1750~1805), 다산 정약용 등 선유先儒들의 민생에 대한 글을 읽고 눈물을 흘리지 않는다면 지성인이 아닐 것이다. 특히 실학자들이 주장한 '토지공유제', '공개채용', '사농士農계급의 통합', '거지 변증법', '자동차공업 육성', '무역업 진흥' 등의 정책들은 오늘날에도 유효한 것들이 아닌가? 구차한 설명이 필요 없다. 독자들이 읽어보면 공감하며 가슴을 칠 것이다. 이처럼 너무도 절실한 주장인데 왜 당시 기득권 세력은 실학자들의 근대적인 개혁사상을 반대했을까? 통탄할 일이 아닐 수 없다. 분단조국을 살아가는 오늘의 우리를 훗날 후세들이 또다시 한탄하지 않을까? 우리는 이러한 개혁사상을 외면했던 역사적 과오를 반면교사로 삼아야 할 것이다.

반계수록磻溪隨錄/전제田制 상(유형원 저)

천하를 다스리는 데 있어 토지의 '공유제公有制'와	治天下不公田
인사의 '공개채용公開採用'이 없고는 모두 구차할 뿐이다.	不公舉[20] 皆苟而已.
공전公田 한 가지만 잘 실행된다면 백 가지 일이 다 풀릴 것이니	公田一行 百度擧已
빈부貧富가 저절로 안정되며	貧富自定

---

19) 扼腕(액완)=주먹을 불끈 쥐다.

20) 擧(거)=用也, 正也.

호구가 분명해지고 군대가 정돈된다.   戶口自明 軍伍自整.

오직 이렇게 하고 나서야   唯如此而後

교화와 예교禮敎가 가능할 것이다.   敎可行禮樂可能.

성호사설星湖僿說/권13/민득십구民得十九(이익 저)

사람은 귀천을 막론하고 곡식이 없으면 살지 못한다.   人無貴賤 無穀則不生.

곡식은 천賤한 자에게서 나오고 귀貴한 자는 제공받는 것이니,   穀出於賤 而貴者資焉

이는 마치 거지가 구걸하는 것과 같다.   其事如乞丐然也.

노력자勞力者가 곡식을 가지고   勞力者持穀

노심자勞心者와 바꾸는 것은 삯군과 같다.   易彼勞心 如賃傭也.

천한 자는 귀한 자가 없더라도 오히려 스스로 살아갈 수 있지만   賤之無貴 猶或自活.

귀한 자는 천한 자가 없으면 살아갈 수 없다. (거지 변증법)   貴之無賤 非復生.

뜻으로 보면 권한은 아래에 있는 것 같으나,   意疑若其柄在下.

현실은 노심자가 노력자를 다스린다.   然勞心者治下.

열하일기熱河日記/일신수필馹汛隨筆/차제車制(박지원 저)

무릇 수레는 천리天理로 만들어져 땅 위를 다니는 것으로   大凡車者 出乎天而行于地

물을 다니는 배요 움직이는 방이다.   用旱之舟 而能行之屋也.

나라에서 크게 필요한 것은 수레만 한 것이 없다.   有國之大用莫如車.

수레 중에는 화물차貨物車 외에도   車非獨載且乘也.

전차戰車, 역차役車, 수차水車, 포차砲車 등 수천 가지가 있으므로   有戎車 役車 水車 砲車 千

창졸간에 이루 다 말할 수 없을 지경이다.   百其制 而今不可倉卒俱悉.

그중에서 승용차나 화물차는 인민의 생활에 중요한 것이니   然至於乘車載車 尤係生民

먼저 힘써 화급히 강구하지 않으면 안 될 것이다.   先務不可不急講也.

북학의北學議/오행골진지의五行汨陳之義(박제가 저)

지금 천 리 되는 긴 강이 있으나 갑문을 만들어

곡식을 찧는 방앗간이 한 곳도 없으니 수리水利가 없는 것이다.

또 석탄을 태워 주물 도가니를 만들지 못하여

영해 지방의 구리를 녹이지 못하니

쇠가 쇠 구실을 못하고 불이 불 구실을 못한 것이다.

또한 통행하는 데 수레가 없고, 집 짓는 데 벽돌이 없으니,

목공의 기술이 쇠퇴했고 미장이의 기술이 줄어들었다.

그러므로 오행五行이 없어지고

육부六府를 잃어버렸다는 것이다.

今有千里之長江

而無一閘以磨穀 則水利廢矣.

石炭之鋼鑪[21]不能制

寧海之銅鑄 不得鎔

則火非火而金不金矣.

行無車而屋無甓

則木工衰而土德虧矣.

此所以爲汨喪

與陳[22]廢之道也.

진북학의進北學議/분오칙糞五則(박제가의 소疏)

중국에서는 똥을 금같이 여기고 길에 재를 버리는 일이 없다.

말이 지나가면 삼태기를 들고

말꽁무니를 따라다니며 말똥을 줍는다.

그러나 서울의 수만 집의 더러운 변소는

수레가 없으므로 똥을 반출할 수가 없다.

진나라 법은 재를 버린 자는 죽였는데,

비록 상앙商鞅이 만든 가혹한 벌이지만,

그 의도는 농사를 힘쓰는 데 있다 할 것이다.

대략 한 사람이 하루에 배설하는 똥과 오줌은

中國惜糞如金 道無遺灰.

馬走則擧畚[23]

而隨其尾 以收其矢.

而都城萬家之圊溷

以其無車也 莫能出之.

…秦法棄灰者死

此雖商君之酷

要亦力農之意.

…大約人一日之糞

---

21) 鋼鑪(강로)=철강 용광로.

22) 陳(진)=布列也, 久也.

23) 畚(분)=삼태기.

하루 먹을 곡식을 넉넉하게 생산하는 것이니   足生一日之穀

100만 섬의 똥을 버리는 것은   棄百萬斛[24]糞者

어찌 100만 석의 곡식을 버리는 것이 아니겠는가?   豈非棄百萬斛穀者歟.

북학의北學議/병오소회丙午所懷

오늘날 나라의 큰 병폐는 가난이라고 한다.   當今國之大弊曰貧.

어떻게 가난을 구제할 것인가?   何以捄[25]貧.

대답은 중국과 통상하는 길뿐이다.   曰通中國而已矣.

진북학의進北學議/통강남절강상박의通江南浙江商舶議

우리나라는 작고 백성은 가난하다.   我國國小而民貧

지금 농민은 밭을 경작함에 게으르지 않고,   今耕田疾作

어진 인재를 기용하고, 상업이 유통되고, 공업에 혜택을 내려,   用其賢才 通商惠工

나라 안에서 얻을 수 있는 이익을 총동원한다 해도   盡國中之利

충족할 수 없음을 걱정해야 할 형편이다.   猶患不足.

그러므로 반드시 먼 지방의 물자를 유통시킨 연후에야   又必通遠方之物 而後

재화를 증식시킬 수 있고 온갖 이용을 생산할 수 있다.   貨財殖焉 百用生焉.

그러나 조선 400년 동안   然而 國朝四百年

(반청 북벌론 때문에) 외국 배가 한 척도 오지 않았다.   不通異國之一船.

그러므로 우리나라 사람들이 변화를 두려워하고 의심이 많고,   故我國易恐而多嫌

기풍이 우매하고 견식이 미개한 것은   風氣之貿貿[26] 才識之不開

---

24) 斛(곡)=휘. 10斗.

25) 捄(구)=그치다.

26) 貿貿(무무)=無識之貌. 亂也.

여기에 그 까닭이 있다.   職由於此.

　우리 실학자들은 이구동성으로 토지제도를 개혁할 것을 주
장했다. 그 요지는 호족과 귀족들이 독차지하고 있는 땅을 회
수하여 농민에게 고루 분배하자는 것이었다. 이른바 토지를
'공동소유제'로 개혁할 것을 요구했던 것이다. 오늘날도 부동
산 정책은 부자와 빈자가 첨예하게 대립하는 중요한 과제이지
만 당시에는 정치경제체제를 개혁하는 중대한 문제였다.

유형원의 공전제公田制

반계수록磻溪隨錄/전제田制 상

공전公田의 법 정신은 인민들의 땅을 균등하게 하고   公田之法 均人以田

경작하는 땅에 따라 병역을 담당하는 제도로서,   計田出兵

땅이 있으면 반드시 출역해야 하고   有田者必有役

출역하는 자는 반드시 땅을 경작할 수 있도록 함으로써   有役者必有田

땅과 인민을 하나로 합치시키는 제도인 것이다.   則田與人合一矣.

이익의 영업전제永業田制

성호사설星湖僿說/권7/균전均田

내가 일찍이 깊이 생각하여 한 방책을 얻었는데   余嘗窮思得一術

그것은 어떻게든 고르게 한다는 것에 불과하다.   不過平平耳.

국가는 마땅히 한 집이 경작할   國家宜稱量一家之産

땅의 한도를 산정하여   限田幾負[27]

그것을 한 호구의 '영원한 기업전基業田'으로 하고   爲一戶永業田

당나라처럼 조세제도를 시행하는 것이다.

영업전永業田을 초과한 자도 줄여 빼앗지 않고,

못 미치는 자에게도 더 보태주지 않으며,

돈으로 매입하고자 하는 자는

비록 천결이나 백결이나 모두 허용하고,

땅이 많아 팔고 싶은 자는

단지 일정량의 영업전 이외에는 허용한다.

영업전을 초과해도 팔기를 원치 않으면 강제하지 않고,

부족해도 매입하기를 원치 않으면 독촉하지 않는다.

오직 일정한 영업전을 매매하는 자는

소재를 파악하여,

사들인 자는 남의 영업전을 탈취한 죄로 다스리고,

매도한 자도 역시 몰래 판 죄로 다스려,

사들인 것에 대해 값을 논하지 않고 되돌려준다.

또한 땅주인으로 하여금 스스로 관에 신고하면

죄를 면해 주고 추적하여 반환하도록 한다.

무릇 전지의 매매는 반드시 관청에 신고한 후 이루어지도록 하며

관리는 전지 매매를 검토 조사하여

영업전이 아닌 경우 매매증서를 작성, 교부한다.

如唐之租制.

過者不減奪

不及者不加授

有價欲買者

雖千百結皆許

田多欲賣者

只永業幾負外亦許.

過而不願賣者 不强

不及而不能買者 不促.

惟永業幾負之內 有賣買者

所在覺察

買者治其奪人永業之罪

賣者亦治匿賣.

而買者不論價還之.

亦使田主自告官免罪

而推還已.

田凡賣買必使告官 而後成

官亦考驗田案

而後作券以付之.

---

27) 負(부)=面積單位.

다산의 여전제閭田制

다산전서茶山全書/1집/권11/전론田論 3

지금 농사를 짓는 사람이 농지를 갖도록 하고	今欲使農者得田
농사를 짓지 않는 사람은 농지를 갖지 못하게 하려면	不爲農者不得之
여전제閭田制를 실시해야 한다.	則行閭田之法.
무엇을 여전제라 하는가?	何謂閭田
산골짜기와 냇물과 언덕의 지세를 따라	因山谿川原之勢
구역을 획정하여 경계를 삼고	而劃之爲界
그 경계 안의 구역을 여閭라 칭한다.	界之所函 名之曰閭[28]
3려閭를 합하여 이里라 하고,	閭三爲里
5리를 방坊이라 하고, 5방을 읍邑이라 한다.	里五爲坊 坊五爲邑.
무릇 여閭에는 여장閭長을 두고(鄕里 世襲制 廢止 主張)	閭置閭長.
1려의 전지는	凡一閭之田
그 여의 사람이 공동으로 경작하며,	令一閭之人 咸治厥事
모든 일은 내 땅 네 땅의 경계 없이	無此疆爾界
여장의 명에 따르도록 한다.	唯閭長之命是聽.
여민閭民이 매양 하루 일을 하면 여장은 장부에 기록해 두었다가	每役一日 閭長注於册簿
추수가 끝나면 양곡을 배분한다.	秋其成 分其粮.
먼저 공가에 바칠 세금을 공제하고,	先輸之公家之稅
다음은 여장의 녹을 공제하고,	次輸之閭長之祿
그 나머지는 장부에 기록된 노동량에 따라 배분한다.	以其餘配之 於日役之簿.
노력을 많이 한 사람은 그만큼 배당이 많고	用力多者得粮高

---

28) 閭(려)=마을. 周25家. 今30家內外.

노력을 적게 한 사람은 그만큼 배당량이 적을 것이니 用力寡者得粮廉.

어찌 힘을 다해 배당을 많이 받으려고 경쟁하지 않겠는가? 其有不盡力而賭其高者乎.

사람들이 힘을 다함으로써 人莫不盡其力

토지의 이로움을 다 발휘할 수 있다. 而地無不盡其利也.

화폐발행으로 유상매입하여 분배한다

경세유표經世遺表/지관수제地官修制/정전의井田議 1

신이 생각하건대 臣伏惟

정전에 대한 정책은 번잡한 비용은 별로 없고 經界之政 別無冗費

오직 공전 일개 구역을 관청에서 그 값을 지급하는 것이다. 惟是公田一區 官給其價.

공전 1구역은 公田一區

대략 100무, 즉 40두락이다. 大約百畝(約四十斗落).

비록 1두락에 1관이라 해도 1구역 매입비용은 400냥이 된다. 雖一斗一貫 其錢已四百兩.

만약 1만 구역을 사려면 400만 냥이다. 若買萬區四百萬兩也.

비록 나라의 재력을 다하여 雖竭一國之力

몇 개 주의 공전을 사려 해도 以買數州之公田

오히려 돈을 대지 못할까 걱정인데 猶患不給

하물며 팔도 공전을 다 사려면 말할 것이 있겠는가? 而況於八道乎.

경세유표經世遺表/지관수제地官修制/정전의井田議 1

비록 그렇다 해도 우리나라는 강역이 아주 작아서 雖然我邦方域極小

나라 안의 국민은 주머니 속에 있는 것과 같다. 國中之民如在囊中.

위에서 재산을 뿌려도 멀리 달아나지 않고 上雖散財 無以遠走

나라 안의 재산으로 나라 안에 그대로 있다. 國中之財 仍在國中.

관중은 강회에서 나는 세 마디 띠풀을
국가의 화폐로 삼아 재용을 넉넉하게 만들었다.
재화를 잘 사용하는 자는 날마다 분산시켰다가 다시 모은다.
마치 범려가 세 번 풀어놓았다가 세 번 모은 것처럼,
마치 제갈량이 일곱 번 놓아주었다가
일곱 번 사로잡는 것처럼 한다.
성인은 그것을 알기에
부를 인민에게 축적시켜 둔다고 말한다.
이로 말한다면 비록 조정에서 매일 천금을 소비한다 해도
필경 그 돈은 나라 안에 돌아와 있는 것이니
도를 아는 사람은 걱정할 바 아니다.

管子以江淮三脊之茅
用之爲國幣 以贍其用.
善用財者 日散而還聚之
如范蠡之三散三聚
如武侯之
七縱七禽.
古之聖人知其然也.
故曰藏富於民.
由是言之 朝廷雖日費千金
畢竟千金還在國中
非知道者所宜憂也.

반성

이상 살펴본 것처럼 인간의 욕망과 이욕추구를 부정하는 유가의 중의경리론은 신분차별의 봉건적 경제론이란 점에서 비판받아야 마땅하다. 또한 이것은 도덕적 생활에 대한 규정력規定力보다는 경제적 진보에 장애로 작용했기 때문에 더욱 그렇다.

그렇지만 간과해서는 안 될 것이 있다. 중세시대에 중의경리론은 동서양의 공통된 특징이었다는 점을 감안해야 한다. 그러므로 동양의 결점이라면 경리사상에 있는 것이 아니라 스승과 옛것을 존중한다는 핑계로 비판정신을 이단시하여 전

통사상을 지양, 발전시키지 못한 상고尙古주의에 있을 것이다. 그러나 진정으로 스승을 존중하는 것은 스승을 묵수하는 것이 아니라 비판적으로 발전시키는 데 있다. 그러므로 중의경리론에 대한 비판의 초점은 근세의 유가들이 늦도록 봉건성을 극복하지 못하고 자존자대하여 쇄국함으로써 산업발전에 뒤처진 것에 두어야 할 것이다.

그러나 오늘날은 오히려 상고주의가 아니라 반대로 옛것을 너무나 쉽게 버리지는 않는지 반성해야 한다. 중의경리론만 해도 이것은 당시 지배세력인 인人계급이나 관료인 사士계급들에게 왕법王法의 한도 내에서만 재물을 취하도록 제약함으로써 그처럼 오래도록 봉건질서가 안정적으로 유지될 수 있었던 생명력으로 작용한 것을 잊어서는 안 된다. 어느 한 왕조가 500년을 지속한 것은 세계사에 그 유례가 없다는 것을 생각하면 그 같은 조선의 생명력이 무엇이었던가를 돌이켜보아야 할 것이다. 더욱이 우리 선비들의 경리사상이 양반들에게 근검절약의 정신을 강조함으로써 백성들에 대한 착취를 완화하고 민생을 우선하는 마음을 갖게 한 것은 오늘날 지식인들의 귀감이 되어야 할 것이다.

또한 오늘날 생산자가 아닌 공직자와 지식인에게는 유가의 중의경리사상은 여전히 유효한 담론이다. 다만 그 '중의重義'는 봉건적 신분차별의 의義가 아니라 민주평등의 정의여야 한다. 다시 말하면 '봉건적 중의경리론'이 아니라 '민주적 중의경리론'이 되어야 한다는 것이다.

또한 우리 실학자들은 영국에서 명예혁명(1689)이 일고, 산업혁명의 성전인 애덤 스미스의 『국부론』이 출간(1776)되고, 프랑스 시민혁명(1789)이 일어나던 시기에 중세적인 경리사상을 비판하고 평등과 중리를 강조하는 '실학'이라는 신학문을 제창했다. 특히 그들 선비들은 시대를 고민하며 선비의 하방下方을 주장할 정도로 스스로를 반성하고 질책했다. 과연 우리는 지금 스스로를 반성하고 질책하고 있는가? 우리 사회에 진정한 비판 정신이 있는가? 그런데도 우리는 걸핏하면 경리의 선비 정신 때문에 조선은 근대화가 늦었다고 조상 탓하기 일쑤다. 물론 옛 선비들은 관존민비의 봉건성을 벗어나지 못한 시대적 한계를 지니고 있다. 이 점은 마땅히 비판적 시각에서 조명되어야 한다. 그러나 어느 사상가든 시대적 한계는 있기 마련이다.

그렇다면 오늘날 우리가 선조들의 시대적 한계만을 비난하는 것은 우리의 책임을 선조들에게 떠넘기는 것은 아닌가? 또한 똑같이 경리를 말하는 목사와 스님에 대해서는 늦은 근대화에 대한 책임을 묻거나 비난하지 않는 것은 모순이 아닌가? 사실 동서양을 막론하고 고대부터 현대까지 세계의 모든 고등종교가 중의경리를 교리로 하고 있다는 것을 무엇으로 설명할 것인가?

특히 불교는 모든 고뇌의 원인은 욕망에 있다고 보고 욕망을 없애는 것이 해탈이라고 주장한다. 이런 극단적인 금욕주의는 생명욕구까지 부정하는 것이므로, 극기, 과욕寡慾, 절제, 경리를 주장하는 유교에서조차 불교를 비난하는 것이다. 예수님은 금전 보기를 돌 보듯 하라고 가르쳤다. 그러나 아무도 기독교가 근대화에 있어 저해요인이라고 말하지 않는다. 더구나 자본주의 정신을 기독교의 검약 정신에서 찾는 것은 모순이 아닌가? 그런데도 우리는 우리의 늦은 근대화를 유교의 검약, 경리사상 탓이라고 몰아붙이고 조상 탓하며 선조들을 죄인으로 비난해야 옳은가?

다음 글은 소크라테스가 덕을 강조하며 경리사상을 주장한 글이다. 이는 같은 시기에 활동한 공자의 글과 너무도 비슷하다.

소크라테스의 변명(Apologia Sōkratous)

나는 여러분에게
정신적으로 훌륭한 사람이 되도록 정성을 기울였고
그보다 신체나 돈에 마음을 써서는 안 된다는 것을
설득시키려 하였습니다.
돈에서 덕이 생기는 것이 아니라
덕으로 말미암아 돈이나 이익을 가져다준다고 말입니다.

우리가 모두 탈속한 스님이나 수도사가 될 수 없다면 천리賤利는 불가능하다. 어차피 인류가 집단을 이루고 사회생활을 해야만 살아갈 수 있는 세속적 존재라면 개인의 자유와 공공의 질서는 모순관계가 아니라 상보관계가 되어야 한다. 그러므로 공公을 강조하는 '중의重義'도 사私를 강조하는 '중리重利'도 다 같이 버릴 수 없는 조건이다. 그렇다면 주자와 논쟁을 벌였던 진량이 말한 것처럼 의리쌍행義利双行의 공리주의는 불가피한 선택일 수밖에 없을 것이다.

그러나 현대사회는 이와는 다른 길로 치달았다. 양반과 상놈이 없어지고 모두 양반이 되었으나, 자본가들은 양반의 양반이 되었다. 그런데 그들 자본주의는 옛날 양반의 '중의경리重義輕利'와는 정반대로 '중리경의重利輕義'를 신조로 삼았다. 그러므로 옛 선비들의 '봉건적 중의경리사상'도 비판해야 하지만 이제 새로운 양반들의 '중리경의사상'은 더욱 비판해야 한다. 중의는 버리고 중리만 강조하는 자본주의 시장논리는 약육강식하는 정글의 법칙일 뿐이기 때문이다.

그러므로 우리는 성리학의 '봉건적 중의경리사상'을 지양하고 실학의 새로운 '민주적 중의중리사상'으로 계승발전시켜야 한다. 오늘날처럼 자본의 자유가 인간의 자유를 억압하는 신자유주의 시대에는 옛 선비들의 중의경리론이야말로 무산자인 다수의 민중이 소수의 자본가들을 인간의 얼굴을 가진 자본가로 견인해낼 수 있는 유효하고 적실한 담론이기 때문이다. 또한 무산자들이 중리경의로는 자본가들과 결코 대등하고 공정한 게임을 할 수 없다. 특히 오늘날 중리경의를 표방하고 물신物神의 종이 되어버린 지식인들에게는 새로운 중의경리사상이 자본의 노예에서 해방되는 절실한 담론임이 분명하다.

그런데도 요즘 우리 학자들은 반자본가적인 '중의경리론'을 주장한 공자를 거꾸로 선구적인 자본가요 경영자로 둔갑시켜 상품화하며 세속에 영합하고 있다. 그리고 이런 천박한 '지식상인'의 곡학아세를 시장의 요구에 잘 따른 성공사례로 부러워하며 명사名士로 대접한다. 이제 우리 지식인 사회는 시장바닥이 되어 너도나도 연구는 내팽개치고 아포리즘에 골몰한다. 이처럼 학문의 세계까지 물신이 지배하는 것은 망국병을 넘어 인류문명의 위기이다.

물론 지식인도 노장老莊의 도인이나 불가佛家의 승려가 아니라면 누구나 부귀공명을 소망한다. 하기야 오늘날은 목사, 신부, 승려 등 성직자는 물론이고 온 세상 사람들이 물신을 섬기며 부귀공명에 눈이 멀어 아수라장이 되었다. 그럴수록 우리는 2,500년 전 전란시대의 공자의 중의경리사상을 재조명해야 한다. 인기에 연연하여 공자를 자본가에 충실한 최고경영자(CEO)로 상품화하는 곡학아세를 배격해야 한다. 공자는 무산자계급이었으며 균분과 정의를 주장했고, 이利를 천하게 여긴 반자본가反資本家였기에 21세기에도 돌아볼 가치가 있는 것이다. 그렇지 않아도 승승장구하는 자본주의를 찬양하기 위해 공자까지 빌붙어야 한단 말인가?

오늘날 세계는 물신이 지배한다. 인류가 수천 년 믿어오던 하느님은 물신의 종이 되었고, 전쟁도 물신의 전쟁이 되었다. 우리는 스스로 깨닫지 못하지만 물신의 종으로 살아오고 있다. 우리의 의식구조는 어느새 물신의 의식으로 물들여졌으며 우리의 논리는 모두가 시장논리이다. 따라서 우리의 가치는 모두 물신의 이익을 최우선으로 한다.

기원후 3세기경 서진西晉의 은사 노포魯褒가 지은 『전신론錢神論』에서는 당시에도 돈이 '물신'이 되었다고 증언하고 있다. 여기서 말하는 물신은 범신론적 자연의 신성神性이 아니라, 화폐가 스스로 인격이 되어 인간을 지배하는 것을 의미한다.

1,600여 년 후에 마르크스와 루카치가 다시 지적했듯이 상품
경제사회에서의 인간관계는 상품교환관계에 은폐되고 물신화
된다.

진서晉書/노포전魯褒傳

원강原康 연간(291~299) 이후 기강이 무너지자	元康之後 綱紀大壞
노나라에 포褒라는 사람이	褒傷時之貪鄙 乃隱姓名
『전신론錢神論』을 지어 이를 풍자했다.	而著 錢神論 以諷之.
서울의 부호와 고관대작들이	說 洛中朱衣
돈을 '가형家兄'이라 부르니 모두가 따르게 되었다.	愛我家兄 皆無已已.
돈이 있으면 위태로운 것을 편안케 하고	錢之所在 危可使安
죽은 자를 살려내는데,	死可使活.
돈이 없으면 귀인도 천하게 되고	錢之所去 貴可使賤
살아야 할 자도 죽는다.	生可使殺.
벼슬이 높아지고 이름이 드날리는 것도 돈이면 다 된다.	官尊名顯 皆錢所致.
돈이 있으면 귀신도 부릴 판이니	有錢可使鬼
사람이야 어찌 부리지 못하겠는가?	而況于人乎.
이로 볼 때 돈이야말로 가히 '물신物神'이라 할 것이다.	由視論之 錢可謂神物.

　이처럼 우리가 물신화되었기 때문에, 선조들의 중의경리론
을 시대에 뒤떨어진 잠꼬대로 여기며, 우리의 근대화를 늦게
한 악으로 간주하는 것이 아닌가? "인간은 빵으로만 살 수 없
다"는 잠언을 세상물정 모르는 철부지의 말로 치부해 버리는
것은 물신의 가르침에 배반되기 때문이 아닌가? 이제 우리 스

스로를 반성해야 한다.

　이제 우리는 의義와 이利에 대한 선인들의 치열한 논쟁적 담론에서 오늘을 반성하는 고뇌를 이끌어내야 한다. 오늘날 사회는 자본가가 아니라도 너도나도 덩달아 '중의'를 버리고 거꾸로 '중리'로 치닫고 있다. 이러한 전도顚倒를 통해 '이利의 자유'는 달성했으나 이利로부터 '인간의 자유'는 달성되었다고 말할 수 없다. 오늘날 이利의 자유로 인해 군주의 이利 독점은 사라졌으나, 대신 자본이라는 괴물의 권력이 이利를 독점하고 있기 때문이다.

　2,500년 전에 묵자는 도盜를 비난하는 이유가 남의 이利를 덜어 자기를 이利롭게 하기 때문이라고 말했다(以虧人自利也 : 『묵자』「비공非攻」상). 그러므로 당견唐甄(1630~1704)은 인민의 이利를 덜어 군주 자신을 이롭게 하기 때문에 군주를 도둑이라고 비난했다(自秦以來 凡爲帝王者 皆賊也 :『잠서潛書』「하」실어室語). 그렇다면 지금은 자본이라는 인공 괴물이 스스로 신神이 되어 서민의 이利를 덜어 천하의 이利를 독점하고 있으니, 오늘날의 대도大盜는 자본이 아닌가?

제5부

인간론

우리는 흔히 공자의 사상을 인본주의人本主義라고 말한다. 그 이유는 공자의 사상이 중세적인 제정일치祭政一致의 신본주의神本主義를 벗어났다는 의미가 아니라 공자가 '인人을 위한 제사祭祀'를 주장하고 신을 공경하되 멀리하며, 인人을 가까이하여 충실하라고 말하기 때문이다(敬神而遠之 近人而忠焉).

그러나 그가 말하는 인人은 도덕적인 인간관계에 주목할 뿐 인간의 본질을 말하거나 인간의 실존을 말하지 않는다.

한편 묵자는 공자의 도덕을 비판하고, 노동과 전쟁에 시달리는 사회적 존재로서 인간의 조건을 주목한다.

반면 노장은 인간의 문명과 도덕을 허위라고 비판하고, 피와 살을 가진 자연 존재로서 죽음과 삶에 직면한 인간의 조건에 주목한다.

이에 자극을 받은 신유학은 노장의 현상적 인간조건론을 극복하기 위해 인간의 본질을 규명하여 도덕적 인간론의 당위성을 증명하려 한다.

이처럼 인간을 보는 시각이 다른 것은 그들의 소망이 다르기 때문이다. 공자는 벼슬을 하여 성왕의 태평성대를 돕는 관장이 되기를 소망했고, 묵자는 벼슬도 마다하고 살육전쟁, 굶주림, 헐벗음, 수고로움에서 해방된 생명살림의 안락한 사회(安生生)를 소원했으며, 노장은 세상을 절망하고 속세를 떠난 무한히 자유로운 자연에서 소요하기를 소원했기에 서로 인간을 보는 시각이 달랐던 것이다.

그러므로 그들의 종교론·정치론·경제론에서도 인간에 대한 고민을 읽을 수 있을 것이다. 그렇지만 그것들은 간접적인 것일 뿐 본격적인 인간론이라 말할 수는 없다.

　여기서는 노장의 양생론養生論과 신유가의 인성론人性論에 관한 글들을 모아 싣는다.

23 신선술과 양생술

노장의 사생관

노장의 사상은 한마디로 말하면 '무위자연無爲自然'이다. 이에 의하면 삶과 죽음은 자연의 명령이므로 이에 순종하여 인위人爲를 더하지 않는 것이 삶을 온전히 하는 것이다. 삶에 매달리지도 않고 죽음을 미워하지도 않으며 자연의 천성에 따라 형체가 가면 생을 마칠 뿐이다. 그러므로 장자는 부인이 죽었는데도 두 다리를 뻗고 주저앉아 노래를 불렀다고 한다.

이처럼 노장의 자연주의적 생명관은 목적의식과 자유의지가 결여되고 비관주의로 흐른다는 점을 주목해야 한다. 그것은 『노자』라는 문서가 목적을 상실하고 절망한 민중의 소극적 저항의 문서이기 때문이기도 하다.

노자老子/75장

백성이 죽음을 가벼이 한다.

民之輕死

풍요로운 삶을 추구하기 때문에 죽음을 가벼이 하는 것이다.

以其求生之厚 是以輕死.

삶을 작위作爲를 하지 않는 것이

夫唯無以生爲者

삶을 귀히 하는 것보다 현명한 일이다.

是賢於貴生.

장자莊子/외편外篇/산목山木

안회가 물었다. "하늘과 사람이 하나라는 말은 무슨 뜻입니까?"

何謂天與人一邪.

공자가 답했다. "사람도 자연이고

仲尼曰 有人天也.

하늘도 자연이기 때문이다.

有天亦天也.

사람이 천성을 지키지 못할 뿐이다.

人之不能有天性也.

진인은 편안한 마음으로 형체가 가면 생을 마칠 뿐이다."

聖人晏然 體逝而終矣.

장자莊子/내편內篇/대종사大宗師

사생死生은 자연의 명령이며, 저녁과 아침은 자연의 상도이다.

死生命也 其有夜旦之常

이처럼 사람이 간여할 수 없는 것이 있으니 만물의 실존이다.

人之有所不得與 皆物之情也.

대자연은 나에게 육체를 주어 짊어지게 하고,

夫大塊[1) 載我以形

나에게 생명을 주어 수고롭게 하고, 죽음을 주어 쉬게 한다.

勞我以生 息我以死.

그러므로 나의 삶을 좋다고 하는 것처럼

故善吾生者

나의 죽음도 좋다고 한다.

乃所以善吾死也.

---

1) 大塊(대괴)=大地→自然.

장자莊子/내편內篇/대종사大宗師

옛 진인은 생을 즐거워할 줄도 몰랐고,	古之眞人 不知悅生
죽음을 싫어할 줄도 몰랐다.	不知惡死.
태어나는 것을 좋아하지도 않고, 죽는 것을 거부하지도 않는다.	其出不訢 其入不拒.
그저 홀연히 가고 홀연히 올 뿐이다.	儵然而往 儵然而來而已矣.
시작을 꺼리지도 않고 끝마침을 탐하지도 않는다.	不忘其所始 不求其所終.
받으면 기뻐하고 잃으면 뿌리로 돌아간다.	受而喜之 忘而復之.
이것을 일러 마음으로 도道를 덜지 않고,	是之謂不以心損道
사람의 인위人爲로 하늘을 돕지 않는다고 말한다.	不以人助天
이들을 일러 진인眞人이라고 말한다.	是之謂眞人.

장자莊子/외편外篇/지락至樂

장자의 부인이 죽어 혜시가 문상을 갔다.	莊子妻死 惠施弔之.
장자는 마침 두 다리를 뻗고	莊子則方箕踞
항아리를 두드리며 노래를 부르고 있었다.	鼓盆而歌.

노장과 신선

『논어』를 읽으면 접여接輿 · 장저長沮 · 걸익桀溺 등의 은사들의 이야기가 나온다. 이들 은사들의 사상이 『노자』로 정리되어 이른바 노장사상이 된 것이다. 그리고 훗날 이것이 더욱 신비화되어 도교에 의해 신선사상으로 발전한 것이다. 이처럼 노장사상과 도교의 신선은 그 뿌리는 같을지라도 그 내용은 같은 것이 아니다. 그러나 우리는 흔히 도교의 신선술이 노장사상이라고 착각하고 있다.

신인神人 또는 초인超人에 대한 설화는 노장 이전부터 약육강식의 난세에 지친 민중들의 현실도피 심리가 만들어낸 위안처였다. 그러나 노장은 결코 양생술養生術이나 불로장생不老長生의 신선을 말한 바 없으며 오히려 이를 부정했다. 수명을 연장하고 영원히 죽지 않는 양생술은 유위有爲이므로 노장의 무위사상에 반하는 것이기 때문이다. 노장도 장생長生을 말했지만 다만 그것은 자연이 명령한 타고난 수명을 다하라는 뜻일 뿐, 장수長壽를 말한 것이 아니다. 오히려 노장의 '장생'은 미생美生(좋은 삶)을 이르는 오늘날의 '웰빙'과 비슷한 뜻이다.

그런데 도교는 이들 민간설화에 노장을 끌어붙여 신선사상으로 종교화했던 것이다. 도교는 2세기경 후한後漢시대에 중국의 시조인 황제皇帝와 전설적인 노자를 추앙하여 창교한 장각張角의 태평도太平道와 장수張修의 오두미교五斗米敎(뒤에 '천사도天師道'로 개칭됨)로 시작되었다. 이들 교주들은 이른바 황건적黃巾賊이라고 알려진 농민반란군의 영수이기도 하다. 이들은 중국의 시조인 황제를 끌여들여 노장과 함께 최고의 신선이라 말하고, 세속을 초탈한 초인이며 신통조화를 부리는 불로장생의 신인神人에 대한 민간설화를 흡수하고, 떠돌이 도사들의 신이한 방술과 부적들을 종합하여 도교를 만들어낸 것이다.

왜 하필 노장과 신선을 결합했을까? 우선, 무엇보다도 노장의 현실 부정과 무위자연사상이 민중을 대변하는 사상이었다는 점과 특히 『장자』의 속세를 초탈한 '소요유逍遙遊'는 신선과 닮은 모습이었기 때문이다.

다음으로 생각할 것은, 현실적인 이유가 있었기 때문이다. 그것은 이들 민중사상이 유사들의 대표자인 공자가 유일하게 스승으로 대했던 노담을 끌어들여 그 이름을 빌려 문서화했기 때문에 지식계급의 종교인 유교의 핍박을 피할 수 있다고 생각했을 것이다. 실제로 맹자는 양자와 묵자를 아비도 없고 군주도 없는 금수 같은 자들이므로 박멸해야 한다고 주장한 험담가였지만 노자에 대해서는 한마디도 언급하지 않았다. 훗날 후한시대에 불교가 유포되자 이를 강력히 비난하던 유가들도 노장에 대해서는 공생관계를 유지하려 했다. 이는 도교가 중국의 시조인 황제와 공자의 스승인 노담을 교주로 내세운 덕분이라고 말할 수 있을 것이다.

원래 종교란 철학이나 사상만으로는 될 수 있는 것이 아니다. 공자를 성인으로 숭배하는 유사들이 공자의 유학에 미신적인 도참설圖讖說을 붙여 종교화한 것처럼, 방술가들은 노장의 자연사상에 신선술이라는 방술을 결합하여 도교를 만든 것이다.

노자老子/55장

태어난 생명을 더하려 하는 것은 흉한 일입니다. 益生日祥
마음으로 기氣를 부리려 하는 것은 강포한 일입니다. 心使氣日强.

노자老子/50장

소문에 의하면 대개 섭생을 잘하는 자들은

산길을 가면 외뿔소와 호랑이를 마주치지 않고

군에 들어가도 병기의 피해를 입지 않는다고 한다.

외뿔소는 그 뿔을 찌를 곳이 없고

호랑이는 그 발톱을 할퀼 곳이 없으며

병사는 칼날을 들이밀 곳이 없다고 한다.

대저 어인 까닭일까? 죽음의 자리가 없기 때문이다.

蓋聞善攝生者.

陸行不遇兕虎.

入軍不被甲兵.

兕無所投其角.

虎無所措其爪.

兵無所容其刃.

夫何故 以其無死地.

장자莊子/외편外篇/지락至樂

천하에 지극한 안락은 있을 수 없나?

몸을 살리는 신선술(活身)은 있을 수 없나?

사람이 살아가는 것은 근심과 더불어 살아가는 것이다.

오래 산다는 것은 눈이 어두워지고 정신이 혼미하며

오랫동안 근심하고 죽지 않으니 얼마나 괴로운 것인가?

오래 사는 것은 몸을 위하는 것과는 거리가 먼 것이다.

天下有至樂 無有哉.

有可以活身者 無有哉.

身人之生也 與憂俱生.

壽者惛惛

久憂不死 何苦也.

其爲形也 亦遠矣.

장자莊子/잡편雜篇/외물外物

고요하면 병을 낫게 하고,

눈가를 문지르면 늙음을 중지시키며,

편안하면 나이 먹는 것을 정지시킨다고 하지만

이런 양생법은 고통을 위로하려는 자들이 힘쓰는 것일 뿐

靜然可以補病.

眥搣可以休老.

寧可以止遽.[2]

雖然 若是勞[3]者之務也.

---

2) 遽(거)=速也, 促也.

은둔자들의 할 일이 아니며 일찍이 말한 적도 없다.　　　　　　　非佚者之所 未嘗過而問焉.

열자列子/양주楊朱

맹손양孟孫陽이 양자楊子에게 물었다.　　　　　　　　　　　　　孟孫陽問楊子曰

"여기에 어떤 사람이 생명을 귀하게 하고 몸을 아껴　　　　　　有人於此 貴生愛身

죽지 않기를 바란다면 가능할까요?"　　　　　　　　　　　　以蘄[4]不死可乎

양자가 답했다. "죽지 않는 법은 없습니다."　　　　　　　　　　曰 理無不死.

맹손양이 물었다. "오래 살기를 바람은 가능하겠지요?"　　　　以蘄久生 可乎.

양자가 답했다. "오래 사는 법도 없습니다.　　　　　　　　　　曰 理無久生.

삶은 그것을 귀하게 한다 해서 오래 사는 것이 아니고,　　　　　生非貴之所能存

몸은 그것을 아낀다고 건강한 것이 아닙니다.　　　　　　　　　身非愛之所能厚.

또한 오래 살아서 무엇을 하겠습니까?　　　　　　　　　　　且久生奚爲.

백년도 많다고 싫증이 날 터인데　　　　　　　　　　　　　百年猶厭其多

무엇 때문에 오래 사는 고통을 바란단 말입니까?"　　　　　　況久生之苦也乎.

생명주의

　인류는 문명 이전부터 태양을 숭배하거나 물을 숭배했는데
이는 모두 생명의 근원이라고 생각했기 때문이다. 혹은 짐승

---

3) 勞(로)=苦也, 慰問也.
4) 蘄(기)=求也.

을 토템으로 신성시한 것도 생명유지를 위한 먹거리 보존 방법이었다고 한다. 고대의 신화는 모두 생명과 죽음의 문제를 다루는 것이었다.

아테네 멸망 이후 헬레니즘시대의 이른바 은퇴철학도 사람의 운명과 생명에 대한 고민이 그 기조를 이루고 있다. 자연으로 돌아가자는 견유학파, 에피쿠로스(Epikouros, BC 342?~271)의 쾌락주의, 피론(Pyrrhōn, BC 360?~270?)의 회의주의도 우주의 근본이나 공동체의 도덕적 문제가 아니라 생명을 주제로 하고 있다. 중세 종교시대의 관심사도 생명과 죽음이었다.

이처럼 인간에게는 생명보다 더 큰 관심사는 없었던 것이다. 그런데 이른바 '근대' 이후부터는 생명, 영혼 등 신성한 것을 미신이라 비난하고, 먹고 입고 쉬는 세속적인 일상사에 관심을 쏟다 보니 생명과 죽음을 잊어버렸다. 그래서 전쟁을 즐기고 사람끼리 서로 죽이는 것을 인간의 이성적인 놀이로 생각하게 되었다. 그리고 이러한 서양의 합리주의와 낭만주의를 근대적이라 옹호하고, 동양사상의 생명주의를 중세적 특색이라고 비판하기도 한다.

그러나 19세기 후반부터 20세기 초에 걸친 철학의 조류는 1차 세계대전에 대한 반성으로 인간의 이성에 대한 불신에서 출발하는 딜타이(W. Dilthey, 1833~1911) · 베르그송(H. Bergson, 1859~1941) 등의 생철학生哲學이 등장하여 다시 생명을 주제로 삼았다. 그 후 2차 세계대전 이후 풍미한 니체(F. W. Nietzsche, 1844~1900) · 하이데거(M. Heidegger, 1889~1976) · 야스퍼스(K. Jaspers, 1883~1969) 등 실존철학의 주제도 생명의 현존재적 상황이었다. 그리고 오늘날은 다시 인간생명의 조건인 환경담론이 시장담론에 도전하고 있는 실정이다. 근대 이후부터 오늘날까지 약 300여 년 동안 산업·이익·시장·자본·효율이라는 담론에 의해 생명담론은 중심에서 밀려나 경시되었음을 반성하기 시작한 것이다.

그러나 다행히도 이처럼 인류가 생명을 경시하는 잘못된 생명관을 가지게 된 것은 수만 년 인류 역사에 비하면 아주 짧은 동안이다.

생명주의란 생명을 중시하고 그 생명의 지속을 제일의 가치로 보는 것을 말한다.

첫째, 모든 것은 현재의 삶의 지속을 위하는 것이어야 가치 있는 것이 된다.

둘째, 미래의 생명지속 가능성을 무너뜨리지 않아야 가치를 부여할 수 있다는 뜻이다.

셋째, 인류생명의 무한한 지속을 가능케 하는 지구적 환경 조건들을 훼손하지 않는 것이어야만 가치 있는 것이 된다.

넷째, 개개인의 생명이 보편적인 신이나 인류 공동체에 억압되지 않고 우선하여 보전될 수 있는 것이어야만 가치 있다는 뜻이다.

그런데 위 조건 중에서 앞의 세 가지 조건만을 생각한다면 유가·묵가·도가를 통틀어 동양사상은 모두 생명주의라고 말할 수 있을 것이다. 그러나 유가와 묵가들은 개인보다 공동체를 중시하므로 네 번째 조건에 부합하지 않는다. 그러므로 유가와 묵가는 생명주의라고 말하지 않는다. 오직 노장만이

공동체보다 개인생명을 중시한다는 점에서 이들을 생명주의
라고 말하는 것이다.

모든 종교는 동서양을 막론하고 생명을 중시한다. 그러나
그것은 현세의 고행과 내세의 행복을 추구하기 때문에, 그리
고 개개인의 육체와 자유보다도 보편적 인류의 도덕률과 마음
의 평안을 중시하기 때문에 생명주의라고 말하지 않는다. 마
찬가지로 도교의 신선사상도 생명주의라고 말하지 않는다. 신
선사상은 노장의 생명주의를 육체의 불로不老를 위한 양생술
로 변질시키고 장생불사長生不死를 위한 연단술煉丹術로 미신화
했기 때문이다.

노자老子/13장

천하를 다스리는 것보다 생명을 귀하게 여긴다면

천하를 맡길 만하다.

故貴以身 於爲天下

若可寄天下.[5]

여씨춘추呂氏春秋/권1/맹춘기孟春紀/본생本生(여불위 저)

생명의 시작은 하늘이며, 그것을 양성하는 것은 사람이다.

하늘이 낳은 것을 양성하고

어지럽지 않게 하는 자를 천자天子라 한다.

천자의 활동은

천성天性을 보전하는 것을 본분으로 한다.

始生之者天也 養成之者人也.

能養天之所生

而勿攖之謂天子.

天子之動也

以全天爲故[6]者也.

---

5) 백서본에서는 以身→爲身, 爲天下→於爲天下, 若可→若可以로 됨.

6) 故(고)=猶本也.

여씨춘추呂氏春秋/권1/맹춘기孟春紀/중기重己

내 생명은 나를 위해 존재한다.

그러니 나를 이롭게 하는 것은 역시 큰 것이다.

귀천貴賤으로 말하면 천자의 높은 지위도

자기 생명과 비할 바 아니요,

경중輕重으로 말하면 천하를 소유할 재물도

자기 생명과 바꿀 수 없는 것이고,

안위安危로 말하면 하루아침에 생명을 잃으면

다시 돌이킬 수 없는 것이다.

귀천 · 경중 · 안위 등은 도인이라면 힘쓰는 것이지만,

아무리 이 세 가지를 힘써 한들 자기 몸을 해친다면

천성과 생명의 실질을 달성하지 못한 것이다.

今五生之爲我宥

而利我亦大矣.

論其貴賤 爵位天子

不足以比焉.

論其輕重 富有天下

不可以易之.

論其安危 一曙失之

終身不復得.

此三者 有道者之所愼也

有愼之反害之者

不達乎性命之情也.

여씨춘추呂氏春秋/권2/중춘기仲春紀/귀생貴生

성인은 천하를 심려하지만 생명보다 더 귀한 것은 없다.

이목구비는 생명을 위해 봉사하는 노역자들이다.

귀는 비록 소리를 듣고 싶고, 눈은 색깔을 보고 싶고,

코는 향기를 맡고 싶고, 입은 맛있는 음식을 먹고 싶지만

생명에 해로우면 마음이 이를 그치게 한다.

또한 이목구비가 하고 싶지 않을지라도

생명에 이로운 것이라면 마음이 이를 하게 한다.

이로 볼 때 이목구비는

聖人深慮天下 莫貴於生.

夫耳目口鼻 生之役也.

耳雖欲聲 目雖欲色

鼻雖欲芬香 口雖欲滋味

害於生則止.

在四官者不欲

利於生者則不爲.[7]

由此觀之 耳目口鼻

---

7) 不爲(불위)=不은 衍字.

함부로 할 수 없도록 제어가 필요하다.

관직이 함부로 할 수 없고

반드시 제어가 필요한 것과 같다.

이것이 생명을 존귀하게 하는 방책이다.

不得擅行 必有所制.

譬之若官職不得擅爲

必有所制.

此貴生之術也.

여기서는, '생명론'이라고 말하지 않고 '생명주의'라고 말하는 것에 주목해야 한다. 노장은 아직 '생명이 무엇인가?'라는 생명본질에 대해 말한 것이 아니라 생명의 현상과 실존에 대해서만 말하는 것이기 때문이다. 그들의 생명관의 기본인 무위자연은 생명본질론이 아니다. 오히려 생명본질론은 묵자나 훗날 성리학의 관심사항이었다.

노장 이전까지는 관자·공자·묵자 그 누구도 권력관계의 공적 인간이거나 공동생활을 위한 도덕적 인간을 말했을 뿐, 생활세계의 개인적이며 주체적인 인간을 말한 바 없다. 또한 인간의 본질을 말한다 해도 그것은 인간 일반을 말했을 뿐, 살과 피와 눈물을 가진 실존적이며 구체적인 인간을 말한 바 없다.

그러나 노장은 권력관계나 질서의 관계 속에 묶여 있는 도덕적 인간이 아니라 생활세계의 현상학적이고 구체적이고 실존적인 인간을 주목하고 변호했다. 이것은 하이데거의 이른바 '현존재(Dasein)', 즉 자기 의사와는 무관하게 지구에 던져져 삶을 영위해 가는 현상적 생존 단위로서의 '나'를 주목한 것이나, 사르트르(J. P. Sartre, 1905~1980)의 이른바 "실존은 본질에 앞선다(Existence precedes essence)"는 테제와 맥을 같이한다.

그러므로 노장을 인류 역사상 최초의 실존철학자라고 말할 수
도 있을 것이다.

자연인

노장의 귀생貴生은 삶에 집착하거나 연연하는 것이 아니다.
오히려 삶도 죽음도 자연의 명령이니 그것에 연연하거나 슬퍼
하지 않고 자연을 따르며 무위無爲하고 소요유逍遙遊할 뿐이다.
인의仁義·시비是非 등으로 차별되고 구속되는 속세를 초탈한
자연의 삶만이 억압되지 않은 전생全生(온전한 삶)이다. 이는
기존 문명과 제도에 대한 불신과 거부를 의미하며 도덕적·정
치적 제약이 없는 절대자유를 추구하는 해방을 의미한다.

노자老子/7장(죽간본에는 없음)

천지는 영원무궁하다.	天長地久.
그 까닭은 스스로 살려고 하지 않기 때문이다.	天地所以能長且久者 以其
그러므로 오히려 영원한 삶을 살 수 있다.	不自生 故能長生.
무위자연의 성인은 자신을 뒷전에 두지만 도리어 앞서고	是以聖人後其身而身先
자신을 소외시키지만 도리어 보존한다.	外其身而身存.
이는 사사로운 자기가 없기 때문이 아니겠는가?	非以其無私耶
그러므로 오히려 사사로운 자기를 이룰 수 있는 것이다.	故能成其私.

장자莊子/내편內篇/양생주養生主

늪의 꿩이란 놈은 비와 이슬을 맞으며	澤雉十步一啄
백 걸음에 한 모금 마시더라도	百步一飮.
초롱 속에 갇혀 길러지는 것을 원치 않는다.	不蘄畜乎樊8)中.
먹고살기야 풍성하겠지만 그것을 좋아하지 않는다.	神9)雖王 不善也.

인의와 시비에서 해방되라

장자莊子/잡편雜篇/어부漁父

어부가 슬픈 듯이 정색을 하고 공자孔子에게 말했다.	客悽然變容曰.
"심하구나! 그대는 깨우치기가 어려울 것 같다.	甚矣 子之難悟也.
자기 그림자가 두렵고 발자국이 싫어서	人有畏影惡迹
그것을 떨쳐버리려고 달리는 자가 있었다.	而去之走者
발을 들어올리는 것이 더욱 잦아질수록 발자국은 더욱 많아지고,	擧足愈數 而迹愈多.
달리기를 아무리 빨리해도 그림자는 몸을 떨어지지 않았다.	走愈疾 而影不離身.
그는 아직도 느리다고 생각하여 더욱 빨리 달리며 쉬지 않았다.	自以爲尙遲 疾走不休
드디어 힘이 빠져 결국 죽고 말았다.	絶力而死.
그 사람은 그늘에 처하면 그림자도 쉬고,	不知處陰以休影
처함이 고요하면 발자국도 그친다는 것을 알지 못한 것이다.	處靜以息迹
어리석음이 얼마나 심한 것인가?	愚亦甚矣.
그대는 인의仁義의 분별을 살피고, 동이同異의 경계를 살피고,	子審仁義之閒10)察同異之際
동정動靜의 변화를 보고, 주고받는 도리를 알맞게 하고,	觀動靜之變 適受與之度

---

8) 樊(번)=藩也.

9) 神(신)=利用出入 民咸用之 謂之神(周易/繫辭上/11章).

10) 閒(한)=別也.

호오好惡의 마음을 다스리고, 희로喜怒의 절조를 조화하려고 하니 　理好惡之情 和喜怒之節

끝내 거기에서 벗어날 수 없을 것이다. 　而幾[11]於不免矣.

삼가 몸을 닦아 자기의 참된 본성을 지키면 　謹修而身 愼守其眞

사물이나 남들에게 포위되는 얽매임이 없을 것이다." 　還以物與人. 則無所累矣.

여씨춘추呂氏春秋/권2/중춘기仲春紀/귀생貴生

화자華子가 말했다. 　子華子[12]曰

"온전한 생명이 최상이고, 훼손된 생명은 그 다음이고, 　全生爲上 虧生次之

죽음은 그 다음이며, 억눌린 생명은 최하이다. 　死此之 迫生爲下.

따라서 생명존중은 생명을 온전하게 하는 것을 말하며, 　故所謂尊生者 全生之謂

온전한 생명이란 육욕六欲이 모두 적합함을 얻은 것이다. 　所謂全生者 六欲皆得其宜也.

훼손된 생명이란 육욕의 일부분만 적합함을 얻은 것이다. 　所謂虧生者 六欲分得其宜也.

죽음이란 지각의 수단이 없어져 　所謂死者 無有所以知

태어나지 않은 상태로 되돌아가는 것이다. 　復其未生也.

억눌린 생명이란 육욕이 적합함을 얻지 못하고 　所謂迫生者 六欲莫得其宜

모두 싫어하는 것만 얻는 것이다. 　也 皆獲其所甚惡者.

굴복이 바로 이것이요 수치가 바로 이것이다. 　服是也 辱是也.

수치는 불의보다 큰 것이 없다. 　辱莫大於不義

불의는 생명을 억압하기 때문이다. 　故不義迫生也

그러나 그것만이 생명을 억압하는 것은 아니다. 　而迫生非獨不義也.

그러므로 '억압된 생명은 죽음보다 못하다'고 말하는 것이다." 　故曰 迫生不若死.

---

11) 幾(기)=終也.

12) 華子(화자)= 晉人. 본명 程本. 晏子와 同時代人.

신선은 자연인의 판타지

이미 앞에서 지적한 것처럼 『노자』와 『장자』는 지배계급의 통치이념에 대한 저항의 문서이다. 그러므로 거기에는 구체제에 대항하는 도덕정치론과 우주론 및 인식론이 있으며 현상학적인 인생론이 있다. 그 특색은 반反유가 · 반反문명 · 반反전쟁을 모토로 하는 무위자연이라고 할 수 있다. 그러므로 노자의 이러한 실존적 인생론이 지향하는 목적지는 억압이 없이 자유로운 생명을 구현하는 문명 이전의 자연인이었다. 그 자연인을 지인至人이나 진인眞人 혹은 성인聖人이라고도 말한다.

그러나 노장의 실존적인 자연인은 난세亂世요 말세末世에서 이루어질 수 없는 꿈이었다. 그런데도 민중들은 그 꿈을 현실로 인정하고 싶어했고 그렇게 이야기했다. 그래서 이러한 꿈들은 신선과 선녀로 신비화되었던 것이다. 그리고 이것이 훗날 장각, 장수의 도교로 흡수되었고 민중들의 낭만적인 예술과 문화의 토양이 되었다.

그러므로 노자가 말한 '자연인'은 역설적으로 삶을 놓아버리므로 죽음도 모르는 초월적 의미로 신비화된다. 천하와 외물外物을 잊고 도덕적 정중함이나 사회화의 굴레에서 해방된 독립 · 자주적 자연인이며, 삶 그 자체도 잊어버린, 삶도 죽음도 없는 신인神人으로 발전해 나간다.

한편 장자는 그러한 신인의 판타지와 더불어 그 초인을 세속에 하방下方시켜 실존으로 재현한다. 그는 세속인과 다르지만 세속에서 자연에 부합한 삶을 사는 천민들을 도인道人으로 부

각시켰던 것이다. 즉 장자는 자연인을 한편으로는 몰락귀족들
의 신비세계로 상방上方시키고, 한편으로는 천민들의 생활세계
로 하방下方시켰던 것이다. 이처럼 꿈과 현실을 혼동시키는 것
이 장자 담론의 특색이다.

장자莊子/내편內篇/대종사大宗師

자규가 여왜 선인에게 물었다.

"당신은 나이가 많은데 얼굴이 어린아이 같으니 어쩐 일이오?"

여왜가 답했다. "나는 도를 알기 때문이오."

자규가 물었다. "도를 배울 수 있소?"

여왜가 답했다. "오! 어찌 가능하지 않겠소.

다만 당신은 그럴 만한 사람이 아니오.

저 복량의卜梁倚는 성인의 재능은 있으나

성인의 도가 없었소.

꼭 그렇지는 않지만 성인의 도를

성인 될 재목에게 전하는 것은 쉬운 일이오.

나는 그에게 오직 스스로를 지키라고 가르쳐준 것뿐인데

사흘이 지나자 천하를 버릴 수 있었소.

나는 또 스스로를 지키도록 했더니

이레가 지나자 외물外物을 잊어버릴 수 있었고,

南伯子葵 問乎女偶[13] 曰

子之年長矣 而色若孺子 何也.

曰 吾聞道矣.

葵曰 道可得學耶.

曰 惡[14]惡 可.

子非其人也.

夫卜梁倚 有聖人之才

而無聖人之道.

不然 以聖人之道

告聖人之才 亦易矣.

吾猶守[15]而告之

三日而後 能外天下.

吾又守之

七日而後能外[16]物.

---

13) 女偶(여왜)=女媧氏, 女神.
14) 惡(오)=감탄사.
15) 守(수)=持不惑也.
16) 外(외)=棄也 遺.

아흐레가 지나자 이제는 삶을 잊어버렸소.

삶을 놓아버리자 그 후로는 눈부시게 통달해 갔소.

통달한 이후로는 능히 자주自主독립할 수 있었고,

자주독립하니까 능히 고금이 없어졌고,

고금이 없어지니까

능히 죽음도 삶도 없는 경지에 도달했소."

九日而後能外生.

已外生而後能朝徹. [17]

朝徹而後能見獨.

見獨而後能無古今.

無古今而後

能入於不死不生.

자연의 양생養生

장자莊子/내편內篇/덕충부德充符

무위자연의 성인은 속박 없는 자연에 산다.

지혜는 근심하게 하고,

극기약례克己約禮는 새끼로 묶는 것이고,

덕은 얻기 위함이고, 교묘히 꾸미는 것은 장사하기 위함이다.

그러나 무위자연의 성인은 꾀함이 없으니 지혜를 어디다 쓰며,

쪼개어 갈라놓지 않으니 새끼줄을 어디다 쓰며,

잃음이 없으니 덕을 어디다 쓰며,

사고팔지 않으니 장사꾼을 어디다 쓸 것인가?

이 네 가지는 하늘이 양생(天鬻)하는 것이다.

聖人有所遊. [18]

而知爲孽. [19]

約[20]爲膠.

德爲接. [21] 工[22]爲商.

聖人不謀 惡用知.

不斲 惡用膠.

無喪 惡用德.

不貨[23] 惡用商.

四者天鬻[24]也.

---

17) 徹(철)=明也, 通達.
18) 遊(유)=無束縛也.
19) 孽(얼)=憂, 災, 病也.
20) 約(약)=約身=克己.
21) 接(접)=扱也(取, 獲).
22) 工(공)=巧飾也.
23) 貨(화)=賣也.
24) 鬻(국)=養也, 生也.

하늘의 양생이란 자연이 먹여주는 것(天食)이다.

이미 자연에서 먹을 것을 받았으니,

어찌 또 인위가 필요할 것인가?

사람의 형체는 있으나 사람의 시비를 가리는 감정은 없다.

형체가 있으므로 사람과 무리를 짓지만

감정이 없으므로 몸에 시비가 붙지 않는다.

작은 눈으로 보면 작구나!

사람들과 속해 있기 때문이요,

호방한 것으로 보면 크구나!

홀로 하늘을 이루었음이다.

天鬻也者 天食也.

旣受食於天

又惡用人.

有人之形 無人之情.

有人之形 故群於人

無人之情 故非是非不得於身.

眇[25]乎小哉

所以屬於人也.

謷[26]乎大哉

獨成其天.

장자莊子/잡편雜篇/천하天下

장자는 홀로 천지와 더불어 정신을 왕래하여

함부로 만물을 분계分界하지 않고

시비를 따지지 않으며 속세와 더불어 거처한다 (신선의 하방).

獨與天地 精神往來.

以不敖[27]倪[28]於萬物

不譴是非 而與世俗處.

---

25) 眇(묘)=細視.
26) 謷(오)=志遠大貌.
27) 敖(오)=傲.
28) 倪(예)=分.

해방의 양생술

유가들에게 '시성詩聖'은 두보杜甫(712~770) 한 사람뿐이고 이백은 '시선詩仙'이라 부른다. '성聖'은 유가의 성인을 말한 것이고 '선仙'은 도가의 신선을 말한 것이다. 이백이 궁중 시인이 되기 전에 신선이 되기 위해 연단술煉丹術에 열중한 것은 유명한 일화이다. 그러나 노장의 양생론은 신선이 되기 위한 방술이 아니다. 불로장생을 위한 기공술이나 연단술, 액운을 막아준다는 부적 등은 신비함과 영험함을 선전하기 위해 노장의 이름을 빌렸을 뿐, 훗날 도교에서 생긴 방술이다. 노장의 양생론은 육체적 장생이나 쾌락이 아니고 도리어 이러한 외물로부터 해탈한 정신적 자족·자주·해방을 말한 것이다.

자족自足

노자老子/44장

명성과 몸은 어느 것이 절실합니까?	名與身孰親.
몸과 재화는 어느 것이 중요합니까?	身與貨孰多.[29]
얻는 것과 잃는 것은 어느 것이 걱정입니까?	得與亡孰病.
지나치게 아끼면 반드시 소모가 클 것이요,	是故甚愛必大費
많이 소유하면 반드시 잃는 것도 많을 것입니다.	多藏必厚亡.
만족할 줄 알면 욕되지 않고,	知足不辱
멈출 줄을 알면 위태롭지 않고 장구長久할 수 있습니다.	知止不殆 可以長久.

---

[29] 多(다)= 重也, 大也.

회남자淮南子/범론훈氾論訓(유안 저)

본성을 온전히 하고, 참된 나를 보전하며,	全性 保眞
외물에 몸을 묶이지 않는다.	不以物累形.
양자楊子가 세운 이 학설은 맹자가 비판했다.	楊子之所立也 而孟子非之.

자유해방自由解放

장자莊子/잡편雜篇/서무귀徐无鬼

이른바 '훤주'는 어느 한 선생에게 배운 말을	所則暖姝30)者 學一先生之
무조건 따르고 아첨하며 자기 학설로 삼고	言 則暖暖姝姝而私自說.
스스로 만족해한다.	自以爲足矣.
그들은 만물이 시작되기 전을 알지 못하므로	而未知未始物也.
'훤주'라 부른다.	是以謂暖姝者也
'유수'는 돼지에 기생하는 이(蝨)를 말한다.	濡需31)者 豕蝨是也
성긴 돼지털에 살며 고대광실이나 넓은 정원으로 생각하고,	擇疏鬣 自以爲廣宮大囿
발굽 사이나 젖통 사이나 사타구니를	奎蹄曲隈 乳間股脚
편안하고 편리한 거처로 생각할 뿐,	自以爲安室利處.
어느 날 아침 도살부가 와서	夫知屠者之一旦
팔을 가로채 풀을 깔고 연기 불에 태우면	敲臂布草操煙火
자기도 돼지와 함께 타 죽는다는 것을 모른다.	而己與豕俱焦也.

---

30) 暖(훤)=柔貌. 姝(주)=妖貌.
31) 濡(유)=安也, 溺也. 需(수)=不進也, 懦弱也.

외물外物에서 해방

장자莊子/외편外篇/추수秋水

북해의 신선 약이 말했다.	北海若曰
우물 안 개구리에게 바다를 말해도 알지 못하는 것은	井蛙不可以語於海者
장소에 구애되기 때문이요,	拘於虛³²⁾也.
매미에게 얼음을 말해도 알지 못하는 것은	夏蟲不可以語於氷者
시간에 막혀 있기 때문이요,	篤於時也.
편벽된 선비에게 도를 말해도 알지 못하는 것은	曲³³⁾士不可以語於道者
가르침에 묶여 있기 때문이다.	束於敎也.

대중에서 해방

장자莊子/외편外篇/천지天地

효자가 어버이에게 아첨하지 않고	孝子不諛其親
충신이 군주에게 아첨하지 않으면	忠臣不諛其君
훌륭한 신하와 자식이라 할 것이다.	臣子之盛³⁴⁾也.
그러나 잘은 모르지만 반드시 그렇지는 않은 것 같다.	而未知此其必然邪.
세상의 습속이 그렇다고 하면 따라서 그렇다고 말하고,	世俗之所謂然而然之
세속이 옳다고 하면 무조건 옳다 말한다 해도	所謂善而善之
도道의 아첨꾼이라고는 말하지 않는다.	則不謂之道諛之人也.
자기를 도인이라 하면 반색하고,	謂己道人 則勃³⁵⁾然作色.

---

32) 虛(허)=墟(居)也.
33) 曲(곡)=僻也.
34) 盛(성)=善也.
35) 勃(발)=盛貌.

자기를 아첨꾼이라 하면 낯을 붉히며 성을 낸다.

이처럼 평생 도인이란 평생 아첨꾼일 뿐이다.

옳고 그르다는 판단을 세속과 공유하면서도

대중 추수자임을 자인하지 않으니 어리석음의 극치라 할 것이다.

謂己諛人 則怫然作色.

而終身道人也 終身諛人也.

通[36]是非

而不自謂衆人 愚之至也.

쾌락주의 반대

노장이 말한 양생은 육체적 쾌락이 아니다. 그는 무위만이 진정한 쾌락이라고 말한다. 재물은 형체를 보전하는 데 선결 조건이지만 형체 보전만으로는 생명 보전에 미흡하다. 속세를 버리고 갱생하는 것만이 도를 이루는 길이다.

노장의 행복과 양생술은 육체적 쾌락이 아니라 정신의 해방이었던 것이다.

노자老子/53장

아름다운 비단 옷에 날카로운 칼을 차고

실컷 먹고 마셔도 재화가 넘쳐나는 것은

도둑놈의 사치일 뿐 도가 아닐 것이다.

服文綵 帶利劍

厭飮食 財貨有餘

是謂盜夸非道也哉.

---

36) 通(통)=共也.

장자莊子/외편外篇/지락至樂

오늘날 세속에서 말하는 쾌락에 대해

나는 그것이 과연 즐거움인지

또는 아닌지 알 수 없다.

내가 보기에는 세속의 쾌락은

군중의 손짓을 따라

죽음을 향하듯 그칠 수 없는 것 같다.

그렇다면 과연 즐거움은 없는 것인가?

나는 무위만이 진실로 즐거운 것이라고 생각한다.

今俗之所爲 與其所樂

吾又未知樂之果樂邪

果不樂邪.

吾觀 夫俗之所樂

擧[37]群趣[38]者

誙誙[39]然如將不得已

果有樂無有哉.

吾以無爲誠樂矣.

장자莊子/외편外篇/달생達生

생명의 진실을 통달한 자는

생명이 할 수 없는 것을 힘쓰지 않는다.

운명을 통달한 자는

지혜가 어쩔 수 없는 것을 힘쓰지 않는다.

형체를 보양하기 위해서는 반드시 재물이 선결조건이다.

그러나 재물이 넉넉해도 형체를 보양할 수 없는 경우도 있다.

슬프다! 세인들은 형체를 보양하면

생명을 보존할 수 있다고 생각한다.

그러나 형체의 보양이 생명을 보존하기에는 부족하다.

형체를 위함에서 벗어나려면

達生之情者

不務 生之所無以爲.

達命之情者

不務 知之所無奈何.

養形必先之以物.

物有餘 而形不養者 有之矣.

悲夫 世之人以爲養形

足以存生.

而養形 果不足以存生.

夫欲免爲形者

---

37) 擧(거)=企望之也.

38) 趣(취)=向也, 催促也.

39) 誙誙(경경)=趣死貌.

속세를 버리는 것보다 좋은 것은 없다.

속세를 버리면 묶이는 것이 없고,

묶이는 것이 없으면 바르고 평안하다.

바르고 평안하면 자연과 더불어 하는 새로운 삶으로 거듭난다.

삶이 바뀌면(更生) 거의 도를 이룬 것이다.

莫如棄世.

棄世則無累

無累則正平.

正平則與彼更生.

更生則幾矣.

24 장자의 나비 꿈

비관주의의 함정과 저항

장자의 생명관은 비관적이다. 그는 인간의 존재란 공간적
으로나 시간적으로나 대자연에 비해 하찮은 미물임을 통감하
고 시간의 무궁함에 비해 인간의 유한함을 탄식한다. 그는 누
구보다 고통과 죽음을 직시했다. 그래서 그것을 초월한 자유
인이 되고자 했다. 그러나 장자의 길은 좌절과 퇴영으로 그치
거나 자연으로 도피하는 것은 아니었다.

장자의 스승인 노자의 자연 회귀는 목적의식과 자유의지가
결여되고 비관주의로 흐르는 부정적 요소가 있음을 주목해야
한다. 이미 여러 번 말했지만 그것은 『노자』라는 문서가 현실
에 절망한 민중의 소극적 저항의 목소리였기 때문이기도 하
다. 적극적 저항의 표본은 반란과 혁명이요 소극적 저항은 은
둔이다. 다만 은둔은 현실참여가 아닌 도피이지만 현실에 눈

을 감고 냉소하거나 오불관언吾不關焉한다는 것은 아니다. 은둔자의 대표자는 백이숙제伯夷叔齊이며 그들은 주周 무왕의 혁명에 대해 "폭력으로 폭력을 대체한 것뿐"이라고 비판하고 참여를 거부한 채 산속에 숨어 굶어 죽었다. 서양에서는 볼 수 없는 동양민중의 소극적 저항방식이다. 그러나 장자는 백이숙제를 따를 수 없음을 잘 알고 있었다.

장자에게 절대자유인은 외물外物에 얽매이지 않고 무궁에 노니는 자다. 홍수가 하늘까지 차고 넘쳐도 그를 빠뜨릴 수 없고, 큰불이 온 산야를 태워도 그를 태울 수 없으며, 찌는 듯한 더위가 돌을 녹여도 그를 녹일 수 없으며, 지진이 산을 무너뜨리고 천둥과 번개가 쳐도 그의 마음을 흔들지 못하며, 천하가 소란해도 꿈쩍도 하지 않는 자유인이 되고자 했다.

그러나 초인은 꿈일 뿐이다. 더욱이 인간은 외물에 접해야 살아갈 수 있는 동물이다. 묵자가 일찍이 지적한 대로 인간은 노동을 하지 않으면 살아갈 수 없는 특별한 동물인 것이다. 그런데 외물에 전혀 영향을 받지 않는 것이 본성을 지키는 길이며 도에 이르는 길이라면 인간으로서는 불가능한 일일 것이다. 설사 가능하다 해도 외물에 무감각한 인간은 마른 고목이나 불씨가 꺼진 싸늘한 재와 같은 인간일 뿐 살과 피를 가진 인간이 아니다.

장자는 끊임없이 고대의 은사를 찬양했다. 그는 이 속세를 벗어나고 싶어했다. 그러나 장자는 끝내 도피하지 못했다. 그의 제자들도 마찬가지였다. 장자의 제자 경상초庚桑楚는 가족과 친구를 이별하고 먼 산속으로 숨었다. 그러나 그 지방 사람들이 그를 신선으로 받들고 경배하였으므로 그는 불편했다. 그는 자기가 좀더 깊이 숨지 못한 것을 깨달았다. 이처럼 그들에게 물리적 도피는 절대자유를 보장하지도 않을 뿐 아니라 도피할 수 있다는 생각 자체가 환상이었음을 알게 된다.

그래서 그는 인간의 존재적 '한계상황'을 거부하기보다 그것을 자연스럽게 받아들인다. 그리고 속세를 살아가면서 자유로운 삶을 추구한다. 그러나 여기에서는 항상 비관주의 내지 회의주의의 함정을 피할 수 없었던 것이다. 시시포스(Sisyphos) 신화처럼 존재적 한계상황을 뛰어넘으려는 인간의 노력은 항상 좌절하고 추락하는 것이 운명인지도 모른다.

퇴영

노자老子/76장

삶은 부드럽고 여림이요 죽음은 굳고 강함이다.

만물과 초목도 산 것은 유약하며 부드럽고,

죽은 것은 굳고 마른다.

그러므로 굳고 강함은 죽음의 무리요,

부드럽고 보드라운 것은 삶의 무리다.

人之生也柔弱 其死也堅强

萬物草木之生也柔脆

其死也枯槁

故堅强者死之徒

柔弱者生之徒.

장자莊子/잡편雜篇/천하天下

막막하여 형체가 없고 변화무상하니

죽음도 삶도 천지와 더불어 하고

芴[1]漠無形 變化無常.

死與生與 天地並與

---

1) 芴(홀)＝無象也, 菲也.

신명과 더불어 갈거나? 神明往與.

망망하구나! 어디로 갈 것인가? 芒乎何之

눈 깜짝할 순간인데 어디까지 갈 수 있단 말인가? 忽乎何適

만물이 모두 그물인데 萬物畢羅

모태로 돌아가는 것보다 더 좋은 것이 있으랴? 莫足以歸.

옛 도술에 이런 것이 있었는데 古之道術 有在於是者

장주는 이러한 풍격을 듣고 좋아했다. 莊周聞其風 而悅之.

장자莊子/외편外篇/추수秋水

천지 안의 사해를 보라! 計四海之在天地之間也

큰 연못의 개미구멍 같지 않은가? 不似礨空之大澤乎.

대양에 둘러싸인 중국을 헤아려보라! 計中國之在海內

큰 창고 안의 싸라기와 같지 않은가? 不似稊米之在大倉乎.

사물의 수효는 수만이지만 사람은 그 가운데 하나에 불과하다. 號物之數謂之萬 人處一焉.

사람은 구주에 살며 땅 위의 곡식을 먹고 人卒九州 穀食之所生

배와 수레를 타고 다니지만 舟車之疏所通

사람이 사는 곳은 그중에 한 곳일 뿐이다. 人處一焉.

이것을 만물에 비교하면 此其比萬物也

가는 털 하나가 말 엉덩이에 붙어 있는 것과 같지 않은가? 不似毫末之在於馬體乎.

장자莊子/외편外篇/지락至樂

장자가 초나라로 가다가 빈 해골을 보았다. 莊子之楚 見空髑髏

바짝 말랐지만 형체는 남았다. 髐然有形

장자는 말채찍으로 두드리며 撽以馬箠

어찌해서 그런 꼴이 되었는지 물었다.

"삶을 위해 도리를 어겼던가?

국사를 망쳐

칼을 받았는가?

선하지 못한 짓을 하여

부모처자에게 치욕을 남겼던가?

헐벗고 굶주리는 환난을 당했던가?

늙어 이 지경에 이르렀는가?"

말을 마치고 해골을 끌어다 베고 자는데,

해골이 꿈속에 나타나 말했다.

"아까 당신의 얘기는 변사와 같았소.

당신이 말한 것은 모두 살아 있는 사람들의 허물일 뿐

주검은 그런 것이 없다오.

주검에게는 위로는 군주가 없고 아래로는 신하가 없으며,

사시사철의 수고로운 일도 없이

천지를 따라 세월을 보내고 있으니,

비록 왕의 즐거움도 이보다 더할 수는 없을 것이오.

내 어찌 죽음의 즐거움을 버리고

삶의 수고로움을 반복하겠소?"

因而問之.

曰 夫子貪生失理 而爲此乎.

將子有亡國之事

斧鉞之誅 而爲此乎.

將子有不善之行

愧遺父母妻子之醜 而爲此乎.

將子有凍餒之患 而爲此乎.

將子之春秋 故及此乎.

於是語卒 援髑髏枕而臥.

夜半髑髏見夢 曰

子之談者似辯士.

視子所言 皆生人之累也

死則无此矣.

… 死无君於上 无臣於下.

亦无四時之事

從然以天地爲春秋

雖南面王樂 不能過也.

… 吾安能棄南面王樂

而復爲人間之勞乎.

속세의 상대주의와 자연의 절대주의

이처럼 장자의 대자연을 소요逍遙하는 대붕大鵬의 꿈은 이루어질 수 없다. 자연에서 이슬과 열매와 풀뿌리를 먹고 사는 동물들조차 가족집단과 동류끼리 무리를 짓지 않으면 살아갈 수 없다. 그러므로 생명체는 관계의 그물을 벗어날 수 없다. 더구나 인간이 먹고 입고 살아가기 위해서는 자연을 변화시키는 노동을 해야 하고 연약하게 태어났으므로 협업을 하지 않으면 안 된다. 그리고 도구를 발명하고 이를 전수하기 위해 언어와 문자를 발명하여 문명이라는 것을 수십만 년 동안 쌓아왔다. 인간은 문명을 등지고 살아갈 수 없는 것이다. 무인도에 표류한 로빈슨 크루소도 표류하기 이전부터 가지고 있던 문명의 편리한 도구들을 사용하지 않았다면 다른 동물의 먹이가 되었을 것이다. 인간이 문명을 이루지 못했다면 멸종했을지도 모른다. 아무리 세상을 등지고 은퇴한 사람이라도 무위無爲는 불가능한 것이다. 무위는 문명을 거부하는 것이고 문명을 거부하는 것은 인간의 특성을 저버리는 것이기 때문이다. 그래서 장자는 위爲야말로 인간 본성의 활동이라고 말한 것이다.

그러므로 장자의 무한으로의 비상은 좌절된다. 그의 절망은 퇴로를 찾게 되고 결국 그는 가치상대주의로 빠져든다. 그가 살던 전국시대는 학자들의 논쟁이 갈수록 격렬했으나 진리도 가치도 실종한 혼란의 시대였다. 이처럼 시비是非가 전도된 시대 상황은 그를 가치 부정의 혼돈으로 이끌어갔다. 그는 이 세계는 미추美醜·선악의 대립이 존재하지 않으며, 있다 해도 아무런 의미가 없다고 생각했다.

장자는 대소大小 · 다소多少의 차별은 상대적인 것에 불과하다고 생각한다. 마찬가지로 시비도 상대적인 것이다. 나아가 생사도 마찬가지다. 생사라는 것도 없는 것이며 끝없는 유전과 변화만이 있을 뿐이다. 결국 사물은 차별이 없고 도는 경계가 없다. 경계는 인간이 그은 것이며 차별은 날조된 것이다. 차별과 경계가 있고 나서 귀천貴賤 · 미추 · 시비가 생겨났으며, 대소 · 다소 · 훼예毁譽가 있으므로 논쟁과 투쟁이 생겨났다. 그리고 자기가 옳다는 것을 설명하려고 학문이 생겨났으며, 이로써 도는 분열되고 파괴되었다는 것이다. 그러므로 선악 · 시비의 분별이 없는 자연으로 돌아갈 것을 주장한다. 다시 말하면 세속의 시비 분별은 관점에 따라 상대적인 것일 뿐이며, 오직 자연의 상도常道만이 절대적이라는 것이다.

노자老子/58장

정사가 느슨하면 백성은 순박하고,	其政悶悶[2)]其民淳淳.[3)]
정사가 엄격하면 백성은 번거롭다.	其政察察 其民缺缺.[4)]
재앙이란 복이 의지하는 바요,	禍兮 福之所倚[5)]
복이란 재앙이 숨어 있는 것이다.	福兮 禍之所伏
누가 그 지극함을 알겠는가? 진실로 무위만이 바르다.	孰知其極 其無正.

---

2) 悶悶(민민)=無所割截也. 백서본은 紊紊.
3) 淳淳(순순)=백서본은 屯屯.
4) 缺缺(결결)=관직의 소임이 번잡함. 백서본은 夬夬.
5) 倚(의)=依也. 因也.

바름은 다시 거짓되고, 선은 다시 악이 된다.

사람들이 (이념의 노예 되어) 미혹됨이 참으로 오래구나!

그러므로 무위자연의 성인은

방정하되 잘라내지 않고, 예리하되 상해하지 않고

곧지만 독선하지 않고, 밝지만 번쩍이지 않는다.

正復爲奇6) 善復爲妖.7)

人之迷 其日固久.

是以聖人

方而不割 廉而不劌.8)

直而不肆9) 光而不耀.

장자莊子/내편內篇/제물론齊物論

사물은 이것이 아닌 것이 없고, 저것이 아닌 것이 없다.

저 스스로는 볼 수 없으나 스스로를 지각하면 그것을 안다.

그래서 저것은 이것에서 나오고,

이것은 저것에 의지한다고 말한다.

이는 이것과 저것이 동시에 생긴다는 (혜시의) 학설이다.

그에 따르면 삶이 있으면 죽음이 있고,

죽음이 있으면 삶이 있으며,

가능이 있으면 불가능이 있고,

불가능이 있으면 가능이 있으며,

옳음을 좇아 그름이 따르고,

그름을 좇아 옳음이 따른다는 것이다.

그러므로 진인眞人은 이를 따르지 않고,

자연에 비추어보는 것이다.

物無非彼 物無非是.

自彼則不見 自知則知之.

故曰 彼出於是

是亦因彼.

彼是方10)生之說也.

雖然 方生方死

方死方生

方可方不可

方不可方可

因是因非

因非因是.

是以聖人不由

而照之於天.

---

6) 奇(기)=邪也.

7) 妖(요)=惡也.

8) 劌(귀)=傷也. 剌也.

9) 肆(사)=極意敢言也. 固也. 犯突也.

10) 方(방)=倂也.

장자莊子/내편內篇/제물론齊物論

대저 도道는 시작부터 분계가 있는 것이 아니다.	夫道未始有封.
말은 시작부터 실체가 있는 것이 아니다.	言未始有常[11]
그러므로 이분異分하는 것은 이분異分하지 못함이 있고,	故分也者 有不分也.
분석하는 것은 분석하지 못함이 있다.	辯也者 有不辯也.
그러므로 지知는 부지不知에 머무는 것이 지극한 것이다.	故知止其所不知 至矣.
누가 말하지 않는 변론을 알 수 있을까?	孰知不言之辯.
말할 수 없는 도를 알 수 있다면	不道之道 若有能知
이를 일러 천부天府(하늘 관청)라 한다.	此之謂天府.
아무리 부어도 차지 않고 아무리 퍼내도 마르지 않지만,	注焉而不滿 酌焉而不竭
그 유래를 알지 못한다.	而不知其所由來
이를 보광葆光(숨은 광명)이라 한다.	此之謂葆光.[12]

장자莊子/내편內篇/제물론齊物論

나와 그대가 변론을 했다고 합시다.	旣使我與若辯矣.
그대가 나를 이기고, 내가 그대를 이기지 못했다면,	若勝我 我不若勝
그대는 옳고 나는 그른 것이오?	若果是也 我果非也邪.
내가 당신을 이기고 그대가 나를 이기지 못했다면	我勝若 若不我勝
나는 옳고 그대는 그른 것이오?	我果是也 若果非也邪.
한 사람이 옳으면 반드시 한 사람은 그른 것이오?	其或是也 其或非也邪.
둘 다 옳은 것이오? 둘 다 그르다고 해야 하오?	其俱是也 其俱非也邪.

---

11) 常(상)=質也.
12) 葆光은 '땅속의 해'를 상징하는 『주역』의 明夷卦(☷☲)를 표현한 말. 葆(보)=藏也.

사실은 나와 그대는 서로 알지 못하며,

남들도 반드시 그 불확정성을 승계할 것이오.

우리들은 누구에게 판정하게 하오?

그런즉 너도나도 남들도 모두 서로 알 수 없으니,

시비 판정을 기대할 수 있겠소?

목소리의 조화인 언어를 믿는다는 것은, 믿지 않는 것과 같소.

자연의 분계에 화합하고

혼돈의 무극을 따르는 것이

생을 다하는 방법이오.

我與若不能相知也.

則人固受其黮闇. [13]

吾誰使正之.

然則我與若與人 俱不能相

知也 而待彼也邪.

化聲之相待 若其不相待. [14]

和之以天倪 [15]

因之以曼衍 [16]

所以窮年也.

앞에서 예시한 것처럼 『장자』 「내편內篇」 제물론齊物論의 글은 제목에서 적절히 암시하는 바와 같이 사물의 평등성을 논한 글이 분명하다. 고어에서 '물物'은 존재론적 물질만을 의미하는 것이 아니라 본성에 영향을 주는 외적 사물事物 전체를 의미한다. 그래서 따로 쓸 때는 '외물外物'이라고 한다. 외물은 이념과 사회구조까지도 포함하는 인간의 외적 환경을 포괄·함의한다.

그러므로 제물론은 즉자卽自적인 나, 자연 이외의 인식된 사물, 이념, 제도 등 대자對自적인 것은 모두 상대적이라는 뜻이다. 즉자적인 만물은 하나인 도의 조화일 뿐이므로 모두 평등

---

13) 黮闇(담암)=不明貌.

14) 待(대)=恃也.

15) 倪(예)=分也, 際也.

16) 曼衍(만연)=無極也, 混沌也.

하다는 것이다. 그러므로 분별과 차등은 존재 이후의 언어의
장난일 뿐이며 실체는 상대적인 것일 뿐 절대적인 것이 될 수
없다.

장자莊子/내편內篇/제물론齊物論

지금 이것에 대해 말한다 해도	今且有言於此
그 말이 이 사물과 같은지	不知其與是類乎
사물과 같지 않은지 알 수 없다.	其與是不類乎
같거나 같지 않거나 서로 같다고 한다면	類與不類 相與爲類
이것은 저것과 무슨 차이가 있는가?	則與彼無以異矣.
……천하는 가을철의 가늘어진 털끝보다 크지 않다고 생각하면,	…天下莫大於秋毫之末
태산은 작은 것이며,	而泰山爲小
어려서 죽은 갓난아기보다 오래 산 자가 없다고 생각한다면,	莫壽於殤子
100살을 살았던 팽조도 일찍 죽은 것이다.	而彭祖爲夭.
천지와 내가 함께 태어났다면	天地與我竝生
만물과 나는 하나가 된 것이다.	而萬物與我爲一.
이미 하나가 되었으니 말할 것이 또 있으랴?	旣已爲一矣 且得有言乎.
이미 하나가 되었다고 말했으니 또 못할 말이 있으랴?	旣已謂之一矣 且得無言乎.

그런데 2004년 우리나라에서 번역 출간된 『장자, 영혼의 변
화를 위한 철학』의 저자인 홍콩 중원대학中央大學 교수 앨린슨
(R. E. Allinson)은 장자의 상대주의를 부정한다. 그에 의하면
장자가 직접 쓰지 않은 것이 분명한 「외편外篇」의 추수秋水편에
서 상대주의를 말한 것을 장자의 글로 해석함으로써 「내편」의

제물론마저 상대주의로 곡해되었다고 주장한다. 즉 제물론편과 추수편은 모순된다는 것이다. 심지어 그는 추수편은『장자』전체를 곡해하게 만드는 저질의 문서이므로 제외됨이 마땅하다는 의견을 제시했다.

장자莊子/외편外篇/추수秋水

하백이 물었다. "혹시 사물의 외면인지?	河伯曰 若物之外
혹시 내면인지?	若物之內.
어디에서 귀천이 갈리게 되며,	惡至而倪貴賤
어디에서 대소가 갈리게 됩니까?"	惡至而倪小大.
북해 약이 답했다. "도道의 입장에서 보면	北海若曰 以道觀之
사물에는 귀천이 없다.	物無貴賤.
물건의 입장에서 보면 자기는 귀하고 상대는 천하다.	以物觀之 自貴而相賤.
세속의 눈으로 보면	以俗觀之
귀천은 자기의 능력 차이 때문이 아니다(전쟁 때문이다).	貴賤不在己.
차별의 관점에서 볼 때는 조금 크니까	以差觀之 因其所大
큰 것이라면 만물은 크지 않은 것이 없고	而大之 則萬物莫不大
조금 작으니까 작은 것이라면	因其所小 而小之
만물은 작지 않은 것이 없을 것이다.	則萬物莫不小.
하늘과 땅을 쌀 한 톨이라 할 수도 있음을 알고,	知天地之爲稊米也.
터럭 한 올을 큰 산이라 할 수도 있음을 안다면	知毫末之爲丘山也
차별의 이치가 (상대적임이) 분명하게 드러날 것이다.	則差數覩[17]矣.

---

17) 覩(도)=睹(도)=示也.

실용의 관점에서 볼 때는 以功觀之
유有의 측면에서는 유라고 할 것이니 因其所有之有之
만물은 유 아닌 것이 없고 則萬物莫不有.
무無의 측면에서는 무라고 할 것이니, 因其所無之無之
만물은 무 아닌 것이 없을 것이다. 則萬物莫不無.
이처럼 동과 서는 상반되나 知東西之相反
서로 없어서는 안 된다는 것을 안다면 而不可以相無
실용도 (상대적인) 분별이 정해질 것이다. 則功分定矣.
취향의 관점에서 볼 때는 以趣觀之
옳은 면에서는 옳다고 할 것이니 因其所然而然之
천지만물은 옳지 않은 것이 없고, 則萬物莫不然
그른 면에서는 그르다고 할 것이니 因其所非而非之
천지만물은 그르지 않은 것이 없을 것이다. 則萬物莫不非.
이처럼 요와 걸이 자기는 옳고 상대는 그르다고 한 것을 안다면 知堯桀之自然 而相非
취향과 지조가 (상대적임이) 드러날 것이다." 則趣操觀矣.

그러나 나는 전혀 다른 의견이다. 추수편은 후대 장자학파에 의해 쓰인 것이라 할지라도 장자 사상의 일면을 아주 잘 보여주고 있는 우수한 글이라고 생각한다. 치도治道라고 말하는 세속의 진리를 설파하는 성인聖人을 극복·지양하지 않고는 새로운 사상을 말할 수 없다는 점에서 추수편의 상대주의는 가장 유효한 무기이기 때문이다. 즉 『장자』의 제물론은 추수편과 똑같은 맥락의 상대주의를 말했고 그것은 목적이 아니라 이념과 가르침의 노예에서 해방되기 위한 방편으로서 장자의 강력한 무기라는 것이다.

　죽음에 이르는 병을 앓지 않고는 새 삶을 발견할 수 없듯이,
좌절이 없이는 희망을 알 수 없듯이, 모순이 없으면 종합과 지
양도 없듯이, 상대주의를 거치지 않고는 백가쟁명의 외물에
묶여 시비 차별의 쟁투를 종식할 수 없고, 종합·지양·새로
움을 기대할 수 없고, 자연의 자유인으로 소요할 수 없기 때문
이다.

이념의 노예

장자莊子/내편內篇/제물론齊物論

그늘이 그림자에게 물었다.	罔兩[18]問景
"금방 당신은 걷다가 지금은 그치고,	曩[19]子行 今子止.
금방 앉았다가 지금은 일어섰소.	曩子坐 今子起.
어찌 자주自主하는 지조가 없소?"	何其無特[20]操與.
그림자가 답했다.	景曰
"내가 나와 흡사한 모상母像이 있어서 그렇소?	吾有待[21]而然者邪.
또 나를 닮은 모상도 그의 모상 때문에 그렇소?	吾所待又有待而然者邪.
내가 뱀 허물이나 매미 허물을 닮은 것이오?	吾待蛇蚹[22]蜩翼[23]邪.
어찌 그렇게 되는 까닭을 알겠소?	惡識所以然

---

18) 罔兩(망양)=景外之微陰也.
19) 曩(낭)=久也, 접때.
20) 特(특)=獨也, 自主.
21) 待(대)=擬也, 模像, 恃也.
22) 蛇蚹(사부)=뱀 비늘.
23) 蜩翼(조익)=매미 날개.

그러니 어찌 그렇지 않을 수 있는 방법을 알겠소?"   惡識所以不然.

장자莊子/외편外篇/추수秋水

북해의 신선 약이 말했다.   北海若曰

"우물 안 개구리에게 바다를 말해도 알지 못하는 것은   井蛙不可以語於海者

장소에 구애되기 때문이요,   拘於虛[24]也.

매미에게 얼음을 말해도 알지 못하는 것은   夏蟲不可以語於氷者

때에 막혀 있기 때문이요,   篤於時也.

편벽된 선비에게 도를 말해도 알지 못하는 것은   曲[25]士不可以語於道者

가르침에 묶여 있기 때문이다."   束於敎也.

상대주의에서 종합주의로

이처럼 장자의 상대주의는 목적이 아니라 방편이었다. 장
자는 이러한 상대주의를 종합·지양하는 것을 '양행兩行'이라
고 말한다. 제물론편의 원숭이 우화에서 이를 말하고 있다.
원숭이들이 주인이 알밤을 아침에 3개, 저녁에 4개 준다(朝三
暮四)고 하니 불평하다가, 아침에 4개, 저녁에 3개 준다(朝四暮
三)고 하니 좋다고 한다는 비유가 그것이다. 이처럼 실實은 같

---

24) 虛(허)=墟也.
25) 曲(곡)=僻也.

은데 호오好惡가 다른 이유는 기호嗜好가 다르기 때문이다. 장자는 그 이유를 대동大同(크게 보면 같다)을 모른 탓이라고 말한다. 그리고 상대적인 세속의 담론들은 대동이므로 이를 종합하여 자연의 분계에 조화시켜야 한다고 주장하고 이를 양행이라고 말했다.

조삼모사朝三暮四

장자莊子/내편內篇/제물론齊物論

정신을 수고롭게 하며 한쪽을 편들면	勞神明爲[26]—
그것이 '대동大同'임을 모른다.	而不知其同也
이것을 '조삼朝三'이라 한다. 어찌 조삼이라 하는가?	謂之朝三. 何謂朝三
원숭이 주인이 아침먹이로 알밤을 주면서,	狙公賦芧[27] 曰
아침에 3개, 저녁에 4개를 주겠다고 말했다.	朝三而暮四.
그 말에 원숭이들은 모두 성을 냈다.	衆狙皆怒.
그러자 주인은 아침에 4개, 저녁에 3개를 주겠다고 말했다.	曰 然則 朝四而暮三.
원숭이들은 모두 좋다고 했다.	衆狙皆悅.
명분도 실리도 달라진 것이 없는데	名實未虧
좋아하고 싫어하는 마음을 일어나게 한 것이니,	以喜怒爲用[28]
이것은 기호嗜好 때문이다.	亦因是[29]也.
그러므로 성인은 시비를 조화하여	是以聖人和之以是非

26) 爲(위)=癒也=賢也.
27) 芧(서)=栗也.
28) 爲用(위용)=人爲로 작용하게 함.
29) 是(시)=嗜也.

하늘의 자연균형에 머물게 한다.

이것을 '양행兩行'이라 한다.

而休乎天鈞.[30]

是之謂兩行.

　　나는 위 조삼모사의 비유에서 대동을 상대주의로, 그것을 지양한 양행을 종합주의로 번역한다. 하지만 이는 『예기』의 대동사상과 혼동을 막기 위한 편의일 뿐 만족스러운 것은 아니다. 장자는 이 비유에 앞서 이 비유를 통해 말하고자 한 본뜻을 설명하고 있다. 즉 제자백가들은 자기의 주장이 대동한 것임을 모르고 차별대립시킨 것뿐이므로, 이를 지양하기 위해서는 자연에 비추어보아야 한다는 것이다. 장자는 이것을 '추뉴樞紐가 중앙을 잡는다'라고 말한다. 여기서 '중앙을 잡는 것'은 바로 양행을 의미한다.

도道의 추뉴樞紐

장자莊子/내편內篇/제물론齊物論

또한 이에 따르면 이것은 저것이고	亦因是也 是亦彼也
저것은 이것이며	彼亦是也.
저것도 일면의 시비가 있고, 이것도 일면의 시비가 있을 것이니,	彼亦一是非 此亦一是非.
과연 저것과 이것의 차별이 있는 것인가?	果且[31]有彼是乎哉
없는 것인가?	果且無彼是乎哉.
저것과 이것을 대립적으로 패거리 짓지 않는 것이	彼是莫得其偶

---

30) 鈞(균)=均也.

31) 且(차)=然也.

도道의 추뉴樞紐라고 말한다.

추뉴가 고리의 중앙을 잡기 시작하면 응변이 무궁하다.

옳다는 것도 하나같이 무궁하고,

그르다는 것도 하나같이 무궁하다.

그러므로 자연의 명증함만 못하다고 말하는 것이다.

> 앨리슨 : 그래서 나는 이용할 수 있는 가장 좋은 것은 밝음이라고 했던
> 것이다

謂之道樞.

樞始得其環中 以應無窮.

是亦一無窮

非亦一無窮也.

故曰 莫若以明.

대동소동大同小同

장자莊子/잡편雜篇/천하天下

대동大同(예컨대 동물)은 소동小同(예컨대 곤충)과 다르다.

이것을 일러 소동의 다름이라고 한다.

만물은 모두 같기도 하고 모두 다르기도 한다.

이것을 일러 '대동의 다름'이라고 한다.

大同[32]而與小同異

此之謂小同[33]異.

萬物畢同[34]畢異[35]

此之謂大同異.

혜시의 만물일체설萬物一體說

장자莊子/잡편雜篇/천하天下

남방은 끝이 없다지만 끝이 있고,

오늘 월나라를 떠난 것은 어제 돌아온 것이다.

고리를 연결해야만 풀 수 있다.

南方無窮而有窮.

今日適越而昔來.

連環可解也.

---

32) 大同(대동)=큰 범위에서 보는 같음.
33) 小同(소동)=작은 범위에서 보는 같음.
34) 畢同(필동)=만물은 사물이라는 점에 모두 같다.
35) 畢異(필이)=만물은 같은 것이 하나도 없다.

내가 아는 천하의 중앙은 연나라의 북쪽이요,

또한 월나라의 남쪽이다.

만물을 두루 사랑하면 천지는 일체이다.

我知天下之中央 燕之北

越之南 是也.

汎愛萬物 天地一體也.

여기서 독자들은 원숭이는 주인을 위해 산속을 헤매며 나무에 올라가 열매를 따는 일꾼이라는 사실을 주목해야 한다. 그러므로 '조삼모사'의 은유는, 이른바 성인이 말한 인도人道라고 하는 것이 주인이 일꾼을 부리기 위한 자의적이며 상대적인 담론에 불과한 것인데도 어리석은 일꾼들은 이 거짓을 절대적인 이념으로 좋아한다는 뜻이다.

그러므로 상대주의란 성인의 인위적인 인도가 상대적인 권도權道라는 뜻일 뿐 무위한 자연의 상도常道가 상대적이라는 뜻이 아니다. 다시 말하면 상대주의는 인위人爲에 대한 회의주의이지 자연에 대한 회의주의가 아니다. 더욱 구체적으로 말하면 상대주의는 공자의 치도란 조삼모사에 불과한 권도일 뿐이라는, 지배담론에 대한 강력한 부정이다.

심지어 장자는 성인이란 도둑과 지배자들의 문지기에 불과하다고 말한다. 그런데도 훗날 위진魏晉의 하안, 왕필 등 현학자玄學者들은 이와 반대로 공자도 노자도 모두 선인仙人이며 모두 옳다는 양시론兩是論을 주장했다. 그들의 이른바 '현학'은 정치적 필요에 의한 왜곡변질이다.

그러나 장자의 상대주의는 양비론兩非論적이다. 이처럼 장자는 세속적 가치판단의 상대주의를 말하고 있으나 여기서 안주하는 것은 아니다. 이미 앞 장의 신선술에서 살펴본 것처럼 장자는 세속을 살아가면서도 절대자연의 자유인이 되고자 했으며, 그렇게 살아가는 진인眞人의 사례를 여러 곳에서 제시한다. 심지어 그는 상대적인 가치를 절대진리로 믿고 살아가는 속물들을 '도의 아첨꾼'과 '대중 추수자'로 비판하고, 이들은 돼지 발싸개 털에 기생하면서도 고대광실이라고 착각하는 존재라고 조롱한다. 그러므로 그는 어리석은 자들이 갇혀 헤어날 줄 모르는 그 가르침이라는 것이 얼마나 상대적인 것인가를 누누이 강조한다.

그렇다 해도 속세를 버린 은둔이나 절대자유인의 꿈은 몰락귀족이나 시도할 만한 방법일 뿐 민중에게 요구할 수도 요구해서도 안 된다. 민중은 삶의 터전을 지키고 자식을 길러 종족을 이어가야 한다. 민중은 백이숙제를 아무리 기리고 추앙할지라도 스스로 흉내 낼 수는 없다. 그러므로 속세를 버리지 않는 한 타협해야 한다. 즉 성인들의 속세를 위한 담론들은 상도常道가 아니라 상대적인 것이지만 이를 종합하여 자연의 분계와 조화되도록 지양되어야 한다는 것이다.

대체로 가치상대주의는 허무주의를 낳고 허무주의는 강자와 승자만이 진리라는 폭력주의로 떨어지는 함정이 숨어 있다. 히틀러(Hitler, 1889~1945) · 무솔리니(Mussolini, 1883~1945) 등의 파시스트와 오늘날 미국의 네오콘(neocons)이 모두 니체의 허무주의에 뿌리박고 있다는 주장이 바로 그것을 암시한다.

이와는 달리 장자의 양비론적 가치상대주의는 허무주의로 떨어지지 않고 앞에서 논의한 대로 종합주의로 지양된다. 다시 말하면 장자의 양비론은 전략적 방편이었으며 그의 목표는 노자를 중심으로 양자 · 공자 · 묵자를 모두 포용하여 비판적으로 통합하려 한 것이다.

또한 종합주의는 양비론만으로는 부족하고 정언正言이 요구된다. 장자는 성인의 절대적 진리를 부정한 '앎에 대한 상대주의'였으나 그렇다고 '모든 사람의 모든 의견이 동등하게 좋다'는 가치상대주의 또는 가치등가주의價値等價主義를 말한 것은 아니다. 그럴 경우 제자백가들의 좋은 점을 골라 선택 · 종합할 수 있는 가치기준이 없어지기 때문이다.

장자莊子/잡편雜篇/서무귀徐无鬼

장자가 "활을 쏘는데 표적이 없이 아무 데나 맞히기만 해도	莊子曰 射者非前期而中.
좋은 사수라고 한다면	謂之善射
천하가 모두 명궁이라고 해도 괜찮겠네?"라고 묻자,	天下皆羿[36]也 可乎.
혜시가 "그렇지"라고 답했다.	惠子曰 可.
장자가 "천하가 공인하는 옳은 것이 없다면	莊子曰 天下非有公[37]是也.
각자 자기 주장을 옳다고 할 것이니,	而各是其所是
천하가 모두 성군聖君이라 해도 되겠네?"라고 묻자,	天下皆堯也 可乎.
혜시가 "그렇지"라고 답했다.	惠子曰 可.
장자가 말했다.	莊子曰
"그러면 유가儒家 · 묵가墨家 · 양가楊家 · 명가名家와	然則儒墨楊[38]秉[39]

---

36) 羿(예)=古代. 名弓.
37) 公(공)=共通. 正也.
38) 楊(양)=楊朱.
39) 秉(병)=公孫龍의 字.

당신은 누가 옳다는 말인가?"

四與夫子爲五 果孰是邪.

사기史記/태사공자서太史公自序

『주역』대전에 이르기를 천하는 한 가지로 돌아가나 길은 다르고, 한 가지를 이루는 데 생각은 백 가지라고 했다. 음양가 · 유가 · 묵가 · 명가 · 법가 · 도덕가 등 이들은 모두 똑같이 천하의 다스림을 위해 노력했다. 다만 그들이 말하는 길이 다를 뿐이며, 살핀 것도 있고 살피지 못한 것도 있다.

易大傳 天下一致而百慮
同歸而殊途.
夫陰陽 儒墨 名法 道德
此務爲治者也
直40)所從言之異路
有省不省耳.

사기史記/태사공자서太史公自序

도가道家는 사람으로 하여금 정신을 정일하게 하여 동動하면 무위에 합하고 정靜하면 만물을 품는다. 그들의 학술은 음양가의 위대한 자연에 순응함을 따르고 유가와 묵가의 좋은 점을 취하고 명가와 법가의 요점을 포섭하였다.

道家 使人精神精一
動合無形 贍41)足42)萬物.
其爲術也. 因陰陽之大順
采儒墨之善
攝名法之要.

타협에 대해 다시 한 번 변명하고자 한다. 여기서 말하는 타협은 현세를 거부하거나 은둔하지 않고, 현세와 충돌하지 않으면서도 현세와 다른 삶을 살아간다는 뜻이다.

장자는 결코 초인적인 신선을 말하지 않는다. 장자는 첫머

---

40) 直(직)=단지.
41) 贍(섬)=澹(恬靜)의 誤.
42) 足(족)=無關失也, 擁也.

리에서 구만 리 창공을 날아가는 대붕을 말하면서 그 대붕도 공기空氣를 의지하지 않으면 날아갈 수 없음을 지적한다. 그런 데도 지금까지 우리 학자들은 이 글을 "뱁새가 어찌 대붕의 뜻을 알랴?"로 해설하면서 대붕과 뱁새를 차별한다. 그러나 노장은 그런 차별을 반대한다. 장자는 이 글에서 자유인의 소요유를 찬양했을 뿐 대붕을 찬양하고 뱁새를 비하한 것이 아니다. 오히려 대붕도 한계가 있음을 말하고 대붕이든 뱁새든 다소의 차이는 있으나 외물의 묶임에서 해방되지 못했음을 꼬집은 것이다.

장자莊子/내편內篇/소요유逍遙游

대붕이 남명으로 이사 갈 때는	鵬之徙於南冥也
물결이 삼천 리이며	水擊三千里
폭풍을 타고	搏[43]扶搖[44]
구만 리 상공에 올라	而上者九萬里
여섯 달이 되어야 쉰다고 한다.	去以六月息者也.
…… 장차 물이 쌓여 두껍지 않으면	…且夫水之積也不厚
큰 배를 띄울 힘이 없다.	則其負大舟也無力.
마당 웅덩이에 술잔의 물을 부어 가득 채워도	覆杯水於坳[45]堂之上
겨자씨로 배를 만들어야 한다.	則芥爲之舟
술잔을 띄우면 붙어버릴 것이니	置杯焉則膠

---

43) 搏(박)=取也.
44) 扶搖(부요)=폭풍. 회오리바람.
45) 坳(요)=웅덩이.

물은 얕고 배는 크기 때문이다.　　　　　　　　　　水淺而舟大也.

대붕도 바람이 쌓여 두껍지 않으면　　　　　　　　風之積也不厚

큰 날개를 띄울 힘이 없다.　　　　　　　　　　　則其負大翼也無力.

장자莊子/내편內篇/소요유逍遙游

지식은 한낱 관리를 본받게 하고 행실은 한 고을을 따르게 하고　　　故夫知效一官 行比一鄕

덕은 한 군주에 부합하여 한 나라를 신복시켰다 해도　　　　　　德合一君 而徵[46]一國

그들 스스로 보는 것은 아직 뱁새에 불과한 것이다.　　　　　　其自視也 亦若此矣

그러므로 송영자宋榮子는 그들을 비웃을 만하다.　　　　　　　而宋榮子[47]猶然笑之

그는 온 세상이 그를 기린다 해도 더 권면할 수 없고,　　　　　且擧世而譽之 而不加勸.

온 세상이 그를 비난한다 해도 저지할 수 없으며,　　　　　　擧世非之 而不可沮.

안과 밖의 구별을 바르게 하고, 영욕의 경계를 분별했으니,　　　定乎內外之分 辨乎榮辱之境

이것으로 그칠 뿐이었으나, 그래도 그는 세상에 드문 인재였다.　斯已矣 彼其於世 未數數然也.

아무리 그래도 그는 아직 근본적이지 못한 것 같다.　　　　　雖然 猶有未樹[48]也.

대저 열자列子는 바람을 타고 날아다닌다고 한다.　　　　　　夫列子禦風而行

시원하게 날아다니다가 15일 후에 돌아오곤 했다.　　　　　　冷然善也. 旬有五日而後反.

그는 복 받은 사람으로 희귀한 경우에 해당한다.　　　　　　彼於致福者 未數數然也.

이처럼 그는 비록 걸어 다니는 것은 면했으나　　　　　　　此雖免乎行

아직 의지할 바람이 있어야 한다.　　　　　　　　　　　猶有所待者也.

그런데 만약 천지의 상도를 타고　　　　　　　　　　　若夫乘天地之正[49]

---

46) 徵(징)=信也. 征과 통용.

47) 墨家 출신인 宋鈃과 同一人.

48) 樹(수)=立也→本也.

49) 正(정)=中也 常也.

육기의 변화에 따라 무궁無窮에 노닌다면

그가 다시 무엇을 의지할 필요가 있겠는가?

그러므로 이르기를 지인至人은 내가 없고,

신인神人은 공적이 없고, 성인聖人은 이름이 없다고 하는 것이다.

而御六氣之變 以游無窮者.

彼且惡乎待哉.

故曰 至人無己

神人無功 聖人無名.

　　장자가 말한 진인은 무엇에도 묶이지 않고 의지하지 않는 자연인이요 자유인을 말한다. 그리고 그 자유인은 대붕 같은 성인이나 은자가 아니라 뱁새처럼 아침저녁 어디에서나 만날 수 있는 지극히 보잘것없는 사람들이다. 아주 못생긴 곱추, 죄를 지어 발이 잘린 절름발이, 속물과는 다른 광인, 문지기, 수레를 만드는 장인, 기계를 쓰지 않는 농부 등이 그들이다. 그들은 결코 속물과는 다르지만 그렇다고 수양이 깊은 고승이나, 선인처럼 속세를 벗어난 은자가 아니다. 이런 의미에서 타협이다. 그들은 어떤 진리를 설파하여 제자백가와 차별화를 시도하지도 않는다. 그런 의미에서 종합이다.

　　그러므로 '종합 지양'이라고 말한 것은 변증법적 용어를 빌린 나의 서투른 표현이다. 노장은 자연주의자다. 인간의 모든 삶과 담론은 자연의 분계에 조화로워야 한다. 노장은 물론이거니와 동양사상가는 모두 변증법적인 측면이 있으나, 헤겔의 관념변증법이나 마르크스-레닌(Lenin)의 유물변증법과는 같은 것이 아님을 알아야 한다. 그러므로 노장의 타협이나 종합은 육체와 재물 등 세속적 삶에 양보하는 것일 뿐 제가諸家의 이념적 가치에 타협한 것은 아니다. 노장은 앎과 진리 즉 명名과 도道에 대해서는 상대주의였으나 그들이 지향하는 이

넘인 대자연에 소요하는 자유인에 대해서는 그 어떤 가치에도 양보할 수 없는 것이었다. 그러므로 노장은 인간관계에 대한 기존의 믿음을 거부하고 그에 관한 담론들을 모두 해체하여 다시 이를 무위자연으로 재해석한다. 따라서 노장이 말하는 성인·도·인의예지·덕·법 등등은 글자는 같으나 뜻은 전혀 다른 것이다. 설사 노장이 성인과 인의를 말한다 해도 그것은 공자와 성인과 인의를 부정하는 반어적 비판이다. 이 점을 놓치면 노장과 공맹은 쌍둥이처럼 닮은꼴이 되어버린다.

진인의 종합

장자莊子/내편內篇/대종사大宗師

진인眞人은 법으로써 몸을 위하게 하고,   以[50]刑爲體

예로써 신하를 위하게 하며,   以禮爲翼[51]

> 안동림: 진인은 형벌을 몸으로 삼고, 예의를 날개로 삼고

지혜로써 시절을 살피게 하고, 덕으로써 따르는 자를 위한다.   以知爲時[52] 以德爲循.[53]

> 안동림: 지혜를 때를 아는 방편으로 여기고, 덕성을 자연에 따르는 것으로 여긴다

법으로 몸을 위한다 함은 죽일 자를 풀어주는 것이요,   以刑爲體者 綽[54]乎其殺也.

> 안동림: 형벌을 몸으로 삼는다 함은 여유 있게 죽이는 것이다

예로 신하를 위한다 함은 세상을 받들게 하는 수단이요,   以禮爲翼者 所以行[55]於世也.

---

50) 以(이)=此也, 由也, 使也.
51) 翼(익)=佐也.
52) 時(시)=伺=察 侯望.
53) 循(순)=違也, 隨也.
54) 綽(작)=너그럽다.

안동림: 예의를 날개로 삼는다 함은 포부를 세상에 널리 시행하기 위
해서다

지혜로 시절을 살피게 한다 함은 일을 놓치지 않으려는 것이며, 　以知爲時者 不得已[56]於事也.
　안동림: 지혜를 때를 아는 방편으로 여긴다 함은 할 수 없이 일을 할
　때를 위해서이다

덕으로 따르는 자를 위한다 함은 덕인을 따라 　以德爲循者 言其與有足者
고을에 모여들게 함을 말한다. 　至於丘[57]也.
　안동림: 덕성을 자연에 따르는 것으로 여긴다 함은 발 있는 자와 언덕
　에 이른다는 뜻이다

일치되는 것은 자연과 더불어 무리가 되는 것이요, 　其一與天爲徒.
　안동림: 그 하나의 입장으로 절대적인 하늘(자연)의 무리가 되고

일치되지 않는 것은 사람과 더불어 무리가 되는 것이다. 　其不一與人爲徒.
　안동림: 하나가 아닌 입장으로 차별적인 사람의 무리가 된다

자연과 사람이 서로를 이기려 하지 않는다. 이를 진인이라 한다. 　天與人不相勝也. 是謂眞人.
　안동림: 하늘과 사람이 다투지 않고 조화되어 있다. 이런 사람을 진인
　이라 한다

장자莊子/외편外篇/재유在宥

비천하지만 보존하지 않으면 안 되는 것이 사물事物이다. 　賤而不可不任[58]者 物也.
비루하지만 따르지 않으면 안 되는 것이 민중民衆이다. 　卑而不可不因者 民也.

---

55) 行(행)=奉也.
56) 已(이)=止也, 黜棄也, 過也.
57) 丘(구)=四井爲邑 四邑爲丘(漢書/刑法志).
58) 任(임)=保也, 載也.

축소해야 하지만 다스리지 않으면 안 되는 것이 정사政事다.

거칠지만 펴지 않으면 안 되는 것이 법法이다.

소원해지지만 본받지 않으면 안 되는 것이 의義다.

친족을 편애하는 것이지만 넓히지 않으면 안 되는 것이 인仁이다.

절제와 무늬일 뿐이지만 익히지 않으면 안 되는 것이 예禮다.

중용이지만 높이지 않으면 안 되는 것이 덕德이다.

하나의 기氣이지만 변하지 않으면 안 되는 것이 도道다.

신묘하지만 위하지 않으면 안 되는 것이 천天이다.

匿[59]而不可不爲者 事也.

麤而不可不陳者 法也.

遠而不可不居[60]者 義也.

親而不可不廣者 仁也.

節[61]而不可不積[62]者 禮也.

中而不可不高者 德也.

一而不可不易者 道也.

神而不可不爲者 天也.

『장자』에서 장자의 제자들이 서술한 부분인 「잡편雜篇」 천하天下편에서는 장자야말로 제자백가를 통합 · 완결했다고 주장하고 있다. 일반적으로는 장자의 사상은 송견宋鈃 · 윤문尹文학파와 전병田駢 · 신도愼到학파 등 제나라 직하稷下학궁의 두 학파와, 초나라의 남방 문화권에서 일어난 노담老聃 · 관윤關尹학파를 종합 집대성한 것으로 일컬어지고 있다. 그런데 최근 학자들의 연구 결과에 의하면 장자에 앞서 송견[63]이, 유儒 · 묵墨 · 도道 삼가三家를 절충하였고 장자는 그 영향을 받은 것이라고 한다.

---

59) 匿(익)=避也, 縮也.
60) 居(거)=處也, 法也.
61) 節(절)=文也.
62) 積(적)=厚也, 習也.
63) 『莊子』「內篇」逍遙遊편에서 군주의 지혜를 뱁새에 비유한 宋榮子와 동일인이다.

『장자』에서는 공자와 아울러 묵자도 비판하고 있으나, 그것은 후기 묵가들의 명가名家적 경향을 비난한 것일 뿐, 묵자의 '천하에 남이란 없다(天下無人)'는 이른바 안생생安生生사회론을 비롯하여 평등 · 평화 · 절용節用 · 비악非樂 · 박장薄葬 등 대부분의 묵자사상을 공유하고 있다.

장자莊子/잡편雜篇/천하天下

옛사람들은 천리를 다 갖추었으니,	古之人 其備乎.
신명에 배합하고, 천지에 순화하고, 만물을 화육하고,	配神明 醇天地 育萬物
천하를 화목하게 하여 그 은택이 백성에 미치게 하였다.	和天下 澤及百姓.
근본 이치를 밝히고 말단의 법도까지 붙잡아	明於本數 系於末道
상하 사방이 통하고 열려,	六通四辟[64]
작고 정미한 것에서부터 크고 거친 것까지	小大精粗
그 운행이 없는 곳이 없었다.	其運無乎不在.
그러나 천하가 크게 어지러워지자	天下大亂
현성賢聖이 밝혀지지 않고 도덕이 일치하지 않게 되었으니,	賢聖不明 道德不一
천하의 많은 학자들이 도의 일부분에 밝으면	天下多得一察
스스로 옳다 하였다.	焉以自好.
백가는 각각 기능이 있고 장점이 있고 때에 따라 쓸모가 있는데	皆有所長 時有所用
그렇지만 두루 쓸 줄 모르는	雖然 不諧[65]不徧
한편에 치우친 곡사曲士가 되고 말았다.	一曲之士也.

---

64) 辟(벽)=通闢也.
65) 諧(해)=調也.

슬프다! 백가들은 제 길을 달려갈 뿐 근원을 돌아볼 줄 모르니 반드시 부합되지 못할 것이다.

悲夫 百家往而不反
必不合矣.

장자莊子/잡편雜篇/천하天下

천하에 방술을 닦은 자는 많다.

天下之治方術者多矣.

모두들 자기가 배운 것 외에는 더 보탤 것이 없다고 한다.

皆以其有爲不可加矣.

옛날의 소위 도술자는

古之所謂 道術者

과연 어디 있는가?

果惡乎在.

이르기를 있지 않는 데가 없다고 한다.

曰 無乎不在.

성인이 생기고 왕업을 이룬 것은

曰 聖有所生 王有所成

모두 한 가지에 근원하고 있다.

皆原於一.

자연의 도道에서 멀어지지 않는 사람을 '천인天人'이라 하고,

不離於宗 謂之天人.

정기精氣에서 멀어지지 않는 사람을 '신인神人'이라 하고,

不離於精 謂之神人.

진실眞實에서 멀어지지 않는 사람을 '지인至人'이라 하고,

不離於眞 謂之至人.

하늘을 근원으로 삼고, 덕을 근본으로 삼고,

以天爲宗 以德爲本

도를 문으로 삼고, 변화를 점치는 사람을

以道爲門 兆於變化

'성인聖人'이라 하며,

謂之聖人.

인仁으로 은혜를 베풀고, 의義로 도리를 행하고,

以仁爲恩 以義爲理

예禮로 행하고, 음악으로 화목을 이루어

以禮爲行 以樂爲和

훈훈하고 자애로운 사람을 '군자君子'라 한다.

薰然慈仁 謂之君子.

대체로 장자는 노자를 스승으로 삼아 유儒·묵墨·도道를 '양비론적으로 종합한' 제3의 길이었다고 추측할 수 있다. 양비론의 핵심은 유·묵 모두 자연의 본성에 위배된 인위적인

억압이라고 비판하는 데 있다. 그러므로 제3의 길의 핵심은 전생全生·귀생貴生·본생本生·본성本性 등으로 표현되는 생명주의라고 말할 수 있을 것이다. 이렇게 볼 때 장자의 양비론적 종합주의는 훗날 위진시대에 노자와 공자를 결합한 도교나, 유학에 노자를 끌어들인 현학의 '양시론적 종합주의'와는 다른 것이다.

회남자淮南子/제속훈齊俗訓

예禮란 실정實情을 꾸미는 것이요,	禮者實之文也.
인仁은 은애恩愛를 이루는 것이다.	仁者恩之效[66]也.
예는 인정을 따르되 그것을 절도 있게 꾸미며,	故禮因人情 而爲之節文.
인은 강개한 마음을 발현하되 관용을 나타낸다.	仁發忓[67]以見容.
그러므로 예는 실정을 넘지 않고	禮不過實
인은 은애를 넘지 않는 것이 치세의 도이다.	仁不溢恩也 治世之道也.
유가의 3년 복상은	夫三年之喪
사람이 감당하기 어려운 일을 강요함이요,	是强人所不及也
인위적으로 인정을 조장하는 것이다.	而以僞輔情也.
묵가의 3월 복상은 비애의 정을 끊어	三月之服 是絶哀
본성을 억압하는 것이다.	而迫切之性也.
무릇 유·묵은 인정에 근원하지 않고	夫儒墨不原人情之終始
상반된 제도를 행하려고 한다.	而務以行相反之制.

---

66) 效(효)=致也.
67) 忓(병)=滿也, 忼慨也.

장자의 나비 꿈에 대한 오해

장자의 '나비의 꿈' 은유는 너무도 유명하다. 특히 서양학자들에게 『장자』를 상징하는 대표적인 은유로 회자되고 있다. 우선 이 짧은 글이 제물론齊物論의 맨 끝에 붙어 있다는 것을 주목해야 한다. 『장자』에서 '논論'이 붙은 글은 제물론편 하나뿐이다. 그러므로 '나비의 꿈'은 제물론을 설명하기 위한 은유이며, 만물은 차별이 없이 평등하다는 제물론의 결론 부분으로 읽힌다.

나는 이에 동의하지만 덧붙여 현세現世는 환상이라는 인생론人生論으로도 읽을 수 있어야 하며, 더 나아가 현상은 환상이므로 그것을 명명命名한다는 것은 명목名目일 뿐 실재가 아니라는 불가지론不可知論적 인식론으로까지 확대하여 읽어야 한다고 생각한다.

이성理性적인 인식은 공간적이므로 분별이 불가피한 조건이다. 그러나 사물을 분별하는 명명命名은 정지된 죽은 관념이므로 영원한 변화이자 생성인 시간을 대응하여 지시할 수 없으므로 상명常名이 될 수 없다. 즉 자연의 도와 인식한 도는 완전히 일치하지 않는다. 장자는 이 우화에서 꿈속의 나비와 꿈을 깬 후의 장주는 어떤 것이 진짜 실재인지 알 수 없다고 말한다. 이는 공간적 인식의 한계를 지적한 노자의 명名은 불가상명不可常名의 명제를 강력히 암시하는 것이다.

나비 꿈

장자莊子/내편內篇/제물론齊物論 17

어느 날 장주는 꿈에 나비가 되었다.

훨훨 나는 나비가 된 것이 기뻤고

흔쾌히 스스로 나비라고 생각했으며

자기가 장주라는 것은 알지 못했다.

그러나 금방 깨어나자 틀림없이 다시 장주였다.

장주가 꿈에 나비가 되었는지

나비가 꿈에 장주가 되었는지 도무지 알 수가 없다.

그러나 장주와 나비는 (현상으로는) 반드시 분별이 있다.

이와 같은 것을 사물의 탈바꿈 즉 '물화物化'라고 말하는 것이다.

昔者 莊周夢爲胡蝶.

栩栩然胡蝶也

自喩適志與

不知 周也.

俄然覺 則蘧蘧然周也.

不知 周之夢爲胡蝶與

胡蝶之夢爲周與.

周與胡蝶則必有分矣.

此之謂物化.

위 은유에서 장자는 번데기가 나비가 되는 탈바꿈을 장자가 꿈속에서 나비가 되는 변화와 대비함으로써 이른바 '물화物化'의 현상을 일시적인 환상으로 설명하려고 시도한다. 애벌레든 번데기든 나비든 사물의 일시적 현상일 뿐이다. 물화가 환상이라는 말은 『장자』의 선구자인 『열자列子』에서도 적절하게 설명하고 있다. 즉 삶과 죽음은 사물의 탈바꿈 즉 물화이며 이는 환상이라고 말한다. 다시 말하면 열자나 장자 모두 삶과 죽음의 변화는 환상일 뿐 본질적으로 하나라는 제물론을 말하고 있으며, 나아가 삶이란 꿈이요 환술이니 이에 연연하지 말고 생사를 초월하라고 가르치고 있는 것이다.

장자莊子/내편内篇/덕충부德充符

숙산 무지가 공자를 만난 후 노담에게 말했다.

"공자는 아직 경지에 이른 사람은 못 된 것 같더군요.

그는 어째서 자주 선생에게 배우는 것일까요?

그는 괴이한 궤변으로 명성을 구하고 있는데,

그것이 지인至人에게는

자기를 구속하는 질곡이 된다는 것을 모르고 있는 듯합니다."

노담이 말했다. "어찌 당신은 그로 하여금

사생死生은 한 줄기요,

가불가可不可는 한 꾸러미인 것을 가르쳐 바로잡지 않았소?

그대는 그의 질곡을 풀어줄 수 있지 않겠소?"

무지가 말했다.

"그에게 천형天刑인 것을 어찌 풀어줄 수 있겠습니까?"

叔山无趾語老聃曰

孔丘之於至人 其未邪.

彼何賓[68]以學子爲.

彼且蘄以諔詭[69]幻怪之名聞.

不知至人之以

是爲己桎梏邪.

老聃曰 胡不直使彼

以死生爲一條

以可不可爲一貫者.

解其桎梏 其可乎

無趾曰

天刑之 安可解.

열자列子/주목왕周穆王

윤문尹文이 말했다. "옛날 노담께서 서쪽으로 가시면서

특별히 나에게 말해 주었소.

'생명은 기氣이며

형체 있는 것의 현상은 모두 환상이며,

조화의 비롯됨은 음양의 변화이니

삶이라고도 하고 죽음이라고도 말한다.

昔老聃徂西也

顧而告予曰.

有生之氣

有形之狀 盡幻也.

造化之所始 陰陽之所變者

謂之生 謂之死.

---

68) 賓(빈)=頻也.
69) 諔詭(숙궤)=奇異한 궤변.

그 이치를 궁구하고 그 변화를 통달하여

사물의 형체가 바뀌는 것을

조화(化)라고도 하고 환술(幻)이라고도 한다.

그러므로 생기生起와 소멸을 따르고,

환상과 조화는 생사와 다르지 않다는 것을 알아야만

비로소 더불어 환술을 배울 수 있다'라고 하셨소.

나와 그대 역시 환술인 것을 어찌 배움을 구하겠소?"

窮數達變

因形移易者

謂之化 謂之幻.

故隨起隨滅

知幻化之不異生死也

始可與學幻矣.

吾與汝亦幻也 奚須學哉.

　　서양학자들의 해석도 대체로 이와 비슷하지만 앨린슨은 이 글의 순서를 바꾸어 배열을 고쳐 읽어야 한다고 주장한다(『장자, 영혼의 변화를 위한 철학』 5~7장 참조). 즉 "장주가 꿈에 나비가 되었는지, 나비가 꿈에 장주가 되었는지 알 수 없다"라는 불가지론적 언명은 '꿈을 깨기 이전'으로 옮겨져야 한다는 것이다. 꿈을 깬 후에는 장주와 나비를 분별했고 이것이 사물의 변화라는 깨달음을 얻었으므로 이런 의문은 합당하지 않다는 것이다.

　

앨린슨의 번역(김경희 옮김)

장자, 영혼의 변화를 위한 철학/5~7장

옛날에 장주는 나비가 된 꿈을 꾸었다.

나비는 자기가 원하는 곳으로 훨훨 날아다녔다.

그는 자신이 장주인 줄 몰랐다.

(① 갑자기 그는 깨어난다. 그는 자기가 장주라는 걸 깨닫는다.)

사실 그는 자기가 나비가 된 꿈을 꾸고 있는 장주인지

장주인 꿈을 꾸고 있는 나비인지를 알지 못했다.

② 갑자기 그는 깨어난다. 그는 자기가 장주라는 걸 깨닫는다.

그러므로 장주와 나비 사이에는 반드시 어떤 구분이 있어야 한다.

이것이 변화이다.

(①은 원래 위치, ②는 앨린슨이 주장하는 위치)

그러나 이런 제안은 찬성할 수 없다. 이 학자는 꿈을 깬 것을 불교의 깨달음으로 오해했고, 꿈속의 무지無知에서 꿈을 깬 후의 앎으로 진화 · 발전하는 것으로 오해한 것이다. 그러나 반대로 이 글의 전체적인 맥락은 꿈을 깬 후의 앎보다 꿈속의 무지를 더 선호하고 있다. 『장자』의 전체적인 메시지는 분별하는 앎은 깨달음이 아니라는 것이다. 오히려 이 은유는 현실의 장자보다 꿈속의 나비를 간절히 소망하는 강력한 암시를 주고 있음을 눈치 챘어야 한다.

이 글에서 말하는 '물화物化'는 다윈(C. R. Darwin, 1809~1882)의 진화론을 말한 것이 아니다. 애벌레가 번데기로 되고 번데기가 나비로 되는 것을 진화 · 발전이라고 이해하는 것은 서양적 사고일 뿐이다. 오히려 애벌레와 번데기와 나비를 미숙과 발전으로 차별하지 않는 것이 장자의 물화관物化觀이다. 이 은유에서 장자는 시비분별에 얽매어 있는 현존재를 거부하고 나비처럼 탈바꿈할 수 있다면 신선처럼 하늘을 훨훨 날아다니는 절대자유인이 되고픈 소원을 말하고 있는 것이다.

또한 앨린슨은 제물론의 순서를 바꾸어 끝에 붙어 있는 '나비 꿈'을 앞으로 옮기고, 앞에 있는 '술 먹는 꿈' 이야기를 뒤로 옮겨야 한다고 주장한다. 즉 제물론의 결론은 '나비 꿈'이 아니라 '술 먹는 꿈'이 되어야 한다는 것이다. 그는 그뿐 아니라 『장자』를 일관되게 이해하기 위해서는 각 편의 순서도 바꾸어 재배치하여 읽어야 한다고 주장한다. 그러나 그가 이처럼 엉뚱한 주장을 하는 것은 원전을 잘못 번역하고 그것을 근거로 해석하기 때문이다.

첫째는 대성大聖을 유교적인 성인으로 오해한 것이다. 그러나 장자가 말한 성인은 풍자일 뿐 유교의 성인이 아니다. 장자가 지향하는 진짜 성인은 무위자연의 진인眞人이다.

둘째는 대각大覺을 불교적인 마음공부의 깨달음으로 오해한 것이다. 그러나 장자가 말하는 대각은 부처의 무無나 공空에 대한 존재론적 깨달음이 아니라 '인생은 꿈'이라는 현상 초월의 달관을 의미한다. 이러한 오해는 장자를 도교의 도사들과 같은 부류로 착각한 데서 나온다. 그래서 주자는 일찍이 도사들은 자기네 가문의 노장학설은 이해하지 못하고 도리어 불가의 껍질을 주워모아 말한다고 비웃었다. 주자의 이런 비판은 앨린슨에게도 해당될 것이다.

이처럼 '술 먹는 꿈'도 '나비 꿈'도 불교의 깨달음을 말한 것이 아니다. 반대로 이 두 가지 꿈 이야기 모두, 성인의 깨달음이란 것도 한낱 꿈에 불과하다는 회의와 거부의 메시지일 뿐이다. 삶은 꿈이고, 죽음이 실재인지 어찌 알 수 있느냐는 질문을 함으로써 '사생은 하나이니 삶의 현상에 매달리지 말라'는 메시지를 전달하고자 하는 은유인 것이다.

그리고 이 은유는 성인을 들먹이는 공자도, 그를 비판하는 장자도, 지금 꿈속을 살고 있으며, 이것을 필부匹夫들은 다 알고 있는데 공자만이 모르고 있다고 핀잔을 준다. 그러므로 이 은유는 결코 위대한 성인의 깨달음을 말한 것이 아니다.

여기서 장자가 말하는 큰 깨달음이란 흔히 말하는 선악을 분별하여 태평성세를 이루는 치세의 도를 말하는 것이 아니라 '현세는 하나의 큰 꿈'이라는 비판적 반성을 제시한 은유인 것이다.

술 먹는 꿈

장자莊子/내편內篇/제물론齊物論 14

내 어찌 삶을 기뻐하는 것이 미혹이 아닌 줄을 알겠는가?	予惡乎知 悅生之非惑邪.
죽음을 싫어하는 것이 마치 길을 잃고	予惡乎知
돌아갈 줄 모르는 어린아이와 다른지 어찌 알겠는가?	惡死之非弱喪而知歸者邪.
여희는 '예'라는 곳의 관문지기 딸인데	麗之姬 艾封人之子也.
진나라에서 처음 그녀를 시집보낼 때는	晋國之始得之也
하도 울어서 옷깃을 적시었다.	涕泣沾襟
왕궁에 와서 왕과 동침하고	及其至於王所 與王同筐牀
소고기·돼지고기를 먹고 난 후에는 그때 운 것을 후회했다.	食芻豢 而後悔其泣也.
죽은 자가 처음에는 삶을 바란 것을 후회하지 않는다고	予惡乎知
내 어찌 알겠소?	夫死者不悔其始之蘄生乎.
꿈속에서 즐겁게 술 먹은 자가 아침에는 통곡을 하기도 하고,	夢飮酒者 旦而哭泣.
꿈속에서 통곡을 한 자가 아침에는	夢哭泣者
명랑한 기분으로 사냥을 떠나기도 한다.	旦而田獵.
방금 그가 꿈을 꾸고 있었으나 그것이 꿈인 것을 알지 못한다.	方其夢也 不知其夢也.

꿈속에서 자기가 꿈꾼다는 것을 알았다고 해도,

꿈을 깨고 나서야 그것이 꿈인 것을 안다.

역시 크게 깨달은 연후에야

지금 이 순간이 큰 꿈인 것을 알 수 있다.

> 앨린슨 : 그리고 언젠가 이것도 큰 꿈인 것을 알게 될 때 큰 깨어남(大
> 覺)이 있을 것이다
>
> ('有大覺' 과 '知此大夢' 의 순서를 바꾸어 번역했다. '此' 가 '今'
> 의 뜻임을 간과한 것이다.)

그러나 어리석은 자들이 스스로 깨달은 것으로 착각하고,

사소한 앎을 가지고 군주니 목자니 한 지가 오래되었다.

공자孔子도 그대도 모두 꿈을 꾸고 있는 것이다.

내가 그대에게 꿈꾸고 있다고 말하는 것도 역시 꿈이다.

이는 진실한 말이지만 궤변이라는 명칭을 붙인다.

만세의 후에나 대성을 한번 만날까 말까 하지만

> 김동성 : 내일 성인이 나와서 이를 설명한다. 그러나 그 내일이란 만대
> 가 지나지 않고는 오지 않을 것이다
>
> 김학주 : 만세 후에 위대한 성인을 한번 만나서
>
> 허세욱 : 만세 후에 이런 말을 이해하는 대성을 만났다 해도
>
> 김달진 : 몇 만대 뒤에라도 이 말 뜻을 아는 대성인을 한번 만난다면
>
> 안동림 : 이 이야기 뜻을 아는 대성인을 만세 후라도 한번 만나면
>
> 앨린슨 : 그러나 만세 이후에 그것들의 의미를 아는 대성인이 출현한
> 다면

夢之中又占[70]其夢焉.

覺而後知其夢也.

且有大覺而後

知此[71]其大夢也.

而愚者自以爲覺

竊竊然知之 君乎牧乎固哉.

丘也與女皆夢也.

予謂女夢 亦夢也.

是其言也 其名爲弔詭.

萬世之後 而一遇大聖.

---

70) 占(점)=驗也, 度也.

71) 此(차)=今也.

그것을 이해하는 지자知者는   知其解者
아침저녁에 만나는 보통 사람일 것이다.   是旦暮遇之也.

    김동성 : 그렇지만 성인이 곧 나올지도 모른다
    김학주 : 그 뜻을 알게 된다 할지라도 그것은 일찍 만나는 것이다
    허세욱 : 그것은 늦은 것이 아니라 일찍 만난 편이 될걸세
    김달진 : 그것은 마치 아침저녁으로 만나는 것이나 다름이 없을 것일세
    안동림 : 그것은 아침저녁으로 만나는 정도의 행운이라 하겠소
    앨린슨 : 그는 마치 놀라운 속도로 출현한 듯이 보일 것이다

이처럼 장자의 꿈 이야기는 '깨달음'을 부각시키지 않는다. 아래 글처럼 그는 언제나 환상과 실재를 대비시키면서, 삶은 꿈이요 죽음은 실재일 수 있다는 암시를 강력하게 부각시킨다. 그래서 속세의 현상은 한바탕 꿈이라는 것을 깨닫도록 유도한다. 오히려 삶은 수고로움이요, 죽음은 편안한 휴식이라고 말한다. 이는 죽음을 예찬한다기보다는 죽음도 좋은 것이라고 설득하며 현상에 매달리지 않는 생사여일生死如一의 자연적 삶으로 유도하는 것이다.

삶은 꿈이다

장자莊子/내편內篇/대종사大宗師

천지는 나에게 형체를 주어 실어주고, 삶을 주어 수고롭게 하며,   夫大塊載我以形. 勞我以生
늙음을 주어 편안케 하고, 죽음을 주어 쉬게 한다.   佚我以老 息我以死.
그러므로 내 삶을 잘하는 것은   故善吾生者
내 죽음을 잘하는 방도라네.   乃所以善吾死也.

지금 대장장이가 쇠를 녹이는데 쇠가 펄펄 뛰면서 말하기를 　今之大冶鑄金 金踊躍 曰.

"나는 반드시 명검이 되겠다"고 한다면 　我必且爲鎮鋣.[72]

대장장이는 반드시 상서롭지 못한 쇠라고 생각할 것이다. 　大冶必以爲不祥之金.

지금 사람 형체의 거푸집이 　今犯[73]人之形

"사람으로만 있겠다"고 말한다면 　而曰 人耳人耳.

조화옹은 반드시 상서롭지 못한 사람이라고 말할 것이다. 　夫造化者 必以爲不祥之人.

지금 천지를 하나의 큰 용광로로 생각하고 　今一以天地爲大鑄

조화옹을 대장장이로 생각한다면 　以造化爲大冶.

무엇으로 만들어지든 좋지 않겠는가? 　惡乎往而不可哉.

육체가 태어남은 꿈이요, 죽음은 깨어남이거늘! 　成然[74]寐 蘧然[75]覺.

> 김동성 : 그리고 평화스럽게 잠이 들더니 정신이 똑똑히 깨어났다
>
> 이석호 : 편안히 자다가 갑자기 깨달을 뿐이네(대각하여 죽었다는 뜻)
>
> 김학주 : 깜박 잠들었다가 문득 깨어날 따름이지요
>
> 허세욱 : 죽음이 닥치면 한가롭게 잠들듯이 눈을 감을 것이며, 삶이 닥
> 치면 놀란 듯 눈을 떠야 하네
>
> 김달진 : 잘 때는 조용히 자다가 또 갑자기 깨는 것처럼 편안히 세상
> 을 떠났다
>
> 안동림 : '죽으면' 편안히 잠들고, '살면' 퍼뜩 깨어날 뿐일세

장자莊子/내편內篇/대종사大宗師

안회가 공자에게 물어 이르기를 　顔回問仲尼 曰.

---

72) 鎮鋣(막야)=名劍.
73) 犯(범)=范(거푸집)의 착간.
74) 成然(성연)=爲人.
75) 蘧然(거연)=遽然=長逝.

"맹손재는 부모가 죽었을 때 곡을 하면서 눈물을 흘리지 않았고,
마음으로 슬퍼하지도 않았고, 상중에 애통해 하지도 않았습니다.
이처럼 세 가지 예의조차 무시했는데 상을 잘 치렀다고 합니다.
저는 도무지 이해가 되지 않습니다."

공자가 말했다.

"맹손씨는 상례를 잘했다.

뿐만 아니라 지자智者에 가까웠다.

간소화하려 했으나 못했던 것을

이번에 간소화한 것이 많았다.

맹손씨는 생生과 사死가

어디서 왔는지도 알지 못하며,

앞(生)으로 나아갈지 뒤(死)로 나아갈지조차 알지 못한다.

조화공이 만물을 만든 대로 따르고,

알지 못하는 조화를 기다릴 뿐이다.

또 방금 육체가 죽어 변화한 것이

실은 변하지 않은 것인지 어찌 알며,

방금 변하지 않은 것이 실은 변한 것인지 어찌 알겠는가?

나와 너만이 그 꿈을 아직 깨지 못한 것이 아닌가?

그는 놀랄 만한 형체의 변화가 있었으나 마음을 잃지 않았으며

　　　앨린슨 : 어떤 것이 그의 몸을 놀라게 해도 그의 마음을 상하게 하지
　　　　　　않을 것이다

孟孫才 其母死 哭泣不涕

中心不戚 居喪不哀.

無是三者 以善處喪.

回一怪之.

仲尼曰

夫孟孫氏 盡之矣.

進於知矣.

唯簡之而不得

夫已有所簡矣.

孟孫氏 不知所以生

不知所以死.

不知就先 不知就後.

若[76]化爲物

以待其所不知之化已乎.

且方將化

惡知不化哉.

方將不化 惡知已化哉.

吾特與汝 其夢未始覺者邪.

且彼有駭形[77] 而無損心.

---

76) 若(약)=順也.
77) 駭形(해형)=變之形.

정신의 집이 새로워졌을 뿐, 정신의 죽음은 없었다.　　　　　有旦[78]宅[79] 而無情死.

> 앨린슨 : 어떤 것이 영혼의 집을 놀라게 해도 그의 감정은 어떤 죽음
> 도 겪지 않을 것이다

맹손씨는 줄곧 깨어 있었던 것이다.　　　　　　　　　　　孟孫氏 特覺.

남들이 곡하니까 그 역시 곡한 것은 그 때문이었다.　　　　人哭亦哭 是自其所以乃.[80]

또한 겉모습을 '나' 라고 말하는 것일 뿐　　　　　　　　且也相與[81]吾之耳矣

> 앨린슨 : 우리는 서로에게 나는 이걸 한다, 저걸 한다고 말하고 있다

내가 말하는 것이 정말 나인지 어찌 알겠는가?　　　　　　庸詎知吾所謂吾之乎.

> 앨린슨 : 그러나 우리가 이야기 하는 나라는 것이 과연 나인지 어떻게
> 아는가?

또 너는 꿈속에서 새가 되어 하늘을 날아가버릴 수도 있겠지.　且汝夢爲鳥 而厲[82]乎天.

혹은 꿈속에서 물고기가 되어 연못 속으로 숨어버릴 수도 있겠지.　夢爲魚 而沒於淵.

지금 말하고 있는 내가 깨어난 것인지　　　　　　　　　　不識今之言者 其覺者乎

꿈속인지 모르겠다.　　　　　　　　　　　　　　　　　　夢者乎

적을 만드는 것은 웃는 것만 못하고　　　　　　　　　　造適[83]不及笑.

웃음을 헌상하는 것은 추이를 따르는 것만 못하다.　　　　獻笑不及排.[84]

추이를 편안하게 여겨, 그 변화(육체의 탈바꿈)의 굴레를 버리고　安排而去化

> 앨린슨 : 함께 가는 데 만족하면서 바뀜에 대해 잊어라!

---

78) 旦(단)=日新也.
79) 宅(택)=神之舍.
80) 乃(내)=彼也, 如此.
81) 與(여)=爲也, 說也.
82) 厲(려)=至也 .
83) 適(적)=敵也.
84) 排(배)=推移也.

고요함에 들어가 자연과 하나 되어라!"   乃入於寥天一.

　　앨린슨 : 그러면 하늘이라는 신비한 일자로 들어갈 수 있다

장자莊子/외편外篇/지북유知北遊

삶은 죽음의 징역살이요,   生也死之徒.[85]

죽음은 삶의 시작이니   死也生之始

누가 그 실마리를 알 수 있겠는가?   孰知其紀.

사람이 태어남은 기氣가 모인 것이다.   人之生氣之聚也.

모이면 태어나고 흩어지면 죽게 된다.   聚則爲生 散則爲死.

만약 사생死生이 이사 가는 것이라면   若死生爲徒[86]

우리는 또 무엇을 걱정하랴?   吾又何患.

　　이상 검토한 것처럼 장자는 불가지론적이고 비관적이고 양비론적이고 종합적이었을 뿐 결코 절대진리의 깨달음을 추구하지 않았다. 오히려 진리의 상대주의를 말한다. 『노자』 첫머리는 "도를 가르쳐 말할 수는 있지만, 그 말해진 도는 '상자연의 도'가 아니다. 이름은 사물을 불러내어 분별할 수는 있으나, 그것은 '상자연의 명분'이 아니다(道可道 非常道 名可名 非常名)"라는 불가지론으로 시작하고 있으며, 『장자』「내편」의 첫머리는 소요유逍遙遊편으로 시작하여 현실의 초월과 자유인을 말하고, 이를 제물론편으로 받아 현상의 분별을 환상幻像으로

---

85) 徒(도)=奴隷刑. 徵役刑. 從也.
86) 徒(도)=徙의 誤. 徙(사)=移徙. 出居異鄉.

불신하고 이를 종합·지양할 것을 말하고 있다. 여기서 우리는 장자의 소요유와 제물론은 노자의 불가지론과 무명無名에 대한 현실적 삶의 대처 방안을 말하고 있음을 알 수 있다. 그러므로 노자와 장자를 합하여 노장사상이라고 통칭하며 제자백가와 속세의 모든 가치를 불신하며 자연으로 돌아가자는 비관주의적 은퇴철학이라고 말하는 것이다.

그러나 장자는 비관주의에 좌절하여 허무주의로 흐르지 않고 속세의 삶에서 진인의 삶을 찾는다. 그러므로 앎과 믿음의 혼란시대를 속세에서 살아가기 위해서는 부득이 종합주의로 타협하지 않을 수 없었다.

다시 말하면 제물론은 '조삼모사朝三暮四'라는 상대주의를 자연의 도로 종합하는 이른바 '양행론兩行論'을 주장한 변론이며, '나비 꿈'과 '술 먹는 꿈'은 바로 이를 설명하기 위한 은유였던 것이다. 그래서 제물론의 구성은 먼저 '조삼모사'를 말하여 시비분별의 다툼을 비웃고, '술 먹는 꿈'을 말하여 현상은 꿈인 것을 깨닫도록 가르치고, 마지막으로 '나비 꿈'을 말하여 현실의 장주보다도 꿈속의 나비가 더 좋은 것으로 느끼도록 유도한다.

이처럼 제물론은 너무도 치밀한 구성이다. 그러므로 앨린슨처럼 순서를 재배치하여 읽는 것은 불가의 깨달음을 노장에 붙이려는 서양의 형식논리에 얽매인 해석일 뿐이다. 서양인은 직선적 시간관을 가졌으므로 진화론적이며 변증법적이며 종말적이다. 이는 끝없는 사막과 초원을 거쳐 오아시스에 당도하는 유목민의 여정과 같은 것이다. 그러나 봄에 씨앗을 뿌리고 여름에 잎새를 가꾸고 가을에 다시 씨앗을 거두는 일을 반복하는 농사꾼인 동양인은 순환적 시간관을 가졌으므로 시원과 종말이 하나일 뿐이다. 대붕이라는 새는 태초인 북명北溟에서 출발하여 태초인 남명南溟으로 이사 간다. 북명과 남명은 둘 다 모두 흑암이며 무명無名이다. 특히 노장에게 삶과 죽음은 순환적이어서 시작과 종말이 아니다. 그들에게는 역사의 종말인 오아시스나 천국이 없다. 그들에게 '꿈'은 환상과 허무를 연상할 뿐 희망과 깨달음을 의미하지 않는다. 더구나 비관주의자로서는 꿈에서 깨어나기를 바라지 않는다. 그러므로 서양적인 정서나 논리적 분석으로는 장자를 이해하기가 힘들거니와, 특히 앨린슨 교수는 원전을 잘못 번역한 것에 근거하여 장황하고 엉뚱한 해석을 한 것이다.

25 퇴계와 고봉의 사칠논쟁

논쟁인 까닭

철학은 옛날부터 어렵고 재미없는 학문이었다. 그러므로 학자들은 서사 구조가 없이 딱딱하고 난해한 철학을 알기 쉽고 재미있게 하기 위한 여러 방도를 찾는 데 노력했다.

공자는 그의 경세치학經世治學을 제자들과의 대화를 통해 일상화했고, 장자는 서사가 없는 지루하고 난해한 철학론을 극복하기 위해 우화를 이용했으며, 주자는 질문 응답을 통한 대화나 논쟁을 이용했다. 그로부터 학자들은 제자 또는 벗들끼리 문답을 함으로써 세간의 관심을 불러일으키고, 일상사로 비유를 들고 논쟁을 함으로써 쉽게 이해할 수 있도록 했으며, 나아가 이를 통해 서로 개발하고 심화시켜 나갈 수 있었다.

이러한 문답이 서로의 의견 차이를 나타낼 때는 논쟁 형식이 되기 마련이다. 요즘의 세미나 혹은 심포지엄과 비슷한 것이다. 그러므로 논쟁이라 하지만 서로에게 개발되어 학문을 심화시키고자 할 뿐 상대를 비난하는 것이 아님을 유념해야 한다.

우리나라에서는 퇴계 이황과 고봉高峰 기대승奇大升(1527~1572) 간의 이른바 '사단칠정四端七情논쟁'이 바로 그런 사례의 효시라 할 것이다. 퇴계는 고봉과의 8년여에 걸친 인성人性과 이기理氣 논쟁을 통해 선비들로 하여금 철학에 관심을 갖게 하였고, 나아가 자신의 정밀한 심론心論을 구성하는 밑거름으로 삼았다.

또한 사칠논쟁四七論爭은 토론의 내용 못지않게 퇴계의 진지한 학문적 자세가 영원한 표상이 되고 있다. 퇴계는 학문에 임해서는 선인 후인, 지위 연령의 고하를 묻지 않았다. 26세 연하인 고봉을 마치 문우文友처럼 대했고, 자기의 미비한 점에 대해서는 솔직히 인정하기도 했으며, 이로써 오히려 사표師表로 존경을 받았다.

퇴계는 사칠논쟁을 개인 문제가 아니라 학문 발전의 문제로 인식했다. 그는 8년 동안의 긴 논쟁에서 감정 대립이나 당파성을 경계했다. 또한 손수 이 논쟁의 글을 모아 3권의 책으로 펴낸 것은 그가 사칠논쟁을 얼마나 중시했는가를 짐작하게 한다. 사칠논쟁은 진정 후세까지 학술사에 영원히 빛나는 사건으로 남을 것이다.

자성록自省錄/답노이재수신答盧伊齋守愼(퇴계 저)

자고로 학문을 논하는 글이 오갈 때는　　　　　　　　　觀自古論學 往復之際

상대로부터 인정을 받기가 어려울뿐더러 심지어는
적이 되어
서로 원수처럼 공격하는 예가 많은 것을 볼 수 있습니다.
주자의 『집주』와 『장구』에 대해
백세토록 이설異說이 없었던 이유는
여러 사람들의 장점을 모아 취사를 정밀히 하여
조금이라도 불안한 점이 있으면
거리낌 없이 고침으로써 지선至善에 이르러
더 이상 고칠 것이 없다고 생각된 연후에야 끝냈기 때문입니다.
이로 볼 때 공께서 이 문제에 대한 해석에 있어
비록 열 번을 수정한다 해도 나쁠 것이 없고
오히려 더욱 정밀하게 될 것입니다.

非唯難得肯可
至有立敵
相攻如仇怨者多矣.
集註章句之
所以百世無異辭者
以能集衆長 而精去取
有少未安
不憚修改 期就於至善
無可改而後已焉故也.
由是言之 公之於此解
雖至於十改 未見其爲病
而當見其益精矣.

이른바 사칠논쟁은 1559년 1월 5일 퇴계가 사단칠정에 대한 자신의 종전의 주장을 수정하고 이를 고봉에게 알리며 그의 견해를 물은 데서부터 시작된다. 30대의 고봉이 거의 한 세대가 앞선 60대의 어른인 퇴계에게 도전한 것이 아니라 퇴계 스스로 논쟁을 일으켰던 것이다. 이 점이 바로 주목해야 할 부분이다.

당시 주자를 비판하는 왕양명王陽明(1472~1528)의 『전습록傳習錄』과 정암整庵 나흠순羅欽順(1465~1547)의 『곤지기困知記』가 조선에 수입되어(1553년) 선비들 사이에 읽혀지고 있었으며, 특히 당시 청나라에서는 관학官學이 성리학을 견지하고 있었으나 사학私學은 이미 기철학氣哲學 일색으로 변화되고 있어

주자의 권위가 도전받고 있음을 퇴계는 잘 알고 있었으므로, 심학과 기철학을 성리학으로 포섭해야 한다고 생각했던 것 같다. 또한 당시 조선의 붕당과 사화를 감성感性의 정치로 규정한 퇴계는 그 원인을 주기론主氣論과 무관치 않다고 보고 이성理性의 정치를 더욱 공고히 할 필요가 있다고 생각한 것 같다. 그리하여 자신의 견해에 도전하는 젊은 준재俊才인 고봉을 택하여 논쟁을 시작함으로써 종합을 시도한 것으로 짐작된다.

사단칠정이란?

사단은 『맹자』에서, 칠정은 『예기』에서 처음 말한 것이며, 그것을 이기론理氣論으로 설명하는 것에 대한 퇴계와 고봉 사이의 논쟁을 '사칠논쟁'이라고 말한다. 혹자는 사칠논쟁을 공리공론으로 치부하기도 한다. 당시에는 신문도 방송도 잡지도 우편도 없던 시대였다. 온 나라의 사대부들이 지대한 관심으로 지켜보는 가운데 8년 동안이나 논쟁을 한 것은 무엇 때문이었을까? 퇴계와 고봉 그리고 율곡뿐만 아니라 온 나라 선비들이 그토록 그것을 중요하게 생각한 데는 이유가 있다.

그것은 『예기』에서 말한 것처럼 인정人情을 알아야 천하일가天下一家의 평천하平天下를 이룰 수 있다는 정치적 신념 때문이며, 생명살림의 천심天心을 보존하려는 '경敬'과 '수기修己'의 문제였기 때문이다. 나아가 그것은, 극기克己하여 존천리存

天理함으로써 최종 목표인 천인합일天人合一의 인자仁者가 되기 위한 기본이었기 때문이다.

다시 말하면, 『중용』에서 말한 것처럼 "천명이 곧 성性(天命之謂性)"이라고 한다면 천天과 인人이 합일되기 위해서는 인성人性을 천명에 맞도록 보존해야 하는 문제가 제기된다. 따라서 천명은 무엇이며 성은 무엇인가를 알아야 한다. 그러므로 천명의 문제인 이기론과 인성의 문제인 사단칠정론은 유학의 목표인 천인합일의 성인이 되기 위한 가장 긴급한 문제이다.

또한 그것은 당시 선비들에게 가장 중요한 '수기'의 문제일 뿐만 아니라 나아가 정치의 요체였던 것이다. 이런 점에서 당시의 사칠논쟁은 공리공론이 아니라 실천적인 논쟁이었음을 알 수 있다.

그리고 학문적으로는 성性과 이理의 관계는 국가통치철학인 성性 – 리理 – 학學의 근본 문제이다. 즉 『서경』의 인심도심론人心道心論, 『맹자』와 『예기』의 사단칠정론 등을 주자의 이기론과 어떻게 통합 체계화하느냐의 문제였다. 성리학은 『맹자』의 사단과 『예기』의 칠정을 불교의 심론心論과 결합하여 정리하고, 그것을 노장의 도道와 유물론자들의 정기精氣를 결합한 이기론으로 설명해야 하기 때문이다. 이처럼 사칠논쟁은 성리학의 근본 문제이며 주자학에서 퇴계학이 드러나는 과정이었다.

인심人心 도심道心

서경書經/우서虞書/대우모大禹謨

순임금이 말했다. "오라! 우여!

帝曰 來 禹.

홍수가 나를 위협했으나 믿음을 이루고 공을 이루었으니

　　洚水儆[1]予 成允成功

오직 그대가 어진 탓이오!

　　惟汝賢.

나는 그대의 덕이 큼을 알며 그대의 큰 공을 기리고 있소.

　　予懋[2]乃德 嘉乃[3]丕績.

하늘의 운수가 그대 몸에 있으니

　　天地曆數在汝躬

그대는 마침내 임금이 될 것이오.

　　汝終陟[4]元后.

사람의 마음은 위태롭기만 하고 도덕의 마음은 희미한 것이니

　　人心惟危 道心惟微

정신을 차리고 하나로 모아 중中을 잡으시오.”

　　惟精惟一 允執厥中.

사단四端

맹자孟子/고자告子 상

측은한 마음은 인仁의 단서요,

　　惻隱之心 仁之端也.

부끄러운 마음은 의義의 단서요,

　　羞惡之心 義之端也.

사양하는 마음은 예禮의 단서요,

　　辭讓之心 禮之端也.

옳다 그르다 하는 마음은 지智의 단서다.

　　是非之心 知之端也.

칠정七情

예기禮記/예운禮運

인정人情은 무엇인가?

　　何謂人情

희喜 · 노怒 · 애哀 · 구懼 · 애愛 · 오惡 · 욕欲 등 칠정七情이며

　　喜怒哀懼愛惡欲 七者

배우지 않아도 능한 것이다.

　　不學而能.

---

1) 儆(경)=戒也. 불안하게 하다.
2) 懋(무)=務也.
3) 乃(내)=汝也.
4) 陟(척)=登也, 進也.

인의仁義는 무엇인가?	何謂人義
아비는 자애롭고 아들은 효성스럽고,	父慈子孝
형은 어질고 아우는 공경하고,	兄良弟弟
지아비는 의롭고 지어미는 따르고,	夫義婦聽
어른은 은혜롭고 어린이는 유순하고,	長惠幼順
군주는 어질고 신하는 충성스런 열 가지 의리(十義)를 말한다.	君仁臣忠 十者謂之人義.
꾀함이 신의 있고 다스림이 화목한 것을 인리人利라 말한다.	講5)信修6)睦 謂之人利.
싸우고 겁탈하고 서로 죽이는 것을 인환人患이라 말한다.	爭奪相殺 謂之人患.
그러므로 성인이 칠정을 다스리는 수단은	故聖人之所以治人七情
십의十義를 갖추는 것이다.	修十義.
신뢰와 화목을 이루고, 생명을 기르고, 쟁탈을 없애려면	講信修睦 尚慈養去爭奪.
예가 아니면 무엇으로 다스리겠는가?	舍禮何以治之.

예기禮記/예운禮運

옛 성인은 천하를 한 집안같이 했고	故聖人能以天下爲一家.
나라를 한 사람같이 했으니,	以中國爲一人者
이는 사사로운 뜻으로 그렇게 된 것이 아니다.	非意之也.
반드시 백성의 마음(情)을 알고,	必知其情
백성의 의리를 개발하고,	闢於其義
백성의 이로움을 밝히고,	明於其利
백성의 걱정을 살핀 뒤에야 그렇게 할 수 있었던 것이다.	達7)於其患. 然後能爲之.

---

5) 講(강)=成也.

6) 修(수)=治也, 備也.

7) 達(달)=通也, 決也, 聽至遠也.

논쟁의 발단

김정국金正國(1485~1541)의 제자 정지운鄭之雲(1509~1561)이 천명도天命圖를 그리고, 여기에 "사단발어리 칠정발어기四端發於理 七情發於氣"라고 써넣었다. 그리고 퇴계에게 자문을 구한 바, 퇴계는 이를 "사단이지발 칠정기지발四端理之發 七情氣之發"로 고치는 것이 좋겠다고 말했다. 퇴계는 '인심人心=칠정七情=기발氣發, 도심道心=사단四端=이발理發'이라고 보았던 것이다. 이때가 1553년이었는데 이로부터 사칠논쟁의 씨앗이 싹튼다.

퇴계집退溪集/서書6/답이평숙答李平叔

인심은 칠정이고 도심은 사단이라는
『중용』서문의 주자 학설과
(인심은 기氣에서 발하고 도심은 이理에서 발한다는)
허동양의 관점을 참고하더라도
인심, 도심이 칠정사단이라는 것은
진실로 옳다.

人心爲七情 道心爲四端
以中庸序朱子說

及許東陽之類觀之.
二者之爲七情四端
固無不可.

고봉은 1558년 10월 정지운의 천명도를 보고 대강을 논변했고, 같은 달 퇴계를 만났을 때도 이에 대해 비판적 견해를 밝혔는데, 이에 선비들 사이에서 논의가 일었고 고봉도 자신의 입장을 변호하게 되었다. 그러자 세간에 소문이 퍼지고 이론이 분분해져 이듬해 퇴계는 당초 자신의 견해를 다음과 같

이 수정하고 고봉에게 편지로 알렸다. 이때가 1559년 1월로
이른바 사칠논쟁의 시작이었다.

퇴계집退溪集/서書2/답기명언대승答奇明彦大升(1559년 1월 5일)

헤어진 뒤로 줄곧 소식을 듣지 못하다가	別後一向阻聞聲
어느덧 해가 바뀌었습니다.	塵歲忽改矣.
어제 박화숙[8]을 만나	昨見朴和叔
안부 편지를 받고서야 궁금증이 후련히 풀렸습니다.	幸承附問之 及深慰[9]企渴.
지난번에는 서로 만나고 싶었던 소원은 풀었습니다만	頃者雖邃旣見之願
꿈같이 짧은 순간이어서 깊이 토론할 겨를이 없었습니다.	倏如一夢 未假深扣[10]
그렇지만 기뻐할 만한 견해의 일치점도 있었습니다.	而猶有契合欣然處.
그 뒤로 사우들을 통하여	又引士友間傳聞
사단칠정에 대하여 논하신 것을 들었습니다.	所論四端七情說.
제 생각도 저의 해석에 대해	鄙意於此
스스로 병폐가 있음을 알고 있었습니다.	亦嘗自病.
은밀한 부분까지 알아차리지 못한 점을 지적하시고	其下語之未隱逮得砭[11]駁[12]
논박하여 주심에 더욱 그것이 거칠고 잘못된 점을 알겠습니다.	益知疎繆.
그래서 아래와 같이 고쳐보았습니다.	卽改之云.
즉 '사단의 발현은 순리이므로 선하지 않음이 없고,	四端之發純理 故無不善

---

8) 朴和叔(박화숙)=思庵 文忠公 朴淳. 徐花潭의 제자. 영의정을 지냄.
9) 慰(위)=위로하다, 울적하다, 유쾌해지다.
10) 扣(구)=두드리다.
11) 砭(폄)=돌침.
12) 駁(박)=얼룩말, 논박하다.

칠정의 발현은 기를 겸했으므로 선악이 있다.'
이렇게 하면 병폐가 없을지 모르겠습니다.

七情之發兼氣 故有善惡.
未知此下語無病否.

논쟁의 요점

퇴계와 고봉의 왕복 서신을 이해하기 위해, 우선 이기론에서 논쟁이 발생할 수 있는 애매한 틈새와 그에 대한 시각의 차이를 간략하게 정리해 보기로 하겠다.

첫째, 성리학의 이理는 존재법칙과 당위법칙을 포괄하는 특수한 개념인데, 존재와 당위를 분별하는 의식구조로 이해하려 하면 한쪽으로 치우치거나 혼동이 발생한다.

둘째, 이기理氣는 원래 상보적인 대칭개념이며 서로를 기다리는 대대待對개념인데, 인과관계의 선후先後개념이나 혹은 대립적인 모순개념으로 인식하면 혼동이 생긴다. '이기 불상리不相離(이와 기는 서로 떨어질 수 없다)'의 측면을 강조하면 이기를 인과관계로 말하기 쉽고, '이기 불상잡不相雜(이와 기는 서로 섞이지 않는다)'의 측면을 강조하면 이기를 보편성과 개체성, 공公과 사私, 또는 선과 악처럼 대립적으로 말하기 쉽다.

셋째, 엄밀한 의미에서 동양의 전통은 대체로 천제天帝→태극太極→일원론一元論인데, 주자의 이기이원론理氣二元論의 경우 사람에 따라 주리론主理論 또는 주기론主氣論으로 치우치기 쉽다.

넷째, 주기론인 경우 이理는 본래 기氣 없이는 존재할 수 없는 기의 조리條理일 뿐이므로, 이理에는 신神처럼 동정動靜개념이 있을 수 없다고 말하는 데 반해, 주리론의 경우 이理는 기氣없이도 독자적으로 존재하며, 기氣는 이理의 질료質料에 불과하다고 생각하고 이理의 적극적인 주재와 동정을 인정한다.

다섯째, 이성理性으로 중심을 잡아야 한다는 주리론은 도道의 인류 도덕적 보편성을 강조하고, 중심보다 개인의 감성을 강조하는 주기론은 도의 물리 자연적 개별성을 강조한다.

여기서 퇴계는 주자의 이동理動＝선善, 기동氣動＝악惡의 구도에 사단과 칠정을 대입하여 인성을 이발理發＝사단四端＝도심道心＝선善↔기발氣發＝칠정七情＝인심人心＝악惡으로 나누어 구분한다. 이것은 '이기 불상잡'을 강조하는 이기이원론적인 입장이다. 그러나 고봉은 퇴계의 '사단＝이발, 칠정＝기발, 도심＝선, 인심＝악'의 이분법적 분리를 반대한다.

우선, 퇴계의 이발 기발의 이도설二途說은 이理 없는 기氣가 있고, 기氣 없는 이理가 있게 되는 것이므로 이기 불상리의 원칙에 위배된다는 것이다. 퇴계는 이理는 기氣의 주재자이며 기氣는 '이理의 질료'에 불과하다는 주리론이며, 반면 고봉은 이理는 기氣 밖에 있는 것이 아니라, 기氣가 과불급過不及없이 자연自然 발현發現하게 하는 '기氣에 내재한 조리條理'라고 보았으므로 주기론적인 입장에서 출발했다.

다음으로, 고봉은 "칠정이 악이라면, 선한 이理인 성性에서 어떻게 악한 칠정이 나온단 말인가? 그러므로 기氣가 발한 것도 반드시 악이라고 말할 수 없다"라고 말한다.

또한 사단과 칠정은 모두 인정人情이며, 인심과 도심도 한마음이므로 선과 악으로 대립시켜 구분할 수 없다는 것이다. 왜냐하면 '성性→이理＝선善'이라면 '성性＝사단＋칠정'이므로 칠정도 선이 되어야 하기 때문이다.

주자어류朱子語類/권5/성리性理 2

사단四端은 곧 정情이니	朱子曰 四端便是情
마음이 드러나는 곳이다.	是心之發見處.
네 가지 단서가 모두 마음에서 나오는데,	四者之萌皆出於心.
그렇게 되는 원인은 마음이	而其所以然者
본성의 이理가 있는 곳이기 때문이다.	則是此性之理所在也.

이에 퇴계는 고봉의 의견을 수용하여 자신의 견해를 수정한다. 즉, '칠정＝인심＝겸기兼氣＝유선악有善惡'으로 고친 것이다. 이처럼 퇴계가 당초의 이기이원론적 표현인 '사단 이지발 칠정 기지발四端理之發 七情氣之發'을 버리고 '사단지발순리 고무불선四端之發純理 故無不善 칠정지발겸기 고유선악七情之發兼氣 故有善惡'으로 수정한 것은 이원론에서 주리론적으로 선회한 것이다. 그러나 고봉은 만족하지 못했고, 율곡이 고봉에 가세하여 이발理發을 부인하고 기발만 인정함으로써 논쟁이 계속된 것이다.

율곡의 기발일도설氣發一途說

율곡집栗谷集/잡저雜著/논심성정論心性情

내가 강릉에 있을 때	余在江陵
고봉이 퇴계와	覽奇明彦與退溪
사단칠정에 대해 논쟁한 편지를 보았는데,	論四端七情書
퇴계는 사단은 이발理發이요	退溪則以爲四端發於理
칠정은 기발氣發이라고 생각했고,	七情發於氣.
고봉은 사단칠정은	明彦則以爲四端七情
원래 두 마음이 아니며	元非二情
칠정 중에서 이理에서 발한 것만을 골라	七情中之發於理者
사단이라고 말한다고 주장했다.	爲四端耳.
왕복 편지가 만여 자가 되도록	往復萬餘言
서로 의견을 합치하지 못했다.	終不相合.
나에게 말하라 한다면 고봉의 주장이	余曰明彦之論
나의 생각과 꼭 합치된다.	正合我意.

율곡집栗谷集/서書/답성호원答成浩原(제10신)

주자는 "심心이 성명性命에 근원하면 도심道心이 되고,	朱子或原
심心이 형기形氣에서 생기면 인심人心이 된다"고 했으나,	或生之說
이 학설은 그 뜻을 찾아 깨우쳐야 마땅하거늘	亦當求其意而得之
말에 구애되어 이기理氣 호발설互發說을 주장해서는	不當泥於言 而欲主互發之
부당한 일이다.	說也.
나흠순은 식견이 고명한	羅整菴識見高明
근세에 걸출한 유학자이다.	近世傑然之儒也.

그는 큰 근본을 발견하고 有見於大本

주자의 이기이원론적 견해에 의문을 품고 반론했다. 而反疑朱子有二岐之見.

이는 비록 주자를 잘못 알았으나, 此則雖不識朱子

도리어 큰 근본 문제에서는 발견이 있다 할 것이다. 而却於大本上有見矣.

다만 인심과 도심을 체體와 용用이라 해석한 것은 但以人心道心爲體用

그 명칭의 뜻을 그르쳤으니 애석한 일이다. 失其名義 亦可惜也.

비록 그렇지만 나흠순의 잘못은 명목상에 불과하나 雖然整菴之失 在於名目上

퇴계의 잘못은 성리性理상에 있으니 退溪之失 在於性理上

퇴계의 잘못이 더 무겁다고 보아야 할 것이다. 退溪之失較重矣.

율곡집栗谷集/서書/답성호원答成浩原(제9신)

주자의 이른바 "이理에서 발한다"는 말은 且所謂 發於理者

'성이 발하여 정이 된다'는 말과 같지만, 猶曰 性發爲情者.

퇴계처럼 "이理가 발하면 기氣가 따른다"고 한다면 若曰 理發氣隨

이것은 처음에 발할 때는 則是纔發之初

기氣는 간섭이 없다가 氣無干涉

이理가 발한 연후에야 而旣發之後

따라서 발한다는 뜻이니 乃隨而發也.

이것이 어찌 옳은 이치라 하겠는가? 此豈理耶.

퇴계의 뜻을 살펴보면 竊嘗退溪之意

'사단은 마음을 따라 발하고, 以四端爲由中而發

칠정은 외물에 감동하여 발한다'는 七情爲感於外而發

선입견을 가지고 以此爲先入之見

이理에서 발하고 기氣에서 발한다는 而朱子發於理發於氣之說

주자의 실을 주장하여
논리를 전개함으로써 허다한 모순을 만들어냈으니,
읽을 때마다 정론에 하나의 누가 되었다고 생각되어
개탄을 금할 수 없다.

主張
而伸長之 做出許多葛藤
每讀之未嘗不慨嘆 以爲正
見之一累也.

율곡집栗谷集/서書/답성호원答成浩原(제10신)

정자程子가 말하길
"선과 악은 성性 속에 두 물건으로 있다가
상대하여 각자 출현하는 것이 아니다."
이처럼 선과 악은 두 물건처럼 판연히 다른데도
오히려 상대하여 각자 출현하는 이치가 없다고 했거늘
하물며 이理와 기氣는 혼륜하여 분리되지 않는 것이므로
어찌 상대하여 호발互發한다는 이치가 성립되겠는가?
만약 주자가 정말로 이기理氣는
호발한다고 말했다면
이는 주자 또한 잘못이니
어찌 주자라고 하겠는가?

程子曰
不是善與惡在性中爲兩物
相對各自出來.
夫善惡判然二物
而尙無相對各自出來之理
況理氣之混淪不離者
乃有相對[13]互發之理乎.
若朱子眞以爲理氣互有發
用 相對各出
則是朱子亦誤也.
何以爲朱子乎.

율곡집栗谷集/서書/답성호원答成浩原(제9신)

주자가 말한 '이발理發', '기발氣發'의 본뜻은
"사단은 오로지 이理만을 말하고
칠정은 기氣를 겸하여 말한다"는 뜻에 불과할 뿐,

朱子發於理發於氣之說
亦不過曰 四端專言理
七情兼言氣云爾耳.

---

13) 對(대)=偶, 比竝也, 敵也.

결코 "사단은 이理가 먼저 발하고

칠정은 기氣가 먼저 발한다"는 말은 아니다.

퇴계는 주자의 이 말씀을 따라 입론하기를

"사단은 이理가 발하여 기氣가 따르는 것이며,

칠정은 기氣가 발하여 이理가 탄 것이다"라고 말한다.

그중에서 이른바 '기발이승氣發理乘'은 옳다.

다만 특별히 칠정만 '기발이승'이 아니라

사단도 역시 '기발이승'이다.

왜냐하면 어린이가 우물에 빠진 것을 눈으로 본 연후에

측은지심이 발하기 때문이다.

그것을 보고 측은하게 생각하는 것은 기氣이니

이것은 기발氣發이다.

측은한 마음의 근본은 인仁이니

이것은 이승理乘이다.

사람의 마음만 그런 것이 아니라

천지의 조화도

역시 '기화이승氣化理乘'이다.

그런고로 음양이 동動하고 정靜하면 태극이 타는 것이다.

이것은 선후라고 말할 것이 없다.

그러나 퇴계가 말하는 '이발기승理發氣乘'은

분명히 선후가 있으니

이것이 어찌 이치를 해치는 것이 아니겠는가?

非日 四端則理先發

七情則氣先發也.

退溪因此而立論日

四端理發而氣隨之

七情氣發而理乘之.

所謂氣發而理乘之者可也.

非特七情爲然

四端亦是氣發而理乘之也.

何則 見孺子入井然後

乃發惻隱之心

見之而惻隱者 氣也

此所謂氣發也.

惻隱之本 則仁也.

此所謂理乘之也.

非特人心爲然

天地之化

無非氣化而理乘之也.

是故陰陽動靜而太極乘之.

此則非有先後之可言也.

若理發氣隨之說

則分明有先後矣.

此豈非害理乎.

퇴계와 고봉의 논쟁 및 율곡과 우계牛溪 성혼成渾(1535~1598)

과의 논쟁 이후에도 사칠논쟁은 계속되었다. 성호 이익의 『사칠신편四七新編』 이후 제자들의 논쟁이 있었으며, 그후 연암, 다산에 이르기까지 학자마다 사칠을 언급하지 않은 이가 없었다.

이익의 이발일도설理發一途說

사칠신편四七新編/부록附錄/중발重跋

사단칠정론에서 퇴계의 이발理發, 기발氣發은	四七之理發氣發
지극한 것이었다.	至矣.
사단은 형기形氣로 기인하지 않고 곧바로 발한 것이므로	四端 不因形氣而直發
이발에 배속하고,	故屬之理發.
칠정은 이理가 형기로 기인하여 발한 것이므로	七情 理因形氣發
기발에 배속한 것이다.	則屬之氣發
그러나 기발 역시 어찌 이理의 발현이 아니겠는가?	彼氣發亦何嘗非理之發乎.
퇴계는 고봉과의 논쟁 과정에서 이발기수,	至退溪有 理發氣隨
기발이승으로 수정했는데,	氣發理乘之論.
'기수氣隨'의 기는 심기心氣에 속하고,	氣隨之氣 屬心氣.
'기발氣發'의 기는 형기形氣에 속한다.	氣發之氣 屬形氣.
그러면 '이승理乘'은 무엇을 탄다는 것인가?	彼理乘者惡乎乘.
탈 것은 기氣이지만	乘氣而已
그 기氣는 사단의 이理를 따르는 심기일 뿐,	是氣也卽四端氣隨之氣
기氣 스스로 발하는 형기가 아니다.	而非七情氣發之氣也.
그러므로 나는	余故曰
"사단이나 칠정이나 이발기수인 것은 똑같다"고 말한다.	理發氣隨 四七同然.
다만 칠정은 이발 위에	而若七情則理發上面

또 하나의 묘맥이 있으니

이른바 형기의 사私가 바로 그것이다.

이러한 의견은

내 벗 신후담愼後聃(字는 耳老)이 깨우쳤고

맹자의 희喜, 순임금의 노怒를 이발理發로 배속한

기고봉奇高峰과 합치된다.

更有一層苗脈.

所謂形氣之私是也.

此意

吾友愼耳老得之

又以孟喜舜怒之類歸之理發

與高峰合.

　특히 다산은 이발理發, 기발氣發을 공公과 사私로 구분했다. 즉 이理는 본연의 성性이요 도심道心이며 천리天理의 공公인데 비해, 기氣는 기질氣質의 성性이요 인심人心이며 인욕人欲의 사私라고 보았다. 그리고 공과 사를 다 같이 인정해야 한다는 양시론兩是論을 주장했다.

다산의 양시론兩是論

여유당전서與猶堂全書/권12/이발기발변理發氣發辨 1

나는 일찍이 두 사람의 글을 면밀히 읽으면서

그들의 견해가 갈라지게 된 이유를 찾아보았다.

곧 두 사람이 말한 이理와 기氣는 글자는 같으나

퇴계는 부분적(專)이고 율곡은 전체적(總)인 차이가 있었다.

곧 퇴계는 자기 나름의 이기를 논했고

또 율곡은 자기 나름의 이기를 논했을 뿐,

율곡이 퇴계의 이기론을

혼란에 빠뜨린 것이 아니다.

대체로 퇴계는 오로지 인심에 관하여

余嘗取二子之書而讀之

密求其見解之所由分.

乃二子之曰理曰氣 其字雖同

而其所指有專有總.

卽退溪自論一理氣

栗谷自論一理氣

非栗谷取退溪之理氣

而汩亂之爾.

蓋退溪 專就人心上

열어 보여주었다.	八字打開.
그가 말한 이理는 본연지성이요	其云理者 是本然之性
도심이며 천리의 공公(보편성)이며,	是道心 是天理之公.
그가 말한 기氣는 기질지성이요	其云氣者 是氣質之性
인심이며 인욕의 사私(개별성)였다.	是人心 是人欲之私.
그러므로 사단과 칠정의 발현을	故謂四端七情之發
공과 사로 구분하였고,	有公私之分
따라서 사단은 이발理發이요	而四爲理發
칠정을 기발氣發이라고 말한 것이다.	七爲氣發也.
반면 율곡은 태극으로 이기理氣를 통합하여	栗谷 總執太極以來理氣
공공(보편적)으로 논한다.	而公論之.
이르기를 무릇 천하 만물이	謂凡天下之物
미발일 때는 이理가 앞설지라도	未發之前 雖先有理
발현할 때는 기氣가 반드시 앞서는 것이니	方其發也 氣必先之.
사단칠정도 모두	雖四端七情
공공의 사례(公例)로 생각했다.	亦唯以公例之.
그러므로 사단칠정 모두를 기발氣發이라고 말한 것이다.	故曰 四七皆氣發也.
그가 말한 이理는 형이상이요	其云理者 是形而上
만물의 근본법칙이며,	是物之本則.
그가 말한 기氣는 형이하이며	其云氣者 是形而下
만물의 형질이다.	是物之形質.
그는 오직 심성정心性情에 대해서만 의도적으로 말한 것이 아니다.	非故切切 以心性情言之也.
퇴계의 말은 비교적 주도면밀하고,	退溪之言 較密較細.
율곡의 말은 비교적 넓고 간결하다.	栗谷之言 較闊較簡.

그러므로 주장한 뜻과 가리켜 말한 것이 다를 뿐

어찌 어느 한 사람이 잘못된 것이겠는가?

이처럼 어느 한쪽에 잘못이 없는데도

억지로 한쪽을 비난하여 자기만 옳다고 함으로써

이론이 분분하고 결정이 나지 않는 것이다.

그 요점은 한쪽은 전문적이고 한쪽은 통합적이라는 데 있다.

然其所主意而指謂之者各異.

卽二者何嘗有一非耶.

未嘗有一非

而强欲非其一以獨是.

所以紛紛而莫之有定也.

求之有要 曰專曰總.

여유당전서與猶堂全書/권12/이발기발변理發氣發辨 2

사단도 칠정도 마음에서 나온 것이요,

마음속에 이와 기의 두 구멍이 있어서

각각 발하여 한쪽을 제거하는 것이 아니다.

군자가 정靜하여 존양存養하고 동動하여 성찰하는 것은

무릇 한 생각이 발동하면

두려운 듯 반성하여

이것이 과연 천리天理의 공公이면

배양확충하고

혹 인욕의 사私에서 나온 것이면

막아 극복하기 위한 것이다.

군자가 입이 닳도록

이발理發, 기발氣發을 논한 것은

바로 이를 위한 것이었다.

四端由吾心 七情由吾心.

非其心有理氣二竇

而各出之使去也.

君子之靜存而動察也.

凡有一念之發

卽己惕然猛省

是果天理之公

則培養擴充之.

而或出於人欲之私

則遏折克復[14]之.

君子之焦脣敝舌

而慅慅[15]乎理發氣發之辯者

正爲是也.

---

14) 克復(극복)=공자의 克己復禮.

15) 慅(조)=성급하게.

혜강惠崗 최한기崔漢綺는 퇴계와 고봉의 사칠논쟁을 인식론으로 종합한다. 그는 유물론적 기일원론자이므로 주기파의 기발이승은 근본적인 선행후지先行後知를 말한 것이며, 주리파의 이발기승은 이차적인 선지후행先知後行을 말한다는 것이다.

이처럼 혜강은 너무도 명쾌하게 사칠논쟁의 의미를 축소 해석하여 정리해 버렸다. 그는 지식의 근본은 선행후지이며 지식이 쌓인 후에는 선지후행이 이차적으로 이루어진다고 보았으므로 이를 지행병진知行並進 내지 지행합일설知行合一說로 종합한 것이다.

혜강의 지양종합止揚綜合

추측록推測錄/권4/지행선후知行先後

지행합일설 지행병진론은	知行合一之說 並進之論
과연 혼륜하여 종합한 방법이다.	果是渾淪和會之方也.
기발이승은 선행후지설이요,	氣發而理乘 先行後知之論.
이발기승은 선지후행설이다.	理發氣乘[16] 先知後行之說也.
기氣의 운동 작용을 행行이라 하고,	氣之動用 謂之行.
이理의 추측을 지知라 한다.	理之推測 謂之知.
사람이 처음 태어날 때는 지식이 없다.	人於始生 別無知識.
점점 성장하면서 일에 따라 학습이 있음으로써	至于漸長隨事有習
지식이 넓어진다.	而知識隨廣
이것(氣發理乘)이 바로 '선행후지'이다.	是乃先行後知也.

---

16) 氣乘(기승)=퇴계와 고봉은 理乘과 氣隨를 말했으나 氣乘은 말한 바 없다.

그 행으로 얻은 지식을 가지고	旣得其知
영위하는 행이 있으니	而有所營爲
이것(理發氣隨)이 바로 '선지후행'이다.	是乃先知後行.
행 이후에 아는 지식은	行而後知之知
적실하고 명확하며	的實詳明.
지知 이후에 행하는 지식은	知而後行之知
의제요 짐작일 뿐이다.	擬型斟酌而已.

비판과 평가

이처럼 사칠 문제는 조선 중기 이후부터 선비들 사이에 가장 중요한 담론이었다. 다만 이 논쟁은 정주程朱의 이기론을 전제로 한 논쟁이므로, 이기론 자체의 진정성이 부인된다면 이 논쟁도 허구에 불과한 것이 된다는 점에 유의해야 한다. 다만 여기서는 사칠논쟁에 국한하여 학자들의 비판적 견해들을 간략하게 소개하고자 한다.

일본의 다카하시 도루高橋亨(1878~1967)는 퇴율退栗의 차이점을 다음과 같이 설명한다.

퇴계의 주리론에서는 이理가 정情을 주관하면(理發氣乘) 선정善情이 되고, 이가 정을 주관하지 못하면(氣發理隨) 악정惡情이 된다는 것이다. 그러므로 수양修養은 격물치지格物致知하여 궁리窮理하는 것이 먼저요, 기를 호연浩然하게 기르는 것이 그 다음이 된다.

반면 율곡의 주기론에서는 이理는 무위이며 만물에 공평하여 차별이 없다고 본다. 그러므로 기발이수氣發理隨만 인정하고 이발기승理發氣乘은 인정하지 않는다. 따라서 사단은 칠정 중의 본연지기本然之氣일 뿐이다. 즉 청기淸氣가 승勝하면 이理가 똑바로 나와 선정이 되고, 탁기濁氣가 승하면 이理는 엄폐되어 악정이 된다. 그러므로 수양은 궁리보다는 호연한 기를 기르는 것이 먼저가 된다.

이러한 다카하시의 견해는 명쾌한 것 같지만 문제가 있다. 그가 화담花潭 서경덕徐敬德(1489~1546)의 기일원론을 비판한 율곡을 오히려 기일원론으로 본 것은 적절치 못하기 때문이다. 실상 퇴계와 율곡은 모두 이기이원론이다. 다만 퇴계의 주리론을 고봉은 이원론에 충실한 입장에서 비판했고, 율곡은 주기론적 입장에서 반대한 것이다. 그러므로 퇴계, 고봉, 율곡 모두 기氣가 이理를 은폐하는 것을 극복하고 이理의 순수성으로 돌아가는 것을 동일하게 목표로 삼았다.

또한 다카하시는 사칠논쟁이 당쟁의 원인인 것처럼 말한다. 그에 따르면 이발이냐 혹은 기발이냐의 사칠논쟁은 퇴계와 그를 따르는 고봉 간에 일단 결말을 보는 듯하였으나, 얼마 되지 않아 율곡이 고봉 쪽에 섬으로써 퇴계와 율곡의 이대학파二大學派를 형성하여 조선 학계를 종단했다는 것이다. 그 뒤 당쟁에 비화되면서 퇴계 문도(嶺南學派)는 유성룡柳成龍(1542~1607)을 동량으로 남인南人으로 달려가고, 율곡의 문도(畿湖學派)는 서인西人으로 투신하였으며 서인은 다시 노론과 소론으로 분열하였다는 것이다. 그러나 다카하시의 주장은 일면만 부각시켜 단순화함으로써 오류를 범하고 있다.

첫째, 역사적으로 사칠논쟁이 당쟁의 원인이라고 하는 것은 옳지 않다. 조선에서는 16세기의 사칠논쟁 이후에도 17세기 예송禮訟논쟁, 18세기의 인물성人物性 동이同異논쟁 등이 있었다. 하지만 사칠논쟁은 순수한 학문 논쟁이었고, 정치와 관계된 논쟁은 예송논쟁이며 그로부터 정치적 의미의 당쟁이 시작되었다고 보아야 할 것이다. 그러나 예송은 사칠논쟁과는 전혀 상관이 없는 것이다.

예송은 상복喪服의 문제에서 발단되었으나 상복 문제는 예치禮治사회에서는 바로 정치 문제이다. 즉 군주에 관련된 상복을 결정하는 데 있어 충忠이 먼저냐, 효孝가 우선이냐의 문제였기 때문이다.

또한 인人과 물物의 성性이 같은가 다른가의 인물성 논쟁은 서얼庶孼 문제, 화이華夷 문제, 대청개통對淸開通 문제 등 인간 평등의 정치적 문제와 간접적으로 연관되지만, 거기까지는 진전되지 못했고 어디까지나 노론 당내에서의 학문 논쟁에 그쳤으며 사칠논쟁과는 전혀 다른 것이다.

둘째, 학파와 당파가 반드시 일치하지는 않았다는 점이다. 대체로 율곡을 종주로 삼는, 사계沙溪 김장생金長生(1548~1631)에서 우암尤庵 송시열宋時烈(1607~1689)로 이어지는 노론의 경우, 율곡은 주자의 주리적 이원론을 비판하고 개혁적이었으나 그의 제자들은 주자를 사수하고 보수적이었다. 이로 볼 때 '율곡 정파政派'라고 말할 수는 있어도 '율곡 학파學派'라고 말하기는 곤란하다.

개별적으로 보아도 퇴계 문도 출신인 남인의 실학파가 성호 이익처럼 오히려 율곡의 주기론·주성론主誠論적 경향이었으며, 반대로 화서華西 이항로李恒老(1792~1868)처럼 율곡을 따르는 노론의 일부는 퇴계의 주리론에 경도되는 경향이 강했다. 그러므로 단순히 당파를 사칠 논쟁의 학문적 경향으로 이분화하는 것은 잘못이다.

북한의 최익한崔益翰(1897~?)은 이理에 대한 퇴율의 차이는 서구 중세의 실념론實念論과 유명론唯名論의 보편에 대한 인식의 차이와 유사하다고 보았다. 즉 퇴계는 이理를 실재한 보편으로 보았고 율곡은 이를 명목상의 보편일 뿐 실재가 아니라고 보았다는 것이다. 그러므로 그는 율곡이 퇴계의 이발기수理發氣隨를 비판하여 이理의 비실재적 성격을 지적하고 기발이승氣發理乘 한 길만 주장하여 자연계와 정신계의 현상만을 중시하는 방향으로 나아가려 한 것은 유교철학의 스콜라적 세계관으로부터 벗어나려는 유물론의 맹아萌芽라고 평가했다. 그 논거는 다음과 같다.

첫째, 퇴계는 맹자의 성선설性善說과 주자의 이기호발론理氣互發論에 충실한 전통주의였으므로 보수적이었다. 그러나 율곡은 양존陽尊 음비陰卑, 이귀理貴 기천氣賤사상을 부인했다.

둘째, 퇴계는 이理의 창조성을 인정함으로써 관념의 절대성을 인정했으나, 이理의 운동성을 부정하는 율곡의 주기론은 유물론적이다.

셋째, 퇴계는 인식론적으로 보면 선험론先驗論적이나 율곡은 반영론反映論적이라고 말할 수 있다.

넷째, 퇴계는 주자의 멸인욕滅人欲 존천리存天理를 신봉하나, 율곡은 인욕人慾을 인정하는 경향이다.

나는 주리론과 주기론을 보편논쟁普遍論爭의 관념실재론觀念實在論, 관념명목론觀念名目論과 비교하는 것은 무리이며 더구나 주기론을 유물론의 맹아라고 보기는 어렵다고 본다. 성리학에서 기氣는 물질적인 질료보다는 비물질적이고 신비적인 생기生氣 또는 영력靈力을 의미하기 때문이다. 또한 퇴계나 고봉, 율곡은 모두 이기이원론을 버린 것이 아니다. 다만 주리론은 당위적인 이理와 존재적인 기氣의 결합을 강조하였고, 반면 주기론은 존재적 이理와 존재적 기氣의 결합에 주목했다고 보는 것이 타당하다.

그러므로 퇴계의 이발설理發說은 당위적 이理를 위에 놓음으로써 보편성을 강조하는 입장이며, 고봉과 율곡의 기발설氣發說은 존재적 이理를 강조함으로써 개별성을 존중하는 경향이라고 말할 수 있다.

퇴계, 고봉, 율곡은 모두 16세기 중세의 시대적 한계인 봉건성을 벗어나지 못했다. 그러나 그들이 다 같이 지배 이념이었던 성리학을 벗어나지 않으면서도 만물공동체사상과 생명살림을 강조하는 등 민본사상에 더욱 다가서려고 노력했다는 점은 높이 평가해야 한다.

훗날 다산은 이理는 본연의 성性이요 도심이며 천리의 공公인 데 비해, 기氣는 기질의 성이요 인심이며 인욕의 사私로 보았고, 공을 강조한 주리론과 사를 긍정적으로 보는 주기론을 다 같이 인정하는 퇴율退栗 양시론兩是論을 주장했다.

　다만 후학에 끼친 그들의 영향에는 부정적인 면도 있음을 부인할 수 없다. 퇴계, 율곡 이후 청淸에서는 성리학에 대한 반성과 아울러 공자 본래의 실용 학문으로 돌아가려는 고증학이 일어났고 성리학의 관념론을 극복하려는 기철학적 실용주의 학풍이 풍미했다.

　그러나 조선의 학자들은 존명尊明 반청反淸 기조와 퇴계와 율곡의 그늘에서 벗어나지 못함으로써 성리학에 대한 반성은커녕 반대로 주자를 일자 일획까지 고수하려는 보수성을 보였다. 그리고 후학들은 퇴율의 깊은 학문적 고민은 이해하지 않고 사변에만 몰두하는 폐단을 낳았던 것이다. 이것은 퇴율의 탓이라고 말할 수는 없으나 18세기 조선 선비들의 반청反淸 북벌北伐의 기치에도 불구하고 여전히 존명 소중화小中華의 반자주적인 노선을 고수하려 한 것은 성리학에 대한 비판이론의 부재에 그 원인이 있다고 보아야 한다.

　또한 이것은 역설적으로 퇴율이라는 두 거목의 짙은 그늘을 벗어나지 못한 탓이라고도 말할 수 있다. 그러므로 우리는 위대한 선조들의 학문적 업적일지라도 새로운 시대에 부응하는 비판적 이해가 반드시 필요함을 반성해야 할 것이다.

　그렇다면 사칠논쟁의 현재적 의미는 무엇인가? 우선 이를 검토하려면 퇴계, 고봉, 율곡의 시대적 한계를 벗겨내고 단순화해야 한다. 그들은 어쩔 수 없이 유교의 테두리 내에서만 논의를 한정했기 때문이다.

　그러므로 『서경』의 인심과 도심, 공자의 극기, 자사의 본성,

맹자의 사단과 『예기』의 칠정, 주자의 이기이원론 등의 개념과 어록들을 이기론으로 합리화하려는 그들의 구차한 논리를 걸어내고 관찰해야 한다.

이理와 기氣에 대해 존재론적으로는 의식과 물질, 정신과 신체로 환원할 수 있으며, 인식론적으로는 관념과 물질, 형식과 질료로 환원할 수 있다. 그렇다면 퇴계와 고봉이 사단과 칠정, 성과 심이라는 생명현상을 설명하는 데 동원한 이와 기라는 존재론적 개념은 유물주의唯物主義와 유심주의唯心主義로 환원해 볼 수도 있을 것이다.

이런 관점에서 볼 때 퇴계, 고봉, 율곡의 고심은 물질과 의식을 별개로 보는 상극적인 이원론을 극복하려는 노력이었으며, 나아가 물질만 고집하는 유물주의 일원론과 정신만 고집하는 유심주의 일원론을 지양 종합하려는 노력이었다고 볼 수도 있다.

생명현상인 사단과 칠정에서 전자는 순수정신적인 현상이고 후자는 신체적인 정신현상이다. 그러나 생명은 정신과 물질이 결합한 것이다. 즉 물질은 생명의 외적 현상이고 정신은 생명의 내적 현상으로 각각 생명의 한 측면이다. 그러므로 나누어 분석하지 않고 통합하여 보면 생명은 '살아 있는 신체' 또는 '살아 있는 물체'이다. 다시 말하면 생명은 '물질적인 영혼'인 것이다.

그러므로 이理와 기氣는 생명현상이라는 단 하나의 문제를 설명하기 위한 두 개의 개념이었다. 그러면 생명은 무엇이며 그것을 보존하기 위한 도덕률을 무엇인가?

플라톤은 세계를 영지계靈知界와 감각계感覺界로 나누고 마찬가지로 생명(psyche)도 영혼과 육체의 결합으로 보는 이원론의 입장을 취했다. 그리고 영혼을 이성적 부분과 비이성적인 의기意氣, 욕정欲情으로 나누고 영혼불멸은 이성적인 부분이라고 말했다. 그러므로 그는 이원 중에서 영지와 영혼 등 불멸의 이데아적인 것을 중시하고 질료적인 면을 간과한다.

반면 플라톤의 제자인 아리스토텔레스는 생명현상을 영양營養적인 부분, 감각적인 부분, 이성적인 부분으로 나누고 질료적인 측면을 중시했다. 그는 이데아란 질료에 내재한 것이라고 보았기 때문이다. 물론 그도 영혼불멸이라고 할 때는 생명의 이성적인 부분만을 말했다.

칸트(I. Kant, 1724~1804)는 이러한 이성의 이념으로 신神·자유·영혼을 들었다. 신은 절대자이므로 도덕률의 보증자이며, 자유와 영혼은 도덕률의 목적이라고 생각한 것이다. 그리고 정념은 자유에는 친근하나 신과 보편적인 도덕률과는 먼 것으로 치부했다. 그러므로 도덕률은 이성의 지배가 되어야 한다고 주장했다.

우리가 일상에서 '정신 나간 놈'이라고 할 때는 이성의 상실을 말하고, '숨을 거두었다'고 할 때는 정신병자나 몽유병자를 말하는 것이 아니라 영혼이 육체를 떠난 생명의 상실을 말한다. 그러므로 우리는 생명을 이데아적인 영혼과 질료적인 육신의 결합으로 본 것이다. 이것은 플라톤이나 아리스토텔레스의 영향 때문이 아니라 퇴계와 율곡의 이기론의 영향 때문이라고 보아야 한다.

나는 퇴계, 고봉, 율곡도 생명의 이성적 지배를 강조한 것은 마찬가지라고 생각한다. 그들은 모두 생명통합의 일원론적인 생각을 가졌으며 일원적인 도덕률을 세우는 것이 중심적인 관심사항이었다.

그래서 그들은 그것을 이와 기, 정신과 질료, 동動과 정靜, 체體와 용用이라는 개념으로 나누고, 이를 다시 내외內外관계와 대대待對관계, 인과因果관계와 선후先後관계 등으로 묶어, '둘이면서 불상리不相離한 하나'이며 '하나이면서 불상잡不相雜한 둘'이라고 설명하고 있는 것이다.

이들의 의견이 엇갈리는 것은 감각적인 부분을 이理에 배속시키느냐 기氣에 배속시키느냐의 문제와, 욕정의 이理를 선으로 보느냐 악으로 보느냐의 문제였다. 다만 퇴계는 도덕률의 보증자인 보편적 이理을 강조했고, 율곡은 도덕률의 담지자로서의 기氣의 보편성을 인정하고 개별적 생명의 보증자인 영양營養과 감각 부분인 육신의 중요성을 강조했다고 볼 수 있다. 그들이 고심했던 문제를 다음과 같이 두 가지로 요약해 볼 수 있다.

첫째, 여러 경전과 선유들의 말을 인정하고, 이를 이기론으로 설명하려고 했으나 그것들이 이기론에 적합하지 않은 개념들이었기에 그것을 설명하는 데 어려움과 다소의 차이가 있었다.

둘째, 생명의 수동적 측면인 물리적 법칙에 매여 있는 결정론적인 신체와, 그것을 초월한 창조적이고 능동적 측면인 생명의지 또는 자유정신을 어떻게 하나의 목적적인 도덕률로 묶느냐는 고심이었다.

이러한 고민은 20세기 생명철학자들에게도 공통된 문제였으며 지금까지도 그 문제의 해답은 풀리지 않았으며 고민은 계속되고 있다.

26 퇴계와 고봉의 왕복서신

퇴계와 고봉의 변증과 답변

　퇴계와 고봉의 사칠四七 왕복서는 방대한 양이지만, 여기에서는 요점이 되는 부분만을 추출하여 싣는다. 긴 글에서 짧은 부분만 인용하였으므로 많이 미흡하지만, 행간에서나마 그들의 진지한 논쟁과 고귀한 인간미를 느껴볼 수 있을 것이다.

고봉의 변증辨證1서書(1559년 3월)

고봉집高峰集/3집/사칠왕복서四七往復書/권1/

고봉상퇴계사단칠정설高峰上退溪四端七情說

자사가 말한 칠정은 이른바 인정 전체를 말한 것이고,	子思之言 所謂道其全者
맹자가 말한 사단은	而孟子之論
이른바 인정의 일부분을 떼어내서 말한 것입니다.	所謂剔撥[1]出來者也.
무릇 사람의 마음이 아직 발하지 않은 것을 성性이라 말하고,	蓋人心未發則謂之性

이미 발한 것을 정情이라 하는데,　已發則謂之情.

성은 선하지 않음이 없고　而性則無不善

정에는 선악이 있습니다.　而情則有善惡

이것은 원래 자연의 이치입니다.　此乃固然之理也.

다만 자사와 맹자가 말하는 정은　但子思孟子所就以

그 취하여 말하는 바가 서로 같지 않습니다.　言之者不同

그런 까닭으로 사단과 칠정의 구별이 생겼을 뿐,　故有四端七情之別耳

칠정 이외에 따로 사단이 있는 것은 아닙니다.　非七情之外復有四端也.

만약 "사단은 이理에서 발하므로　若以謂四端發於理

모두 선하고,　而無不善

칠정은 기氣에서 발하므로 선악이 있다"고 말한다면　七情發於氣 而有善惡.

이것은 이와 기를 갈라놓고 두 개의 물건이라고 말하는 것입니다.　則是理與氣判 而爲兩物也.

또한 이것은 칠정은 성에서 나오지 않은 것이 되고,　是七情不出於性

사단은 기를 타지 않는 것으로 되는 잘못된 견해가 되어버립니다.　而四端不乘於氣也.

또한 종전의 설을 바꾸었다 해도　若又以此 而改之則

비록 조금 나아진 듯하지만　雖似稍勝於前說

어리석은 제 의견으로는 역시 안심할 수 없을 듯합니다.　而愚意亦恐未安.

대체로 성이 발하는 순간에 기가 간섭하지 않아　蓋性之乍2)發 氣不用事

본래의 선을 그대로 이루는 것을　本然之善 得以直遂者

맹자가 말한 사단이라고 합니다.　正孟子所謂四端者也.

이것은 진실로 천리天理가 발한 것입니다.　此固純是天理所發.

---

1) 剔撥(척발)=뼈를 발라 추려내다.

2) 乍(사)=暫, 忽也.

그러나 이것은 칠정의 범주 밖으로 벗어나는 것이 아닙니다.   然非能出於七情之外也

사단은 칠정 중에서   乃七情中發

'발하여 절도에 맞은 묘맥' 일 뿐입니다.   而中節者之苗脈也.

그러므로 사단과 칠정을 대립적으로 거론하여   然則以四端七情對擧互言

'순수한 이' 와 '기를 겸한 이' 라고 나누어 말할 수 있겠습니까?   而謂之純理兼氣可乎.

무릇 이는 기의 주재主宰이며,   夫理 氣之主宰也

기는 이의 재료입니다.   氣 理之材料也

이런 점에서 둘은 분별이 있습니다.   二者固有分矣.

그러나 사물에 있어서 원래 주재하는 이와 재료인 기는   而其在事物也

혼동되어 있어 나눌 수 없는 것입니다.   則固渾淪 而不可分開.

다만 이는 약하고 기는 강하므로   但 理弱氣强

이는 조짐이 없으나 기는 자취가 있습니다.   理無朕而氣有跡.

그러므로 그것이 유행하고 발현될 때는   故其流行發現之際

지나치거나 미치지 못하는 차이가 없을 수 없습니다.   不能無過不及之差.

이것이 바로 칠정의 발현이 어떤 것은 선하고 어떤 것은 악하며,   此所以七情之發 或善或惡

어떤 경우에는 성의 본체가   而性之本體

온전하지 못한 까닭입니다.   或有所不能全也.

그러나 선은 천명의 본연이고,   然其善者乃天命之本然

악은 기품氣稟의 과불급이므로   惡者乃氣稟之過不及也.

이른바 사단과 칠정은   則所謂四端七情者

처음부터 두 가지 뜻이 있는 것이 아닙니다.   初非有二義也.

고봉집高峰集/3집/사칠왕복서四七往復書/권2/

고봉답추만서高峰答秋巒書

퇴계께서 이르기를 "외계에 감촉되었다면 형기形氣인데 　　　退溪曰 安有外感則形氣

그 발하는 것이 어찌 이理의 본체이겠는가?" 　　　而其發爲理之本體耶

하신 것은 온당치 않습니다. 　　　此亦未安.

맹자가 기뻐 잠을 이루지 못한 것은 희喜이고, 　　　孟子之喜而不寢 喜也

순舜이 사흉四凶을 죽인 것은 노怒이니 　　　舜之誅四凶 怒也

이것이 어찌 이理의 본체가 아니겠습니까? 　　　此豈非理之本體耶.

그러나 퇴계께서는 칠정七情을 오로지 　　　盖退溪專

형기의 감동으로만 생각하시므로 　　　以七情爲形氣所感

이런 병통이 생기는 것입니다. 　　　故有此病.

희로喜怒는 비록 형기의 감동이나, 　　　喜怒雖形氣所感

희하고 노하는 원인은 성性입니다. 　　　而所以喜怒者 性也.

사단四端 역시 형기의 감동인 것이니, 　　　四端亦形氣所感

어린아이가 우물에 빠지는 사건에 감동되면 　　　赤子入井之事感

인仁의 이치가 이에 부응하여 　　　則仁之理便應

측은지심이 드러나는 것이니 　　　而惻隱之心於是乎形

이것이 어찌 형기의 감동이 아니겠습니까? 　　　豈非形氣所感乎.

대저 비록 외물에 감동되었다 해도 　　　盖雖外邊所感

마음속에 이가 있어서 부합되는 것이므로 　　　而中間實有是理便相契合

"성이 발하여 정情이 된다"고 말한 것입니다. 　　　故謂之性發爲情爾.

퇴계집退溪集/서書3/답기명언答奇明彦/논사단칠정서論四端七情書

개본改本

대저 사단은 정情이며 칠정 또한 정임은 당연합니다.	夫四端情也 七情亦情也.
그런데 어째서 같은 정인데	均是情也
사칠四七이라는 다른 이름이 있겠습니까?	何以有四七之異名耶.
말씀하신 대로 이른바 취하여 말하는 점이	來喩所謂所就以言之者
같지 않기 때문입니다.	不同是也.
대개 이理와 기氣는 본래 서로를 요구하여 체體가 되고	蓋理之與氣 本相須[3]以爲體
서로를 기다려 용用이 되는 것입니다.	相待以爲用
그러므로 이 없는 기도,	故未有無理之氣
기 없는 이도 있을 수 없습니다.	亦未有無氣之理.
그러나 취하여 말하는 점이 같지 않기 때문에	然而所就而言之不同
역시 나누지 않을 수 없는 것입니다.	則亦不容無別.
그러므로 내 생각으로는	故愚嘗妄以爲
정에 사단과 칠정의 분별이 있는 것은,	情之有四端七情之分
마치 성에 본연의 성과 기질의 성의 분별이 있는 것과 같습니다.	猶性之有本性氣稟之異也.
그렇다면 이미 성에서는	然則其於性也
이와 기로 나누어 말하면서,	旣可以理氣分言之.
다만 정에서는	至於情
이와 기로 나누어 말할 수 없다는 것입니까?	獨不可以理氣分言之乎.
사단의 발현은 고봉께서 지적한 대로	四端之發

---

3) 須(수)=需也, 當也, 待也.

맹자도 이미 마음이라고 말했습니다.

그런데 마음은 '이와 기의 합' 입니다.

그렇지만 가리켜 말할 때는

이理라고 주로 하는 것은 무엇 때문입니까?

사단은 인의예지의 성性이 순수하게 마음속에 들어 있어,

이것이 그 단서가 되기 때문입니다.

칠정의 발현은

고봉께서 지적한 대로 주자도 각각 마땅함이 있다고 말했으니

거기에도 역시 이와 기가 아울러 들어 있음을 인정합니다.

그러나 가리켜 말할 때는

기를 위주로 하는 것은 무엇 때문입니까?

바깥 사물에 접촉하여 쉽게 느끼고 먼저 감동하는 것으로는

형기만 한 것이 없는데,

칠정은 바로 그 형기의 묘맥이기 때문입니다.

이로 미루어볼 때

사단칠정이 모두 이기를 벗어나는 것은 아니지만

그것의 근원이 되는 것을 따라

각각 '주가 되는 중요한 것'을 가리켜 말하여

어떤 것은 이라 하고

어떤 것은 기라고 하는 것이 어찌 불가하겠습니까?

공의 변증은 합하는 것을 좋아하고 떨어짐을 싫어하며,

혼륜하여 온전한 것을 좋아하고 쪼개어 분석하는 것을

孟子旣謂之心.

則心固理氣之合也.

然而 所指而言者

則主於理 何也.

仁義禮智之性 粹然在中

而四者其端緖也.

七情之發

朱子謂之 各有攸當

則固亦兼理氣也.

然而 所指而言者

則主於氣 何也.

外物之來 易感而先動者

莫如形氣.

而七者其苗脈也.

由是觀之

二者雖曰皆不外乎理氣

而因其所從來[4]

各指其所主與所重而言之

則謂之某爲理

某爲氣 何不可之有乎.

今之所辨 喜同而惡離

樂渾全

---

4) 從來(종래)=由來.

싫어하는 듯합니다.

끝에 가서는

기가 스스로 그렇게 발현하는 것을

이의 본체가 그러한 것으로 간주하는 듯합니다.

이것은 곧 이와 기를 한 물건으로 간주하고

나누지 않는 것이 됩니다.

근세에 중국의 나흠순이 주장하길,

이와 기는 다른 물건이 아니라 하며

주자의 설이 옳지 않다고 비난하는 지경에 이르렀습니다.

이에 대해 저로서는 항상 그 뜻을 이해할 수 없었습니다.

그러나 공이 말씀하신 뜻이 그와 같다고 말하는 것은 아닙니다.[5]

무릇 학문을 함에 있어 분석을 싫어하고

합하여 하나로 말하기를 좋아하는 것을

옛사람들은 '골륜탄조鶻圇呑棗'라고 하였습니다.

그 병폐는 적은 것이 아닙니다.

이와 같은 주장을 그치지 않는다면 부지불식간에

말이 달리듯 기로써 성을 논하는 폐단에 빠지고,

인욕人欲을 천리天理로 오인하는 병폐에 떨어지게 됩니다.

이를 어찌 옳다고 하겠습니까?

보내주신 글을 받고 나서 곧 어리석은 의견을 보내려 하였으나,

감히 제 의견이 반드시 옳고

而厭剖折.

…至於其末

則乃以氣之自然發見

爲理之本體然也.

是則遂以理氣爲一物

而無所分矣.

近世羅整菴唱爲

理氣非異物之說

至以朱子說爲非.

是渼尋常未達其指.

不謂來喩之意亦似之也.

…夫講學而惡分析

務合爲一說

古人謂之鶻圇呑棗.[6]

其病不少

而如此不已 不知不覺之間

駸駸然 入於以氣論性之弊

而墮於認 人慾作天理之患矣.

奚可哉.

自承示喩 卽欲獻愚

而猶不敢自以其所見爲必

---

5) 당초 편지에 있던 나흠순과 관련된 말은 후에 퇴계 스스로 삭제했음.
6) 鶻圇呑棗(골륜탄조)=수리새가 대추를 통째로 삼키는 것을 말함.

더는 의심할 여지가 없다는 자신이 없어

오래도록 발송하지 못했습니다.

근래에 『주자어류朱子語類』를 보았는데,

사단에 대해 정론正論하였는 바

주자의 설은 "사단은 이의 발이요

칠정은 기의 발"이라 했습니다.

주자는 우리의 스승이며

또한 천하 고금의 머리 스승입니다.

이 설을 알고 난 뒤에 비로소

나의 의견이 큰 오류가 없음을 믿게 되었습니다.

그러므로 당초 정지운의 설 역시 병통이 없는 것이므로

모름지기 고칠 필요가 없을 듯합니다.

변변치 못한 몇 마디를 적었으니 가르침을 청합니다.

만약 이치는 비록 이와 같이 생각했으나

이름을 지어 말할 때 약간의 착오가 있었다고 생각하신다면,

선배 유가들의 학설을 그대로 사용하는 것이 좋을 듯합니다.

청컨대 주자의 학설로 대신하고

우리들의 학설은 버리는 것이 온당할 것입니다.

귀공의 생각은 어떠하실는지요?

是而無疑.

故久而未發.

近因看朱子語類

正論此事

其說云 四端是理之發

七情是氣之發.

朱子吾所師也

亦天下古今之所宗師也.

得是說然後

方信愚見不至於大謬

而當初鄭說亦自爲無病

似不須改也.

乃敢粗述其區區 以請敎焉.

若以爲理雖如此

名言之際 眇忽[7]有差

不若用先儒舊說爲善

則請以朱子本說代之

而去吾輩之說 便爲穩當矣

如何如何.

---

7) 眇忽(묘홀)=細微하여 분명치 않은 것.

고봉집高峰集/3집/사칠왕복서四七往復書/권1/

고봉답퇴계高峰答退溪 논사단칠정서論四端七情書(제1절)

"주자가 칠정을 기발氣發이라 한 것은 그 속에 이기理氣를 섞어
말한 것이다"

그렇지만 주자가 이른바 "사단은 이가 발한 것이고, | 雖然 所謂 四端是理之發
칠정은 기가 발한 것이다"라고 말한 것은 | 七情是氣之發者
아마 복잡한 내막이 반드시 있을 것입니다. | 亦恐不能無曲折[8]也.
보내주신 변론에서 | 來辯
"정情에는 사단과 칠정의 분별이 있듯이 | 以爲情之有四端七情之分
성性에는 본성과 기품의 다름이 있다"고 하신 말씀은 | 猶性之有本性氣稟之異也.
지당한 지적이십니다. | 此言甚當.
그리고 주자께서는 | 然而朱子有曰
"천지天地의 성을 논함에는 오로지 이를 지적하여 말했지만 | 論天地之性 則專指理言.
기질의 성을 논함에는 | 論氣質之性
이와 기를 섞어 말한다"고 말씀하셨습니다. | 則以理與氣雜而言之.
이로 볼 때 | 以是觀之
이른바 '사단은 이理의 발현'이라 한 것은 | 所謂四端是理之發者
오로지 이理를 가리켜 말한 것이지만, | 專指理言
'칠정은 기의 발현'이라 한 것은 | 所謂七情是氣之發者
이理와 기를 섞어 말한 것입니다. | 理與氣雜而言之者也.

---

8) 曲折(곡절)=구부러지고 꺾여짐. 복잡한 내막. 문맥이 복잡하고 변화가 많음.

"사칠의 정情은 모두 이기의 합合이며 선악이 있다"

원래 인간의 정은 하나입니다.   蓋人之情一也.

그런데 그 정이란 것이 본래 이와 기를 아우르고 있으며   而其所以爲情者

따라서 사단·칠정 모두 선하기도 하고 악하기도 한 것입니다.   固兼理氣 有善惡也.

"사단도 역시 기발이다"

(발현하지 않은 경우는 몰라도 이미 발현한 경우는 이理는 반드시 기를
타야 한다. 이런 의미에서는 칠정도 사단도 모두 기발이다. 다만 사단은
기발 중에서 중절中節한 것일 뿐이다.)

이런 의미에서 칠정이란 것도   然而所謂七情者

기에 간섭되지만   雖若涉9)乎氣者

이도 역시 그 가운데 있으며,   而理亦自在其中.

기발 중에서도 중절한 것은   氣發而中節者

천명의 성이요 본연의 체이니   乃天命之性 本然之體.

맹자가 말한 사단과   而與孟子所謂四端者

이름만 다를 뿐 실은 같은 것입니다.   同實異名者也.

고봉집高峰集/3집/사칠왕복서四七往復書/권1/

고봉답퇴계高峰答退溪 논사단칠정서論四端七情書(제6절)

주신 변론에 "마음속에 있으면 순수한 이理의 발현인데   辯曰 安有在中 止10)

어찌 기와 혼잡될 수 있으며, 외물에 감동되었다면 형기形氣인데   爲理之本體耶

---

9) 涉(섭)=入, 屬也.

10) 止(지)=생략(—)을 표시함.

그 발한 것이 어찌 이의 본체가 될 수 있겠는가?"라고 하셨으나,

제 어리석은 생각으로는

마음속에 있을 때는 순수한 천리이므로

이때는 성이라고 말할 뿐

정이라고 말하지 않습니다.

그러나 그것이 발하면 이것은 곧 정이며,

조화롭고 조화롭지 않은 차이가 생길 뿐입니다.

주자에 의하면 '원형이정元亨利貞'은 성이고,

'생장수장生長收藏(낳고 자라고 거두고 저장하는 것)'은 정이며,

'사덕四德(仁義禮智)'은 성이고,

'사단四端(惻隱·羞惡·辭讓·是非)은 정이라고 했습니다.

무릇 '생장수장'이 정이라고 한다면

바로 기를 타야만 유행하는 사실을 보여주는 것이니

사단도 역시 기입니다.

주자의 제자가 질문한 말에서도

측은해하는 것은 기이고

측은해하도록 하는 까닭은 이라 하였으니

이 말은 더욱 분명합니다.

愚謂在中之時

固純是天理.

然此時只可謂之性

不可謂之情也.

若才發則便是情

而有和不和之異矣.

朱子曰 元亨利貞 性也.

生長收藏 情也.

又曰 仁義禮智 性也

惻隱羞惡辭讓是非 情也.

夫以生長收藏爲情

便見乘氣以行之實

而四端亦氣也.

朱子弟子問中 亦曰

如惻隱者氣

其所以能是惻隱者 理也.

此語尤分曉.

"외물外物에 감응하는 것은 사단도 칠정과 같다"

(밖으로 형기에 감촉되었다고 해서

이理의 본체가 아니라고 말하는 것은 타당치 않다.)

주자는 성性의 욕구가

곧 이른바 정情이라고 했습니다.

朱子曰 性之欲

卽所謂情也.

그렇다면 정이 외물에 감응하여 움직이는 것은
자연의 이치입니다.
만약 외물에 감응하여 움직인다는 것으로 말한다면
사단 역시 마찬가지입니다.
어린아이가 우물에 빠지는 일을 감촉하면
인仁의 이리가 곧 응하여
측은한 마음이 모습을 드러냅니다.
그러므로 외물에 감동되어 드러나는 것은
사단도 칠정과 다를 것이 없습니다.
주신 변론에서 "칠정은 환경에 따라 나오며
형기에 감동된 것"이라는 말씀은
모두 만족스런 말이 아닙니다.
더욱이 "그것은 밖으로 형기에 감촉된 것이므로
이의 본체가 아니다"라고 하신 것은 심히 옳지 않습니다.
만약 그렇다면 칠정은 성 이외의 물건이 되므로
자사가 말한 "발현하여 조화된 것"이란 말도 잘못이 됩니다.
맹자가 기뻐서 잠을 이루지 못했다는 그 기쁨이나,
공자가 애통하여 곡한 그 슬픔이
어찌 이의 본체가 아니겠습니까?
또한 이것은 일반인도 마찬가지여서

然則情之感物而動者
自然之理也.
若以感物而動言之
則四端亦然.
赤子入井之事感
則仁之理便應
而惻隱之心於是乎[11]形.[12]
其感物者與
七情不異也.
來辯 以七情爲緣境而出.
爲形氣所感
旣皆未安.
而至乃謂之外感於形氣
而非理之本體 則甚不可.
若然者 七情是性外之物
而子思之所謂和者 非也.
孟子之喜而不寐 喜也.
孔子之哭之慟 哀也.
玆[13]豈非理之本體耶.
且如尋常人

---

11) 於是乎(어시호)=이제야, 이때, 여기에서.
12) 形(형)=象形也, 見也.
13) 玆(자)=此也.

저절로 천리가 발현되어 절도에 맞는 때가 있습니다.   亦自有天理發見時節.

부모 친척을 만나   如見其父母親戚

흔연히 기뻐하는 것이나,   則欣然而喜.

남의 죽음이나 아픔을 보고 측은해하고 슬퍼하는 것이   見人死傷疾痛 則惻然而哀

어찌 이의 본체가 아니겠습니까?   又豈非理之本體耶.

"사단도 칠정도 모두 인의예지의 성性에서 발한 것이다"

보내주신 변론에서   辯曰

"측은 · 수오는 성이 그러한 것"이라고 하셨는데 제 생각은   惻隱羞惡性焉爾. 愚謂四端

사단이 인의예지의 성에서 발한 것과 마찬가지로   固發於仁義禮智之性

칠정도 인의예지의 성에서 발한 것입니다.   而七情亦發於仁義禮智之性也

그렇지 않다면 주자가 어찌   不然朱子何以曰

"희로애락은 정이며   喜怒哀樂情也

그 발현하지 않은 것은 성이다"라고 했겠으며,   其未發則性也乎.

또 "정은 성이 발한 것이다"라고 말했겠습니까?   又何以曰 情是性之發乎.

"칠정도 역시 모두 선한 것이다"

어리석은 제가 상고하건대 정자께서 이르기를   愚按程子曰

"희로애락이 발현하지 않았으면 어찌 불선이 있을 수 있으며,   喜怒哀樂未發 何嘗不善.

발현하여 절도에 맞으면   發而中節

가는 곳마다 선하지 않음이 없다"라고 했습니다.   則無往而不善.

그런즉 사단이 본디 모두 선한 것이라면,   然則四端固皆善也.

칠정 역시 모두 선합니다.   而七情亦皆善也.

오직 그 발현이 절도에 맞지 않아 한편에 치우치면   惟其發不中節 則偏於一邊

악이 될 뿐입니다.

而爲惡矣.

고봉집高峰集/3집/사칠왕복서四七往復書/권2/

고봉답퇴계서高峰答退溪書/사단칠정총론四端七情總論

대체로 성이 본래 선하다고 해도,	盖性雖本善
기질氣質 속에 떨어지면 편벽되고 지나칠 수도 있기 때문에	而墮於氣質 則不無偏勝[14]
'기질의 성'이라고 말하고,	故謂之氣質之性.
칠정은 비록 이와 기를 겸하였다고 해도,	七情雖兼理氣
이는 약하고 기는 강하여 이가 기를 통섭할 수 없으면	而理弱氣强 管攝他不得
악에 빠져들기 쉽기 때문에	而易流於惡
'기가 발한 것'이라고 말합니다.	故謂之氣之發也.
그러나 칠정이 발하여 절도에 맞는 것은	然其發而中節者
바로 이에서 발하여 선한 것이므로	乃發於理 而無不善
애당초 사단과 다른 것이 아닙니다.	則與四端初不異也.

고봉집高峰集/3집/사칠왕복서四七往復書/권1/

고봉답퇴계高峰答退溪 논사단칠정서論四端七情書(제12절)

"사단도 절도에 맞지 않을 때가 있으니 모두 선하다고 할 수 없다"

대저 사단의 정情이 이理에서 발했으므로	夫以四端之情 爲發於理
선하지 않음이 없다는 것은	而無不善者
맹자의 지론에서 비롯되었습니다.	本因孟子所指而言之也.
그러나 만약 광의의 정에 대해 자세히 논한다면	若泛就情上細論之

---

14) 偏勝(편승)=치우치고 지나침(過).

사단의 발현도 역시 절도에 맞지 않는 경우가 있으므로

모두 옳다고는 말할 수 없습니다.

보통 사람들의 경우

가끔 부끄러워하지 않을 일을 부끄러워하거나,

시비하지 않아야 할 일을 시비하는 경우가 있습니다.

이는 대개 이가 마음속에 있다가 기를 타고 발현될 때

이가 약해서 강한 기를 통섭하지 못함으로써

그것이 유행할 때 이처럼 되는 것입니다.

그러니 어찌 칠정이 불선不善이 없겠습니까?

또 어찌 사단도 불선이 없다고 하겠습니까?

이것은 학문을 하는 자가 정밀하게 살펴야 할 점입니다.

則四端之發 亦有不中節者.

固不可皆謂之善也.

有如尋常人

或有羞惡其所不當羞惡者

亦有是非其所不當是非者.

蓋理在其中 乘氣以發見

理弱氣强 管攝他不得

其流行之際 固宜有如此者.

烏可以爲情無有不善

又烏可以爲四端無不善耶.

此正學者精察之地.

퇴계 답答2서書

고봉집高峰集/3집/사칠왕복서四七往復書/권1/

퇴계답고봉退溪答高峰/비사칠분이기非四七分理氣/1서書 개본改本

일전에 보내주신 제2서의 가르침을 받고서

앞선 편지(답1서)에 소루한 점과

공평치 못한 점이 있음을 알게 되어 삼가 수정하고 고칩니다.

이제 개정한 원본을 앞면에 적었으니

가부를 알려주시고,

그 뒤에 제2서를 계속하오니

밝은 가르침을 회신하여 주시기 바랍니다.

頃承第二書誨論

知滉前書語有疏謬

失秤停處 謹已修改.

今將改本寫在前面

呈稟15)可否.

其後乃繼以第二書

伏乞明以回敎.

---

15) 稟(품)=給也.

퇴계답고봉退溪答高峰/비사칠분이기非四七分理氣/변辨 2서

나 역시 칠정이 이理와 관계없이	雖湊亦非謂 七情不干於理.
외물과 우연히 접촉하여 감동한다고 생각하지는 않습니다.	外物偶相湊16)著而感動也.
또한 사단도 사물에 감촉되어 감동하는 것은	且四端感物而動
칠정과 다르지 않다고 하겠습니다.	固不異於七情.
그래서 '사단은 이가 발하매 기가 따르는 것이요,	但四則理發而氣隨之.
칠정은 기가 발하매 이가 타는 것'이라 해야 할 것입니다.	七則氣發而理乘之耳.
고봉께서는	辯誨曰
칠정 역시 인의예지에서 발한다고 했습니다.	七情亦發於仁義禮智.
내가 보기에는 이것은 곧 이른바	滉謂 此卽所謂
"다른 것 속에서 같은 점을 본다면	就異而見同
사칠四七을 통틀어 말할 수 있다"고 말한 것에 해당됩니다.	則二者可渾淪言之者也.
그러나 같은 점만 있고 다른 점이 없다고 말하면 불가합니다.	然不可謂只有同而無異耳.
옛사람들은 사람이 말을 타고 출입하는 것을	古人以人乘馬出入
이가 기를 타고 운행하는 것과 비유하였는데 썩 좋은 비유입니다.	譬理乘氣而行 正好.
혹 사람이 가는 것만 가리켜 말하면	或指言人行
타고 있는 말은 꼭 함께 말하지 않더라도 그 속에 포함됩니다.	則不須並言馬 而馬行在其中
사단의 경우가 이것입니다.	四端是也.
또 말이 가는 것만 가리켜 말하면	或指言馬行 則不須並言人
사람은 꼭 말하지 않더라도 그 속에 포함됩니다.	而人行在其中
칠정의 경우가 이것입니다.	七情是也.

---

16) 湊(주)=水上人所會也.

공은 내가 사칠을 분별하여 말할 때마다

통틀어 말하는 것으로 공격하는데,

이것은 남들이

'사람이 간다' 또는 '말이 간다'고 말하는 것에 대해,

사람과 말은 하나이므로

나누어 말할 수 없다고 역설하는 것과 같습니다.

이것은 바로 주자가 말한 바 있듯이

숨바꼭질과 비슷하다고 생각합니다.

귀공의 생각은 어떻습니까?

公見渾分別而言四七

則每引渾淪言者以攻之.

是見 人說

人行馬行而力言

人馬一也

不可分說也.

…正朱子所謂

與迷藏之戲相似.

如何如何.

고봉 변증辨證3서書

고봉집高峰集/3집/사칠왕복서四七往復書/권2/

고봉답퇴계高峰答退溪 재론사단칠정서再論四端七情書

소생 대승은 망령되게

감히 전일 주신 글에 대해 거역하고 침범하여

삼가 주신 변론을 만족할 수 없다고 여쭈었으니

진실로 옳지 못한 죄를 범했습니다.

다만 제 생각은 학자가

도리를 강론할 때는

구차하게 뇌동을 하면 안 된다고 여겼으며,

오로지 자기 생각을 다 말씀드려

大升狂妄抵冒[17]

敢於前日之書

仰稟來辯 有未安處.

固已犯不韙之罪矣.

然鄙意所在則 嘗竊以爲學者

於講論道理之際

不可苟且雷同.

故輒[18]欲傾竭下懷

---

17) 冒(모)=犯也.

18) 輒(첩)=專也.

다듬고 깨우침 받기를 바랐을 뿐,

들추어내 배척하고 제 사견을 과시하고자 함이 아니었습니다.

제 어리석음을 포용해 주신 선생의 혜량하심을 입어

벌주지 않을 뿐 아니라 도리어

마음을 비우시고 제 말을 받아들이셨고,

친절하게 가르침의 답서까지 주시면서,

아울러 변서 본문의 많은 곳을 수정해 주셨으며

이로써 저의 미혹한 마음을 깨우쳐주셨습니다.

또한 저를 권장하시고자 "밝게 가르쳐달라"고까지 하셨으니

무아의 성덕대도가 아니면 어찌 이를 수 있겠습니까?

매우 다행한 마음을 견줄 길 없습니다.

"사단은 이가 발하매 기가 따르고,

칠정은 기가 발하매 이가 탄다"는 구절은

매우 정밀합니다.

그러나 소생의 생각에 이 두 가지 견해도 문제가 있습니다.

즉 칠정에는 이기가 다 있지만

사단에는 이만 있게 되는 폐단이 남아 있기 때문입니다.

그러므로 저는 이것을 개정했으면 합니다.

즉 "정이 발할 때는

혹은 이가 동動하매 기가 함께 하기도 하고,

혹은 기가 감동하매 이가 타기도 한다"고 하면

以祈鑴[19]譬[20]爾

非欲詆斥之 以呈私見也.

伏蒙先生以包蒙納婦之量

非惟不以爲罪

而乃復虛受之

俯賜諄諄之答.

倂於辯書本文多有修改.

以開迷惑之胸.

且 誘之使言 曰 明以回敎.

此非盛德大度幾於無我者

何以至是 不勝幸甚.

且四則理發而氣隨之

七則氣發而理乘之兩句

亦甚精密.

然鄙意以爲此二個意思

七情則兼有

而四端則只有理發一邊爾.

抑[21]此兩句 大升欲改之曰

情之發也

或理動而氣俱

或氣感而理乘. 如此下語

---

19) 鑴(전)=鑽也.
20) 譬(비)=曉也.
21) 抑(억)=發語詞. 문득, 또한.

선생님의 뜻은 어떠하실는지요?　　　　　　　　　　　又未知於先生意如何.

퇴계 답쯤3서書

퇴계집退溪集/서書3/답기명언쯤奇明彦/논사단칠정론四端七情 3서書

"도道가 곧 기器이고, 기器가 곧 도道이다" 한 것이나,　　　　道卽器 器卽道.

또는 "공허하고 적막한 가운데 만물이 이미 갖추어져 있다"고　　沖漠之中 萬物已具

한 것은 실제로 도가 기라는 뜻이 아닙니다.　　　　　　　　　非實以道爲器.

"물物에 대해 이理 밖에 있지 않다"고 말한 것은　　　　　　　卽物而理不外是

실제로 물이 이理라는 뜻이 아닙니다.　　　　　　　　　　　非實以物爲理也.

고봉집高峰集/3집/사칠왕복서四七往復書/권2/
퇴계여고봉서退溪與高峰書(절략節略)

공의 말씀에　　　　　　　　　　　　　　　　　　　　　　其言

"이발理發은 오로지 이만을 가리켜 말한 것이고,　　　　　　是理之發 全指理言.

기발氣發은　　　　　　　　　　　　　　　　　　　　　　是氣之發者

이와 기를 섞어서 말한 것이다" 하였는데,　　　　　　　　　以理與氣雜而言之.

제가 이것을 "근본은 같으나 끝은 다르다"고 한 것입니다.　　滉曾以此見 爲本同末異者.

내 의견이 이 학설과 같은 것은 이른바　　　　　　　　　　鄙見固同於此說

근본이 같기 때문인데,　　　　　　　　　　　　　　　　　所謂本同也.

공께서 이로 인하여 드디어　　　　　　　　　　　　　　　顧高明因此而遂謂

"사칠을 반드시 이기에 분속해서는 안 된다"고 말하는 것은　　四七必不可分屬理氣

이른바 끝이 다르기 때문입니다.　　　　　　　　　　　　　所謂末異也.

그렇지만 만일 전일 공의 견해와 논의가　　　　　　　　　　苟向日明見崇論

지금 보내온 '총설'과 '후설'처럼 두 학설이 통하고 닦인다면　　如今來兩說之通透脫灑.

어찌 '끝이 다르다'고 하겠습니까?

일찍이 우리 두 사람이 왕복 논변한 문자를

한 권의 책으로 만들어

때때로 보면서 잘못된 곳을 고치고자 하였으나,

간혹 싣지 못한 것이 있어 한스럽습니다.

병인丙寅(1566년) 동짓달 초엿새. 황混 돈頓.[22]

又何末異之有哉. 抑嘗欲譔
取吾兩人往復論辨文字
爲一册.
時自觀省以改瑕纇
而間有收拾不上者爲恨.
丙寅至月初六一. 混頓.

결론

당초 퇴계의 주장은 다음과 같다.

당초 퇴계의 주장

퇴계집退溪集/서書3/답기명언答奇明彦/논사단칠정서論四端七情書

개본改本

근래에 『주자어류』를 보았는데,

사단에 대해 정론正論하였는바

"사단은 이의 발이요

칠정은 기의 발"이라고 했습니다.

청컨대 주자의 학설로 대신하고

우리들의 학설을 버리는 것이 온당할 것입니다.

近因看朱子語類
正論此事
其說云 四端是理之發
七情是氣之發.
則請以朱子本說代之
而去吾輩之說 便爲穩當矣.

---

22) 이것으로 1559년에 시작된 논쟁은 일단락되었다.

퇴계집退溪集/서書6/답이평숙答李平叔

'인심人心은 칠정이고 도심道心은 사단'이라는 것은   人心爲七情 道心爲四端

『중용』서문에서 주자가 말한 것으로,   以中庸序朱子說

('인심은 氣에서 발하고 도심은 理에서 발한다'는)

허동양의 관점으로 볼 때,   及許東陽之類觀之.

인심 도심이 칠정 사단이라는 것은 진실로 옳다.   二者之爲七情四端 固無不可.

이후 이에 대해 반박하는 고봉의 편지를 받은 퇴계는 당초
주장에 3차에 걸친 수정을 가해 다음과 같이 주장했다.

1차 수정

퇴계집退溪集/서書2/여기명언대승與奇明彦大升(기미己未)

제 생각으로도 지난번 저의 해석에 대해서는   鄙意於此

스스로 병폐가 있음을 알고 있던 중입니다.   亦嘗自病

은밀한 부분까지 알아차리지 못한 점을 지적하시고   其下語之未隱逮得砭駁

논박하여 주심에 더욱 그것이 거칠고 잘못된 점을 알겠습니다.   益知疎繆.

그래서 아래와 같이 고쳐보았습니다.   卽改之云

즉 '사단의 발현은 순리이므로 선하지 않음이 없고,   四端之發純理 故無不善

칠정의 발현은 기를 겸했으므로 선악이 있다.'   七情之發兼氣 故有善惡

이렇게 하면 병폐가 없을지 모르겠습니다.   未知如此下語無病否.

2차 수정

고봉집高峰集/3집/사칠왕복서四七往復書/권1/

퇴계답고봉退溪答高峰/비사칠분이기非四七分理氣/변辨 2서

사단은 이가 발하여 기가 따르는 것이요,　　　　　　　　四則理發而氣隨之

칠정은 기가 발하여 이가 탄 것이다.　　　　　　　　　七則氣發而理乘之.

3차 수정

성학십도聖學十圖/심통성정도心統性情圖

'사단의 정'은 이가 발하여 기가 따른 것이다.　　　　四端之情 理發而氣隨之.

그러므로 저절로 순수한 선일 뿐 악이 없다.　　　　　自純善無惡.

그러나 반드시 이의 발현이 다 이루지 못하여　　　　必理發未遂 而揜於氣

기에 가리면 불선으로 빠진다.　　　　　　　　　　　然後流爲不善.

'칠정의 정'은 기가 발하여 이가 탄 것이다.　　　　　七者之情 氣發而理乘之.

그러므로 역시 불선이 있을 수 없다.　　　　　　　　亦無有不善.

그러나 만약 기의 발현이 중정하지 않아　　　　　　　若氣發不中

이를 없애면 방종하여 악이 된다.　　　　　　　　　　而滅其理 則放而爲惡也.

고봉의 사칠에 대한 결론과 논거

고봉집高峰集/3집/사칠왕복서四七往復書/권2/

고봉답퇴계高峰答退溪 재론사단칠정서再論四端七情書

정의 발현은 두 가지 경우가 있다.　　　　　　　　　情之發也

어떤 것은 이가 동動하여 기를 갖추었으니　　　　　或理動而氣俱

이것을 사단이라 말하고,

어떤 것은 기가 감응하여 이가 탔으니　　　　　　　或氣感而理乘.

이것을 칠정이라 말한다.

고봉의 이러한 결론의 논거를 정리하면 다음과 같다.

첫째, 이는 기 밖에 있는 것이 아니라, 기가 과불급過不及 없이 자연발현自然發現하는 것이 이의 본체다(주기론).

둘째, 그러므로 이기는 상호보완적 관계일 뿐 대립적 관계가 아니다.

셋째, 본연지성本然之性은 천지상天地上 총설總說이며 기질지성氣質之性은 인물人物이 품수稟受한 것일 뿐 둘이 아니며, 그중 선한 기질지성을 본연지성이라고 말하는 것뿐이다.

넷째, 사단과 칠정은 모두 정이며 기발이다. 다만 이가 가려내어 기가 중정中正하지 않으면 악으로 흐른다.

27 인성논쟁과 화이론·사대론

인성은 평등한가?

유교의 하느님은 왕에게 천명을 내려주는 지배자의 수호신이었다. 그러므로 왕 이외에 그 누구도 천제天祭를 지낼 수 없었다. 반면 묵자의 하느님은 민중의 해방신이었다. 그러므로 인간은 하느님 앞에 평등했다. 성리학은 유교의 천명론天命論을 계승하되 인심人心이 곧 천리天理라는 천리론天理論으로 수정하고, 인성人性과 물성物性이 모두 천리이므로 만물은 일체라고 주장한다. 이 같은 만물일체사상은 인성평등론을 함의하고 있다. 특히 사람은 만물 중에서 가장 신령스런 존재이며 본성本性은 누구나 다 같다는 것이니, 어찌 귀족의 천리와 천민의 천리가 다르겠는가?

주자대전朱子大全/권79/무주사창기婺州社倉記

생명을 가진 부류는 공동운명체가 아닌 것이 없다.　　　有生之類 莫非同[1]體.

오로지 군자라면　　　惟君子爲

나의 사사로움으로 그 생명들을 해쳐서는 안 된다.　　　無有我之私以害之.

그러므로 사람을 사랑하고 만물을 이롭게 하는 마음은 끝이 없다.　　　故其愛人利物之心爲無窮.

서명西銘(장횡거 저)

천지를 가득 채운 기氣는 나의 육체가 되고,　　　天地之塞 吾其體.

천지의 의지意志(氣의 將帥)는 나의 성성性이 되었다.　　　天地之帥[2] 吾其性.

민民은 나의 동포요 만물은 더불어 살아가야 할 나의 동료이다.　　　民吾同胞[3] 物吾與也.

성학십도聖學十圖/서명도설西銘圖說(퇴계 저)

부모와 친척을 받드는 마음씨로 미루어　　　觀其推親親之厚

무아無我의 공공심公共心을 키우고,　　　以大無我之公.

어버이를 섬기는 정성으로써　　　因事親之誠

하늘을 섬기는(事天) 도리를 밝히는 것이니,　　　以明事天之道.

그렇지 않다면　　　蓋無適

이른바 나누어 세우되 이리가 하나임을 추구함이 아니다.　　　而非所謂分立而推理一也.

대저 성학聖學은 인仁을 찾는 데 있으니　　　…蓋聖學在於求仁

모름지기 인의 뜻을 깊이 체득해야만　　　須深體此意

바야흐로 천지와 더불어 만물이 일체임을 깨닫게 될 것이다.　　　方見得與天地萬物一體.

---

1) 同(동)=共也.

2) 帥(수)=志 氣之帥也(孟子).

3) 聖人能以天下爲一家 以中國爲一人者(禮記/禮運).

그러나 성리학의 인성천리론人性天理論은 정치적인 인권평등으로 발전되지 못했다. 선천적인 기질氣質의 차이에 따라 타고난 성품性稟에 차등이 있다는 것이다. 유교는 인본주의적이고 민심을 중시하는 인정仁政을 주장하지만 공자와 한유韓愈의 신분차별적인 성삼품설性三品說을 끝내 극복하지 못한다. 퇴계와 율곡도 시대적 한계를 벗어나지 못한 것은 마찬가지다.

퇴계속집退溪續集/권8/천명도설天命圖說

기氣는 하늘에서 받는데	稟氣於天
이 천기天氣는 맑은 것과 혼탁한 것이 있다.	而天之氣有淸有濁.
질質은 땅에서 받는데	稟質於地
이 지기地氣는 순수한 것과 불순한 것이 있다.	而地之氣有粹有駁.
맑고 순수한 기를 품부받으면 상지자上智者가 되며,	故稟得其淸且粹者爲上智
상지자는 천리를 알고	而上智之於天理知之
밝히어 행하며 스스로 진력하여	旣明行之
하늘에 부합한다.	又盡自與天合焉.
맑지만 섞이거나,	稟得其淸而駁
탁하지만 순수한 기를 품부받으면 중인中人이 된다.	濁而粹者爲中人
중인은 천리天理에 대해	而中人之於天理
앎은 넘치지만 행함이 부족하거나	一則知有餘而行不足
앎은 부족하지만 행함이 넘쳐서	一則知不足而行有餘
하늘에 부합하기도 하고 어긋나기도 한다.	是與天有合有違焉.
끝으로 아예 혼탁하고 불순한 기를	稟極其濁
품부받으면 하우下愚가 된다.	且駁者爲下愚

하우는 천리에 대해 알지 못하고

행함이 거짓되어 하늘에 어긋난다.

而下愚之於天理 知之旣暗

行之又邪 遠與天違焉.

이처럼 신분차별과 남녀차별은 유교의 치명적인 봉건성이다. 인성평등론은 11세기 송대宋代의 개혁적인 기학파氣學派들이 간혹 제기하였으나 17세기 청대淸代의 기철학氣哲學에 이르러서야 공론화될 수 있었다. 왕부지王夫之(1619~1692)의 '기화일신론氣化日新論'은 생명도 날로 형성되며 고정된 것이 아니라고 주장했다. 이러한 성일생설性日生說은 성선설, 성악설과 대립된다. 이것은 묵자의 인성학습설人性學習說과 유사하며 공자의 성삼품설을 부정하는 것이다. 대진戴震은 공자의 의도는 신분이동을 반대한 것이 아니라고 주장함으로써 공자의 성삼품설을 완화했다.

우강집旴江集/권2/예론禮論 6

예禮는 생민生民의 근본이다.

'예는 서인庶人에게는 내려가지 않는다' 는

『예기』의 불평등 조항은 망령된 것이다.

禮 生民之本.

曲禮有述以禮不下庶人[4]

而述曲禮者 妄.

선산유서船山遺書/상서인의尙書引義/권2/태갑太甲 2(왕부지 저)

천성天性이란 생리生理다.

날마다 생겨나고 날마다 형성된다.

天性者生理也.

日生則日成也.

---

[4] 예는 서인에게는 내려가지 않고, 형벌은 사대부에게는 올라가지 않는다(禮不下庶人 刑不上大夫 : 禮記/曲禮上).

대저 천명이	則夫天命者
어찌 처음 태어날 때 운명지어졌겠는가?	豈但初生之頃 命之哉.
아직 이루지 못한 것은 이루고, 이미 이룬 것은 바꿀 수 있다.	…未成可成 已成可革.
성性이란 것이 어찌 한번 받은 형틀처럼	性也者 豈一受成型
덜고 보탤 수 없겠는가?	不受損益也哉.

대진집戴震集/맹자자의소증孟子字義疏證/중/성性

마음을 계몽하면	啓其心
잠에서 깨어나듯 깨닫는 자도 종종 있다.	則憬然覺寤 往往有之.
이처럼 뉘우치고 선을 따른다면 '하우下愚'가 아니다.	苟悔而從善 則非下愚矣.
이에 학문을 더하면 지혜가 날로 발전할 것이다.	加之以學 則日進于智矣.
그러므로 하우는 변하지 않는 고정된 것이 아니다.	以不移定爲下愚.
또한 지혜는 좋으나 배우지 않는 자도 있고	又往往在知善而不爲[5]
지혜는 좋지 않으나 배워 다스려진 자도 있다.	知不善而爲之者.
그래서 공자는 '불이不移'를 말했을 뿐	故日不移
'불가이不可移'라고 말하지 않은 것이다.	不日不可移.

인물성 동이논쟁

조선에서는 다윈의 『종의 기원』(1859)이 발표되기 150여 년

---

5) 爲(위)=學也, 成也, 治也.

전인 1712년에, 인성人性과 물성物性이 같은가 다른가에 대한 논쟁이 일어나 조선조 말기까지 계속되었다. 이것을 '인물성人物性 동이논쟁同異論爭'이라고 한다. 일찍이 인성평등론은 춘추전국시대에 인성학습설을 주장한 묵자와 순자가 강력히 제기하여 신분이동의 자유를 주장했으나, 이들은 수천 년 동안 이단으로 몰려 당시에도 금기의 대상이 되었다. 그러므로 조선의 이 논쟁은 인간평등론이 싹틀 수 있는 토양을 제공한 중대한 사건이었다. 그러나 불행하게도 이 역시 정치적인 인권평등론으로 발전되지 못했다.

여기서 잠시 인간의 본성이 동물과 같은지 생각해 보자. 과연 성경 말씀대로 인간만이 하느님께서 자기 형상대로 지은 존재인가? 그렇다면 인간과 동식물의 본성은 다르다고 봐야 할 것이다. 이는 '이론異論'이며, 종교인들은 대체로 이에 찬동한다. 반면 성리학에서 말한 것처럼 인간과 사물이 천심天心과 천리天理를 똑같이 품부받은 것인가? 그렇다면 인간과 동식물의 본성은 같다고 보아야 한다. 이는 '동론同論'이며, 과학자들은 대체로 만물이 똑같이 단세포 생물에서 진화했다고 믿고 있으므로 당연히 인人과 물物의 본성은 같다고 생각한다.

다윈의 진화론이 발표된 이후 생물학적 발견이 잇따르면서, 사람들은 동물의 조상은 물고기이며 그 물고기의 조상은 바다에서 우연히 무기물로부터 합성된 단백질이라는 유기물이었다고 믿게 되었다. 이에 의하면 생명은 하나의 물질기계이며, 인간은 '하느님의 아들'이 아니라 '지구의 아들' 또는 '바다의 아들'이다. 더 정확히 말하면, 인간의 조상은 하느님이 아니라 물고기라는 것이다. 이는 인간우월주의에 대한 혁명적 도전이다.

1956년 스탠리 밀러(S. Miller)는 시험관에서 무기물로부터 아미노산을 합성했고, 1965년 슈피겔만(S. Spiegelman)은 생명물질인 RNA 핵산을 인공 합성해 냄으로써 물질기계설[6]은 실험적으로 증명되었다. 이로써 인물성동론人物性同論이 승리한 듯하지만 종교인들은 여전히 이론異論을 굽히지 않고 있다. 만약 동론이 옳다면 하느님이 흙으로 자기 모습의 형상을 만들어 혼을 불어넣었다는 성경의 천지창조설은 틀린 것이 되므로 기독교인들은 동론을 반대한다. 1991년 진화론을 비판한 『심판대 위의 다윈』이라는 필립 존슨(P. Johnson)의 책이 출간된 이후, 최근에는 미국의 보수화 바람을 타고 기독교와 일부 과학자들 사이에 진화론을 비판하는 창조론자들의 이른바 '가치전쟁價値戰爭'이 가열되고 있다.

그러나 인성에 대한 논쟁의 싹은 다윈의 진화론보다 2,000년 전 고대부터 배태되어 있었다. 공맹의 성선설, 묵자의 성학습설性學習說, 순자의 성악설, 장자의 진화론 등 제자백가의 다양한 인간본질론에서 싹이 자라고 있었던 것이다.

---

6) 물질기계설(物質機械說)=생명론은 대체로 생기설(生氣說)과 기계설(機械說)로 나눌 수 있다. 생기설은, 영혼 또는 정신이라고 말하는 기(氣)라는 것이 생명의 근원이라고 보는 입장이다. 관자(管子)의 기(氣), 아리스토텔레스의 엔텔레케이아, 플라톤의 이데아가 그 원형이다. 영혼불멸설을 믿는 종교는 모두 생기설이라고 말할 수 있다. 반면 기계설은 인간의 생명이란 하나의 이끼나 미생물과 같은 물질기계에 불과하다는 이론이다. 예컨대 생명의 근원을 물이라고 말한 탈레스, 영혼도 공기의 운동으로 보았던 아낙시메네스, 원자론을 말한 데모크리토스, 유전자론을 말한 다윈, 고분자 단백질이 생명의 근원이라고 보는 근대 이후 생물학자들은 모두 기계설이다. 생명이란 단백체의 존재양식이라고 말한 엥겔스의 경우처럼 기계설은 대체로 유물론자들의 견해로서 생의 목적이 사라지는 함정이 있다. 그래서 그들은 목적론과 섭리론 대신에 이성의 법칙 또는 역사법칙이라는 것을 내세운다.

논어論語/양화陽貨 2

사람의 천성天性은 서로 비슷한 것이나

익힘에 따라 서로 멀어질 뿐이다.

子曰 性相近也

習相遠也.

묵자墨子/소염所染

행위와 도리와 성품은 물들여져 그렇게 된 것이다.

行理性於染當.

맹자孟子/고자告子 상

고자가 말했다. "성품은 여울물과 같아,

터주는 데 따라 동東으로도 흐르고

서西로도 흐른다.

사람의 성품은 선불선善不善의 구별이 없으니

물이 동서로 구분될 수 없는 것과 같다.

성性이란 선善도 없고 불선不善도 없는 것이니,

성은 선하게도 할 수 있고 불선하게도 할 수 있다."

맹자가 물었다. "그렇다면 개의 성품은

소나 사람의 성품과 같단 말인가?"

告子曰 性猶湍水也.

決諸東方則東流

決諸西方則西流.

人性之無分於善不善也.

猶水之無分於東西也.

…性無善無不善.

性可以爲善 可以爲不善.

然則犬之性

猶牛之性 猶人之性與.

순자荀子/성악性惡

무릇 사람의 성품은

요순과 걸척,

군자와 소인이 다 같은 것이다.

요순과 군자를 귀하다 하는 것은

능히 성품을 교화하고 위僞를 일으켰기 때문이다.

凡人之性者

堯舜之與桀跖 其性一也.

君子之與小人 其性一也.

凡所貴堯禹君子者

能化性 能起僞

인위人爲를 일으키므로 예의가 생기는 것이다.　　　　　　　偽起而生禮義.

장자莊子/외편外篇/천운天運

송나라 재상인 탕이 장자에게 인仁에 대해 물었다.　　　　商太宰蕩問仁於莊子.

장자가 말했다. "호랑이와 이리도 인仁을 한다."　　　　　莊子曰 虎狼仁也.

탕이 물었다. "무슨 뜻입니까?"　　　　　　　　　　　　曰何謂也.

장자가 답했다. "짐승들도 부자간에 서로 친밀하니　　　莊子曰 父子相親

어찌 인하지 않다고 하겠는가?"　　　　　　　　　　　何爲不仁.

장자莊子/외편外篇/지락至樂

종種의 기원을 위해서는 신묘한 기미가 있어야 한다.　　種有幾.[7]

물이 있으면 물이끼(水鳥)가 생기고,　　　　　　　　　得水則爲繼.[8]

물과 흙 사이에서 흙이끼(土鳥)가 되고,　　　　　　　水土之際 則爲蠅蠙之衣.[9]

언덕 위로 올라가 바위손이 된다.　　　　　　　　　　生於陵屯 則爲陵舃

바위손이 울창하게 자라서 새 발톱이 되고,　　　　　陵舃得鬱棲 則爲烏足.

새 발톱의 뿌리는 전갈이 되고　　　　　　　　　　烏足之根爲蠐螬.[10]

그 잎은 나비가 되며,　　　　　　　　　　　　　　其葉爲胡蝶

나비가 진화하여 벌레가 된다.　　　　　　　　　　胡蝶胥也 化而爲虫.

양해라는 풀은 죽순 없는 오래된 대나무와 짝을 지어　…羊奚比乎不筍久竹

청녕이란 벌레를 낳는다.　　　　　　　　　　　　生青寧.

---

7) 機(기)=幾=幾微. 神妙也.
8) 繼(계)=水鳥(수석).
9) 蠅蠙之衣(와빈지의)=이끼.
10) 蠐螬(제조)=전갈.

청녕은 파충류 정을 낳고,　　　　　　　　　　　　　青寧生程[11]

정은 말(馬)을 낳고, 말은 사람을 낳는다.　　　　　程生馬 馬生人.

　율곡은 인성人性에 대해 이통기국설理通氣局說로 설명한다.
그는 '이理는 통창通暢한다'는 '이통理通' 설에 따라 "인人과 물
物의 이理는 같다"고 말하고, '사람의 기氣는 각자 국량局量이
있다'는 '기국氣局' 설에 따라 "인人과 물의 성性은 다르다"고
말한다. 즉 인과 물의 이는 같으나 성은 다르다는 것이다.

이론異論

율곡집栗谷集/서書/답성호원答成浩原(제9신)

천지와 사람과 만물이 비록 각각 그 이理가 있으나　　　天地人物 雖各有其理.

천지의 이가 곧 만물의 이요　　　　　　　　　　　　而天地之理 卽萬物之理.

만물의 이가 곧 사람의 이다.　　　　　　　　　　　　萬物之理 卽吾人之理也.

이것은 이른바 모두의 본체는 하나의 태극이기 때문이다.　此所謂統體一太極也.

비록 이가 하나라 하더라도　　　　　　　　　　　　　雖曰一理

사람의 성性이 만물의 성이 아니며　　　　　　　　　而人之性 非物之性.

개의 성이 소의 성이 아니다.　　　　　　　　　　　　犬之性 非牛之性.

이것은 하나의 성을 각자 운용한다는 것을 말하는 것이다.　此所謂各用其一性者也.

율곡집栗谷集/서書/여성호원與成浩原(제16신)

인성人性은 물성物性이 아니다.　　　　　　　　　　人之性非物之性者

---

11) 程(정)=蟲名未詳.

그것은 기氣의 국량이 다르기 때문이다.   氣之局也.

인간의 이理는 사물의 이다.   人之理卽物之理者

그것은 이의 통창함 때문이다.   理之通也.

모나고 둥근 그릇은 다르나   方圓之器不同

그릇 속의 물은 동일하며,   而器中之水一也.

병은 크고 작고 다르나   大小之瓶不同

병 속의 공기는 동일하다.   而瓶中之空一也.

기가 한 줄기인 것은 이의 통창함 때문이며,   氣之一本者 理之通故也

이가 만 가지로 다른 것은 기의 국량 때문이다.   理之萬殊者 氣之局故也.

그러나 이것은 '성즉리性卽理'라는 성리학의 기본 원리와 모순되는 것 같다. 성性이 곧 이理라고 한다면, 인물人物의 이가 같으면 성性도 같아야 마땅하기 때문이다.

이런 연유로 율곡의 후인들은 동론同論과 이론異論으로 갈라져 논쟁을 벌이게 된 것이다. 율곡 이이李珥→사계 김장생→우암 송시열의 뒤를 이어 율곡학파의 맥을 계승한 수암遂庵 권상하權尙夏(1641~1721)의 문하인 이간李柬(1677~1727) 등 '이통理通'을 강조하는 입장은 인人과 물物의 성이 같다는 동론을 말했고, 같은 문하인 한원진韓元震(1682~1751) 등 '기국氣局'을 강조하는 입장은 인간과 사물의 성이 다르다는 이론을 말함으로써 논쟁이 시작된 것이다.

남당집南塘集/권9/답이공거與李公擧 별지別紙(한원진 저)

사람이 금수와 다른 것은	人之所以異於禽獸者
그 형기의 다름이 아니라	非以其形之殊
곧 성性품이 다른 데 있다.	乃在於其性之殊.
사람이 진실로 성이 귀한 줄 모르고	人苟有昧於其性之爲貴
존양할 줄 모르면	而不知所以存之.
비록 사람의 모양을 갖추었다 해도	則是雖具人之形
금수와 다름없는 것이다.	卽便與禽獸無別.
성인이 이렇게 되는 것을 걱정해, 이에	聖人爲此之懼 於是
천명과 형기의 들고남을 분별하고	分別 得天命形氣二者出來.
지각운동은 형기의 운동이므로	以爲知覺運動形氣之所爲者
인과 물이 비록 같지만	人與物雖同
인의예지는 천명이 부여하므로	而仁義禮智 天命之所賦者
인과 물이 같지 않다는 것을	人與物不同.
배우는 자가 핵심을 밝히고 판단하여	欲使學者 於此明覈斷斷
스스로 사물보다 귀한 까닭을 알게 함으로써	知所以自貴於物.
같은 생명을 받았어도 스스로 금수에 빠지는 일이 없도록 했다.	而不以有生之同 自陷於禽獸.

병계집屛溪集/권11/답권백우答權伯羽(윤봉구 저)

『주자어류』에 따르면『중용장구』의 위 내용에 대해 혹자가 물었다.	語類問 中庸章句
"인간과 사물이 생김에 각득이라 한 말은 무슨 뜻입니까?"	人物之性 名得云云 何如.
이에 주자는 다음과 같이 답했다.	朱子答曰
"말의 성은 건健하고, 소의 성은 순順한데	馬之性健 牛之性順

이것은 양건음순陽健陰順의 성입니다.	健順之性也
호랑이의 성은 인仁하고, 개미의 성은 의義로운데	虎狼之性仁 蜂蟻之性義
이는 오상五常(仁義禮智信)의 성입니다.	五常之性也
그러나 오상의 성을 품득함이 적으므로	但稟得來少
인간의 온전한 품득과는 같지 않습니다."	不如人之稟得全.

동론同論

외암유고巍巖遺稿/권4/상수암선생上遂菴先生 별지別紙(이간 저)

대저 이리는 일원一原이지만 기는 균일하지 못합니다.	蓋理雖一原 而氣則不齊.
음양오행의 정통한 것을 얻으면 인人이 되고	得二五之正且通者爲人
편색한 것을 얻으면 물物이 됨은 자연의 추세입니다.	偏且塞者爲物 亦自然之勢.
인은 인의 이리를 얻고 물은 물의 이리를 얻는 것이니	而人得人理 物得物理
이를 "각각 얻었다"고 말한 것입니다.	是所謂各得也 各得之中
각각 얻었으되 정통 편색으로 같지 않음이 있다고 말하면 옳지만	謂有正偏通塞之不同
인만이 홀로 전부를 얻고	則可謂有人獨盡得
물은 반만 얻었다는 주장은 이치에 맞지 않습니다.	而物則半得半不得之說
제 생각으로는 전한 것도 오상이요,	愚意則恐正亦五常也
편한 것도 모두 오상五常이며	偏亦五常也
통通한 것도 막힌(塞) 것도	通亦五常也 塞亦五常也.
모두 오상일 것입니다.	同是五常
정통 편색이 모두 오상이지만 인人의 오상은 정통하기에	而正且通
능히 발용發用할 수 있고,	故能發用
물의 오상은 편색하기에 발용할 수 없을 뿐일 것입니다.	偏且塞 故不能發用.
그런데 그 발용 여부를 보고	今見其發用與否

인은 오상이 있다 물은 오상이 없다고 한다면
어찌 미진함이 없다 하겠습니까?

而謂之一有 而一無
無迺爲未盡邪.

관봉집冠峯集/권2/상수암선생上遂菴先生(현상벽 저)

대저 건순 오상은
음양오행의 이理입니다.
하늘이 만물을 낳음에
오행의 하나라도 빠뜨릴 수 없음은 명백합니다.
만약 인물은 오행의 기를 고르게 받았으나
오상의 덕은 고르게 받지 못했다고 말한다면
이는 천지에 이理 없는 기氣가 있고
법칙 없는 사물이 있다는 말과 무엇이 다릅니까?
나는 정자程子가 말한 "혈기를 가진 종류는
모두 오상을 구비했으며 나무통까지도
그 속에 두루 오행의 성이 있다"라는 말이
옳다고 생각합니다.

蓋健順五常
卽陰陽五行之理也.
天之生萬物也
五行之不容闕一 明也.
若曰 人物均 得五行之氣
而不能均得五常之德
是天地之間 或有無理之氣
無則之物. 不亦異乎.
愚謂 程子所謂 凡有血氣之類
皆具五常. 及雖木植
亦兼有五行之性在其中者
是也.

　논쟁의 시발은 율곡학파의 주류인 충청도 권상하의 문하에
서 시작되었으나 노론老論의 명문거족인 서울 청운동의 농암農
巖 김창협金昌協(1651~1708), 삼연三淵 김창흡金昌翕(1653~1722)
의 문인들이 대거 동론同論에 가담함으로써 전국적인 논쟁으로
비화되었다. 이처럼 이론異論은 충청도 선비들이 주축을 이루
었으므로 '호파湖派'라 하고, 동론은 서울 선비들이 주축을 이
루었으므로 '낙파洛派'라 하며, 이 논쟁을 '호락논쟁湖洛論爭'이

라고 부른다. 이는 또한 처음으로 개방적인 서울 선비들이 비로소 학문의 주류에 도전한 역사적 사건이기도 하다.

농암과 삼연은 율곡 이후 대학자로 명성이 높았으며 특히 삼연은 공맹의 도통을 인정받는 한유보다 훌륭하다고 홍대용의 추앙을 받을 정도로 학문적 명성이 높았다. 또한 그들의 아우인 노가재老稼齋 김창업金昌業(1658~1721)은 둘째 형인 농암을 따라 연경을 다녀온 후『노가재연행일기老稼齋燕行日記』를 저술했으며, 송시열의 초상화를 그린 화가이기도 한데, 그의 제자는 진경산수眞景山水를 창도한 겸재謙齋 정선鄭敾(1676~1759)이다. 어쨌든 담헌·연암 등 이용후생의 실학을 주장한 북학파들이 이들 낙파의 맥락이었으며 이들에게 크게 영향을 받았다는 것은 이 논쟁의 의미를 공리공론으로 폄하할 수 없는 이유의 하나이기도 하다.

이 논쟁은 10여 년 동안 기호학파라면 거의 모두가 참여함으로써 집단적 논쟁으로 발전하였으며, 그 영향은 사칠논쟁과 함께 조선 말엽까지 지속되었다. 이들의 논쟁에 대한 글을 다 모은다면 만 권 서적이 될 것이다. 여기서는 실학자들의 소견만을 간단히 언급하기로 한다.

홍대용의 동론

담헌서湛軒書/내집內集/권1/심성문心性問

초목이라고 전혀 지각이 없다고는 말할 수 없다.

비와 이슬이 내리면 새싹이 트는 것은

측은한 마음이며(仁之端),

草木不可謂全無知覺.

雨露旣零 萌芽發生者

惻隱之心也.

서리와 눈이 내리면 낙엽을 떨구는 것은　　　　　　　　　霜雪旣降 枝葉搖落者

수오의 마음이다(義之端).　　　　　　　　　　　　　　羞惡之心也.

박지원의 동론

열하일기熱河日記/호질虎叱

너희 인간들은 이理를 담론하고 성性을 논하며　　　　　　汝談理論性

걸핏하면 하늘을 들먹인다.　　　　　　　　　　　　　　動輒稱天

너희 말대로 천명天命으로 본다면　　　　　　　　　　　自天所命而視之

범이나 사람이나 만물의 하나일 뿐이다.　　　　　　　　則虎與人乃物之一也.

열하일기熱河日記/곡정필담鵠汀筆談

대저 우리 인간은　　　　　　　　　　　　　　　　　　今夫吾人者

이들 벌레의 한 족속이다.　　　　　　　　　　　　　　乃諸蟲之一種族也.

정약용의 이론

여유당전서與猶堂全書/맹자요의孟子要義/고자告子 상

원래 '본연의 성'이란 말은 주자가 말했으며　　　　　　　朱子原謂本然之性

사람과 금수가 똑같이 얻은 것이라 했다.　　　　　　　　卽人與禽獸之所同得.

즉 본연의 성이라 한다면　　　　　　　　　　　　　　若論本然之性

개와 소와 사람이 털끝만큼도 차이가 없다는 것이다.　　　則犬牛人之性 實無毫髮差殊.

그런데 맹자는 고자를 반박하면서 주장하기를　　　　　　而孟子駁告子

"개와 소와 사람의 성은 서로 같을 수 없다"라고 했다.　　謂犬牛人之性 不可相猶.

그러니 맹자가 말한 것은　　　　　　　　　　　　　　卽孟子所言

분명히 기질의 성을 말한 것이다.　　　　　　　　　　明是氣質之性.

삼가 생각건대 본연과 기질의 학설은

육경이나 사서에는 보이지 않는다.

내 생각으로는

본연의 성은 원래 각각 같지 않다고 본다.

사람은 선을 좋아하고 악을 부끄러워하여

몸을 닦고 도를 지향함이 본연이며,

개는 밤을 지키며 도둑을 보면 짖고,

똥을 먹으며 새를 쫓는 것이 본연이며,

소는 멍에를 차고 무거운 짐을 나르며

풀을 먹고 새김질하고 뿔로 떠받는 것이 본연이다.

각각 천명을 받은 것이어서 바꿀 수 없다.

인심은 기질이 발한 것이고,

도심은 도의가 발한 것이다.

사람은 이처럼 두 마음을 가질 수 있지만

금수는 본래

기질의 성이 있을 뿐이다.

기질의 성은 분명이 사람과 동물이 함께 얻은 것인데

선유들은 오히려 각각 다르다고 말하고,

도의의 성은 분명히 사람만이 얻은 것인데

선유들은 오히려 다 같이 얻은 것이라고 하니

이 점에 대해 나는 매우 의혹스럽게 생각한다.

伏惟 本然氣質之說

不見六經 不見四書.

然臣獨以爲

本然之性原各不同.

人則樂善恥惡

修身向道 其本然也.

犬則守夜吠盜

食穢蹤禽 其本然也.

牛則服軛任重

食芻齝觸 其本然也.

各受天命 不能移易.

人心者 氣質之所發也.

道心者 道義之所發也.

人則可有此二心.

若禽獸本所受者

氣質之性而已.

氣質之性 明明人物同得

而先儒謂之各殊.

道義之性 明明吾人獨得

而先儒謂之同得.

此臣之所甚惑也.

이 논쟁의 역사적 배경인 18세기 초의 우리나라는 두 번의
왜란을 겪은 지 100여 년이, 그리고 두 번의 호란을 겪은 지도

80여 년이 지난 시대였으므로 파괴된 국토와 인구가 근근이 원상으로 회복되어 가는 형편이었다. 그러나 집권층에서는 엊그제의 국란을 잊어버리고 상복 문제를 다투는 예송논쟁禮訟論爭(1659)이 일어나 당쟁은 격화되고 피비린내 나는 잦은 정변에 몰두하고 있었으니, 이에 뜻있는 선비들 사이에서 성리학을 비판하고 실학의 기풍이 일어나고 있던 때였다. 1614년에 나온 이수광李睟光(1563~1628)의 『지봉유설芝峰類說』에 이어, 1670년에 나온 유형원의 『반계수록磻溪隨錄』은 실학을 창도하는 쾌거였던 것이다. 이러한 때에 성리학적 인성논쟁人性論爭은 예송논쟁과 마찬가지로 실학적 기풍과는 괴리되는 한가한 공리공론이 아니냐는 비판을 할 수도 있겠다.

그러나 성리학적 교리에 갇힌 집권 노론의 명문가인 농암과 그의 아우인 삼연의 제자들이 송시열·권상하의 만동묘萬東廟를 상징으로 하는 수구파들의 존명반청尊明反淸 정책을 비판하며 '만물의 본성은 다 같다'는 동론에 가담한 것은 화이華夷평등과 인간평등으로 나아가는 기초를 다지는 중대한 철학운동이었다고 평가할 수 있을 것이다.

인성평등론 대두

이러한 인물성논쟁人物性論爭은 당초 철학논쟁이었으나 정치적으로는 신분차별과 화이론에 관련된 문제이기도 했다. 홍대용·박지원 등 북학파들은 대체로 동론을 지지했고, 정약용 등 경세치용經世致用학파들은 인성과 물성은 다르다는 이론을 지지했지만, '인성은 모두 동일하다'는 점에서는 일치했으므로 모두가 봉건 예교禮敎의 천형과도 같은 성삼품설性三品說을 근거로 하는 신분차별에 대한 비판적 인식의 지평을 넓히는 계기가 되었다.

담헌서湛軒書/내집內集/권4/의산문답毉山問答

하늘이 낳고 땅이 길렀으며	天之所生 地之所養
무릇 혈기가 있으니,	凡有血氣
평등한 것이 인간이다.	均是人也.

연암집燕巖集/답임형오론원도서答任亨五論原道書

만물은 이처럼 다 같이 기화氣化의 존재이니	萬物同在氣化之中
어느 것도 천명이 아닌 것이 없다.	何莫非天命.
생명을 가진 만물은 선하지 않은 것이 없다.	…萬物之含生者 莫不善也.

다산시문집茶山詩文集/권10/원정原政

정치(政)란 바로잡는 것(正)이다.	政也者正也.
우리 백성은 평등한데	均吾民也.
누구는 땅의 이익을 겸병하여 부유하게 하고	何使之 幷地之利 而富厚.
누구는 땅의 혜택을 가로막아 가난하게 할 것인가?	何使之 阻地之澤而貧薄
그것을 다스려 토지를 구획하고 백성들에게	爲之計地與民
균등하게 나누어줌으로써	而均分焉

그러한 불평등을 바로잡는 것이 이른바 정치인 것이다.　　　　以正之 謂之政.

여유당전서與猶堂全書/맹자요의孟子要義/고자告子 상

공자가 "성性은 서로 가깝고 습習은 서로 멀다.　　　　孔子曰 性相近也 習相遠也

상지와 하우는 변화시킬 수 없다"라고 했는데　　　　惟上智與下愚不移.

한유가 이 글을 잘못 읽고 삼품설三品說을 만들었다.　　　　韓子誤讀此文 爲三品之說也.

공자의 말은 대체로　　　　孔子之言盖云

요순과 걸주의 성은 서로 모두 가까우나,　　　　堯舜桀紂 性皆相近

선한 습성을 익히면 착하고　　　　習於善人則爲善

악한 습성을 익히면 악하게 되지만,　　　　習於惡人則爲惡

다만 지혜로운 자는　　　　惟智明者

악인과 익숙해도 변화되지 않으며,　　　　雖與惡人相習 不爲所移.

어리석은 자는　　　　暗愚者

선인과 익숙해도 변화되지 않는다는 뜻이었다.　　　　雖與善人相習 不爲所移也

원래 지혜로움과 어리석음이란 명칭은　　　　原夫智愚之名

자신을 도모함에 잘하고 못함에 대한 명칭일 뿐　　　　起於謀身之巧拙

이것이 어찌 성품의 고하에 대한 명칭이겠는가?　　　　豈性品高下之名乎

그러므로 이처럼 상지와 하우는　　　　如此 上智下愚之

성품이 아닌 것이 분명하다.　　　　非性品 明矣.

그런데 한유는 그 뜻을 해석하기를　　　　韓子其義曰

상지는 태생부터 착하고　　　　上智生而善

하우는 태생부터 악하다고 하였으니　　　　下愚生而惡

천하에 독을 끼치고　　　　此其說有足以毒天下

만세에 화를 끼치기에 충분하였다.　　　　而禍萬世

사람을 해치는 홍수와 맹수가 되었을 뿐 아니라,	不但爲洪水猛獸而已
태생이 지혜로운 자는 스스로 성스러운 체 오만하여	生而聰慧者 將自傲自聖
죄악에 빠지는 것을 두려워하지 않게 되었고,	不懼其陷於罪惡
태생이 어리석은 자는 자포자기하여	生而魯鈍者 將自暴自棄
개과천선에 힘쓰지 않게 되었다.	不思其勉於遷改.

사대론

　사대론事大論은 원래 맹자에서 유래한다. 맹자는 천하에 도道
가 있으면 소현小賢과 소덕小德은 대현大賢과 대덕大德을 섬기
고, 천하에 도가 없으면 소小와 약弱은 대大와 강强을 섬기는 것
이니 이는 모두 천天(자연)이라고 말했다.

맹자孟子/이루장구離婁章句 상

천하에 도가 있으면 소덕은 대덕을 섬기고	天下有道 小德役大德
소현은 대현을 섬기며,	小賢役大賢.
천하에 도가 없으면 소는 대를 섬기고	天下無道 小役大
약자는 강자를 섬긴다.	弱役强.
이 두 경우는 모두 자연(天)이다.	斯二者天也.
천天을 따르면 보존되고 천을 거역하면 망한다.	順天者存 逆天者亡.

중국의 역사는 문명한 중화中華가 강성한 오랑캐를 섬기는 사대事大의 역사라고 말할 수 있다. 이것을 치욕으로 여기지 않았고 도리어 천리天理를 따른 것이라고 자기합리화한 것이 맹자의 사대론이다. 주周나라를 건국한 태왕 단보가 오랑캐인 견융犬戎에게 사대한 것이나, 주자 당시에 남송南宋이 오랑캐인 금金나라에 사대 조공朝貢하며 잔명을 보존했던 것은 모두 무도無道한 시대에 천리의 세勢를 따른 사대였다.

이처럼 한족漢族에게는 세력이 열세하면 강성한 오랑캐에 사대하는 것이 수천 년의 전통이며, 이로써 오늘날 중국대륙이 사분오열되지 않고 한 나라가 될 수 있었던 것이다.

회남자淮南子/도응훈道應訓

고공단보古公亶父가 빈邠에 있을 때 적인狄人들의 침입이 있었다.	大王亶父12)居邠 翟人攻之.
대왕이 주옥과 공물을 보냈으나 받지 않았다.	事之以皮帛珠玉 而不受.
적인들은 영토를 요구했던 것이다.	翟人所求者地也.
대왕은 말했다.	大王曰
"남의 형과 편안히 살기 위해 그 아우를 죽이거나	與人之兄居 而殺其弟
남의 아비와 살 곳을 위해	與人之父處
그 아들을 죽이는 일을 나는 하지 않겠다.	而殺其子 吾不爲.
내 듣기로는	且吾聞之也
'기르는 땅을 위해 기르는 사람을 죽이지 않는다'고 했다."	不以其所養害其養.
이에 대왕이 영토를 포기하고 빈을 떠나자	杖策而去

---

12) 亶父(단보)=文王의 조부 古公亶父.

백성들이 줄지어 그를 따랐고

드디어 기산岐山 밑에 새 나라 주周를 세웠다.

民相連而從之.

遂成國於岐山[13]之下.

맹자孟子/양혜왕梁惠王 하

제齊 선왕이 물었다. "이웃나라와 사귀는 데 방법이 있습니까?"

맹자가 답했다.

"오직 인자한 사람만이

대국大國으로서 소국小國을 섬길 수 있습니다.

탕임금은 소국 갈葛나라를 섬겼고,

문왕은 소국 혼이混夷를 섬겼습니다.

오직 지혜로운 자만이 소국으로서 대국을 섬길 수 있습니다.

태왕(古公亶父)은 흉노를 섬겼고,

월왕 구천은 오나라를 섬겼던 것입니다.

대국이 소국을 섬기는 것은 하늘 뜻을 즐거워하는 것이요,

소국이 대국을 섬기는 것은 하늘의 뜻을 두려워하는 것입니다.

낙천자樂天者는 천하를 편안하게 하고,

외천자畏天者는 국가를 편안케 합니다."

齊宣王問曰 交隣國有道乎.

孟子對曰

惟仁者

爲能以大事小.

是故 湯事葛

文王事混夷.

惟智者 爲能以小事大.

故 太王事獯鬻

句踐事吳.

以大事小者 樂天者也.

以小事大者 畏天者也.

樂天者保天下

畏天者保其國.

화이론

원래 화이론華夷論이란 민족 간의 인간 우열에 따른 구분이

---

13) 岐山(기산)=陝西省 岐山縣 소재.

아니라, 화華와 이夷가 서로 경계를 두어 다른 풍속과 문화를
이루고 살아가야만 서로를 탐내지 않고 침략하지 않는다는 평
화공존의 이론이었다.

즉 곡식을 먹는 화와 우유를 먹는 이는 먹거리가 다르므로
서로를 탐내지 않는다는 것이다.

성호사설유선星湖僿說類選/권8/하/화이華夷

옛부터 화華와 이夷는 성품과 기질이 같지 않아서가 아니라,	古者華與夷 不但性氣不同
스스로 구별되기를 원했다.	願欲自別.
우유와 털옷을 편안하게 여겼으므로	安於湩酪[14] 旃裘[15]而不以
중국의 음식과 비단이 마음 내키지 않았던 것이다.	中國之食物絮繒[16]爲意.
옛날에는 간혹 침략도 있었지만	故時或侵寇
거주지에 머물러 서로 간섭하지 않았다.	而居止不相干[17]也.
이런 까닭으로 진나라 이후부터	…是以自晋以後
양쯔강과 한수를 경계로 삼아 그 반쪽을 화하華夏라 했다.	江漢爲界 猶是半幅華夏.

성호사설유선星湖僿說類選/권8/하/피발좌임被髮左袵[18]

공자는 "관중이 아니었다면	子曰 微管仲
중국은 오랑캐가 되었을 것"이라고 말했다.	吾其被髮左袵

---

14 湩酪(동락)=우유제품.
15) 旃裘(전구)=모직옷.
16) 絮繒(서증)=솜과 비단.
17) 干(간)=犯也, 與也.
18) 被髮(피발)=被髮左袵 夷狄之俗也(論語/憲問十八/朱注). 被를 披로 읽고 縱髮(수렵민족의 사자처럼 풀어헤친 머리)로 해함. '九嶷
之南 陸事寡 而水事衆 於是民人被髮文身 以像鱗蟲(淮南子/原道)'에서 被는 翳의 뜻으로 被髮은 짧게 자른 머리이다(漢族은 束髮).

이것은 사실에 기초하여 그렇게 말한 것이다.

천하의 정세는 남북을 가운데로 나누어

한쪽은 화華요 한쪽은 이夷로 경계를 접해 있다.

문물과 교화는 남南이 성하고 무력은 북北이 우세하다.

남화南華인 주나라가 날로 쇠해질 때

제나라 환공은 오패의 우두머리가 되자,

주周를 높이고 이夷를 배척 침탈했을 뿐,

인의仁義의 여부를 따진 것이 아니었다.

此必有事實而云然也.

天下之勢南北中分.

一華一夷 壤界接近.

文教盛於南 武力勝於北.

周日衰弱

齊桓公爲五霸之首

尊周攘[19]夷

無論假仁與否.

성호사설유선星湖僿說類選/권8/하/피발좌임被髮左衽

주나라가 열국을 봉하면서 소공을 연燕에,

태공을 제齊에, 주공을 노魯에 봉해서

귀척과 대신들로 하여금 태산을 둘러쌓는 한 띠를 만들었던 것은

오랑캐인 산융山戎이 강성해서 침략할 것을 걱정해서였던 것이다.

진실로 화華는 이夷에 대한 대비를 부지런히 힘썼던 것이다.

周封列國 召公居燕

太公居齊 周公居魯

環泰山一帶 莫非貴戚大臣

則山戎之慮

固已密勿[20]矣.[21]

그러나 금나라를 증오하던 주자가 "동이족은 사람과 짐승의 중간"이라고 말한 데서 화이론은 왜곡되기 시작했다. 이제 화와 이는 서로 존중해야 할 문화의 차이가 아니라 민족성의 우열의 문제로 변질된 것이다. 화와 이는 같은 인간이라도 인성人性이 다르다는 것이다. 이에 따르면 반짐승에 불과한 조선은

---

19) 攘(양)=排除也, 侵奪也.
20) 密勿(밀물)=부지런히 힘쓰다. 主要政事.
21) 만리장성이 그 살아 있는 증거다.

온전한 인간의 나라인 중화를 섬기는 것이 짐승으로서의 도리
가 된다.

주자어류朱子語類/권4/성리性理 1

사람에게는 기氣의 혼탁으로 가리고 막힘이 있어도	曰 然在人則蔽塞
통할 수 있는 이理가 있다.	有可通之理.
금수는 성性이 있지만	至於禽獸亦是此性
형체에 구애되어,	只彼他形體所拘
날 때부터 가리고 막힘이 심하여 통할 수 없다.	生得蔽隔之甚 無可通處.
비유하면 조그만 틈새의 햇빛과 같다.	譬如一隙之光.
오랑캐(夷狄)의 경우는	到得夷狄
사람과 짐승 중간이라서	便在人與禽獸之間
끝내 고치기 어렵다.	所以終難改.

왜곡된 사대론

이처럼 사대론은 세력관계를 중시한 국제외교 문제였을 뿐
민족의 인성 문제가 아니었다. 그런데 조선의 사대주의는 천
하의 추세를 따른 것이 아니라 주자의 왜곡된 화이론에 의해
모화주의慕華主義로 변질되었다. 조선은 청淸나라에 항복하여
군신의 의를 약속했으므로, 추세를 따라야 한다는 사대론에

의하면 약속대로 멸망한 명明나라를 버리고 세력이 강성한 청나라를 사대했어야 사리에 맞다. 그러나 중립외교를 펴는 광해군을 몰아내고 정권을 잡은 서인西人의 쿠데타정권은 친명親明 반청反淸의 기치를 들고 강성한 청을 적대시하고 멸망한 명을 섬겼다.

율곡→사계→우암으로 이어지는 서인의 법통인 수암 권상하는 우암 송시열의 뜻을 받들어, 청주 화양동에 만동묘萬東廟를 세워 멸망해 버린 명나라 신종神宗과 의종毅宗을 배향했고, 대보단大報壇을 쌓고 제사함으로써 존명尊明 · 반청反淸 · 국수國粹 · 사대事大의 정통이 되었다. 이는 단군왕검이 우리를 처음 창조한 이래 왜란을 당해 나라가 없어질 상황에 명나라로 인해 나라를 지켜냈으므로, 두 번째로 우리를 창조한 것과 마찬가지인 명나라는 이른바 '재조지은再造之恩'이기에, 명을 부모처럼 섬겨야 한다는 대의명분이 표면적인 이유였다. 그러나 내면적으로는 왜란에서 큰 공을 세우지 못한 서인들이 점령군으로 행세하며 행패를 부렸던 명군明軍의 과오를 은폐하고 공功만을 과대 선전함으로써 유성룡 · 이순신李舜臣(1545~1598) 등 동인東人의 공을 폄하하고 희석시키려는 당리당략과, 반청 쿠데타를 일으킨 서인정권의 콤플렉스 때문이라고 말해야 옳을 것이다.

그런데 왜 이처럼 당리당략적인 반청의 깃발이 통할 수 있었을까? 그것은 당시 조선 사대부들의 뇌리에 박혀 있는 주자의 뒤틀린 화이론 때문이었다. 즉 그들은 오랑캐인 조선이 짐승을 면하기 위해서는 같은 오랑캐인 청을 정벌하여 명의 원수를 갚음으로써 명의 적자가 되어 화華의 정통을 계승하는 길 뿐이라는 신념을 가지고 있었던 것이다. 우리는 여기서 오늘날 숭미사대주의崇美事大主義가 옛날 치욕스런 모화사대주의와 어떻게 다른지를 반성해야 할 것이다.

과연 숭미사대주의자들은 미국을 '삼조지은三造之恩'이라고 생각하는가? 그렇다면 그들은 왜 '초조지은初造之恩'인 단군 동상의 목을 베려 하는가? 그리고 부모처럼 섬겨 왔던 '재조지은'인 중국을 왜 '중공中共'이라며 욕하는가?

율곡집栗谷集/서書/답성호원答成浩原(제10신)

나쁜 사람이 집에서 편안히 죽었다면 상도에 반하는 일이며,	某22)人之老死牖下 固是反常.
치도가 일어나지 못하고 상벌이 밝지 못하다면	但治道不升23) 賞罰無章
악인이 성공하고 선인이 곤궁한 것이	則惡人得之 善人困窮
이理치인 것이다.	固其理也.
맹자의 말에 작은 놈은 큰 놈을 섬기고	孟子曰 小役大
약자는 강자를 섬기는 것이 자연(天)이라 했다.	弱役强者 天也.
무릇 덕의 대소를 논하지 않고	夫不論德之大小
강약으로만 이기고 진다면	而惟以小大强弱勝負者
이것이 어찌 천의 본연이겠는가?	此豈天之本然哉.
다만 세勢로 말한 것뿐이다.	特以勢言之耳.
또한 세勢가 그러하면 이理 또한 그러한 것이니	勢旣如此 則理亦如此

---

22) 某(모)=謀와 통용.

23) 升(승)=盛也.

천天이라 말한 것이다.

故謂之天也.

율곡집栗谷集/책策/공로책貢路策

우리 동방은 멀리 해외에 있어

惟我東方. 邈在海表

중화와 다른 지역인 듯하나

雖若別爲一區

홍범구주의 가르침과 예악의 종속은

而九疇之教 禮樂之俗

중화에 뒤지지 않으니

不讓華夏

끝내 한 허리띠의 물이 가로막았다.

則終不可限以一帶之水

스스로 중화와 이국이 되는 것은 불가하다.

而自爲異域.

중화에 대한 조공은 한나라 건무 때부터였다.

故修貢中華 自漢建武始.

그 후 외씨처럼 갈라져 솥발처럼 대치하던 삼국시대를 거쳐

自是以降 瓜分鼎峙之三國

계림과 압록을 차지한 고려 때부터

操鷄[24]搏鴨之高麗

예교가 점차 갖추어지고

禮教漸備

종주국에 대한 조빙이 점점 공경스러웠으니,

朝宗漸謹

삼국은 당나라에

三國之於李唐

고려는 송宋 · 요遼 · 원元에

高麗之於三國

크고 작은 조빙을 제때에 해서

大小之騁 必以其時

곤경에 처했을 때에도 그 직분을 잃지 않았으니

顚沛[25]之際 不失其職

명분은 비록 외국이지만 실질은

名雖外國

동방의 제齊나라, 노魯나라일 따름이었다.

而實東方一齊魯耳.

---

24) 鷄(계)=경상북도 경주의 鷄林.
25) 沛(패)=雨貌, 水波流貌, 偃仆也.

모화사대론에 대한 도전

　이처럼 18세기 조선의 선비들에게 천형 같은 질곡은 유교의 부정적 유산인 신분차별과 화이론이었다. 신분차별은 인간해방의 문제이고 화이론은 민족자주의 문제였다. 특히 인물성人物性 동이논쟁同異論爭은 이러한 주자의 화이론과 율곡의 모화론慕華論에 대한 도전의 불씨가 되었다. 특히 동론同論은 사람과 동식물의 본성이 같다는 것이므로 양반과 상놈, 화華와 이夷의 본성이 다를 수 없기 때문이다. 따라서 동론은 주자의 화이론과 양립할 수 없는 것이다. 그러므로 서인西人 출신 서울 선비들이 대부분 동론을 주장하고 화이론에 도진한 것은 정치적으로는 존명반청 사대주의를 주장하는 정통파에 대한 도전이기도 했다.

　이처럼 집권파인 서인 내부에서 동론이 득세한 것은 변혁의 추세가 이미 거스를 수 없는 지경에 이르렀음을 말해주고 있다. 그러나 기득권을 지키려는 수구세력의 완고한 저항과 개혁을 뒷받침할 수 있는 민중세력이 자라지 못한 탓에 이러한 개혁사상은 실효를 거두지 못하고 조선은 망국의 길로 치닫고만 것이다.

성호사설星湖僿說/권21/소사대小事大

고려 예종12년(1117)에 금나라에서 후한 폐백을 가지고 와서 공손한 말로 오래도록 형제처럼 지내자고 요청했으나 대신들은 불가하다 말했다.

睿宗十二年 金國卑辭厚禮
乞爲兄弟 以成無窮之好.
大臣極言不可.

이에 김부철金富轍은 상소하여 간하였다.　　　　　　金富轍上疏曰

"금金나라는 최근 대요大遼를 격파하고　　　　　　　金人新破大遼

우리나라에 형제처럼 지내자고 요청하였는바,　　　　遣使於我請爲兄弟.

대국 송宋나라까지도 천자의 존엄을 무릅쓰고　　　　大宋以天子之尊

머리를 숙여 거란을 섬기고 있으며,　　　　　　　　屈事契丹.

옛날 성종 때는 변방 계책이 잘못되어　　　　　　　昔成宗之歲 御邊失策

요遼의 침략을 재촉한 것을 거울로 삼아야 할 것입니다."　以速遼寇 誠爲可鑑.

그러나 재상과 대신들은 모두 비웃고 배척하지 않은 이가 없었다.　宰樞無不笑且排之.

열하일기熱河日記/일신수필馹汛隨筆

『춘추』는 중화를 높이고 오랑캐(夷狄)를 배척하는 글이다.　　一部春秋 乃尊華攘夷之書.

우리나라는 명나라를 섬긴 지 200여 년 동안　　　　　　我東服[26)]事皇明二百餘年

한결같이 충성하여　　　　　　　　　　　　　　　　忠誠剴摯

비록 이름은 속국이지만 명明나라의 제후국諸侯國이었다.　　雖稱屬國 無異內服.

그렇지만 존주尊周는 자기들의 존주이며,　　　　　　　…然而尊周自尊周也

이적夷狄은 자기들의 이적일 뿐이다.　　　　　　　　夷狄自夷狄也.

만약 참으로 천하를 위하는 마음이 있는 자라면　　　　…若固有之爲天下者

인민들에게 이롭고 나라에 도움이 될 일이라면　　　　苟利於民而厚於國

그 법이 비록 이적에게서 나온 것이라도　　　　　　　雖其法之或出於夷狄

취하여 본받아야 할 것이다.　　　　　　　　　　　　固將取而則之

그러므로 지금 우리가 정말로 이적夷狄을 물리치려면　　…故今之人誠欲攘夷也

중화가 끼친 법을 모두 배워서　　　　　　　　　　　莫如盡學中華之遺法

---

26) 服(복)=五服. 제후나라.

우선 우리의 유치한 문화부터 바꾸는 것보다
더 좋은 계책은 없을 것이다.

先變我俗之椎魯.[27]

열하일기熱河日記/호질후식虎叱後識

사람이 사는 곳으로 보면
중화와 오랑캐의 구별이 뚜렷하겠지만
하늘이 명한 것으로 본다면
은나라의 후관이나 주나라의 면류관도
시대에 맞게 만들어진 것이니
어찌 청인이 쓰는 홍모紅帽만을 의심하고 무시할 것인가?

故自人所處 而視之則
華夏夷狄誠有分焉.
自天所命 而視之則
殷冔周冕各
從時制
何必獨疑於淸人之紅帽哉.

열하일기熱河日記/도강록渡江錄

무武왕이 패하여 죽었다면 무왕은
천년 동안 주紂왕의 역적이 되었을 것이다.
태공망은 백이를 구원해 주었으나
어찌 역적을 옹호했다고 비난받지 않았는가?
오늘날 춘추의 대의란 것도
되놈이 보면 되놈의 역적이 될 것이다.

武王若敗崩
千載爲紂賊.
望乃扶夷去
何不爲護逆
今日春秋義
胡看爲胡賊.

북학의北學議/존주론尊周論

존주尊周는 자기들의 존주이며,
이적夷狄은 자기들의 이적일 뿐이다.

尊周自尊周也
夷狄自夷狄也.

---

27) 椎魯(추노)＝어리석고 둔함.

주나라와 오랑캐는 반드시 구분되어야 한다.
하지만 오랑캐가 하夏나라를 소란스럽게 했음에도
주周나라와는 오랫동안 평등하게 지냈을 뿐
배척했다는 말을 들어보지 못했다.

夫周之與夷 必有分焉.
則未聞以夷之猾[28]夏
而並與周之久
而攘之也.

---

28) 猾(활)=狡也, 亂也.

제6부

인식론

인간의 인식에 관한 문제가 고대, 중세에도 언급되었지만 철학의 중심 화두로 등장한 것은 근세 이후의 일이다. 1690년 발간된 로크의 『인간오성론』은 그 출발점이었다.

중세의 신학적 철학에서는 신의 계시만이 인간의 확실한 인식이라고 믿어 의심하지 않았다. 그러므로 신의 계시를 의심하거나, 인간이 진리에 대해 의문을 표시하는 것은 신에 대한 불경이 되었을 터였다.

그러나 12세기부터는 보편논쟁을 거치면서 스콜라철학이 붕괴되기 시작했고 17세기에는 인간이 신으로부터 해방되고자 한 계몽주의시대가 열렸다.

아울러 인간이 자연에 대한 지배를 강화하면서 형이상학적 진리에 대한 반성이 시작되었고, 이에 대답하려는 인식론에 관심을 갖게 되었던 것이다.

고대에는 대체로 영혼불멸설과 윤회설을 믿었으므로 영혼이 잠에서 깨어나게 하여 전생의 기억을 상기하는 것이 인식이라고 믿었고, 인간의 정기는 신처럼 영명하므로 모든 것을 알고 있다는 것을 의심하지 않았다. 따라서 동서양을 막론하고 이른바 선험론이 인식론의 대체적인 경향이었다.

그러나 묵자는 로크가 선험론을 부정하고 경험론을 말한 것보다도 2,000년이나 앞서 경험론을 말했고 논리학을 말했다. 한편 노장은 묵자와는 반대로 현상과 현실을 환상이라고 보았으므로 감각을 불신하고 불가지론을 주장했다. 그리고 조선에서는 로크보다 100여 년 앞서 퇴계와 고봉이 인식논쟁을 벌였다. 놀라운 것은 19세기 초 조선의 혜강 최한기崔漢綺는 유물론적 경험론을 발표했는데 이것이 동서양을 막론하고 가장 선진적인 이론이었다.

지금의 철학은 인식론의 문제들을 미완인 채로 생물학과 두뇌공학에 넘겨주고 인간의 현상적 조건에 매달리고 있다. 오늘날 인공두뇌학이 발전될 정도로 과학적으로 많은 성과가 있으나 아직까지도 인식의 근원적 문제는 여전히 의문투성이로 남아 있다. 또한 인식론 역시 과학의 문제가 아니라 철학의 관심사로 남아 있다.

과연 인간은 객관적 사물을 인식할 수 있는가? 과연 인간은 진리를 파악할 수 있는가? 과연 인간은 스스로를 온전하게 알고 있는가? 과연 인간의 지식은 확실한 것인가?

이러한 인식론적 질문은 지금도 유효하다. 제6부에서는 선인들의 공부론, 지식론 등 인식론적 문제를 다룬 글들을 모았다.

28 묵자의 인식론과 논리학

묵자의 인식론

삼표론

묵자는 인식론에 무관심한 공맹과는 달리 이미 2,500년 전에 인류 최초로 인식론과 논리학을 말한 철학자였다. 특히 그는 인류 사상 최초로 존재存在(Sein)와 당위當爲(Sollen)를 구분하고 지각知覺을 중시한 경험론자였다. 그는 "존재 판단은 인민의 눈과 귀로 보고 들은 것을 기초로 해야 하고, 가치 판단은 실제로 검증하여 인민에게 이로운 것을 기준으로 해야 한다"고 주장했다. 이것을 통칭 '삼표론'이라고 말하는데 근대적 경험론이라 평가해도 손색이 없다.

묵자墨子/비명非命 상

말에는 반드시 본받을 표준을 세워야 한다.	言必立儀.
말에 표준이 없다는 것은 비유컨대	言而無儀
마치 돌림대 위에서 동서남북을 가리키는 것과 같아서	譬猶 運鈞之上 而立朝夕者也.
시비 이해를 분별할 수 없고	是非利害之辨
밝은 지혜를 얻을 수 없다.	不可得而明知也.
그러므로 말에는 반드시 세 가지 표준이 있어야 하는데	故言必有三表曰
뿌리와 근원과 실용이 이것이다.	有本之者 有原之者 有用之者.
첫째, 뿌리(本)가 있어야 한다.	何於本之
즉 위로 하늘의 뜻을 실행한 성왕의 역사를 뿌리로 삼아야 한다.	上本之於古者聖王之事.
둘째, 근원(原)이 있어야 한다.	何於原之
즉 백성들이 보고 들은 실정을 근원으로 삼아야 한다.	下原察百姓耳目之實.
셋째, 실용(用)이 있어야 한다.	何於用之
즉 이것으로 정치를 하여	發以爲刑政
국가와 백성의 이익에 맞는지를 살펴야 한다.	觀其中國家百姓人民之利.

이처럼 묵가들에게 앎은 관념이 아니라 취사선택의 가치실현을 위한 것이었다. 그러므로 실재성과 진실성이 담보되어야 한다. 이것은 실천적 인식론으로, 실천을 철학에 끌어들인 마르크스보다 2,000년이나 앞선 선구자였다고 말할 수도 있을 것이다.

포이어바흐에 관한 테제(마르크스 · 엥겔스 저)

모든 사회적 삶은 실천적이다.

철학자들은 세계를 단지 여러 가지로 해석해 왔을 뿐이나

중요한 것은 세계를 변혁시키는 일이다.

인간의 사유가 대상의 진리를 포착할 수 있는지의 여부는

결코 이론적인 문제가 아니라 실천적인 문제다.

인간은 실천을 통해 사유의 현실성,

즉 진리를 증명하지 않으면 안 된다.

실천과 유리된 사유의 진리를 논하는 것은 공리공론에 불과하다.

마오쩌둥선집毛澤東選集/권1/실천론實踐論

이론적인 것이 객관적 진리에 부합하는가의 문제는,

감성으로부터 이성에 이르는 인식 운동에서

완전히 해결되는 것이 아니며,

이성적 인식을 다시 사회적 실천에 이르게 하고

이론을 실천에 응용하여

예상한 목적을 이루었는지를 살펴보아야 한다.

이러한 묵자의 인식론에 비추어 보면 유가들이 말하는 도덕론과 정치론은 지배자들이 자의로 만들어낸 것이거나 관습에 불과한 것이며 검증되지 않은 허구에 불과한 것이었다.

묵자墨子/공맹公孟

묵자가 말했다. "그런즉 유가들의 지식이란 것이　　　　子墨子曰 然則儒者之知

어찌 갓난아기보다 어질다고 하겠는가?"　　　　　　　　　　　　　　　豈有以賢於嬰兒子哉.

묵자墨子/공맹公孟

지금 그대는 말하기를　　　　　　　　　　　　　　　　　　　　　　　今子曰
"공자께서는 시서와 예악과　　　　　　　　　　　　　　　　　　　　孔子博於詩書 察於禮樂
만물에 밝으니　　　　　　　　　　　　　　　　　　　　　　　　　　詳於萬物
천자가 될 만하다"고 말한다.　　　　　　　　　　　　　　　　　　　而日 可以爲天子.
이것은 남의 장부를 보고　　　　　　　　　　　　　　　　　　　　　是數人之齒
자기를 부자로 착각하는 것과 같다.　　　　　　　　　　　　　　　　而以爲富.

묵자墨子/비유非儒 하

유가들은 아무리 박학해도 세상일을 의논할 수 없고,　　　　　　　　博學不可儀世
아무리 노심초사해도 백성을 도울 수 없다.　　　　　　　　　　　　勞思不可以補民.
그의 도는 세상을 교화할 수 없고　　　　　　　　　　　　　　　　其道不可以期¹⁾世
그의 학문은 민중을 인도할 수 없다.　　　　　　　　　　　　　　　其學不可以導衆.

묵자墨子/절장節葬 하

후한 장례와 오랜 상례를 고집하는 자들은 반박한다.　　　　　　　　今執厚葬久喪者言曰
"묵자의 말대로 후한 장례와 오랜 복상이　　　　　　　　　　　　　厚葬久喪
과연 성왕의 도리가 아니라면　　　　　　　　　　　　　　　　　　果非聖王之道
중국의 군자들이 그치지 않고 행하여 왔고　　　　　　　　　　　　　夫胡說中國之君子
또 붙잡고 놓지 않는 원인을 어떻게 설명할 것인가?"　　　　　　　爲而不已 操而不擇哉

---

1) 期(기)=示의 誤. 示=敎.

묵자가 말했다. "그것은 습관을 편리하게 생각하고
풍속을 의롭다 생각한 것뿐이다.
윗사람들은 이러한 풍습을 정치로 이용하고
아랫사람에게는 습속이 되어 끊임없이 행해지다 보니
이제는 붙잡고 놓을 수 없게 된 것이다.
이것을 어찌 신실한 인의仁義의 도리라고 할 수 있겠는가?"

子墨子曰 此所謂便其習
而義其俗者也.
此上以爲政
下以爲俗 爲而不已
操而不釋
則此豈實仁義之道哉.

경험론

묵자는 지知 · 지智 · 의意를 구분한다. 즉 지知(감각＝지각)는
재료이며, 지智(기억＝지식)는 경험이며, 의意(심려＝의사)는 관
념이다. 마음에는 지각이 없다. 의(마음)는 지각이 보태져야
사실을 일컬을 수 있다. 감각이 사물을 모사模寫하면 경험이
인식하고, 그것을 마음이 명名으로 정리한다. 묵자에게 마음
은 원래 물들이지 않은 무지無知한 백지와 같다. 후천적인 경
험이 그 백지를 물들일 뿐이다. 그러므로 묵자에게 선험적인
지식은 존재할 수 없다. 따라서 유무有無에 대한 존재관은 지
각을 통해서만 가능하다. 하느님과 귀신도 민중이 직접 보고
들은 바에 따라 그 존재 여부를 판단해야 한다.

인성人性에 대한 그의 이러한 '소염론所染論' 내지 학습론은
유가들의 성선설과 선험론을 거부한 인류 최초의 경험론적
인식론이라고 말할 수 있을 것이다.

묵자墨子/경설經說 상

지각(知)은 재료이다. 지각이란 경험(智)의 원인이다.

知 材也. 知也者 所以智也.

묵자墨子/대취大取

지각(知)에 의한 경험(智)과 마음(意)은 다르다.　　　　　　　　智與意異.

묵자墨子/경설經說 하

마음(意)은 지각(知)이 없다.　　　　　　　　　　　　　　　意未可知
그러므로 기둥을 회초리같이 가볍게 생각할 수 있다.　　　若楹輕於秋.[2]
마음만으로 생각하는 것은 망상에 지나지 않는다.　　　　其於意也洋然.

묵자墨子/소취小取

그런즉 지각(知)은 사물을 접촉하여 그것을 본뜬다.　　焉[3]摹略萬物之然.
그리고 여러 말을 비교하여 변론한다.　　　　　　　　論求群言之比.

묵자墨子/경설經說 하

사물(實)은 (경험과 이성으로) 꾸민 이후에야 일컬을 수 있다.　有文實也 而後謂之.
사물(實)은 꾸미지(文) 않으면 그것을 말할 수 없다.　　　無文實也 則無謂也.

　　그러므로 묵자는 관념론자들인 유가들을 갓난아기와 장님으로 비유했다(『묵자』「공맹公孟」). 갓난아기는 지각도 있을 것이며, 그들의 말대로라면 선험적 관념도 있을 것이다. 그러나 아기는 경험이 없다. 갓난아기가 무지한 것은 바로 경험이 없기 때문이다. 또한 장님은 마음이 있으므로 흑백의 관념은 있

---

2) 秋(추)=鞦(말고삐)也.
3) 焉(언)=然也, 則也, 於是也, 安也.

으나, 경험의 원천 중 하나인 시각視覺이 없다. 그러므로 장님은 흑백을 말할 수는 있지만 흑백을 분별하여 선택할 수는 없다. 다시 말하면 유가들은 관념론자들이기 때문에 명名 즉 관념으로는 알지만, 실實 즉 경험으로는 모르기 때문에, 명과 실이 일치한다는 보장이 없으므로 시비와 선악을 선택할 수 있는 지혜가 없다는 뜻이다. 그러므로 묵자는 명名만을 중시하는 유가들이 입으로는 인仁을 떠들고 있지만 실제로는 인을 모른다고 비판한다. 이 얼마나 날카로운 공격인가?

묵자墨子/명귀明鬼 하

묵자가 말했다. "천하에	子墨子曰 是與天下之所以
유有와 무無를 아는 방법은	察知有與無之道者.
반드시 민중의 눈과 귀로 보고 들은 것을	必以衆之耳目之實
표준으로 삼아야 한다.	知有與亡 爲儀者也.
누군가 그것을 실제 보고 들었다면	情或聞之見之
반드시 존재한다고 말해야 하고,	則必以爲有.
듣지도 보지도 못했다면 반드시 없다고 말해야 한다."	莫聞莫見 則必以爲無.

묵자墨子/경설經說 하

안다는 것은 모른다는 것을 아는 것이다.	知 知其所以不知
언어와 취사선택에 대해 말하는 것이다.	說以名取也.
안다는 것은 아는 것과 모르는 것이 뒤섞여 있을 때,	知 雜所知與所不知
이것은 아는 것이며	而問之 則必曰是所知也
이것은 모르는 것이라고 말하고,	是所不知也

그것을 취사선택할 수 있는 것을 말한다.

이것이야말로 둘 다 아는 것이다.

取去俱能之

是兩知之也.

묵자墨子/귀의貴義

눈먼 장님도 은은 희고

숯은 검다고 말할 수 있으며

이것은 비록 눈 밝은 사람도 바꿀 수 없는 것이다.

그러나 만약 흑백을 섞어놓고 가려내라 한다면

장님은 흑백을 알 수 없다.

그러므로 내가 유가들은 정작 인仁을 모른다고 비판한 것은

그 이름이 아니라 그 선택을 말하는 것이다.

子墨子曰 今瞽曰 鉅者白也

黔者黑也

雖明目者無以易之.

兼黑白 使瞽取焉

不能知也.

故我曰 天下之君子不知仁者

非以其名也 亦以其取也.

삼표론의 의의

이러한 묵자의 삼표론은 인식론에 국한되는 것이 아니라 다음과 같이 중대한 의미를 내포하고 있다. 첫째, 가치의 근원이 군君·사師·부父가 아니라 인민의 뜻(民志)에 있다는 것이므로 봉건지배체제를 부정하는 근거가 된다. 당시 봉건 윤리에서는 부모와 스승에 대한 효경孝敬, 남녀와 신분의 차별(有別), 임금에 대한 충의忠義를 나라와 사회를 지탱하는 삼정三正이라 하여 최고의 도덕규범으로 내세우고 있었다(삼정은 한나라 때 삼강三綱으로 강화된다). 그러나 묵자의 삼표론은 이러한 지배자들의 이데올로기인 공자의 삼정을 반대하고, 본받을 표준은 오직 인민의 뜻과 이익이라고 선언한 것이다.

묵자墨子/법의法儀

그러므로 부모·학문·군주는
다스리는 법도로 삼을 수 없다.
그러면 무엇을 치법으로 삼아야 옳은가?
하느님의 뜻을 법도로 삼는 길밖에 없다.

故父母學君三者
莫可以爲治法.
然則奚以爲治法而可
曰莫若法天.

둘째, 인민의 뜻(民志)을 하늘의 뜻(天志)으로 해석하고 가치의 근원이라고 한 것은 전체 인민의 뜻, 즉 민지民志에 총체성總體性을 부여한다는 뜻이다. [4] 이러한 사상이야말로 앞에서도 살펴본, 그의 인민주권사상의 기초가 되었던 것이다.

묵자墨子/상동尚同 하

하느님이 처음 백성을 지으실 때는 정치와 군장이 없었으며
백성들이 주권자였다.

古者天之始生民 未有正長時
百姓爲主.

묵자墨子/경설經說 상

군주란 신하와 백성들의 일반적인 계약이다.

君 臣萌通約也.

셋째, 가치가 충돌할 때, 묵자는 그 판단의 주체가 신이 아니라 백성의 선택이라고 선언한 것이다. 이것은 인본주의를

---

4) 총체성(Totalität) 또는 전체성이란, 모든 부분 현상을 전체의 계기로서 고찰하는 관점이며, 그 기원은 정과 반의 모순이 고차원의 세계정신(Weltgeist) 또는 절대정신으로 통합 지양된다는 헤겔의 변증법적 관점이다. 레닌(V. I. Lenin, 1870~1924)은 "현상과 실제 그리고 이것들의 상호관계의 모든 측면의 총체성, 이것으로 진리가 이루어진다"고 말한다. 루카치는 "부분들 위에 전체의 우월을 결정하는 만능적인 총체성의 범주는 마르크스가 헤겔로부터 받아들인 방법의 핵심"이라고 말한다.

넘어 절차적 민주주의를 의미한다.

묵자墨子/천지天志 상

하늘은 무엇을 바라고 무엇을 싫어하는가?	然則天亦何欲何惡
하늘은 의(民利)를 바라고 불의를 싫어한다.	天欲義而惡不義.
내가 하늘이 바라는 바를 하면	我爲天之所欲
하늘도 내가 바라는 것을 한다.	天亦爲我所欲.

넷째, 도道 또는 인仁 등 관념적인 가치를 부정하고 인민의 이익을 최고가치로 규정한 점에서 혁명적이다. 묵자는 하늘의 뜻(天志)을 민民의 뜻(民志)인 '겸애兼愛'와 '교리交利'라고 해석하고, 따라서 '의義는 곧 이利'라고 규정한다. 의義는 곧 이利이므로 가치는 관념적인 것이 아니고 경험에 기초한 사실의 기초 위에서 판단하고 선택되어야 한다. 그러므로 그는 유신론이면서도 당시 지배적인 인식틀인 유심론적 관념론을 거부하고 인간 개개인의 경험을 중시하는 경험론으로 흐른다.

묵자墨子/경설經說 상

의義는 이利다.	義 利也.
의는 뜻으로써 천하를 아름답게 하고	義 志以天下爲芬
힘껏 인민을 이롭게 하는 것이다.	而能能利之
그러나 반드시 쓰이는 것은 아니다.	不必用.
의義는 이利다.	義 利也.
이로움은 그것을 얻으면 기뻐하고	利所得而喜也

해로움은 그것을 얻으면 싫어한다.   害所得而惡也.

다섯째, 가치의 주체를 인민이라고 선언한 주체철학이라는
점이다. 궁극적인 가치를 인간 주체 외부에 있는 보편적 관념
으로서의 신·도·자연법 등 타자에서 찾지 않고, 주체성으로
서의 민중의 뜻과 이利에서 구한다는 점에서 2,500년 앞서 오
늘날의 주체철학을 예언했다.
　　그러나 유의할 것은 묵자가 이로움(利)을 중시했지만 욕망
의 해방을 말한 것은 아니었다는 사실이다. 즉 이利는 겸애의
실현인 '교리'가 되어야 하므로, 욕망을 바르게 하여 공公과
사私의 어느 쪽에도 치우치지 않는 것만이 의義가 될 수 있다
는 것이다.

묵자墨子/경설經說 상, 하

저울에 대해 말한다.   權
욕구를 바르게 해야만 이로움을 헤아릴 수 있고   欲正權利
미움을 바르게 해야만 해로움을 헤아릴 수 있다.   惡正權害.
저울은 양쪽에 치우치지 않는 것이다.   權 權者兩而勿偏.

　　여섯째, 삼표론은 존재 판단과 가치 판단을 구분하고 이를
종합하려 했다는 점에서 철학사에 획기적인 학설이다. 특히
가치 판단은 사실 판단의 기초 위에서만 가능하다고 생각한
것이 그 특징이다. 동양적 전통에서는 12세기의 성리학에 이
르기까지 존재와 당위를 구분하지 않고 모든 것을 천리天理로

통합하여 인식한다는 점에서 2,500년 전 묵자의 삼표론은 선구적이며 또한 근대적이라 할 수 있다.

삼표론과 실용주의

묵자의 삼표론은 미국의 실용주의(pragmatism)와 유사하다. 사실 묵자야말로 인류 사상 최초의 실용주의자로 기록되어야 한다. 그가 "의義는 곧 이利"라고 선언한 것만으로도 혁명적이다. 그는 인민에게 이로우면 의라고 생각한 민중주의자였다. 정치, 도덕, 음악, 기술뿐만 아니라 신까지도 인민에게 이롭지 않으면 의가 아니라고 생각했다. 그러므로 그는 귀신과 제사에 대해 국가와 인민에 이로운 것이므로 인정할 수 있다고 말한다.

묵자墨子/노문魯問

공수반이 대나무를 깎아 까치를 만들어	公輸子削竹木以爲鵲
하늘에 날렸더니 3일 동안 내려오지 않았다.	成而飛之 三日不下
공수반은 스스로 최고의 기술자라고 생각했다.	公輸子自以爲至巧
이에 대해 묵자는 말했다.	子墨子公輸子曰
"그대가 까치를 만든 것은	子之爲鵲也
내가 수레 굴대를 만든 것보다는 못한 것이오.	不如翟之爲車轄
잠깐 동안에 세 치의 나무를 깎으면	須臾劉三寸之木
50석의 무게를 감당할 수 있소.	而任五十石之重.
그러므로 공적이라는 것은 사람에게 이로우면 뛰어난 것이고	故所爲功 利於人謂之巧
사람에게 이롭지 않은 것은 졸렬한 것이라 하는 것이오."	不利於人 謂之拙.

삼표론과 실용주의는 결과를 진리의 기준으로 삼는다는 점에서 유사하다. 실용주의 또는 도구주의(instrumentalism)를 창시한 사람 중 하나인 윌리엄 제임스(W. James, 1842~1910)는 다음과 같이 말한다.

실용주의/실용주의와 종교(1907년 출간)

만일 어떤 가정假定에서 인생에 유익한 결과가 나온다면
우리는 이 가정을 거절할 수가 없다.
만일 신神을 가정하는 것이
가장 넓은 의미에서 만족할 만한 결과를 낸다면
이 가정은 참이다.

그러나 제임스가 말한 '만족할 만한 결과' 란 사람마다 다를 수 있으므로, 하나의 똑같은 신념이 어떤 사람에게는 참이 되고 어떤 사람에게는 거짓이 되는 것을 허용해야 하는 딜레마에 빠진다는 것이 문제이다. 진리는 모든 개인들에게 동일한 것이어야 하기 때문이다.

그래서 그는 진리가 공적인 것이지 사적인 것이 아니라고 주장하고, 진리는 많은 사람들이 합동으로 확인하는 명증한 것만 받아들임으로써 협동적으로 세워지는 것이라고 주장했다. 이 점에서 제임스의 실용주의는 묵자와 일치한다.

그러나 여기에는 큰 난점이 내포되어 있다. 이것은 만일 결과만 좋으면 어떤 신앙도 참이라는 것을 가정하고 있기 때문이다. 만일 이런 규정이 유용하다면 우리가 참을 알기 위해서는 첫째, 무엇이 신앙이며, 둘째, 신앙의 결과가 무엇인가를 먼저 알아야 한다. 그러나 이것은 믿기 어려울 만큼 복잡하다. 우리는 어떤 신앙의 결과에 대한 평가가 우리들의 윤리적, 사실적인 면에서 참이라고 주장하지 않으면 안 된다. 그러나 다른 평가도 있을 수 있다. 그러므로 평가에 대한 논의는 끝이 없을 것이고, 결국 이것은 순환논법에 빠지고 만다. 결국 제임스의 학설은 유물론적인 회의주의의 기초 위에 기독교 신앙을 상부구조로 세워놓으려고 시도한 것이다. 이런 난점은 묵자의 경우도 예외가 될 수 없다.

그러나 묵자의 실용주의는 제임스의 실용주의를 계승한 존 듀이(J. Dewey, 1859~1952)의 도구주의와는 다른 점이 있다. 듀이는 진리에 대한 순환논법적인 난점을 피하기 위해 진리(truth)를 탐구(inquiry)로 대체해 버린다. 그러므로 듀이에게 진리는 정적이고 적극적이며 완전하고 영원한 것이 아니라 진화적 과정에 불과하다. 결국 진리는 없어지고 신념으로 대치되어 버리는 것이다.

그러므로 그는 신념을 참과 거짓으로 분류하지 않는다. 다만 신념의 결과만을 참과 거짓으로 분류한다. 듀이는 어떤 신념이 일정한 결과를 가질 때에 이 신념은 '보증된 주장 가능성'을 가졌다고 말한다. 이처럼 그에게 사실의 진실성은 중요하지 않으므로 그의 진리는 주장 가능한 자기 신념에 불과하다. 결국 그의 '탐구' 또는 '신념'이 진리일 필요는 없는 것이다.

그러나 묵자는 사실의 진실성을 포기하지 않고 오히려 가치판단의 기초가 되어야 한다고 주장했다. 그에게 진리는 진실이고 신념이나 가치는 진실에 반하지 않는 선택이다.

묵자의 논리학

대취 · 소취

공자는 정명正名과 박문博文과 약례約禮를 강조한다. 정명이
란 주어진 명분을 바르게 하는 것이요, 박문은 선왕의 명문命
文을 널리 익히는 것이요, 약례는 자기 몸을 주례로 제약하는
것을 말한다. 그런데 그 명名 · 문文 · 예禮는 천자天子가 만든
것이므로 천명天命이며 따라서 절대적인 가치를 부여한다. 그
러나 묵자와 노자는 이를 모두 부정한다. 그 대신 노자는 무
명 · 무위 · 자연을 내세우고, 묵자는 명名보다 실實을 강조하
는 명실상부론을 주장하며 의義는 곧 이利라고 규정한다. 묵자
에게 유일한 가치는 하느님의 뜻(天志)이며 그것은 겸애와 교
리이다. 그리고 그 천지는 민중의 이목에 의한 민중의 선택이
었다. 이로써 공자가 의義라고 주장하는 명과 문과 예는 모두
상대적인 것이 되어버린다.

여기서 묵자는 민중의 선택을 부분적으로 관찰하면 무엇이
진정한 하느님의 뜻인지 복잡해진다는 것을 잘 알고 있었다.
이에 묵자는 민중의 선택에 대해 대취大取와 소취小取로 나누
어 공리화公理化 한다. 대취란 이利가 큰 것을 선택하는 것이다.
예컨대 하느님의 사랑은 성인의 사랑보다 두루 넓고 크다. 그

러므로 하느님을 취한다.

반면 소취는 해害가 작은 것을 선택하는 것을 말한다. 예컨대 사적소유는 자기에게는 이롭지만 만인에 이로운 것이 아니다. 그러므로 사유를 버림으로써 해 중에서 작은 것을 취한다. 나를 희생하여 천하를 이롭게 할 수 있다면 나를 희생함으로써 해 중에서 작은 것을 취한다.

이때 소취는 이利를 취한 것이 아니고 의義를 취한 것이다. 결국 의義, 즉 이利를 취할 때는 해가 작은 것을 취하는 것이 합당하다. 따라서 명제는 해가 작은 것을 취해야 마땅하다.

묵자墨子/대취大取

겸兼을 나눈 분체分體는 경중이 있기 마련이다.	於所體之中
경중을 헤아리는 것을 저울이라고 한다.	而權輕重之謂權.
저울은 옳은 것도 아니고 그른 것도 아니다.	權非謂是也 亦非爲非也
저울은 한편으로 치우치지 않고 중정中正할 뿐이다.	權正也.
손가락을 잘라서 팔뚝을 보존할 수 있었다면	斷指以存腕
이익 중에서 큰 것을 취했고	利之中取大
해害 중에서 작은 것을 취한 것이다.	害之中取小也.
해 중에서 작은 것을 취한 것은	害之中取小也
해를 취한 것이 아니고 이利를 취한 것이다.	非取害也 取利也.
그것을 취하는 것은 사람마다 결정할 일이다.	其所取者 人之所執也.
한 사람을 죽여 천하가 보존됐다 해도	殺一人以存天下也
살인은 천하를 이롭게 하는 것이라고 말할 수 없다.	非殺一人以利天下也.
그러나 자기를 죽여 천하가 보전됐다면	殺己以存天下也

자기를 죽인 것은 천하를 이롭게 한 것이라고 말할 수 있다. 是殺己以利天下.

일을 하는 가운데 於事爲之中

이해의 경중을 헤아리는 것은 인간의 욕구라지만 而權輕重之謂求.

욕구대로 하는 것이 옳은 것만은 아니다. 亦非爲非也.

해로운 것 중에서 작은 것을 취하라는 것은 害之中取小

의를 위한 것이지 이익을 위한 것은 아니다. 求爲義 非爲利也.

동양의 역易 사상은 "사물은 항상 변하는 것이며 그 변하는 것이 진리"라고 주장한다. 그러므로 모순, 대립은 상보적인 것이며 인간의 앎은 변증법적으로 항상 발전하는 것이어야 한다. 공자는 주례를 수호한 절대주의자였으나, 묵자는 인류 최초로 반전운동과 절용문화운동을 했던 사회운동가인데도 반대로 상대적이고 상보적이다. 그의 이러한 상보주의는 '겸애주의兼愛主義＝평등한 사랑', '백성위주百姓爲主＝국민주권', '신맹통약臣民通約＝국가계약설', '대동사회론大同社會論＝평등복지사회' 등 민주사상의 기초가 된다.

묵자墨子/경설經說 하

지혜란 그것이 부정될 수 있음을 아는 것이다. 知 知之否之.

완전무결하다고 만족하면 잘못이다. 足用也誖

그것은 그칠 곳이 없다고 말하는 것과 같다. 說在無以5)也.

지혜는 토론하고 선택하는 것이다. 智論6)之

---

5) 以(이)=已也.

그칠 곳을 모르면 지혜가 아니다.　　　　　　　　　　　　　非智無以也.

명실상부론名實相符論

삼물(명제의 타당성 조건)

변론의 결과가 하늘의 뜻(天志)인가를 판별하기 위해서는 명사(名)와 사실(實)이 일치하는 담론이 되어야 한다. 명실名實이 일치한 바른 담론이 되기 위해서는 명제의 타당성과 사실의 진정성이 담보되어야 한다. 명제의 타당성과 사실의 진실성이 충돌할 때는 앞에서 이미 언급한 삼표론三表論이 기준이 될 것이며, 명제의 타당성을 담보하기 위해서는 소취가 요구되니 이를 위해 마련한 것이 삼물론三物論이다. 즉 담론이 가치 있는 의義가 되려면 실질적인 '삼표' 이외에 형식적 조건인 '삼물'이 구비되어야 한다는 것이다.

'삼물'이란 조건(故), 조리(理), 유추(類) 등 세 가지를 말한다. 즉 말(辭)은 조건으로 생겨서, 조리로 자라고, 유추로 펴야만 사실과 합치되는 바른 말이 된다는 것이다. 조건이란 필요조건(小故)과 충분조건(大故)을 말하고, 조리는 논리규칙을 말하며, 유추(類)는 귀납(類取)과 연역(類予)을 말한다.

삼물三物

묵자墨子/대취大取

성인의 급선무는 사람들로 하여금　　　　　　　　　　　　諸聖人所先

---

6) 論(론)=議, 評, 選擇.

명名과 실實이 따르도록 하는 것이다.   爲人效名實.

명은 반드시 실이 아니며, 실은 반드시 명이 아니기 때문이다.   名不必實 實不必名.

삼물三物

묵자墨子/대취大取

대저 명제는 조건(故)으로써 생기고,   夫辭以故 [7]生

반드시 법리(理)로써 자라고, 유추(類)로써 행하는 것이다.   以理[8]長 以類[9]行者也

이 세 가지가 갖추진 연후에야 명제가 성립될 수 있다.   三物必具然後足以生

명제를 세워 판단하는 데 있어   立辭

그것이 생성된 조건(故)을 분명히 하지 못하면 망령된 것이다.   而不明於其所生妄也.

사람은 길이 없으면 다닐 수 없다.   今人非道無所行

아무리 튼튼한 팔다리를 가지고 있다 해도   雖有強股肱

길이 어두우면 곤란하다.   而不明於道 其困也

그러므로 법리(理)를 세워야 기대할 수 있다.   可立而待也

대저 명제는 유추(類)로써 행해지는 것이므로 명제를 세워도   夫辭以類行者也 立辭

분류가 밝지 못하면 반드시 어지럽다.   而不明於其類 則必困也.

조건(故)

묵자墨子/경설經說 상

조건이란 그것이 꼭 있어야만 이루어지는 것을 말한다.   故 所得而後成也.

소고小故는 그것이 있어도 반드시 성립되는 것은 아니지만   故 小故 有之不必然

---

7) 故(고)=원인, 이유, 근거.

8) 理(리)=표준이 되는 헌장.

9) 類(류)=시비, 진위, 同異의 분류.

없으면 반드시 성립되지 않는 것을 말한다(필요조건). 無之必不然.

대고大故는 그것이 있으면 반드시 성립하고 大故 有之必然

그것이 없으면 반드시 성립되지 않는 것을 말한다(충분조건). 無之必不然.

어떤 것이 나타나면 그것이 반드시 나타나는 것과 같다. 若見之成見也.

유추(類)

묵자墨子/소취小取

그래서 만물의 실상을 모사한 후 焉摹略萬物之然

여러 언술을 비교하고 논구한다. 論求群言之比.

명사로 사실을 드러내고, 명제로 뜻을 표현하고, 以名[10]擧實. 以辭[11]抒意

변론으로 조건을 밝혀내고, 以說[12]出故

분류를 취하기도 하고(귀납) 분류를 내려주기도 한다(연역). 以類取[13] 以類予.[14]

삼물 중에서 '이理'는 논리규칙을 말한다. 사물은 자기가 직접 보고 들어 느끼는 것과 언술을 통해 관념으로 아는 것이 반드시 같지 않다. 그러므로 사물을 설명하는 언술은 화자와 상대가 공유하는 논리법칙이 반드시 필요하다. 그러므로 묵자는 바른 명제를 위한 여러 가지 논리법칙을 설명하고 있다.

---

10) 名(명)=名辭.
11) 辭(사)=範疇, 命題.
12) 說(설)=辯論.
13) 類取(유취)=歸納.
14) 類予(유여)=演繹.

논리규칙(理)

묵자墨子/소취小取

대저 사물은 같은 점이 있다 해도 모두 같다고 말할 수는 없다.	夫物有以同 而不率遂同.
그것이 그러한 것은 그러한 까닭이 있을 것이나,	其然也有所以然也.
그러한 것이 같다고 해서 그러한 까닭이 반드시 같은 것은 아니다.	其然也同 其所以然不必同.
그것을 취한 것은 취한 까닭이 있을 것이나,	其取之也有所以取之.
취한 것이 같다고 해서	其取之也同
취한 까닭도 모두 같은 것은 아니다.	其所以取之不必同.
그러므로 비유(辟), 합동(侔), 원용(援), 유추(類)의 명제들은	是故譬侔援推之辭
그것을 널리 펴면 달라지고, 그것을 돌리면 궤변이 되고,	行而異 轉而危
멀어지면 목표를 잃어버리고,	遠而失
빗나가면 근본에서 이탈하는 것이니	流而離本
잘 살피지 않으면 안 되며 항상 사용해서는 안 된다.	不可常用也.
비유는 다른 물건을 거론하여 그것을 밝히는 것이고,	譬也者 舉他物而以明之也.
합동은 말이 같고 행함이 같은 것을 말하고,	侔也者 比辭而俱行也.
원용은 그대가 그러하니	援也者 曰子然
내가 어찌 그렇지 않다고 하겠는가라고 말하는 것이며,	我奚獨不可以然也.
유추는 그가 취하지 않은 것으로써	推也者 以其所不取之
그가 취한 것이 같음을 말하는 것이다.	同於其所取者.

묵자墨子/경설經說 하

지양止揚은 무리 지어 사람을 가게 하는 것이다.	止 類以行人
동류에 대한 것이다.	說在同.
지양이란 그대는 이것이 그러하므로	止 彼以此其然也

이것도 그렇다고 말하면,	說是其然
나는 이것이 그렇지 않으므로	也 我以此其不然也
그것도 그렇다는 것을 의심한다.	疑是其然也
이러한 것이 필연이라면 종합한다.	此然. 是必然則俱.

묵자墨子/경설經說 하

종류가 다른 것(異類)은 비교할 수 없다.	異類不比
도량형에 대해 말하는 것이다.	說在量.
종류가 다른 것은 "나무와 겨울밤은 어느 것이 긴가?	異 木與夜孰長
지혜와 좁쌀은 어느 것이 많은가?	智與粟孰多
벼슬, 친척, 행실, 가격 넷 중에서 어느 것이 귀한가?	爵親行賈四者孰貴
기린과 관청은 어느 것이 높은가?	麋與省孰高
매미와 비파는 어느 것이 슬픈가?" 등이다.	蟬與瑟孰悲.

명실상부名實相符(사실의 진정성)

변론은 하늘의 뜻을 실현하기 위해 치란治亂의 벼리를 살피고 혐의를 해결하는 것이다. 그러나 삼물을 두루 갖춘 타당한 명제라도 사실의 진정성이 없는 경우가 있다. 즉 논리상 명제는 옳으나 사실은 그렇지 않은 것이 있다. 그러므로 명제의 타당성만이 아니라 사실의 진정성이 있어야 진리라고 주장할 수 있다. 따라서 명제는 사실의 진정성에 제한되어야 하므로 작은 것을 취해야 한다(小取). 묵자는 다음과 같이 명과 실이 일치하지 않은 네 가지 경우를 구분하고 그 예를 들고 있다.

묵자墨子/소취小取

대저 변론은 시비是非의 명분을 밝히고,　　　　　夫辯者 將以明是非之分

치란治亂의 벼리를 살피고,　　　　　　　　　　審治亂之紀

동이同異의 분별을 밝히고, 명실名實의 조리를 찾고,　明異同之處 察名實之理

이해利害를 결정하고, 혐의嫌疑를 해결하는 것이다.　處利害決嫌疑.

묵자墨子/소취小取

삼물이 갖추어진 명제라도　　　　　　　　　　　夫物

대체로 명제가 옳으면 사실도 그러하지만　　　　　或乃是而然

혹은 명제는 옳으나 사실은 그렇지 않은 경우가 있으며,　或是而不然

한쪽은 두루 통하지만 한쪽은 통하지 않는 경우가 있으며,　或一周而一不周.

한쪽은 옳은데 한쪽은 그른 경우도 있다.　　　　或一是而一非也.

그러므로 항상 사용할 수 없는 것이다.　　　　　不可常用也.

명제도 옳고 사실도 옳은 경우　　　　　　　或是而然者

백마는 말이다.　　　　　　　　　　　　　　白馬 馬也.

백마를 탄 것은 말을 탄 것이다.　　　　　　　乘白馬 乘馬也.

노예는 사람이다.　　　　　　　　　　　　　獲 人也

노예를 사랑한 것은 사람을 사랑한 것이다.　　　愛獲 愛人也.

명제는 그르지만 사실은 옳은 경우　　　　　或不是而然者

도둑은 사람이다.　　　　　　　　　　　　　盜 人也

도둑이 많은 것을 미워한 것은　　　　　　　　惡多盜

사람이 많은 것을 미워한 것이 아니다.　　　　　非惡多人也

도둑이 없기를 바라는 것은 사람이 없기를 바라는 것이 아니다.   欲無盜 非欲無人也.

이것은 명제가 그른 것임에도 사람들은 모두 옳다고 한다.   世相與共是之.

명제도 그르고 사실도 그른 경우   或不是而不然者

만약 이런 논리대로 한다면   若若是

"도둑을 사랑한 것은 사람을 사랑한 것이 아니며,   則愛盜非愛人也

도둑을 사랑하지 않은 것은 사람을 사랑하지 않은 것이 아니며,   不愛盜 非不愛人也

도둑을 죽인 것은 사람을 죽인 것이 아니다"라는 논리도   殺盜 非殺人也

무난할 것이다.   無難矣.

하나는 두루 통하고 하나는 두루 통하지 않는 경우   或一周而一不周者

사람을 사랑한다는 것은   愛人

모든 사람을 두루 사랑한 연후에야   待周愛人

사람을 사랑한다고 말할 수 있다.   而後爲愛人.

그러나 사람을 사랑하지 않는다는 것은   不愛人

모든 사람을 두루 사랑하지 않는다는 것을 의미하지 않는다.   不待周不愛人.

한 사람이라도 사랑하지 않으면   不周愛

사람을 사랑한 것이라고 말할 수 없다.   因爲不愛人矣.

한편은 옳고 한편은 그른 경우   或一是而一非者

사람이 병들어 문안한 것은 사람을 문안한 것이다.   問人之病 問人也

그러나 사람의 병을 미워한 것은 사람을 미워한 것이 아니다.   惡人之病 非惡人也.

묵자의 논리학과 삼단논법

인류는 형이상학적 독단에 의문을 제기하고, 진리는 무엇이며 어떻게 그것을 알 수 있는가에 대해 끊임없이 질문한다. 그러나 인류는 처음부터 비관적이었다. 이러한 비관적 입장은 오늘날 논리철학자들도 마찬가지여서, 그들은 오직 어떻게 하면 진리에 더 가까이 다가설 수 있는가를 고심하고 있을 뿐이다. 아니 역설적으로 진리에 대한 비관적 전망이 논리학을 발전시켰는지도 모른다. 그러므로 논리학은 시작부터 진리를 발견할 수 있다고 전제하지 않는다.

논리학을 처음 말한 사람은 묵자와 거의 동시대를 살았던 그리스의 파르메니데스이다. "만물은 유전(flux)한다"고 주장한 헤라클레이토스와는 반대로 그는 "아무것도 변하지 않는다"는 말로 유명하다. 그는 진리를 알 수 없고, 다만 언어만이 불변의 의미를 가지는 것이라고 생각했다. 그러므로 논리학은 처음부터 진리를 말하는 것이 아니라 진리의 길을 말하는 것이었다. 그래서 그는 다음과 같은 논리를 편다.

자연에 관하여(파르메니데스 저)

존재하지 않는 것에 관하여는 알 수도 없고 말할 수도 없다.

대개 생각할 수 있는 것과 존재할 수 있다는 것은 동일하다.

어떤 사유이든 어떤 실재하는 사물의 이름에 대응하는

사유만이 있을 수 있다.

그러나 우리는 논리학이라면 묵자보다 1세기가량 뒤늦은

아리스토텔레스를 기억한다. 그의 주요 업적은 범주론과 삼단논법의 이론적 기초를 이룬 것이다. 그러나 지금은 범주론과 삼단논법 모두 유효성이 상실되었으며, 특히 범주론은 가장 비판을 받고 있으며 그 효용도 의심받고 있다.

그는 범주(Category)에 대해 "그 대용代用이 결코 중복되는 일이 없는 표현"이라고 정의한다. 그리고 실체(Substance), 양(Quantity), 질(Quality), 관계(Relation), 장소(Place), 시간(Time), 역할(Position), 상태(State), 능동(Action), 수동(Affection) 등 10개 범주를 제시했다. 이에 대해 20세기 수학자요 논리철학자인 러셀은 다음과 같이 비판했다.

서양철학사

나로서는 이 범주라는 용어가

철학에서 필요한 말이라고는 믿고 있지 않다.

그리고 또 어떤 분명한 개념을

나타내는 말이라고도 생각지 않는다.

이에 대해 상론할 필요는 없겠지만 우선 제1범주인 '실체'를 검토해 보자. 존재론에서 실체란 어떤 주어의 술어가 될 수 없는 것, 즉 형용사가 될 수 없는 것을 뜻한다. 즉 실체는 여러 특성들의 '주체'이다.

그러나 범주론에서 실체란 물체의 본질적인 것을 의미한다. 본질이란 어떤 사물에 있어서 그 성질이 없이는 사물의 동일성을 유지할 수 없는 그런 '성질'이다. 그러므로 여기서 실체는 형용사에 불과하며, '실체'라는 범주는 다만 다른 범주들의 내용을 종합하는 언어상의 편의에 불과한 것이다. 즉 실체란 본질의 주체가 아니라 본질 그 자체일 뿐이다. 결국 범주론은 그 형이상학적 실체가 오류임을 스스로 증명한 것이다. 이 같은 오류는 주어와 술어로 되어 있는 문장상의 구조를 존재론적인 세계의 구조로 환원시키는 데서 일어난 것이다.

아리스토텔레스의 논리학적 주요 업적인 삼단논법은 이미 그 실효성을 잃었지만 묵자의 논리학은 아직도 유효하다. 다음의 사례처럼 삼단논법으로는 묵자가 지적한 대로 명제의 타당성과 실제의 진정성이 괴리되는 것을 분별할 수 없다.

첫째, 명제도 결함이 없고 실제도 옳은 경우

    대전제 : 모든 인간은 죽는다.

    소전제 : 소크라테스는 인간이다.

    결론 : 그러므로 소크라테스는 죽는다.

둘째, 명제는 결함이 있으나 실제는 옳은 경우

    대전제 : 모든 사람은 죽는다.

    소전제 : 모든 그리스인은 인간이다.

    결론 : 그러므로 모든 그리스인은 죽는다.

셋째, 명제도 결함이 있고 실제도 옳지 않은 경우

    대전제 : 모두 금으로 된 산은 산이다.

    소전제 : 모두 금으로 된 산은 금이다.

    결론 : 그러므로 산의 일부는 금이다.

묵자의 명실론은 명과 실을 일치시키는 것이므로 논리적이면서도 실증적인 데 비해, 삼단논법은 명제의 타당성만을 따진다. 즉 묵자의 말로 비판한다면 삼단논법은 명은 있으나 실은 없다. 러셀은 아리스토텔레스의 삼단논법에 대해 2,000년 이상 논리학의 발전을 가로막으며 우리가 분명하게 사색하는 것을 방해하고 있다고 비판했다. 이에 반해 묵자의 논리학은 진정성이 있는데도 2,000년 동안 인류에게 잊혀지고 방기되어 왔다.

묵자의 명실론과 논리실증주의

묵자의 삼표론과 명실론은 보고 들은 사실을 강조하는 등 경험론적이지만 서구의 실증주의와는 다르다. 실증주의는 물론이거니와 서양의 경험론자들은 대체로 가치론을 부정하기 때문이다.

실증주의는 콩트(A. Comte, 1798~1857)의 지식진보설에서 시작되었다. 지식진보설에서는 지식이란 신학으로부터 형이상학으로, 형이상학에서 실증과학으로 발전하며, 과학이야말로 지식이 최고 형태로 발전한 것이라고 말한다. 그러나 일반적으로는 일체의 초월적 사변을 배격하고 인식을 경험적 사실에 한정시키는 입장을 총칭하여 실증주의라고 한다. 그러므로 여기서는 선험적(a priori) 인식을 인정하지 않고 그것이 대상으로 삼는 객관적 실재는 문제로 삼지 않는다. 이처럼 콩트는 과학만을 최고의 지식이라 하고 가치론을 부정함으로써 회의론에 빠진다. 그가 말년에 인류종교를 창시한 것은 그러한 회의론에서 탈출하기 위한 대안이라고 말할 수 있다.

논리실증주의는 슐리크(M. Schlick, 1882~1936), 카르나프 (R. Carnap, 1891~1970) 등이 창설한 빈학단(Wiener Kreis)에서 나왔으며, 상대성이론과 양자론 등 현대물리학에 영향을 받고, '기호논리학'을 끌어들여 실증주의를 보완하려 한 것이다. 기호논리학이란 19세기에 주로 영미학자들에 의해 발전된 것으로, 언어 등 기호는 존재나 본질에 관한 것은 내포하고 있지 않다고 본다. 기호가 '이다'라고 할 때는 존재를 가리키지 않고 문장론적 기능을 나타낼 뿐이다. 그러므로 진리라고 언술되는 것은 모두 한 개의 약속에 지나지 않는다고 주장한다.

논리실증주의자들은 의미 있는 것을 판단할 때, 감각에 주어진 것(感覺的 所與)에 의한 '검증 가능성'을 유일한 기준으로 삼는다. 그러므로 그들은 형이상학적 진술을 무의미한 것으로 간주하고, 오직 수학적 진술과 경험과학적 진술만을 의미있는 것으로 인정했다. 즉 이전의 모든 형이상적 명제들은 논리적 법칙에 따라 그것의 진위가 직접 관찰에 의해 검증될 수 있는 '원자적原子的 명제(protocol sentence)'로 환원할 수 없는 것이므로 모두 무의미하다는 것이다. 마찬가지로 유물론도 의식으로부터 독립적인 물질이 존재한다고 주장하는 것이므로 이것 또한 형이상학이며 무의미한 것이라고 단정한다.

그들 중에서 영국의 포퍼(K. Popper, 1902~1994)는 '검증 가능성'을 비판하고 그 대신 '반증 가능성'을 진리성의 기준으로 제시한다. 이것은 진리의 인식 가능성을 포기하고, 그 대신 진리의 잠정성을 인정하는 열린 사고만이 진리에 접근할 가능성이 가장 높다는 주장이다.

　그러나 이들 논리실증주의는 스스로 모순에 봉착한다. '논리'는 타당성을 추구하고 '실증'은 진실성을 추구하는 것인데 이들은 타당성과 진리성을 결합할 수 있는 공리를 발견하지 못했다. 그러므로 진리성을 포기하고 진리 가능성에 다가서는 것만으로 만족한다. 결국 그들은 언어분석을 일삼는 것으로 만족함으로써 명제의 타당성만을 찾는 논리학에 머물고 말았다는 비판을 받는다.

　원래 수학적 진술은 논리적이지만 과학적 진술처럼 실증적이지 않다. 즉 수학적 진술은 '감각적 소여感覺的 所與'로는 검증되지 않는다. 순수수학은 임의로 정의된 공인된 준거(公準)들을 가지고 출발하여, 논리학의 원리들에 따라 이 공준公準들이 내포하는 여러 가지 의미를 전개시키는 연역적인 학문이다. 그러므로 수학은 현상 세계, 또는 이 세계의 어떤 사실에 대해서 아무런 발언을 할 수 없다. 논리나 수학은 진리에 관심을 두는 것이 아니라 오직 타당성에만 관심을 두는 것이다.

　진리는 실재하는 상황을 지시할 수 있는 사실적 명제들에서만 고유한 성질이다. 그러나 타당성은 하나의 형식적 명제가 또 다른 형식적 명제에 대해서 가지는 필연적 논리관계를 정확하게 언표하는 명제들의 고유한 성질이다. 그러므로 진리와 타당성은 일치하지 않는다.

　이상 살펴본 바와 같이 과학만이 참된 지식이라고 주장하는 실증주의도, 과학과 함께 수학도 참된 지식이라고 주장하는 논리실증주의도 모두 난관에 봉착했다.

묵자의 명실론은 서양의 논리실증주의와 명칭도 같고 목적도 같다. 즉 '명'은 '논리'에, '실'은 '실증'에 해당한다. 그러므로 묵자의 명실론은 명의 타당성(論理)과 실의 진실성(實證)을 밝혀내기 위한 논리실증학인 셈이다. 그러나 묵자의 실증주의는 서구 실증주의와는 다르다.

서구의 실증주의자들이 말하는 '좋다', '옳다', 'ㅁㅁ이어야 한다'는 모든 문장은 화자의 찬성이나 불찬성의 태도를 나타내는 정서적인 것일 뿐, 참도 거짓도 아니다. 하지만 묵자의 삼표론에서는 '옳다', '좋다'는 것은 진정성까지를 담보하는 것이어야 한다. 명제는 먼저 민중들의 눈과 귀의 사실성에 기초한 참이어야 하며, 다음은 성왕들의 역사적 검증에 의해 타당성이 검증되어야 하며, 끝으로 실천에 의해 민중의 이익으로 실용성이 검증되어야 한다.

이처럼 묵자의 삼표론은 사실 판단인 참과 당위 판단인 역사적 타당성과 실천적 검증인 실용성 등 세 가지 모두가 담보되어야만 '옳다', '좋다'고 말할 수 있다는 것이다.

그런 점에서 진정한 논리실증주의라는 명칭에 합당한 인식론은 묵자의 명실론밖에 없다고 해야 할 것이다. 그럼에도 불구하고 세계 학계는 아직 묵자의 진면목을 모르고 있다. 묵자의 삼표론과 명실론은 철학사에 획기적인 이론으로 평가받아야 할 것이다. 더불어 묵자의 가격론과 초과소비론도 인류 최초의 발견이라는 점에서 경제학사적으로 정당한 평가가 이루어져야 한다. 연부역강年富力强한 후학들의 분발을 기대한다.

29 노장의 인식론

불가지론

『노자老子』의 첫머리는 불가지론不可知論으로 시작된다. 상도常道는 오직 자연법칙일 뿐이며 생명은 항상 변하므로 인간이 이것을 언어로 묶어놓으면 죽은 박제가 되어 생명 그 자체를 이해할 수 없다는 것이다. 특히 노장의 우화들은 한결같이 유가들의 독단적이고 선험적인 관념론이 허구임을 증명하려 한다. 이것은 우리가 믿고 있는 도덕적 가치란, 지배자들이 지어 낸 '고귀한 거짓말'일 뿐이라는 충격적 고발이다. 그러므로 불가지론은 노장사상 전체를 지배하는 것으로 절망에 빠진 민중을 대변한다. 또한 그것은 구체제를 부정하는 저항이며, 탈속적인 신선세계를 꿈꾸는 도피이기도 하다. 나아가 그것은 언어와 문자와 문명사회를 부정하고 원시공산사회로의 회귀를 주장하는 지식부정론이기도 하다.

노자老子/1장(죽간본에는 없음)

도道는 가르쳐 말할 수는 있지만,　　　　　　　　　道¹⁾可道²⁾

그 말해진 도는 '불변不變의 상도常道'가 아니다.　　　非常道.

　　　도올 : 도를 도라고 말하면 그것은 '늘 그러한 도'가 아니다

호칭(名)은 분별(名分)할 수는 있으나,　　　　　　　名³⁾可名⁴⁾

그것은 불변의 명분名分이 아니다.　　　　　　　　　非常名.

　　　도올 : 이름을 이름 지으면, 그것은 늘 그러한 이름이 아니다

한비자韓非子/해로解老

이理는 사물을 이루는 무늬이며,　　　　　　　　　理者成物之文也.

도道는 만물을 이루는 원인이다.　　　　　　　　　道者萬物之所以成也.

이理란 방원方圓, 장단長短, 거칠고 미끈함,　　　　凡理者 方圓 短長 麤⁵⁾靡⁶⁾

견고하고 취약함의 분별分別이다.　　　　　　　　堅脆之分也.

그러므로 이理가 정해진 뒤에야 말로 표현할 수 있다.　故理定而後 可得道也.

그러나 정해진 이理는 존망과　　　　　　　　　　故定理有存亡

사생死生과 성쇠가 있기 마련이다.　　　　　　　　有死生 有盛衰.

사물은 한번 흥하다가 한번 망하며, 금방 죽었다가 살아나고　夫物之一存一亡 乍死乍生

처음은 무성했다가 후에는 시드는 것이니 상常이라 말할 수 없다.　初盛而後衰者 不可謂常.

그러므로 노자는 도는 말로 가르칠 수는 있어도　　故曰 道之可道

---

1) 道(도)=理也.
2) 可道(가도)=論說教令也, 言也, 訓也.
3) 名(명)=事物之號也.
4) 可名(가명)=分也, 明也.
5) 麤(추)=不精也.
6) 靡(미)=磨切也, 美也.

그 가르침은 상도常道가 아니라고 말했다.　　　　　　　　　　非常道也.

유안은 자신의 저서 『회남자』에서 『노자』 2장은 바로 1장을
부연 설명한 것으로 해석한다. 그는 명名을 유가의 명분名分으
로 이해하여 1장의 '도가도道可道 비상도非常道'를 "천하가 지
금 알고 있는 도는 참된 도가 아니다"라는 뜻으로 해석했다.

노자老子/2장

사람들은 모두 '미美란 인위적인 아름다움'이라고 알고 있다.　　天下皆知 美之爲美

그러나 그것은 추할 뿐이다.　　　　　　　　　　　　　　　斯惡已.

사람들은 모두 '선善이란 인위적인 선'이라고 생각한다.　　　　皆知 善之爲善

그러나 그것은 불선일 뿐이다.　　　　　　　　　　　　　　斯不善已

그러므로 유무有無는 서로 살리고 난이難易는 서로 이룬다.　　故有無相生 難易相成

장단은 서로 헤아릴 수 있게 하고, 고하는 서로 기울며,　　　　長短相較 高下相傾.

자음과 모음은 서로 화합하고, 앞뒤는 서로 따른다.　　　　　音[7]聲[8]相和 前後相隨.

그러므로 성인은 무위의 사업에 처하고　　　　　　　　　　是以聖人 處無爲之事

무언無言의 가르침을 행한다.　　　　　　　　　　　　　　行不言之敎.

회남자淮南子/도응훈道應訓(『노자』 2장 해석)

태청太淸이 물었다. "그대는 도를 아는가?"　　　　　　　　太淸 子知道乎.

무궁無窮이 답했다. "나는 모른다."　　　　　　　　　　　無窮曰 吾不知也.

---

7) 音(음)=母音.
8) 聲(성)=子音.

무위無爲가 말했다. "나는 도를 안다."

태청이 물었다. "그대가 도를 아는 것은 무슨 비결이 있겠지?"

무위가 답했다. "내가 도를 알 수 있었던 까닭은

강하고 약하기도 하며, 부드럽고 굳세기도 하며,

음陰하고 양陽하기도 하며, 어둡고 밝기도 하므로

천지를 포용하고 어느 방향이든지 응대할 수 있기 때문이다.

이것이 내가 도를 아는 비결이다."

무시無始가 말했다.

"모른다는 것은 깊음이요 안다는 것은 얕음이며,

모른다는 것은 안이요 안다는 것은 밖이며,

모른다는 것은 정미한 것이요.

안다는 것은 조잡한 것이다.

도는 귀로 들을 수 없다. 들었다면 도가 아니다.

도는 눈으로 볼 수 없다. 보았다면 도가 아니다.

도는 입으로 말할 수 없다. 말했다면 도가 아니다.

누가 형체는 형상形相(이데아)이 아님을 알겠는가?

그러므로 노자는 다음과 같이 말했다.

천하가 모두 알고 있는 선은 인위적인 선일 뿐

실은 불선不善이다.

그러므로 지자知者는 말하지 않고, 말하는 자는 지자가 아니다."

無爲日 吾知道.

子之知道 亦有數乎.

吾知道

可以弱 可以强 可以柔剛

可以陰陽 可以窈明

可以包裹天地 可以應待無方.

此吾所以知道之數也.

無始日

弗知深而知之淺.

弗知內而知之外

弗知精

而知之粗.

道不可聞 聞而非也.

道不可見 見而非也.

道不可言 言而非也.

孰知 形之不形[9]者乎.

故老子日

天下皆知善之爲善

斯不善也.

故知者不言 言者不知也.

'명名'이라는 글자는 대체로 '이름'이라고만 번역하고 있으

---

9) 不形(불형)=不相의 誤.

나, 나는 '명분名分'으로 번역하였고, 더 나아가 '언어의 규정력規定力'으로 확대 해석했다. 그런데 청대의 고증학자인 대진은 옛사람들의 명名은 오늘날의 '자字'와 같다고 밝히고 있다. 충분히 참고할 가치가 있는 주장이다.

대진집戴震集/서언緒言 상

학자가 옛 성현의 말씀을 체득하려면	學者體會古聖賢之言
의당 먼저 그 글자의 허와 실을 판단해야 한다.	宜先辨其字之虛實.
지금은 글자(字)라고 말하지만 옛 사람들은 이름(名)이라고 말했다.	今人謂之字 古人謂之名.
글자로 이름을 정함에는	…以字定名
실체實體와 실사實事를 지칭하는 명名과,	有指其實體實事之名.
순미純美와 정호精好를 지칭하는 명名 등 두 가지가 있다.	有稱夫純美精好之名.
인人 · 언言 · 행行 · 도道 · 성性 ·	如曰人 曰言 曰行 曰道 曰性
중中 · 명命 등 형상과 언어에 대한 것은	曰中 曰命 在形象 在言語
실체 실사를 지칭하는 명이다.	指其實體實事之名也.
성聖 · 현賢 · 선善 · 이理 등	曰聖 曰賢 曰善 曰理
바뀌지도 않고 초월할 수도 없는 근원에 대해	在心思之審察能見
마음으로 살피고 발견하는 것은	於不可易 不可踰
순미 정호함을 지칭하는 명이다.	指其純美精好之名也.

또한 우리 선인들도 명名이란 글자는 대체로 명분名分의 뜻으로 사용하고 공자의 이른바 '정명론正名論'의 '명名(名分)'을 지칭한 것으로 이해했다. 당대의 석학 김만중의 『서포만필』 중에 있는 다음 예문도 명을 '명분'의 뜻으로 쓴 사례이다. 이

에 따르면 유가는 명분을 숭상하고, 노장은 무명無名을 숭상한
것이다.

서포만필西浦漫筆/상 45

석씨, 노씨의 학설은 득실과 사생을 한가지로 보는 것이 요점인데,	二氏之學 齊得喪一死生.
구양수는 이르기를	而歐陽公乃謂
석씨는 죽음을 두려워했고,	釋氏畏死
노씨는 삶을 탐한 때문이라고 비판했다.	老氏貪生.
이 말은 그들의 병폐를 지적함에는 적절치 않는 듯하지만,	此言疑若不對於病
그들의 서적을 자세히 관찰해 보면	而若細觀二家書
허망한 말이 아님을 알 수 있다.	則可知歐說之非誣也.
그러나 석씨, 노씨가 우리 유가를 살펴본다면	然自二氏觀吾儒
명분(名)만을 좋아한다고 비판하지 않겠는가?	則得不謂之好名哉.

도는 혼돈이므로 분별이 없다

노자가 말하는 도는 우리 눈으로 볼 수 있는 현상이 아니라
무색 · 무성 · 무형의 혼돈(Chaos)이다. 혼돈은 아직 분화되지
않은 우주宇宙이다. 『구약성서』 「창세기」에서 말한, 빛이 있기
이전의 이른바 '흑암'과 같은 것이다. 빛이 있어야 분별이 생
기는 것이니 흑암은 분별이 없다. 그러므로 분별하는 도는 인
위일 뿐, 무위한 자연의 참 도가 아니다.

노자는 이러한 혼돈을 『주역』의 '명이明夷괘' 로 표현한다. 명이는 '地☷火' 로 그려지는데, 땅속에 해가 숨어 있는 모습이다. 땅속의 불은 만물을 길러내는 은혜로움이지만 겉으로는 드러나지 않으므로 도道를 형상한 것이다.

노자老子/14장

도는 보아도 보이지 않으니 그 이름을 명이明夷라 하고,   視之不見 名日夷. 10)

> 도올 : 보아도 보이지 않는 것을 이름하여 평탄함(夷)이라 하고

들어도 들리지 않으니 희소함이라 말하고,   聽之不聞 名日希. 11)

잡아도 잡히지 않으니 미세함이라 말한다.   搏之不得 名日微. 12)

이 세 가지는 더 이상 분석 계량할 수 없다.   此三者不可致詰. 13)

그러므로 혼돈混沌이며 오히려 태일太一이 된다.   故混 而爲一.

> 도올 : 그러므로 뭉뚱그려 하나로 삼는다

장자는 혼돈이란 말보다 망상罔象(形而上)이라고 표현한다. 즉 도는 형체가 없는 형이상形而上이므로 정조精粗의 개념도 있을 수 없다고 한다. 또한 도는 너무 커서 둘러쌀 수 없으므로 계량하여 수數로써 헤아릴 수 없다고 말한다.

---

10) 夷(이)=帛書本은 微로 됨.
11) 希(희)=無聲也, 稀少.
12) 微(미)=無形也.
13) 詰(힐)=彈正糾察.

장자莊子/외편外篇/추수秋水

정미하다 조잡하다는 것은 형체가 있는 것에만 부합하는 것이며
형체가 없는 것은 계량으로 분별할 수 없는 것이다.
너무 커 둘러쌀 수 없는 것도 수량으로 헤아릴 수 없다.
언言으로써 논할 수 있는 것은 사물 중에서 조잡한 것이며,
생각으로 헤아릴 수 있는 것은 사물 중에서 정미한 것이다.
언으로 논할 수 없고 생각으로 살필 수 없는 것에 이르면
조粗나 정精의 개념으로는 헤아릴 수 없다.

夫精粗者 期[14]於有形者也.
無形者 數之所不能分也.
不可圍者 數之所不能窮也.
可以言論者 物之粗也
可以意致者 物之精也.
言之所不能論 意之所不能
察致[15]者. 不期精粗焉.

장자莊子/외편外篇/지북유知北遊

도는 귀로 들을 수 없다. 들었다면 도가 아니다.
도는 눈으로 볼 수 없다. 보았다면 도가 아니다.
도는 입으로 말할 수 없다. 말했다면 도가 아니다.
형체를 지각할 수는 있지만, 지각한 형체는 형체가 아니다.
그러므로 도를 이름 붙이는 것은 마땅치 않다.

道不可聞 聞而非也.
道不可見 見而非也.
道不可言 言而非也.
知形 形之不形乎.
道不當名.

도는 무명이므로 언표할 수 없다

노자의 특징은 공자의 '정명론'을 비판하고 '무명론無名論'

---

14) 期(기)=會也, 當也.
15) 致(치)=至, 歸也.

을 주장한 데 있다고 말할 수 있다. 이를 인식론적으로 확대하
면 노자의 도는 무위의 상자연常自然이므로 '무명無名'이요, 성
인聖人이 만든 인륜人倫의 예禮는 명분名分이므로 '유명有名'이
다. 유명은 언표될 수 있지만 무명은 언표될 수 없다. 명분은
인위요 문명文明이며, 무명은 무위요 자연이다. 그 무위자연의
도는 인위가 닿기 이전의 시원始原이다. 시원은 더 이상 쪼개
고 분석하고 분별할 수 없다. 그러므로 오색五色·오성五聲·
오취五臭·오미五味와 시비·선악·미추美醜·호오好惡의 취사
선택이 용납되지 않는다. 더구나 성왕이 제정한 예禮인 명분은
거기에 붙일 수 없다.

노자老子/1장

무명(명분이 없는 혼돈)은 천지의 비롯됨이요,　　　　　　　　無名天地之始.

　　도올 : 이름 없는 것을 천지의 처음이라 하고

유명(명칭으로 분별하는 것)은 만물이 드러내는 모태이다.　　有名萬物之母.

　　도올 : 이름 있는 것을 만물의 어미라 한다

위 글에 대해 소옹邵雍과 김만중은 "무명천지지시"는 "도생
천지道生天地"를 말한 것이요, "유명만물지모"는 "천지생만물天
地生萬物"을 말한 것으로 해석했다. 즉 무명=도, 유명=천지로
이해했다.

지봉집芝峰集/권28/병촉잡기秉燭雜記

소강절昭康節 선생의 『관물편觀物篇』에서 이르기를,　　　　邵子觀物篇曰

도는 천지의 근본이고,   道爲天地之本

천지는 만물의 근본이라고 했다.   天地爲萬物之本.

이 말은 노자가 말한 "무명은 천지의 비롯됨이요,   此言盖老子 無名天地之始

유명은 만물의 어미"와 같은 뜻이다.   有名萬物之母之意.

즉 도(무명)는 천지를 낳고,   卽所謂 道生天地

천지(유명)는 만물을 낳는다는 뜻이다.   天地生萬物者也.

　　명名을 '명분'으로 해석한 근거는 『노자』 32장에서 "법제法
制가 시작되자 명이 생겼다"는 글에서 찾을 수 있다. 명분이란
'이름에 따른 직분職分'을 뜻하며 이른바 공자의 캐치프레이즈
인 '정명正名'의 명을 말한다. 그러므로 노장의 '무명'은 공자
의 '정명'을 거부하는 테제이며, 무명은 법제를 거부하는 무
정부주의로 귀결되고 유명은 법제를 존중하는 왕도주의로 귀
결된다. 그러나 우리 학자들은 노장의 중요한 테제인 '무명'
의 참뜻을 모르고 지나쳐버린다.

노자老子/32장

도는 자연의 상도常道이므로 무명이다.   道常無名.

　　　　도올 : 도는 늘 이름이 없다

소박한 자연은 작은 것들이지만 천하도 신하로 삼을 수 없다.   樸雖小 天下莫能臣也.

군왕이 자연의 소박함을 지키면   侯王若能守之

천하만물이 스스로 경복할 것이며,   萬物將自賓.[16]

---

16) 賓(빈)=敬也, 服也.

천지가 서로 합하여 감로를 내리듯이,　　　　　　　　　天地相合 以降甘露

민중은 법령이 없어도 스스로 고르게 될 것이다.　　　　民莫之令而自均.

법령과 제도가 생기자 비로소 차별의 명분이 있게 되었다.　始制[17]有名.

> 도올 : 통나무에 제한을 가해서 비로소 이름이 생겨나게 되는 것이니

공자는 명분이 있게 되면(有名) 역시 그쳐야 할 곳을 알고,　名亦旣有 夫亦將知止

그쳐야 할 곳을 알면 위태롭지 않게 된다고 한다.　　　　知之所以不殆.

그러나 자연의 도가 천하에 있으면 (명분이 없어도)　　　譬道之在天

냇물과 골짜기가 강과 바다로 흘러가는 것과 같이 될 것이다.　猶川谷之於江海.

　　명을 명분의 뜻으로 사용한 사례는 많다. 법가인 관자는 명을 치도治道라 했고, 동중서는 명을 "대리大理의 수장首章"이며 "성인이 하늘의 뜻을 발현한 것"이라고 말했다. 이처럼 유가와 법가들이 명을 '위대한 도리의 헌장'으로 중시했으나 노장은 이를 거부하고 '무명'을 주장한 것이다.

유명론有名論

관자管子/권4/추언樞言

관자가 말했다. "도가 하늘에 있으면 해요,　　　管子曰 道之在天者日也.

사람에게 있으면 마음이다.　　　　　　　　　其在人者心也.

그러므로 기氣가 있으면 살고 기가 없으면 죽는다.　故曰有氣則生 無氣則死.

명名이 있으면 다스려지고 명이 없으면 어지럽다.　有名則治 無名則亂.

잠언에 이르기를 백성을 사랑하고, 이롭게 하고,　樞言曰 愛之利之益之安之

---

17) 制(제)=法度也, 君命也.

더해주고, 편안하게 해주는 네 가지는 도의 행함이다.　　　四者道之出.[18]

제왕이 그것을 쓰면 천하가 다스려지는 것이다."　　　帝王者用之 而天下治矣.

춘추번로春秋繁露/권10/심찰명호深察名號(동중서 저)

명이란 큰 도리의 머리글자이다.　　　名者 大理之首章也.

그 머리글자의 뜻을 검색하여　　　錄[19]其首章之意.

이로써 그 속의 사물을 규정하면　　　以規[20]其中之事.

시비를 알 수 있고 역리와 순리가 저절로 드러날 것이니,　　　則是非可知 逆順自著

진실로 천지를 통창함에 이를 것이다.　　　其幾通於天地矣.

명은 천지를 취하여 정해진 것이다.　　　名號之正取之天地

천지는 명을 짓는 대의이다.　　　天地爲名號之大義也.

명은 성인이 하늘의 뜻을 발현한 것이니　　　名則聖人所發天意.

깊이 살피지 않으면 안 된다.　　　不可不審觀也.

　　다만 당초 『노자』의 기록자가 의도한 명名은 공자의 이른바 '정명론'의 명분만을 지칭했을지라도 해석자는 거기에서 그칠 필요는 없다. 왜냐하면 명분은 명의 대표적인 사례일 뿐 그 전부는 아니기 때문이다. 그러므로 노장의 명은 공자의 좁은 의미의 명분뿐만 아니라 명에 의한 분별이라는 일반적인 '언어의 규정력'을 포괄하는 뜻으로 확대 해석하는 것이 필요하다. 따라서 무명도 '무명분無名分' 뿐만 아니라 '무위無爲'의

---

18) 出(출)=進也, 行也.

19) 錄(록)=檢束也.

20) 規(규)=正也.

또 다른 표현으로 읽어야 한다. 또한 무위는 좁은 의미의 '무치無治' 뿐 아니라 반문명反文明의 '자연'을 다르게 표현한 것으로 읽어야 한다.

무명론無名論

장자莊子/잡편雜篇/칙양則陽

만물은 이理가 다르지만 도道는 사사로움이 없으므로 무명이다.   萬物殊理 道不私故 無名.

무명이므로 무위이고(명분의 규정력이 없다),   無名故無爲

무위이지만 다스려지지 않음이 없다.   無爲而無不爲.

장자莊子/외편外篇/천지天地

태초에는 역시 무無도 없었고   泰初 有[21]無無[22]

역시 명名도 없었다   有無名.[23]

이처럼 노장의 도는 무위와 무명이다. 이에 대해 순자는 「정명正名」편을 지어 노장의 무명을 비판하면서 위僞와 명의 필요성을 강조하고 공자의 정명을 옹호한다. 순자가 말한 위僞는 거짓이 아니라 인위를 의미한다. 그는 "문명은 곧 위僞"라고 주장하고 명은 위僞이지만 없으면 시비와 분별이 불가능하다고 보았다. 그도 명은 실實이 아니라는 노장의 주장을 인정한다. 하지만 그는 명은 유일자를 대신하는 제왕이 제정하여 세

---

21) 有(유)=雙音辭, 又也.
22) 無無(무무)=무라고 말할 수 없으므로 無無라 함.
23) 太初有無. '無有無名(태초는 無이고, 無는 無名이다)'으로 읽기도 한다. 그러나 이것은 왕필 등 貴無論者들의 억지 해석이다.

상을 통일하는 민중과의 약속이라고 말하고, 따라서 왕업王業
을 위해서는 정명은 반드시 필요하므로 명을 어지럽힌 자는
죄로 다스려 강제해야 한다고 주장한다. 순자는 자연을 '만인
대 만인의 투쟁의 불행한 것'으로 보았고 인간도 본성이 악하
다고 보았다. 그러므로 그에게는 자연으로 돌아가 소박한 본
성을 회복하자는 노장이 주장하는 무위와 무명은 약육강식의
살육의 정글로 돌아가자는 것과 다름이 없었다. 이처럼 유명
과 무명의 대결은 중국문명을 관통하는 두 줄기였던 것이다.

유명론有名論

순자荀子/예론禮論

성품은 본시 그 재질이 소박한 것이나,	性者本始材朴也
위僞로써 문리가 융성해지는 것이다.	僞者文理隆盛也.
성품이 없다면 위를 더할 곳이 없고,	無性則僞之無所加
위가 없다면 성품은 스스로 아름다울 수 없는 것이다.	無僞則性不能自美.
그러므로 위僞(인위)와 성性(자연)이 결합되어야만	性僞合然後
성인의 명名이 통일되어	聖人之名一.
천하의 공업을 이룰 수 있는 것이다.	天下之功於是就也.[24]

순자荀子/정명正名

사람에 대한 일반 명사를 말한다면	散名之在人者
날 때부터 그런 것을 '성性(성품)'이라 말하고,	生之所以然者 謂之性.

---

[24] 이와 달리 宋本은 "成聖人之名 一天下之功"로 되어 있다.

이 '성품'이 생명을 조화하여 정기가 합하고 감응하는 것으로서 　　性之和所生 精合感應

일하지 않고 저절로 그런 것 또한 '성性(본성)'이라 말한다. 　　不事而自然 謂之性.

이러한 '성품'이 좋아하고 싫어하고 기뻐하고 노하고 슬프고 　　性之好惡喜怒哀樂

즐거워하는 것을 '정情(感性)'이라 말하고, 　　謂之情.

이 '정'이 느끼는 대로 마음이 하고자 선택하는 것을 　　情然而心爲之擇

'여慮(심려)'라 말하고, 　　謂之慮.

'심려' 하여 하고자 움직이는 것을 '위僞(인위)'라 말하고, 　　心慮而能爲之動 謂之僞.

'심려'가 쌓이고 익혀 이루는 것도 　　慮積焉能習焉而後成

'위'라 말한다. 　　謂之僞.

순자荀子/성악性惡

사람의 성품은 악하다. 선한 것은 위僞(인위)이다. 　　人之性惡 其善者僞也.

사람의 성품은 날 때부터 이로운 것을 좋아한다. 　　今人之性 生而有好利焉

이것을 따르면 쟁탈이 생기고 사양심은 없어진다. 　　順是 故爭奪生 而辭讓亡焉.

또 사람은 날 때부터 질투심과 증오심이 있다. 　　生而有疾惡焉

이것을 따르면 잔학해지고 충신忠信은 없어진다. 　　順是 故殘賊生 而忠信亡焉.

또한 날 때부터 이목의 욕구가 있기 마련이라 　　生而有耳目之欲焉

성색聲色을 좋아한다. 　　有好聲色焉

이것을 따르면 음란해지고 　　順是 故淫亂生

예의와 문리는 없어진다. 　　而禮義文理亡焉.

그런즉 사람의 성품을 따르고 인정대로 두면 　　然則從人之性 順人之情

반드시 쟁탈이 나타나고 　　必出於爭奪

분수를 범하고 도리를 어지럽혀 　　合²⁵⁾於犯分亂理

포학해지게 될 것이다. 　　而歸於暴.

그러므로 반드시 스승과 법으로 교화하고 故必將有師法之化

예의로 인도해야 한다. 禮義之道.

그런 연후에야 사양심과 문리가 나타나 然後出於辭讓 合於文理

다스려지게 되는 것이다. 而歸於治.

이로써 볼 때 用此觀之

사람의 성품은 악한 것이 분명하고 然則人之性惡明矣

사람이 선한 것은 위僞 때문이다. 其善者僞也.

순자荀子/정명正名

본래 명칭 자체에는 본래 옳은 것이 없으며 名無固宜[26]

명명하기로 약속한 것에 불과한 것이다(僞). 約之以命

약속이 정해지고 습속을 이루면 마땅하다고 말하고, 約定俗成 謂之宜.

약속과 다르면 마땅치 않다고 말한다. 異於約則 謂之不宜.

또한 명사에는 본래 실實이 없으며 명명하기로 약속한 것뿐이다. 名無固實 約之以命實[27]

약속이 정해지고 습속을 이루면 '실實한 명'이라고 말한다. 約定俗成 謂之實名.

명사가 참되고 좋다고 하는 것은, 名有固善.

빠르고 평이하여 어긋남이 없으면 좋은 명이라고 말한다. 徑易[28]而不拂[29] 謂之善名.

그러나 사실을 알려줄 수 없으므로 명명命名하고, 實不喩然後命

명명으로 알려줄 수 없으므로 회의會意하고, 命不喩然後期[30]

---

25) 合(합)=呼也.
26) 無固宜(무고의)=本無定義.
27) 命實(명실)=實字 衍文.
28) 徑易(경이)=徑疾平易.
29) 不拂(불불)=不違拂.
30) 期(기)=會也. 즉 會意.

회의로도 알려줄 수 없으므로 설명하고,

설명으로도 알려줄 수 없으므로 변론辯論한다.

그러므로 회의 · 명명 · 변론 · 설명은

인위의 위대한 문채요

왕업의 출발점이다.

뒤를 이은 왕들이 명사를 만드는 데 있어

법의 이름은 은殷을 따르고, 벼슬 이름은 주周를 따르고,

문식의 이름은 주례를 따랐다.

일반 명사를 만물에 붙이는 것은

나라마다 다른 방언을 따르되,

그것들을 상세하게 한데 모아 풍속이 다른 먼 지방들도

중국의 명칭이 통하게 하였다.

그러므로 왕이 명사를 만드는 것은

명名칭을 정하여 사실을 분별하고,

도를 행하고 뜻이 통하게 함으로써

백성을 삼가도록 통솔하여 통일하고자 함이다.

그런데 말을 쪼개고 함부로 명칭을 지어

바른 명칭을 어지럽히는 것은

백성을 의혹시키고 사람들에게 쟁송을 많게 하는 것이므로

期不喻[31]然後說

說不喻然後辨.

故期命辨說也者

用[32]之大文也

而王業之始也.

後王之成名

刑名從商. 爵名從周.

文[33]名從禮.

散名之加於萬物者

則從諸夏成俗[34]

曲[35]期[36]遠方 異俗之鄕

則因之而爲通.

故王者之制名

名定而實辨.

道行而志通

則愼率民而一焉.

故析辭擅作名

以亂正名

使民疑惑 人多辯訟

---

31) 喩(유)=告也, 曉也, 明也.

32) 用(용)=爲也.

33) 文(문)=節文威儀.

34) 成俗(성속)=舊俗方言.

35) 曲(곡)=以委曲.

36) 期(기)=會, 約, 限也.

'대간大姦'이라 하고

그 죄는 부절과 도량형의 죄와 같게 하는 것이다.

則謂之大姦.

其罪猶爲符節度量之罪也.

나는 노장을 무명無名으로, 공맹을 유명有名으로 대비시켰는데 이처럼 명名의 함의는 중요하다. 독자들은 서양에서 중세의 막을 내리게 한 '보편논쟁'을 기억할 것이다. 여기서 유명론唯名論은 신神이 실재한다고 주장하는 실재론을 반대하고, 신을 포함한 일체의 보편자普遍者란 실재가 아니라 명목뿐이라고 주장했다. 이는 중세 스콜라철학에 대한 도전이었다. 『노자』1장에서 말한 명은 바로 명목론名目論의 명과 비슷하다. 비교하자면 '유명有名'을 말한 공묵은 실재론을 주장한 유신론자요, '무명無名'을 말한 노장은 유명론을 주장한 신불가지론자神不可知論者다.

허명론虛名論

장자莊子/잡편雜篇/칙양則陽

누가 시킨다는 유위有爲는 실재론實在論이요,

함이 없다는 무위無爲는 허명론虛名論이다.

명도 있고(有名) 실도 있다(有實) 함은

물질이 거처한다는 입장이고,

명도 없고(無名) 실도 없다(無實) 함은

물질이 공허하다는 입장이다.

말할 수 있고 생각할 수 있지만

말을 하면 할수록 도道와 멀어진다.

或使則實

莫爲則虛

有名有實

是物之居

無名無實

在物之虛

可言可意

言而愈疏.

이상으로 노장의 '무명'을 설명해 보았지만 이는 고대의 논쟁으로 끝나는 것이 아니다. 20세기를 '구조주의'라고 말하는데, 이는 음성학·언어학·기호학 등으로 촉발된 언어의 규정력에 대한 관심이 정신분석학·인류학·사회학 등 인문과학 전반에 파급되었고 마르크스주의와 실존주의에 대한 전반적인 검토로 이어지는 큰 조류를 형성했기 때문이다. 결국 이런 흐름은 "인간이란 자의적인 언어구조의 조형물에 불과하다"라는, 근대의 이성적 인간을 해체해 버리는 포스트모던의 대명사로까지 불리게 되었기 때문에 20세기의 중심 화제라고 말하는 것이다.

그러나 이보다 19세기 초에 출판된 셸리(M. W. Shelley, 1797~1851)의 과학소설 『프랑켄슈타인(Frankenstein)』에 등장하는 인조인간이 '이름(名)'을 갖지 못함으로써 괴물로 불리고 인간으로 살 수 없는 비극이야말로 구조주의를 미리 예고하고 비판한 것으로 볼 수 있다. 소설 속의 청년 과학도인 빅토르 프랑켄슈타인이 흩어진 신체의 각 부위를 접합해서 인간을 닮은 생명체를 창조했는데 미처 '이름'을 지어주지 못한 것이 이 괴물의 비극적 삶의 발단이 된다는 이야기다.

그런데 이름을 지어주지 못한 이유는 이 과학도의 실수라기보다는 적당한 이름을 붙여줄 수 없었기 때문인지도 모른다. 고물상에서 부품을 조립하여 자동차를 만들었다면 '고물자동차'라는 이름을 붙여줄 수도 있을 것이다. 그렇다면 과학도가 만든 이 괴물이, 신체의 각 부위들을 빠짐없이 제 위치에 자리하도록 조합해서 만든 것이어서 그 구조와 기능과 모습이 인간과 다를 바 없다면 인간이란 이름을 붙여주어도 무방하지 않았을까? 그런데 이 과학도는 왜 이름을 지어주지 못했을까? 혹시 조합한 신체의 각 부위가 이름이 다른 여러 사람의 것이었기에 어떤 한 사람의 이름을 따르지도 못하고 새로운 이름을 짓는 것도 곤란하다고 생각한 것이 아니었을까? 또 혹시 구조적으로는 인간과 다름이 없지만 인간의 심성과는 다른 생명체라고 판단한 것이 아니었을까?

어떻든 소설 속의 이 사건은 구조주의와 명칭(名)에 대한 의문과 관심을 불러일으켰고 오늘까지도 회자되고 있다.

이와 같이 공자의 '정명'과 노장의 '무명'이란 테제는 고대의 중요한 쟁점으로 끝나는 것이 아니라 지금도 유효하며 주목할 가치가 있는 것이다.

도는 형상이므로 감각으로는 알 수 없다

노장은 도道를 '대상大象'이라 했다. 여기서 상象은 『주역』의 상과 같은 것으로 플라톤의 이데아(idea)와 비슷하다. 이처럼 노자의 '상'과 플라톤의 '이데아'를 대비시키는 것은, 편차는 있지만 대체로 중국학계의 일반적인 경향이다. 그러나 우리 학자들은 '대상'의 뜻을 전혀 모르고 지나친다. 도올은 '대상'을 '위대한 야망'이라고 해석하고 청소년들에게 말하듯이 야망을 갖자고 열변을 토하지만 이는 치졸한 오역이다(『노자와

21세기』권3 270쪽).

노자老子/35장(죽간본 32장)

위대한 형상形象인 도道를 잡으면 천하를 돌아오게 할 것이며,　　　執大象 天下往.[37]

　　김경탁 : 대상(大의 모습)을 잡고 천하에 가면

　　노태준 : 대상(위대한 모양)을 잡아 천하에 가면

　　도올 : 큰 모습(야망)을 잡고 있으면 천하가 움직인다

　　오강남 : 위대한 형상을 굳게 잡으십시오. 세상이 모두 그에게 모여들

　　　　　　것입니다

　　이석명 : 거대한 형상 잡고 있으면 세상 사람들이 와서 귀의하네

돌아오는데 훼방할 것이 없으니　　　　　　　　　　　　往而不害

안락하고 공평하고 태평할 것이다.　　　　　　　　　　安平太.

　　김경탁 : 가도 해롭지 아니하며

　　노태준 : 어디를 가나 해롭지 않으며

　　도올 : 움직여도 해가 없으니 편안하고 평등하고 안락하다

　　오강남 : 그대에게 모여들어 해 받음이 없을 것입니다

　　이석명 : 귀의하면 해로움이 없으니

　그러나 노장의 상象과 플라톤의 이데아가 똑같다는 것은 아
니다. 다만 '상'이나 '이데아'가 똑같이 존재의 근원이고, 형
이상의 실체를 지칭하고 있다는 점에서 일치하며, 만물의 시
원인 원동자原動者, 능산자能産者인 유일자唯一者를 어떤 꼴

---

37) 往(왕)=傅奕本은 王으로 됨. 王=天下所歸往也. 孔子曰 一貫三爲王.

(form)이라고 한다는 점에서 너무도 유사하다. 훗날 성리학에서는 그것을 '태극도太極圖'로 표현했고 원불교에서는 '일원상一圓相'으로 표현한 것도 그 연원은 『노자』와 『주역』의 상象에서 나온 것이다.

어찌되었든 『노자』에서 말하는 '상'이 도를 말한 것은 분명하다. 도올의 말처럼 도와는 상관없는 어떤 추상적 가치나 야망을 말한 것은 결코 아니다.

무엇보다 『노자』 4장의 "상象은 천제보다 앞서 있다(象帝之先)", 14장의 "물체가 없는 상(無物之象)", 21장의 "도가 사물을 지음에 그 속에 상이 있다(道之爲物 其中有象)", 35장의 "위대한 상을 잡으면 천하가 귀의한다(執大象 天下往)", 41장의 "위대한 상은 형체가 없다(大象無形)" 등 『노자』에서 말한 '상'이라는 글자를 도올처럼 '야망'으로 해석하면 말이 통하지 않는다. 이렇듯 우리 학자들은 모두 오역을 하고 있는 것이다.

노자老子/4장

도道는 항상 빈 그릇처럼 비어 있으나	道沖[38]
그것을 쓸 수 있지만 결코 채워지지는 않는다.	而用之 或[39]不盈
나는 누구의 자식인지 모르지만	吾不知誰之子
형상形相(이데아)은 천제보다 앞선다네.	象[40]帝之先.

  김경탁 : 상象이 신神보다 먼저 있다

---

38) 沖(충)=虛也, 涌(溢)也. 부혁본은 盅(器虛也)으로 됨.
39) 或(혹)=백서본은 有로 됨.
40) 象(상)=장자가 말한 形相 즉 이데아.

노태준 : (象에 대한 해석 없음) 천제보다 앞선 것 같다

김용옥 : (象에 대한 해석 없음) 하느님보다도 앞서는 것 같네

오강남 : (象에 대한 해석 없음) 하느님보다 먼저 있었음이 틀림없습
니다

이처럼 노자의 도道는 대상大象(늑이데아)이므로 감각이나 관
념으로는 이해할 수 없다. 여기서 말하는 상象은 『주역周易』의
상象과 같은 것으로 현상現狀이 없는 보이지 않는 꼴(form)이다.

주역周易/계사繫辭 상/1장

하늘의 일월성신은 상象(이데아)을 이루고   在天成象

땅의 산천과 동식물은 형체(질료)를 이루어   在地成形

음양의 변화와 조화를 드러낸다.   變化見矣.[41]

주역周易/계사繫辭 상/8장

성인이 천하의 심원한 자취를 보고   聖人有以見天下之賾.[42]

그 형용을 의제擬制하여 그 사물의 마땅함을 표상表象했다.   而擬諸其形容 象其物宜

그러므로 그것을 '상'이라 말한 것이다.   是故謂之象.

노자老子/41장

위대한 그릇은 늦게 이루어지고,   大器晩成

---

41) 本義 : 象者 日月星辰之屬. 形者 山川動植之屬. 變化者 陰變爲陽 陽化爲陰者也.

42) 賾(색)=幽深難見也.

위대한 음악은 소리가 없으며,　　　　　　　　　　　　大音希聲

위대한 형상(이데아)은 형체가 없다.　　　　　　　　大象⁴³⁾無形

　　도올 : 큰 모습은 모습이 없다

이처럼 도는 드러나지 않아 '무명無名'이다.　　　　　道隱無名.

　　도올 : 길이란 늘 숨어 있어 이름이 없다

노자老子/14장

위로 올라가도 밝지 않고, 아래로 내려가도 어둡지 않으며,　　其上不曒⁴⁴⁾ 其下不昧

실타래처럼 끝이 없으니 명名을 붙일 수도 없다.　　　　繩繩⁴⁵⁾不可名.

물체 없는 데로 돌아가니　　　　　　　　　　　　　復歸於無物

이를 현상이 없는 현상 즉 이데아라 하고　　　　　　是謂無狀之狀.

　　김경탁 : 다시 무물無物로 돌리어 이를 형상이 없는 형상 즉 순수형상

　　　　　純粹形相이라 하고

　　도올 : 모습 없는 모습이요

물상物像이 없는 형상(이데아)이니　　　　　　　　　無物之象

측량할 길 없는 혼돈混沌(카오스)이라 한다.　　　　　是謂惚恍.

　　김경탁 : 동작이 없는 동작 즉 순수동작純粹動作이라고 한다

　　도올 : 물체 없는 형상이라 한다. 이를 일러 홀황하다 한다

앞에서 맞이하려 해도 머리를 볼 수 없고,　　　　　迎之不見其首

뒤를 따르려 해도 꼬리를 볼 수 없다.　　　　　　　隨之不見其尾.

그러므로 옛 도를 잡아 지금의 일을 다스리니　　　執古之道 以御今之

---

43) 大象(대상)=竹簡本과 帛書本은 天象으로 됨.

44) 曒(교)=皎也.

45) 繩(승)=無涯際貌.

또한 옛날과 시작을 능히 안다.

이를 도의 시원始原인 벼리(紀)라고 말한다.

有能知古始

是謂道紀.

한비자韓非子/해로解老

사람은 생명의 형상을 보기 어렵다.

그러나 죽음의 형상인 해골은 안다.

그래서 기호를 그려 생명을 상상하려 한다.

사람들은 마음속으로 상상한 것에 따라

모두 형상을 만든다.

이제 도는 비록 듣고 보지는 못하지만

성인은 그 드러난 공효를 잡아 그 형상을 드러내 보여주었다.

그래서 노자는 도를 '현상이 없는 현상'이요

'물체가 없는 형상'이라고 말한 것이다.

人希見生象也.

而得死象之骨.

案[46]其圖以想其生也.

故諸人之所以意想者

皆爲之象也.

今道雖不可得聞見

聖人執其見功 以處見其形.

故曰 無狀之狀

無物之象.

장자莊子/외편外篇/지북유知北遊

공자가 노담에게 말했다.

"오늘 마침 한가하니 지극한 도에 대해 여쭙고자 합니다."

노담이 말했다. "너는 우선 재계하여 네 마음을 세탁하라!

네 정신을 깨끗이 하고, 네 지식을 깨부숴버리라!

대저 도란 심원하여 말하기 어렵다.

孔子問於老聃曰

今日晏間 敢問至道

老聃曰 汝齋戒 疏瀹[47]而心.

澡雪[48]而精神掊擊而知

夫道窅然[49] 難言哉.

---

46) 案(안)=依也, 據也.

47) 疏瀹(소약)=疏通 洗濯.

48) 澡雪(조설)=精潔.

49) 窅然(요연)=遠望也.

특별히 너를 위해 그 언저리나마 대략 말해보겠다.　　　將爲汝言其崖略

대저 밝음은 어둠에서 나오고,　　　夫昭昭生於冥冥

도리는 형체가 없는 것에서 생긴다.　　　有倫生於無形.

정신은 도에서 생기고,　　　精神生於道

형체의 근본은 정기精氣에서 생기는 것이며,　　　形本生於精

만물은 형상(이데아)으로 생기는 것이다."　　　而萬物以形相生.

　위 한비의 글에서 "성인의 드러난 공효를 잡아 그 형상을 드러내 보여준다"는 말은 성인이 괘를 그린 의도를 설명한 것이다. 즉 성인이 8괘 혹은 64괘를 그려 천리天理를 형상화함으로써 알게 한다는 말이다. 그러나 그 형상화된 괘를 통해 천리를 깨닫는다 해도 그것은 천리가 아니라 이미 마음으로 가공된 도리일 뿐이며, 또한 그것을 언어로 말하면 또다시 언어구조로 재가공된 것이므로 천리와는 더 멀어진다. 즉 언어로 재가공되면 자연의 구조가 언어구조로 변형된다는 뜻이다. 그래서 역易을 다시 천역天易·성역聖易·심역心易으로 나누는 것도 이것을 말하기 위함이다. 즉 자연의 천리(天易)는 언어구조로는 알 수 없으므로 성인이 괘상으로 그려놓은 것(聖易)을 매개로 마음으로 직관하여 체득하는 것(心易)만이 바른 길이라는 뜻이다.

지봉집芝峰集/권27/병촉잡기秉燭雜記

이도순이 말하기를, 삼역三易이란　　　李道純曰 三易者

하나는 천역이요 또 하나는 성역이요 셋은 심역이다.　　　一天易 一聖易 三心易

천역이란 역의 이理요,　　　天易者易之理也.

성역이란 역의 상象이요,

심역이란 역易의 도道이다.

聖易者易之象也.

心易者易之道也.

　또한 장자는 이 대상大象인 도를 '우주宇宙'라고 말한다. 그리고 그 우주는 실체이지만 처한 곳이 없고, 구원하지만 그 근본을 표시할 수 없는 것이라고 말한다. 그러므로 우주는 언어로 계량하거나 분별할 수가 없다. 일찍이 묵자는 천지를 우주로 표현했다. '우宇'는 천지의 공간이고 '주宙'는 천지가 이동하는 시간이다. 훗날 독일의 칸트는 이 우주를 순수직관에 의한 '인식의 선험적 형식'이라고 말했다. '우(공간)'는 외감外感의 형식이며, '주(시간)'는 내감內感의 형식이다. 칸트는 지각 속에 나타나는 것을 현상現象이라 부르고 이것을 두 부분으로 나눈다. 하나는 대상對象에 기인하는 것인데 이것을 감각感覺 (sensation)이라고 부르고, 또 하나는 우리의 주관적主觀的 기관 器官에 기인하는 것인데 이것을 '현상의 형식'이라 불렀다. 그리고 이 형식을 '순수직관(pure-intuition)'이라 말했다. 그러므로 이러한 시간과 공간이라는 '현상의 형식'이야말로 바로 이데아를 말한 것이다.

묵자墨子/경설經說 상

시간(久)은 다른 시각들이 충만한 것이며,

공간(宇)은 다른 장소들이 충만한 것이다.

시간은 옛날과 지금을 합한 것이며

공간은 동서남북을 덮은 것이다.

久彌異時也

宇彌異所也.

久合古今旦暮

宇覆東西南北.

묵자墨子/경설經說 하

시간과 공간이 없는 것은 단단하고(堅) 희다(白)는 것과 같다.　　　無久與字 堅白

시간과 공간이라는 인자因子에 대해 말한다.　　　說在因.

(견백堅白은 두 인자가 없으므로 물物이 아니며 따라서 동이同異가 분
별될 수 없다.)

묵자墨子/경설經說 하

공간의 이동이 시간이다.　　　宇徙久.

대우주는 이동해도 우주 안에 있으니,　　　長宇徙 而有處宇

우주의 남북은 아침에도 있고 또한 저녁에도 있다.　　　宇南北在旦 有在暮.

시자尸子/하(시자[50] 저)

사방四方 상하上下를 우宇(공간)라 하고,　　　上下四方曰宇

지난 옛날과 오는 미래를 주宙(시간)라 한다.　　　往古來今曰宙.

장자莊子/잡편雜篇/경상초庚桑楚

형체形體가 있는 것으로 형체 없는 것을 표상하면　　　以有形者 象無形者

변화와 생성이 정지된다.　　　定[51]矣.

도道는 출현하지만 그 뿌리가 없고, 들어가지만 구멍이 없으며,　　　出無本 入無竅

실체實體가 있으나 처한 곳이 없고,　　　有實而無乎處

장구하지만 시간의 근본을 표할 수가 없다.　　　有長而無本剽

---

50) 尸子(시자)=BC 390~330. 이름은 佼(교). 전국시대 晉나라 사람으로 諸家를 종합한 雜家의 개창자이며 商鞅의 스승이다. 그의 저
　　서 『尸子』 20편이 6만 言이었다고 하나 지금은 일실되고 청대에 汪繼培가 단편들을 모아 상하 2권으로 편집했다.

51) 定(정)=止, 息也.

나온 곳이 있으나 돌아갈 구멍이 없는 것이지만 실체는 있다.　所出而無竅者有實.

이처럼 실체이지만 처한 곳이 없는 것을 공간(宇)이라 하며,　有實而無乎處者 宇也.

오랜 것이지만 그 근본을 표시할 수 없는 것을 시간(宙)이라 한다.　有長而無本剽者 宙也.

언부진의일 뿐 허무주의는 아니다

　이상 살펴본 바처럼 노장의 '불가지론'은 언어로 표현할 수 없다는 이른바 '언부진의言不盡意'일 뿐 도道가 없다는 허무주의는 아니며, 또한 도를 전혀 인식할 수 없다는 비관주의도 아니다. 즉 도는 형상(이데아)이므로 직관으로만 체득할 수 있다는 것이다. 장자가 "상망象罔과 무지無知는 도를 안다"고 말한 것이 바로 그것을 말한다.

노자老子/47장

문밖을 나서지 않아도 천하를 알고,　不出戶 知天下.

바라지로 엿보지 않아도 천도天道를 본다.　不闚牖52) 見天道.

나서는 것이 멀어질수록 아는 것은 작아진다.　其出彌遠 其知彌少.

이처럼 무위자연의 성인은 행하지 않고도 알 수 있고,　是以聖人 不行而知

보지 않고도 이름 짓고, 하지 않고도 이룬다.　不見而名 不爲而成.

---

52) 闚牖(규유)=바라지로 엿보다.

노자老子/71장

모르는 것이 무엇인지를 안다면 상책이며,	知不知上
아는 것이 무엇인지 모른다면 병통입니다.	不知知病.
병통을 병통인 줄 알면 이것은 병통이 아닙니다.	夫唯病病 是以不病.
무위자연의 성인은 병통이 없다고 말하는 것은	聖人不病
병통을 병통인 줄 알기 때문에 병통이 아니라고 말하는 것입니다.	以其病病 是以不病.

장자莊子/내편内篇/대종사大宗師

대저 도道는 정情이 있고 믿음이 있으나,	夫道有情有信
하는 것도 없고 형체도 없어	無爲無形
진할 수는 있으나 손으로 받을 수는 없으며,	可傳而不可受
체득할 수는 있으나 눈으로 볼 수는 없다.	可得而不可見.

장자莊子/외편外篇/천지天地

황제가 적수의 북쪽을 노닐며,	黃帝游乎 赤水之北
곤륜산에 올라 남쪽을 관망하고 돌아오다가	登乎崑崙之丘. 而南望還歸
검은 진주(道)를 잃어버렸다.	遺其玄珠. [53]
지혜를 시켜 찾아보게 했으나 찾지 못했다.	使知索之而不得.
눈 밝은 이주에게 찾아보게 했으나 찾지 못했다.	使離朱[54] 索之而不得.
소리에 밝은 끽후도 찾지 못했다.	使喫詬[55] 索之而不得.
이에 상망(現象을 잊어버림)에게 시켰더니 그는 진주를 찾았다.	乃使象罔[56] 象罔得之.

---

53) 玄珠(현주)=道를 상징.
54) 離朱(이주)=名目者의 가명.
55) 喫詬(끽후)=力諍者의 가명.

장자莊子/외편外篇/추수秋水

장자와 혜자가 냇물의 징검다리 위에서 놀았다.	莊子與惠子 遊於濠梁之上.
장자가 말했다. "피라미가 한가롭게 헤엄치는 걸 보니,	莊子曰 儵魚出游從容
물고기가 즐거운 모양이오."	是魚之樂也.
혜자가 말했다.	惠子曰
"당신은 물고기가 아닌데 어찌 물고기의 즐거움을 안단 말이오?"	子非魚 安知魚之樂.
장자가 답했다. "그대는 내가 아닌데,	莊子曰 子非我
어찌 내가 물고기의 즐거움을 모른다는 것을 아는가?"	安知我不知魚之樂.
혜자가 말했다. "그렇소. 나는 당신이 아니니까	惠子曰 我非子
정말 당신을 모르오. 마찬가지로 당신은 물고기가 아니니까	固不知子矣. 子固非魚
정말 당신은 물고기의 즐거움을 모른다고 해야	子之不知魚之樂
논리상 옳지 않겠소?"	全[57]矣.
장자가 말했다. "질문의 처음으로 돌아갑시다.	莊子曰 請循其本.
그대가 처음 나에게	子曰汝
'물고기의 즐거움을 어찌 아느냐'고 말한 것은,	安知魚樂云者
이미 당신은 (내가 아닌데도) 나의 앎을 알았기에	旣已知吾知之
나에게 반문한 것이오."	而問我.

그러므로 이러한 불가지론은 지자知者로 믿어왔던 성인을 포함한 모든 사람이 실제로는 무지함을 폭로하는 수단이 된다. 소크라테스는 민주당파의 무지를 폭로함으로써 왕당파를

---

56) 象罔(상망)=현상을 놓아버린 자의 가명.
57) 全(전)=具也.

옹호했고, 노자는 왕도파의 무지를 폭로함으로써 무정부주의
를 옹호했다. 그러므로 무지의 대상이 달랐을 뿐 혁명적이었
다는 점에서는 닮았다.

장자莊子/잡편雜篇/서무귀徐无鬼

만물을 해방한다고 말한 것은	則其解之也
여전히 자연 안에 있으므로 풀어주지 않은 것과 같고	似不解之也.
안다고 말한 것은	其知之也
말로 전할 수 없는 것이므로 모르는 것과 같다.	似不知之也.
구태여 말한다면 부지不知 이후에 지지知之라고 말할 수 있다.	不知以後知之.
또 그것을 묻는다면,	其問之也.
끝(分限)이 있다고 해도 옳지 않고, 없다고 해도 옳지 않다.	不可以有崖 不可以無崖.[58]
휘저은 듯한 혼란 속에 사물마다 실체實體가 있는 것은	頡滑[59]有實
고금을 통하여 바뀌지 않고, 훼손될 수도 없는 것이다.	古今不代 以不可以虧.
그런즉 가히 큰 줄거리를 들추어낸 것이라고 말하면 안 되는가?	則可不謂有大揚摧[60]乎.
어찌 이것을 묻지 않고 어찌 의혹 속에 빠져 헤매는가?	闔[61]不亦問是已 奚惑然爲.
의혹되지 않는 것으로 의혹을 풀고,	以不惑解惑
의혹되지 않는 것에서 다시 반복하라.	復於不惑
이것이 오히려 크게 의혹되지 않는 길이다.	是尚大不惑.

---

58) 崖(애)=分限.
59) 頡滑(힐골)=錯亂也.
60) 揚摧(양각)=들추어내다.
61) 闔(합)=曷也.

그러나 한편으로 불가지론은 허무주의로 흐르는 반동적 경향이 있다. 그리하여 "진리는 없다!", "힘과 승자만이 진리다!"를 외치는 현실 긍정 또는 폭력주의를 낳는다. 니체의 허무주의가 독일 나치스(Nazis)의 온상이 되었다는 역사적 사실을 우리는 반면교사로 삼아야 할 것이다.

감각인가, 마음인가?

　장자의 일곱 구멍(七竅) 우화는 너무도 유명하지만 그 해석
은 천차만별이다. 그 해석의 차이는 '일곱 구멍이 욕망의 구멍
인 감각인가, 관념의 구멍인 마음인가'에 따라 갈린다. 이 우
화는 중앙中央의 황제 혼돈混沌에게 일곱 번째 구멍을 뚫어주
었더니 그만 죽고 말았다는 것이 그 요점이다. 과연 무위자연
의 도道를 상징하는 혼돈을 죽음에 이르게 한 결정적인 원인인
일곱 번째 구멍은 무엇인가? 감각이 열렸기 때문에 무위자연
이 죽은 것인가? 마음이 열렸기 때문에 무위자연이 죽은 것인
가?

장자莊子/내편內篇/응제왕應帝王

어느 날 남해의 황제 숙儵과 북해의 황제 홀忽이　　　　　　　南海之帝爲儵 北海之帝爲忽

중앙中央의 황제 혼돈混沌의

中央之帝爲混沌

땅에서 만났다.

時相與遇於混沌之地

혼돈은 이들을 극진히 대접했다.

混沌待之甚善

숙과 홀은 혼돈이 베푼 은혜에 보답하고자 상의한 끝에,

儵與忽謀報混沌之德

모든 사람에게는 일곱 구멍(七竅)이 있어

曰 人皆有七竅

보고 듣고 먹고 숨쉬는데,

以視聽食息

혼돈은 유독 구멍이 없으니 구멍을 뚫어주기로 결정했다.

此獨無有 嘗試鑿之

그들은 혼돈에게 하루에 하나씩 구멍을 뚫어나갔다.

日鑿一竅

7일째 마지막 일곱 번째 구멍을 뚫자 혼돈은 그만 죽고 말았다.

七日而混沌死.

중앙中央에 대한 주자朱子의 해석

주자대전朱子大全/권72/황극변皇極辨

'황皇'이란 군주를 칭한 것이요,

皇者君之稱也.

'극極'이란 지극한 뜻과 표준의 명칭을 이름 붙인 것이다.

極者至極之義 標準之名.

이러한 황극은 항상 사물의 중앙에 있으므로

常在物之中央

사방에서 그것을 바라보며,

而四外望之

그것을 표준으로 삼아 바르게 하는 것이다.

以取正言者也.

그러므로 극을 중앙에 있는 표준 또는 표적이라 하면 옳지만,

故以極爲在中之準的則可

만약 극이 곧 중도中道라고 말하는 것은 옳지 않다.

便訓極爲中則不可.

장자의 도는 무위자연이다. 중앙의 혼돈은 도를 상징한다. 자연의 현상적 구별은 인위이며, 현상이 아닌 자연의 본체는 무위無爲한 혼돈이라는 것이다. 그러므로 혼돈을 대상大象이라고도 말한다. 즉, 현상에 내재한 '위대한 형상形象(이데아)'이

라는 것이다. 이처럼 대상은 현상이 아니므로 보아도 보이지 않고 들어도 들리지 않고 붙잡아도 잡히지 않는다. 그러므로 감각으로도 알 수 없고, 관념으로도 알 수 없다. 즉, 학문도 지식도 견문도 이것을 알 수 없다. 오직 직관적 체득만이 가능할 뿐이다. 그러므로 노장은 감각의 구멍과 관념의 구멍을 막아야만 도를 체득할 수 있다고 말하는 것이다. 따라서 장자가 말한 일곱 번째 구멍은 '마음 구멍(心竅)'이라고 해석해야 옳다는 것이 내 생각이다.

아홉 구멍과 일곱 구멍

중국 속담에 따르면 사람에게는 7개의 구멍(七竅)이 있는데, 그것은 이耳·목目·구口·비鼻·항문肛門·요도尿道와 심규心竅(마음 구멍)를 합해 7개라고 한다. 은殷나라 폭군 주왕紂王이 "성인에게는 가슴에 '마음 구멍'이 있다는데, 과연 시험해 보자"며 충신 비간比干의 가슴을 쪼갠 흉포한 사건은 오늘날까지도 인구에 회자되고 있다.

그러나 『관자』와 『장자』에서는 '아홉 구멍(九竅)'으로 말하고 있는데, 아마 이는 심규를 제외한 육체의 구멍을 말하는 것 같다(이2·목2·구1·비2·항문1·요도1). 반면 『열자』에서는 성인은 마음 구멍이 비어 있다고 말하고 있다.

관자管子/권16/내업內業

정기는 스스로 생성되어 존재하니 그 밖이 안녕하며,	精存自生 其外安榮.
안으로 저장하여 원천으로 삼으면	內藏 以爲泉源.
호수처럼 화평하고,	浩然和平.
이로써 기의 연못으로 삼으면 연못이 마르지 않고	以爲氣淵 淵之不涸.
사지가 굳건하며 샘이 마르지 않는다.	四體乃固 泉之不竭.
아홉 구멍(九竅)이 통하게 되어	九竅遂通
능히 천지를 몸으로 삼고 사해를 입으리니,	乃能窮[1]天地 被四海.
안으로 의혹된 마음이 없고 밖으로 사특함과 재앙이 없으리라.	中無惑意 外無邪菑.
안으로 마음이 온전하고 밖으로 몸이 온전하면	心全於中 形全於外
하늘의 재앙을 만나지 않고, 남의 해침을 받지 않을 것이니,	不逢天菑 不遇人害
그를 일러 성인이라 하는 것이다.	謂之聖人.

장자莊子/내편內篇/제물론齊物論

사람은 백 개 골절, 아홉 구멍, 육장이 갖추어져야	百骸[2] 九竅[3] 六藏[4] 骸
존립할 수 있으니,	而存焉.
우리는 어느 것만 좋아할 수 있겠는가?	吾誰與爲親.

---

1) 窮(궁)=究也, 假作躬.
2) 骸(해)=脛骨.
3) 九竅(구규)=耳目口鼻 7竅와 항문, 요도의 下二漏.
4) 六臟(육장)=心肝脾肺腎 五臟와 右命門.

열자의 일곱 구멍(七竅)

열자列子/중니仲尼

용숙이 문지에게 말했다.

"선생님의 재주는 미묘합니다.

제게는 병이 있는데 선생께서는 고쳐주실 수 있을 것입니다.

저는 마을에서 칭찬하지만 영예롭게 여기지 못하고,

나라에서 헐뜯지만 욕되게 여기지 않습니다.

얻어도 기쁘지 않고 잃어도 걱정되지 않습니다.

삶도 죽음처럼 보이고 부유함도 가난하게 보입니다.

사람이 돼지처럼 보이고 내가 남처럼 보입니다.

집에 있어도 여인숙처럼 느끼고

우리 마을이 오랑캐 나라로 보입니다.

이처럼 병이 많아서

벼슬과 상으로도 권면할 수 없고 법과 형벌로도 위압할 수 없으며,

성쇠盛衰와 이해利害로도 바꿀 수 없고

애락哀樂으로도 교화되지 않습니다.

저는 그래서 임금을 섬기거나 친구를 사귀지 못하고,

처자를 거느리거나 하인을 다스릴 수도 없습니다.

이것은 무슨 병일까요? 무슨 수를 써야 고칠 수 있을까요?"

문지는 용숙에게 햇볕을 등지게 하고

그의 가슴을 들여다보고 대답했다.

"오! 저는 선생의 가슴을 보았습니다.

그런데 넓이 한 치만큼이 비어 있습니다.

이는 거의 성인에 가까운 증상입니다.

龍叔謂文摯曰

子之術微矣.

吾有疾 子能已乎.

吾鄕譽不以爲榮.

國毁不以爲辱.

得而不喜 失而弗憂.

視生如死 視富如貧.

視人如豕 視吾如人.

處吾之家 如逆旅之舍.

觀吾之鄕 如戎蠻之國.

凡此衆疾

爵賞不能勸 刑罰不能威.

盛衰利害不能易

哀樂不能移.

固不可事國君 交親友

御妻子 制僕隷.

此奚疾哉. 奚方能已之乎.

文摯乃命龍叔 背明而立

而望之曰

嘻吾見子之心矣.

方寸之地虛矣.

幾聖人也.

선생의 마음은 6개의 구멍은 유통되고 있는데
1개의 구멍이 트이지 않고 있습니다.
지금 선생께서 성인의 지혜를 병이라고 여기는 까닭은
이 때문일 것입니다.
저와 같은 재주로는 고칠 수 있는 병이 아닙니다."

子心六孔流通
一孔不達.
今以聖智爲疾者
或由此乎.
非吾淺術所能已也.

묵자와 노자의 마음 구멍

일찍이 묵자는 마음 구멍(心竅)이 없으면 인식이 잘못되므로
열려 있어야 한다고 강조했다. 다만 그는 성선설이나 성악설
이 아니라 마음은 백지와 같다는 인성학습설을 주장했으므로,
그가 말한 마음 구멍은 선험적인 것이 아니라 후천적인 경험
으로 이해해야 한다.

그러므로 성선설에서는 마음 구멍이 열려 있어야 선험이 나
올 수 있고, 인성학습설에서는 마음 구멍이 비어 있어야 경험이
들어갈 수 있다. 선험론에서 '마음 구멍이 막힌다(塞其兌)'는 것
은 애초부터 저장되어 있는 선험적인 인식기능이 막혔다는 뜻
이고, 경험론에서 '마음에 빈 구멍이 없다(心無空)'는 것은 소통
의 경험을 저장할 수 없다는 말이다. 이처럼 유가와 묵가는 서
로 다르지만 '마음 구멍을 열어야 한다'는 점에서는 서로 다르
지 않다.

그러나 노장은 반대로 말한다. 즉, "마음 구멍을 막아야 소

통된다"고 말한다. 이처럼 반대로 말한 것은 무슨 뜻인가? 이는 분명 선험론이나 경험론을 거부하고 직관주의를 말한 것이다.

이처럼 유가·묵가·노장이 다르지만 한 가지 공통되는 점이 있다. 이들 모두가 감각의 구멍뿐만 아니라 마음의 구멍까지 포함해서 말하고 있다는 것을 알 수 있다.

그러나 우리 학자들은 이것을 인식론으로 해석하지 않고 욕망을 없애야 착한 사람이 될 수 있다는 유가들의 수신론修身論으로 해석하고 있다.

마음 구멍(관념의 문)이 비어 있어야 한다

묵자墨子/소취小取

도둑은 사람이다.	盜人也.
도둑이 많은 것은 사람이 많은 것이 아니다.	多盜 非多人也
도둑이 없기를 바라는 것은 사람이 없기를 바라는 것이 아니다.	欲無盜 非欲無人也.
이에 대해서는 세상이 모두 옳다고 한다.	世相與共是之.
만약 그렇다면 도둑을 사랑한 것은 사람을 사랑한 것이 아니며,	若若是則 愛盜 非愛人也.
도둑을 죽인 것은 사람을 죽인 것이 아니라고	殺盜 非殺人也
말할 수도 있을 것이다.	無難矣.
전자와 후자의 논리가 같으므로	此與彼同類
세상은 뒤의 말을 비난하지 못한다.	世有彼而不自非也
묵자는 이러한 태도에 대해 비난했다.	墨子有此而非之.
이것은 다른 데 원인이 있는 것이 아니고	無他故焉
안으로 굳어 있고 밖으로 막혀 있고,	所謂內膠而外閉

더불어 마음 구멍이 비어 있지 않기 때문이다.　　　　　　　　與心毋空乎

이처럼 안으로 마음이 막혀 있으면 이해하지 못하는 것이다.　　內膠而不解也.

마음 구멍을 닫아야 한다

노자老子/52장

천하는 비롯됨이 있으니 천하의 어미로 삼는다.　　　　　　　天下有始 以爲天下母.

이미 어미를 안다면 다시 그 자식을 알 수 있다.　　　　　　旣得其母 復知其子.

이미 아들을 알고 또 그 어미를 지킨다면　　　　　　　　　旣知其子 復守其母

종신토록 잘못이 없을 것이다.　　　　　　　　　　　　　沒身不殆

여섯 구멍(이 · 목 · 구 · 비 · 요도 · 항문)을 막고　　　　　塞其兌 [5]

마음의 문(心竅)을 닫으면　　　　　　　　　　　　　　　閉其門 [6]

종신토록 수고롭지 않을 것이다.　　　　　　　　　　　　終身不勤.

> 왕필 : 욕망의 구멍(耳目口鼻)을 막고 욕망의 문을 닫으면
>
> 김경탁 : 감각의 구멍을 닫고 그 문을 닫으면
>
> 노태준 : 이목구비를 통한 욕망을 막고, 정욕의 문을 닫으면
>
> 도올 : 얼굴의 감정의 구멍을 막고, 사타구니의 욕정의 문을 닫아라
>
> 오강남 : 입을 다무십시오. 문을 꽉 닫으십시오
>
> 임채우 : 그 입구를 막고 그 문을 닫으면
>
> 이석명 : 오관의 구멍을 막고, 오욕의 문을 닫으면

일곱 구멍을 열고 만사를 헤아리려 한다면　　　　　　　　開其兌 済其事

종신토록 다스리지 못할 것이다.　　　　　　　　　　　　終身不救.

---

5) 兌(태)=穴也. 왕필 : 事欲之所由生. 朴世堂은 通으로 解한다.

6) 門(문)=마음의 창문. 왕필 : 事欲之所由從也.

김경탁 : 감각의 구멍을 열고 그 일을 하면

노태준 : 구멍을 열고 욕망을 충족시키는 일을 계속하면

도올 : 구멍을 열고 일로만 바삐 건너다니면

오강남 : 입을 여십시오. 일을 벌여놓으십시오

이석명 : 오관의 구멍을 열어놓고 일을 하려 하면

노자老子/56장

지자知者는 말하지 않고, 말하는 자는 지자가 아니다.　　　　知者不言 言者不知.

감각의 구멍을 막고, 마음의 문(心竅)을 닫으며,　　　　塞其兌 閉其門.

　　도올 : 그 감정의 구멍을 막고, 그 욕정의 문을 닫으며

그 날카로움을 꺾고 엉킨 실 (분란)을 풀며,　　　　挫其銳 解其紛.

광명에 화합하고, 티끌에 함께한다.　　　　和其光 同其塵.

이것을 일러 현묘한 대동의 도道라 말한다.　　　　是謂玄同.

　　도올 : 이것을 일컬어 가믈한 고름이라고 한다

왜 마음 구멍인가?

　앞의 『노자』와 『장자』의 문장만으로는 노자가 말한 '구멍'
과 장자가 말한 '일곱 구멍'이 이목구비耳目口鼻만을 말하는 것
인지, 중국의 속담대로 항문과 성기와 마음 구멍까지를 포함
하는 것인지 분명하지 않다. 이를 알기 위해서는 지금까지 살
펴본 노자의 불가지론과 직관주의의 의미를 다시 한 번 정리

해 보아야만 한다.

노자를 직관주의라고 하는 것은 감성이나 이성의 매개 없이 직접적으로 파악되는 자명한 무위자연의 생명을 도道로 보는 존재론을 전제로 하기 때문이다. 이 점에서 지각의 매개 없이 감성에 의한 직접적 파악을 말하는 일반적 의미의 '감성적感性的 직관주의'와도 다르며, 또한 감성적 직관도 논증적인 인식도 부정하고 이성에 의한 직접적 파악을 주장하는 플라톤이나 아리스토텔레스의 '지적知的 직관주의'와도 다른 것 같다.

오히려 추상적이거나 분석적인 이성적 사고를 거부하고 구체적이고 체험적인 직관이나 생명의지의 무의식적인 본능을 중시하는 20세기의 생철학자들의 직관주의에 근접한 것으로 이해할 수 있을 것이다.

유가들의 정태적인 도덕론을 거부하는 노장은 동태적인 변화變化를 주목한다. 이것은 변화와 그 법칙성에 주목하는 역易 사상과 맥을 같이한다. 묵자와 장자는 우주宇宙를 공간적인 우宇와 시간의 주宙의 결합으로 이해한다. 칸트의 말을 빌리면 변화란 외감外感의 형식인 공간과 내감內感의 형식인 시간의 결합이다. 그러므로 그 변화의 인식은 외감의 기관인 감관感官뿐 아니라 내감의 기관인 심관心管의 역할이 동시에 요구된다는 뜻이다. 시간은 감각적 존재가 아니므로 외감으로는 인식할 수 없고 내적 의식, 즉 마음으로만 인식될 수 있기 때문이다.

그러나 노장은 변화만을 말하고자 하는 것이 아니라 변화에 주목함으로써 그 변화의 시원인 도道를 강조하고자 한다. 그런데 그 도는 인지 형식인 공간과 시간으로는 환원하고 규정할 수 없는 것이다. 따라서 도는 감관과 심관만으로는 인식이 불가능하고 그것을 극복한 생명과 삶의 자명하고 직접적인 체득을 통해서만 알 수 있다고 보는 것 같다.

이로 볼 때 노자가 막아야 한다고 말한 구멍은 이목구비 외에 항문과 성기와 심관도 포함되는 것으로 읽어야 할 것이다.

다음에 인용한 『노자』 3장은 공자와 묵자가 강조하는 상현尙賢을 반대하고 무지無知와 허심虛心을 강조한다. 19장에서는 절성기지絶聖棄智를 말하고, 20장에서는 절학絶學을 말한다. 욕망의 문은 감관이요, 지식 · 지혜 · 학문의 문은 심관이라면, 노자는 심관에 대해 부정적이었음이 분명하다. 그러므로 『노자』 52장과 56장에서 말한 '막아야 할 구멍'과 『장자』 「내편內篇」 응제왕편에서 말한 '뚫지 말아야 할 일곱 구멍'은 『노자』 3장의 '허심' 및 19장의 '절성기지'와 같은 뜻으로 읽어야 할 것이다.

노자老子/3장

어진 이를 숭상하지 않으면 백성들이 다투지 않을 것이며,	不尙賢 使民不爭.
얻기 어려운 재화를 귀하게 여기지 않으면	不貴難得之貨
백성은 도둑질을 하지 않을 것이다.	使民不爲盜.
욕망이 채워지는 것을 보지 않으면	不見可欲
백성의 마음을 어지럽게 하지 않을 것이다.	使民心不亂.
이처럼 무위자연의 성인의 다스림은	是以聖人之治.
마음을 비우고 뱃속을 채우며,	虛其心7) 實其腹.8)
뜻을 약하게 하고 골격을 강하게 한다.	弱其志 强其骨.

백성으로 하여금 항상 무지無知·무욕無慾하게 함으로써
지식 있는 자들이 함부로 인위를 하지 못하도록 한다.
무위로 다스리면 다스려지지 않는 일이 없다.

常使民無知無欲
使夫知者不敢爲也.
爲無爲則無不治.

뚫음이 왜 막힘인가? 막음이 왜 소통인가?

노자의 "구명을 막는다(塞兌)"는 말은 과연 무슨 뜻인가? 설
마 감관과 심관을 모두 막아버려 그 기능을 죽여버려야 한다
는 뜻인가? 그것은 아닐 것이다. 그러므로 나는 노자의 '색태
塞兌(구명을 막음)'와 '허심虛心(마음을 비움)'은 같은 것으로 풀
이했다. 외적 작용에 의해 감관과 심관이 본래의 순수함을 잃
고 물들여지는 것을 반대한다는 뜻이다.

구명은 숨통이다. 구명은 문이다. 그러므로 구명은 통로이
다. 그런데 노자는 "구명을 막으라"고 했고 장자의 우화에서
는 "막아야 할 구명을 뚫으면 도道가 죽는다"고 말한다. 이것
은 소통을 막으라는 말인가? 그러나 그렇지 않다. '구명을 막
으라'는 말은 역설적으로 '소통하게 하라'는 말이어야 한다.

여기서 잠시 우리는 생각을 전환시켜야 한다. 장자의 우화
에서 중앙中央인 혼돈混沌의 형체를 뚫었다는 것은 자연을 거스

---

7) 心(심)=七竅의 心官.
8) 腹(복)=중앙, 즉 무위자연.

른 것이다. 중앙은 자연이며 도를 상징하므로 중앙은 이미 자연 상태의 소통과 보이지 않는 뚫림이 있었는데, 미처 그것을 모르고 억지로 형체에 구멍을 뚫었다면 도리어 소통을 막아버린 것이 아닌가? 다시 말하면, 자연은 저절로 소통이며, 뚫음은 반자연이며 인위이므로 자연스런 소통을 죽인 것이다.

항문은 배설의 통로이다. 그러나 언제나 막혀 있거나 언제나 닫혀 있어서는 안 된다. 배설이 필요할 때만 열렸다가 다시 닫혀야 한다. 만약 억지로 뚫어놓으면 소통이 지나쳐 똥싸개가 될 것이다. 그러므로 뚫는 것은 도리어 소통이 될 수 없다. 반대로 꽉 막혀 있으면 변비로 죽을 수도 있을 것이다. 그러므로 막힌 것도 소통이 아니다.

인간의 감관과 심관도 이와 마찬가지다. 항상 열려 있어 헛된 욕심과 관념에 물들여져 본성을 가린 경우나, 반대로 꽉 닫혀 있어 생명의 욕구와 인식이 억눌리고 질식하게 한 경우나 모두 본성을 소통시킨 것이 아니다. 그러므로 구멍은 자연대로 열리고 닫혀야 소통이 가능한 것이다.

인간의 감관은 습관에 따라 물들여져 왜곡된다. 어릴 때부터 단맛에 길들여지면 단맛만 좋아한다. 태어나서 젖을 먹은 아이와 우유를 먹은 아이는 맛에 대한 감각이 다르다. 미각뿐 아니라 귀와 눈과 코도 마찬가지이다. 이목구비뿐만 아니라 마음도 마찬가지이다.

반달곰은 왜 맛없는 대나무만 먹을까? 사슴은 왜 목이 길어지면서까지 높은 나뭇가지의 잎만 먹을까? 말똥구리는 왜 더러운 말똥만 먹을까? 늑대는 왜 썩은 고기만 먹을까? 일본인들은 한국인들이 좋아하는 마늘 냄새를 왜 그토록 싫어할까?
서양인들은 동양인들이 좋아하는 된장을 왜 썩은 냄새라고 싫
어하는가? 이것은 입맛이 갓난아기 때부터 길들여지고 물들여
진 탓이다. 아니면 선천적으로 유전인자에 각인되었는가? 아
니다. 물들여진 때문이다.

두더지는 왜 땅속에 살까? 박쥐는 왜 굴속에서 살까? 원숭
이는 왜 나무 위에서 살까? 이것은 갓난아기 때부터 길들여진
학습 탓인가? 아니면 선천적인 유전인가? 그런데 2,500년 전
묵자는 인간은 물론 국가도 물들여진다고 주장했다. 인간성은
후천적인 학습에 의해 결정된다는 인성학습론을 주장한 것이
다. 그래서 시선詩仙 이백李白은 다음과 같이 노래했다.

이백李白의 〈고풍古風〉

중국역대시가선집/권2(기세춘·신영복 공역)

양주는 훌쩍훌쩍 갈림길에서 울고	惻惻泣路岐
묵자는 물드는 흰 실을 슬퍼하는구나!	哀哀悲素絲
갈림길은 남북에 있고	路岐有南北
흰 실은 쉽게 변한다네!	素絲易變移

묵자에 의하면 감관뿐 아니라 심관도 물들여진다. 사랑을
받고 자란 아이와 구박을 받고 자란 아이는 심성이 다르다. 뿐
만 아니라 교육과 환경에 따라 심성은 달라진다. 특히 특정 이
념에 의식화된 사람은 다른 사상을 용납하려 하지 않는다.

그러면 노자의 "구멍을 막는다"는 말과 장자의 "구멍을 뚫

는다" 는 우화는 무엇을 말하는가? 만약 노장이 묵자의 인성학 습설에 영향을 받았다면, 그들의 말은 자연대로의 인간본성을 해치는 지배와 착취를 옹호하는 기존 문화와 가치에 의식화되는 것을 반대한 비유로 읽을 수 있을 것이다.

노자老子/12장

오색은 사람의 눈(目)을 멀게 하고,　　　　　　　五色令人目盲

오음은 사람의 귀(耳)를 먹게 하고,　　　　　　　五音令人耳聾

오미는 입(口)을 마비시키고,　　　　　　　　　　五味令人口爽

말 타기 사냥은 (人爲이니) 사람의 마음(人心)을 발광케 하고,　　馳騁[9]田獵令人心發狂

귀한 재화는 사람의 행동을 훼방시킨다.　　　　　難得之貨令人行妨.

이로써 무위자연의 성인은 뱃속 채우는 것을 위할 뿐　　是以聖人爲腹

눈요기를 위하지 않는다.　　　　　　　　　　　　不爲目.

그러므로 저것들(감관과 심관)을 버리고　　　　　故去彼

이것들(생명과 본능)을 취한다.　　　　　　　　　取此.

위의 『노자』 12장을 해설한 『장자』의 다음 글은 본성을 잃는 다섯 가지로 이耳 · 목目 · 구口 · 비鼻 · 심心을 지목하고 이것들이 어지러우면 생명을 해치는 것으로 규정했다. 즉 장자는 심心이 본성을 어지럽힌다고 보았다. 이로 본다면 장자가 말한 일곱 번째 구멍은 심관이며, 이 심관은 자연에서는 잘 소통할 수 있으므로 무위無爲한 채 놓아두어야 하는데도, 남해의

---

9) 馳騁(치빙)=말 달리기. 인위적인 소통이다.

황제 숙儵(=有象)과 북해의 황제 홀忽(=無形)이 억지로 구멍을 뚫음으로써 자연적 소통을 어지럽게 하여 중앙의 황제 혼돈混沌(=自然=道)이 죽어버렸다는 뜻으로 읽어야 할 것이다.

장자莊子/외편外篇/천지天地

대체로 본성을 잃게 하는 다섯 가지가 있다.	且夫失性有五.
첫째는 오색이 눈을 어지럽혀 밝지 못하게 하는 것이요,	一曰 五色亂目 使目不明.
둘째는 오성이 귀를 어지럽혀 듣지 못하게 하는 것이요,	二曰 五聲亂耳 使耳不聰.
셋째는 오취가 코를 지져 코가 막히고 이마를 때리는 것이요,	三曰 五臭薰鼻 困慘[10]中顙.
넷째는 오미가 입을 흐리게 하여 맛을 상하게 하는 것이요,	四曰 五味濁口 使口厲[11]爽.[12]
다섯째는 취사선택으로 마음(心)을 어지럽게 하여	五曰 趣舍滑[13]心
본성을 일탈하게 하는 것이다.	使性飛揚.[14]
이 다섯 가지는 모두 생명을 해치는 것이다.	此五者 皆生之害也.

왜 마음 문을 닫아야 하는가?

나의 강의를 듣던 어느 서양철학박사는 내게 다음과 같이 질문했다.

---

10) 慘(수)=냄새 찌름, 塞也.
11) 厲(려)=病也.
12) 爽(상)=傷也.
13) 滑(활)=亂也.
14) 飛揚(비양)=使不從軌度也.

"『장자』를 번역하여 유명해진 윤 모 교수는 TV에 나와 이 일곱 구멍 우화를 과공비례過恭非禮, 즉 지나친 공손은 예의가 아니라는 통속적인 처세훈으로 번역·설명해서 인기를 끌었다. 그러나 그것은 전혀 가당치 않는 오역이며 여기에는 중대한 뜻이 숨겨져 있음을 이제야 알았다. 그러나 당신처럼 일곱 번째 구멍을 '마음 구멍'으로 해석한 학자는 아무도 없다. 나로서는 아무래도 '마음 구멍을 막아라!'라는 해석은 언뜻 이해가 가지 않는다. 일반적으로 동양사상이라면 모두 마음을 존재의 근원으로 알고, '마음공부'를 가장 중시하는 것을 그 특징으로 하고 있다. 그런데 노장이 이와 반대로 마음 구멍을 막으라고 했다면 괴이한 일이 아닐 수 없다. 또한 당신은 '구멍을 막으라'는 노자의 '색태塞兌'를 '마음을 비우라'는 장자의 '허심虛心'으로 해석했다. 그리고 허심을 무명無名으로 해석하여 도道를 언어 이전 또는 진리 이전으로 해석했다. 그러나 이것도 마치 20세기의 데리다(J. Derrida, 1930~2004)처럼 프로이트적이고 구조주의적으로 인식론을 견강부회하여 억지를 부리는 것이다. 2,300년 전의 소박한 민중적 담론인 동양의 노자를 서양의 인식론과 언어학으로 해석하는 것은 좀 무리가 아닐까? 만약 이 우화에서 '일곱 구멍'을 이목구비의 감각기능으로 해석한다면 이런 복잡한 해석도 필요 없을 것이며 오히려 '욕망을 경계하라'는 소박한 도덕론이 될 것이다. 나는 기존의 평범한 해석이 오히려 본래의 뜻에 적실한 것이 아닌가 하는 생각이 든다."

　이 질문에 대한 내 소견은 이렇다. 우리들은 모두 '본심을 찾아야 한다'는 할아버지 말씀을 듣고 자랐다. 이는 성리학의 영향이다. 또한 불교에서는 온통 '마음공부'이며 '무無'라는 화두뿐이다. 이제 기독교까지 나서서 마음 타령을 한다. 그리고 교사들도 방송도 신문도 아니 시정잡배까지도 정치·경제·문화에 이르기까지 "모든 것이 마음에 달렸다"고 떠들어댄다. 그러므로 '마음 구멍을 막으라'는 말이 이상하게 들리기 마련이다. 그러나 조금만 생각해 보라! 마음이 어디 있는가? 그 마음이 선한가, 악한가?

만약 마음이 악하다는 순자의 성악설이 옳다면, 마음을 열면 악만 나올 것이다. 마음을 닦으라고 말하지만, 마음에 낀 티끌을 닦으면 닦을수록 더욱 악하게 되지 않겠는가? 그런데 성악설이 틀렸다고 확실하게 단정 짓는 사람은 아무도 없다. 그렇지만 그와 모순되게 대부분 성선설 또한 무비판적으로 받아들이고 있다. 그것은 유교·불교·기독교의 영향이라 볼 수 있다.

지금 이 글을 읽고 있는 독자에게 묻겠다. 당신은 성선설을 믿으며 성악설이 틀렸다고 생각하는가? 당신은 인성학습론이 틀렸다고 말할 수 있는가? 당신이 이 물음에 명쾌하게 대답할 수 없다면 지금까지의 마음공부에 대한 인식도 다시 한 번 되돌아보고 의심해 보아야 한다.

지금 학자들이 모두 노자의 '구멍'을 이목구비로 해석하는 것은 왕필의 영향이다. 그는 태兌에 '욕심이 생기는 곳'이라는 주를 달았다. 도올은 왕필을 따라 구멍을 이2·목2·구1·비2, 도합 일곱 구멍으로 보았을 뿐, 마음 구멍은 포함시키지 않았다. 또 도올은 "희랍인들이나 인도인들은 인간의 감관을 시각(眼), 청각(耳), 후각(鼻), 미각(舌), 촉각(身)의 5개 감각기관을 말했지만 중국인들은 오관五官이라는 개념 대신 7개의 구멍이라는 내외 통로개념의 형상적 인식만 있었다"고 말한다(『노자와 21세기』 권2 155쪽).

그러나 그의 말과는 달리 중국인들은 어느 민족보다도 심관心官을 중시했으며, 또한 불교에서는 육식六識이라 하여 이목비설身意를 말했다. 여기서 의意는 심관을 말한 것이다. 만약 왕필과 도올처럼 해석한다면, 이 우화는 감각이 열리면 도가 죽어버린다는 뜻이므로 경험론을 반대한 것이 된다. 뒤집어 말하면 감각으로는 도를 인식할 수 없으나 마음으로는 도를 인식할 수 있다는 말이 되는 것이다. 그러나 이러한 해석은 노자를 자연주의·생명주의로 이해하는 것이 아니라 유심주의唯心主義적, 관념적 도덕주의로 이해하는 것이 된다.

그러나 노자는 자연주의자이며 직관주의자일 뿐 관념론자가 아니다. 그러므로 일곱 번째 구멍은 마음 구멍으로 해석해야 한다는 것이다. 마음 구멍을 뚫으면 도가 죽는다는 것은 반대로 마음 구멍이 뚫려 관념에 물들여지면 무위자연의 도가 죽는다는 뜻이다. 따라서 나는 왕필과 도올의 해석은 모두 노자를 공자의 아류로 왜곡한 것이므로 취하지 않는다.

여기서 우리는 잠시 눈을 돌려 노장의 '색태'를 바르게 읽은 사례를 찾아보기로 하자. 조선의 문체창신을 이룬 연암은 그의 인식론에서 '명목冥目'과 '명심冥心'을 말하고 있다. 명목과 명심은 눈을 감고 마음을 고요하고 순수하게 하라는 뜻으

로 노장의 구멍을 막으라는 '색태'와 같은 뜻이다. 특히 연암
은 『장자』를 글쓰기의 전범典範으로 삼았으므로 그의 명목론과
명심론은 『장자』의 일곱 구멍에 관한 우화에서 영감을 얻은
것으로 추측된다.

명목론冥目論

연암집燕巖集/권5/답창애答倉崖 2

화담이 외출을 하는데	花潭出遇
집을 잃고 길에서 우는 청년을 만났다.	失家而泣於道者.
화담이 물었다. "그대는 왜 우는가?"	曰 爾奚泣.
청년이 답했다. "나는 다섯 살 때부터 장님이 되어	對曰 我五歲而瞽
지금 이십 년입니다.	今二十年矣.
아침에 외출했다가	朝日出往
홀연 천지만물을 청명하게 볼 수 있게 되었습니다.	忽見天地萬物淸明.
기뻐서 집으로 돌아가려는데	喜而欲歸
길이 동서남북 여러 갈래로 나뉘었고	阡陌多岐
대문도 서로 같아서 집을 찾을 수가 없습니다.	門戶相同 不辨我家
그래서 울고 있습니다."	是以泣耳.
화담이 말했다. "내가 그대가 돌아가도록 알려주겠다.	先生曰 我誨若歸還.
네 눈을 다시 닫으면 쉽게 네 집을 찾을 수 있을 것이다."	閉汝眼卽便爾家.
이에 화담의 말을 따라 눈을 닫고 두드리는 소리의 도움으로	於是閉眼扣相
발길에 맡겼더니 이내 집에 닿았다.	信步卽到.
이것은 다름이 아니라	此無他
눈의 색상이 전도되고 마음에 희비가 작용한 때문이었으니	色相顚倒 悲喜爲用

이것이 망상이 된 것이다.

지팡이의 두드리는 소리를 도움 받아 발길대로 맡김으로써

그 친구로 하여금 분별을 지켜 잘 살필 수 있게 한 것이다.

이것이 집으로 돌아가는 것을 담보한 것이다.

是爲妄想.

扣相[15]信步

乃爲吾輩 守分之詮[16]諦[17]

歸家之證印.

연암집燕巖集/권14/환희기후식幻戱記後識

이로 논하면

눈은 그것이 밝다고 믿을 것이 못 된다.

오늘 요술을 본 것처럼

요술쟁이가 관람자를 현혹시킨 것이 아니라

실은 관람자 스스로가 현혹된 것이다.

由是論之

目之不可恃其明也 如此.

今日觀幻

非幻者能眩之

實觀者自眩爾.

명심론冥心論

연암집燕巖集/권3/소완정기素玩亭記

방과 바라지가 비어 있지 않으면 밝음을 받을 수 없고,

수정구슬이 비어 있지 않으면 정기를 모을 수 없다.

대저 뜻을 밝게 하는 길은, 마음을 비워 사물을 받아들이고

담박하여 사사로움이 없게 하는 데 있다.

이것이 바로 마음을 비운 관상법이다.

室牖非虛 則不能受明.

晶珠非虛 則不能聚精.

夫明志之道 固在於虛而受物.

澹而無私.

此其所以素[18]玩.

---

15) 相(상)=省視也, 隨也, 助也.

16) 詮(전)=具也, 就也.

17) 諦(체)=審也.

18) 素(소)=空也.

열하일기熱河日記/산장잡기山莊雜記/일야구도하기—夜九渡河記

혹자는 "여기는 옛 전쟁터이므로 강물이 운다"고 말한다.	或曰 此古戰場 故河鳴然.
그러나 그런 것이 아니다.	此非爲其然也.
강물 소리는 듣는 사람의 마음 여하에 달린 것이다.	河聲在聽之如何爾.
내가 일찍이 문을 닫고 누워서 같은 소리를 비교해 보았다.	余嘗閉戶而臥 比類而聽之.
깊은 소나무가 퉁소 소리처럼 들리는 것은	深松發籟
듣는 내 마음이 청아한 탓이요,	此聽雅也.
산이 찢어지고 언덕이 무너지는 것처럼 들리는 것은	裂山崩崖
듣는 내 마음이 흥분한 탓이요,	此聽奮也.
뭇 개구리가 다투며 우는 것처럼 들리는 것은	群蛙爭吹
내 마음이 교만한 탓이요,	此聽驕也.
비파가 빠르게 울리는 것처럼 들리는 것은	萬筑19)迭響
내 마음이 성낸 탓이요	此聽怒也.
천둥과 우레처럼 들리는 것은	飛霆急雷
듣는 내 마음이 놀란 탓이요,	此聽驚也.
차가 끓어 춤을 추듯 들리는 것은	茶沸文武
내 마음이 급하기 때문이며,	此聽趣20)也.
거문고가 오음을 희롱하는 것처럼 들리는 것은	琴諧宮羽21)
듣는 내 마음이 슬픈 탓이요,	此聽哀也.
종이 창문에 바람이 우는 것처럼 들리는 것은	紙牕風鳴
내 마음이 의심하는 탓이다.	此聽疑也.

---

19) 筑(축)=대피리.
20) 趣(취)=速急也.
21) 宮羽(궁우)=五音=宮(土)·商(金)·角(木)·徵(火)·羽(水)(禮記/月令).

모두가 들은 것은, (마음 구멍이 열려) 바름을 얻지 못하고, 皆聽不得其正
흉중에 품은 뜻을 가지고 特胸中所意設
귀가 만든 소리일 뿐이다. 而耳爲之聲焉爾.

왜 욕망의 문을 닫을 수 없는가?

내게 일곱 구멍에 대한 질문을 했던 그 서양철학박사는 또 다음과 같이 물었다.

"다른 학자들은 노장의 구멍을 욕망의 구멍인 이목구비라고 읽는 데 반해 당신은 마음 구멍까지 포함된다고 읽는다. 그러나 마음도 욕망의 구멍이 아닌가? 그렇다면 장자의 이 은유는 인식론이 아니라 유가와 똑같이 인간의 욕망을 억제하라는 수양론으로 읽어야 하지 않을까?"

참으로 좋은 질문이다. 공자의 테제인 '극기복례克己復禮'에서 '극기'는 안으로 자기욕망을 극복하는 것이고, '복례'는 밖으로 주나라 예禮를 부흥시켜 이로써 자기를 규제해야 한다는 것이다. 이것이 조선 선비들의 유일 최고의 도덕적 강령이었다. 그러므로 봉건시대에 노자를 공자의 아류로 해석하는 중국과 조선의 지식인들은 모두가 노자도 공자처럼 욕망을 부정한 것으로 왜곡하여 해석해 왔다.

그러나 노장은 반대로 자연적인 욕망을 적극적으로 긍정했다. 물론 노자도 공자처럼 '무욕無欲'을 말한다. 그러나 도덕주의자인 공자의 무욕과 자연주의자인 노자의 무욕은 다르다. 노자가 말하는 무욕은 공자의 극기와는 다르다. 노자의 무욕은 자연적인 욕심을 없애라는 것이 아니다. 노자는 인간의 자연적인 욕망을 긍정하고 반대로 착취욕·명예욕·지배욕 등 인위적인 욕망을 부정한 것이다. 다음에 나오는 『노자』3장에서 민民으로 하여금 무위無爲·무욕無欲하게 하라고 말하면서도 "배를 실하게 하고(實其腹) 골을 강하게 하라(强其骨)"고 말한 것은 바로 자연적 생명욕구인 욕망을 해방하라는 뜻이다.

다시 말하면 노자의 무지·무욕은 바로 무위의 구체적인 표현이다. 그리고 무위는 자연 상태를 말하는 것이다. 무위는 밖이고 무욕은 안이다. 노자의 삼덕三德인 자애慈愛(묵자의 겸애, 공자의 인의에 대비됨)·검박儉朴(묵자의 절용과 대비됨)·불위선不爲先(남보다 앞서지 않음)은 모두 무욕과 무위를 말하는 것이다.

노장은 성인聖人＝지인至人＝진인眞人＝자연인自然人을 '동심童心'으로 표현한다. 동심은 무위·무욕을 표상한다. 그는 동심은 착취도 압제도 없고 명예욕도 지배욕도 없는 자연 그대로이며, 본성本性인 생명욕구와 평안만이 가득하다고 보았던 것이다.

그러므로 욕망의 해방을 말하는 노자의 무위·무욕을 왕필과 도올처럼 공자의 극기론과 같은 것으로 해석하는 것은 왜곡이다. 다음 글들은 욕망을 긍정하는 내용이다. 그러나 왕필 이후부터 본뜻과는 달리 욕망을 부정한 것으로 왜곡 해석되었다.

노자老子/1장

그러므로 항상 인위人爲의 욕심이 없으면 생명의 살림을 보고   故常無欲[22]而觀其妙[23]

    김경탁 : 그러므로 항상 무욕無慾함으로써 그 미묘함을 관찰하고

    노태준 : 그러므로 상무常無로서 묘(도의 實相)를 보려 하고

    도올 : 그러므로 늘 욕심이 없으면 그 묘함을 보고

    오강남 : 언제나 욕심이 없으면 그 신비함을 볼 수 있고

    이석명 : 그러므로 늘 욕심이 없으면 도의 신비를 보고

항상 인위의 욕심이 있으면 생명의 돌아감(죽음)만 볼 것이다.   常有欲[24]以觀其徼[25]

    김경탁 : 항상 유욕有慾함으로써 그 순환함을 관찰한다

    노태준 : 상유常有로써 그 요(현상세계)를 보려한다

    도올 : 늘 욕심이 있으면 그 가장자리만 본다

    오강남 : 언제나 욕심이 있으면 그 나타남을 볼 수 있습니다

    이석명 : 늘 욕심이 있으면 도의 언저리만 보네

생성(妙)과 소멸(徼)은 같은 것의 출현이며   此兩者[26]同出

이름만 다를 뿐 똑같이 신묘한 도道라고 말한다.   而異名 同謂之玄[27]

    김경탁 : 한가지로 현묘玄妙라고 말한다

    노태준 : 이를 한가지로 말할 때 현(道)이라 한다

    도올 : 그 같은 것을 일러 가믈타고 한다

    오강남 : 둘 다 신비스런 것입니다

---

22) 無欲(무욕)=人爲의 욕구가 없음. 즉 생명욕구만 있는 자연상태.

23) 妙(묘)= 成也, 生成也, 神化不測也.

24) 有欲(유욕)=생명욕구를 억누르는 人爲의 욕구만 있음. 즉 反자연상태.

25) 徼(요)=邊塞, 歸也, 循也.

26) 兩者(양자)=妙(生成)와 徼(消滅)를 말함. 왕필은 始(無名)와 母(有名)라 하였음.

27) 玄(현)=幽遠也, 神也, 通也, 理之微妙者. 道家들은 道를 玄이라고 말한다.

신묘하고 또 신묘하니 모든 생성生成의 문이다.　　　　　　　　　　玄之又玄 衆妙之門.

　　　김경탁 : 현묘한 가운데 또 현묘한 것은 모든 묘리妙理의 문이다

　　　노태준 : 현玄의 또 현玄인데, 이는 모든 기묘한 것의 문이다

　　　도올 : 가믈고 또 가믈토다! 모든 묘함이 이 문에서 나오지 않는가?

　　　오강남 : 신비 중의 신비요 모든 신비의 문입니다

　　　이석명 : 도는 가믈하고 가믈하니, 뭇 미묘한 것의 본원이네

노자老子/37장

도道는 항상 무위無爲이나 위爲 아님이 없다.　　　　　　　　　　　道常無爲 而無不爲.

군왕이 무위의 도를 지키면 만물이 저절로 조화될 것이다.　　　　侯王若能守之 萬物將自化.

교화로써 인위人爲하려는 욕심이 일어나면　　　　　　　　　　　化而欲作.

　　　도올 : 교화와 더불어 욕망이 치솟을 것이다

나는 무명(名分 없음)의 무위자연으로 진정할 것이다.　　　　　　吾將鎭之 以無名之撲也

　　　도올 : 그러면 나는 무명의 통나무로 누를 것이다

무명無名의 무위자연은 역시 인위人爲에 대한 욕심이 없다.　　　無名之撲 夫亦將無欲

　　　도올 : 무명의 통나무는 대저 또한 욕망이 없을 것이다

내가 인위의 욕심이 없어 고요하면 천하도 저절로 안정될 것이다.　不欲以靜 天下將自定.

노자老子/44장

명성과 몸은 어느 것이 좋습니까?　　　　　　　　　　　　　　名與身孰親.

몸과 재화는 어느 것이 중요합니까?　　　　　　　　　　　　　身與貨孰多.

얻는 것과 잃는 것은 어느 것이 걱정입니까?　　　　　　　　　得與亡孰病.

그런고로 지나치게 아끼면 반드시 소모가 클 것이요　　　　　是故甚愛必大費

많이 소유하면 반드시 잃는 것도 많을 것입니다.　　　　　　　多藏必厚亡.

만족할 줄 알면 욕되지 않으며,   知足不辱.

멈출 줄을 알면 위태롭지 않을 것이니   知止不殆

장구할 수 있을 것입니다.   可以長久.

장자莊子/내편內篇/제물론齊物論

기쁨 · 분노 · 슬픔 · 즐거움, 걱정과 한탄, 변덕과 공포,   喜怒哀樂 慮嘆變熟.

아첨과 방종, 정욕과 교태 등등   姚佚啓[28]態[29]

음악이 빈 대나무에서 나오고, 습기가 버섯을 자라게 하듯   樂出虛 蒸成菌

날마다 교대로 앞에 나타나지만 그 싹을 알지 못한다.   日也相代乎前 而莫知其所萌.

그만두자! 그만두자! 하면서도   已乎已乎

    김동성 : 우리 속에

    이석호 : 아서라 말아라

    김학주 : 아아, 안타까워라!

    김달진 : 아, 그만둘까나

    허세욱 : 정말 갑갑한 일이다

    안동림 : 그 까닭을 애써 알려고 하지는 말자

아침저녁으로 이것을 얻어야만 살아갈 수 있지 않은가?   旦暮得此 其所由以生乎.

    김동성 : 낮과 밤으로 교체하나 우리는 그런 것이 어디서 생기는지 모른다

    이석호 : 아침저녁으로 이를 경험하니 그것이 발생한 곳이 있으리라

    김학주 : 아침저녁으로 이것들이 나타남은 그 근원이 있어 생기는 것이 아닌가?

---

28) 啓(계)=情欲開張.
29) 態(태)=嬌淫妖怡.

김달진 : 하지만 아침저녁으로 이를 보게 됨은 그 말미암아 생긴 바가
         있을 것이다

허세욱 : 밤낮으로 안겨진 이 고민과 힘은 자연의 생성변화에서 온 것
         이 아닐까?

안동림 : 아침저녁으로 이런 감정의 변화가 생기는 것은 본래 그 원인
         이 있기 때문일까?

이러한 생명욕구가 아니면 나는 없다.   非彼無我

김동성 : 그러나 나는 이런 감정에 끌릴 수 없다

이석호 : 만약 그런 감정들이 없다면 '나' 라는 자신도 없고

김학주 : 그것들이 아니면 나도 존재할 수 없고

김달진 : 그것이 아니면 내가 없고

허세욱 : 자연이 아니면 나도 존재할 수 없고

안동림 : 감정이 없으면 내가 있을 수 없고

내가 아니면 생명욕구도 나올 곳이 없을 것이다.   非我無所取也.

김동성 : 그러면서도 감동될 사람은 나밖에 없다

이석호 : '나' 라는 자신이 없으면 그들을 받아들일 수가 없다

김학주 : 내가 아니면 그것들도 의지할 곳이 없게 될 것이다

김달진 : 내가 아니면 그것을 받을 리가 없는 것이다

허세욱 : 내가 아니면 자연의 섭리를 체득할 수 없다

안동림 : 내가 없으면 감정이 나타날 데가 없다

이처럼 『노자』와 『장자』에는 '욕欲'을 긍정하는 글도 있고,
부정하는 글도 있다. 긍정하는 욕은 자연적인 생명욕구이고 부
정하는 것은 문명에서 발생한 인간파괴적인 욕망이다. 그러므

로 '욕'의 충족방향이 생산적인지 파괴적인지를 살펴야 한다.

여기서 잠시 에리히 프롬(E. Fromm, 1900~1980)의 생명욕구(리비도)에 대한 설명을 빌려보기로 하자. 그에 의하면 인간에게는 생존본능을 충족시키려는 욕망이 있기 마련이나 그 욕망을 인간으로서 진보하려는 생산적이고 건전한 방향으로 충족하는 경향이 있는 반면, 동물로 돌아가려는 퇴행적 충족 경향도 있다는 것이다. 뿌리는 같으나 방향이 다르다는 말이다.

그는 대체로 인간이라면 누구나 가지고 있는 생명욕구를 관계성關係性 · 초월성超越性 · 귀속성歸屬性 · 정체성正體性 · 정향성定向性으로 구분하고, 이 욕구들이 어떻게 두 가지 방향으로 달라지는지를 설명하고 있다.

첫째, 타인과 결합하고 관계를 맺으려는 본능적 욕구인 '관계성'은 그것이 진보적으로 지향되면 관심 · 존경 · 이해 · 사랑 등으로 나타나지만, 반면 그것이 퇴행적으로 나아가면 굴종 · 지배로 나타난다는 것이다. 특히 퇴행성이 지나치면 굴종은 마조히즘(masochism)으로, 지배는 사디즘(sadism)이라는 병증으로 나타난다는 것이다.

둘째, 자기의 운명과 한계를 초월하려는 본능적 욕구인 '초월성'은 그것이 진보적으로 나아가면 창조적 행위로 나타지만, 반면 그것이 퇴행적으로 나아가면 파괴적 행위로 나타난다는 것이다.

셋째, 인간의 귀소본능인 '귀속성'은 그것이 진보적으로 나아가면 이웃 사랑의 형제애로 나타나지만, 반면 퇴행적으로 나아가면 근친애로 나타난다는 것이다. 근친애는 자연법과 휴

머니즘의 뿌리가 되지만 그것이 지나치면 나치즘이나 인종차별주의로 나타나며, 형제애는 평등과 공동체의 뿌리가 되지만 그것이 지나치면 국가주의나 총통주의로 나타난다는 것이다.

넷째, 자기동일성 또는 주체에 대한 욕구인 '정체성'은 그것이 진보적으로 나아가면 자유·주체·자급자족하려는 행위로 나타나지만 퇴행적으로 나타나면 이기주의·인기주의로 나타난다. 그러나 그것이 지나치면 자폐증이나 시장市場의 요구를 무조건 추종하려는 병증이 된다는 것이다. 사치병·명품병 등이 그것이다.

다섯째, 가치를 지향하려는 욕구인 '정향성'은 그것이 진보적으로 나아가면 종교·이념·헌신으로 나타나지만 퇴행적으로 나아가면 광신·자기도취로 나타난다는 것이다.

이상 프롬의 본성적 욕구를 대략적으로 설명한 것은 그것이 정합성을 전적으로 보증하는 것은 아니지만, 다만 이른바 '욕欲'이라는 것의 이중성을 말해주고 있기 때문이다. 욕망이라는 것은 생명욕구이므로 부정할 수도 회피할 수도 없는 인간의 운명이다. 다만 그것이 인간을 위해 생산적이고 평화적이며 진보적으로 충족되느냐, 아니면 인간의 갈등과 파괴와 퇴보를 위한 방향으로 충족되느냐에 따라 선악이 갈라지는 것임을 유의해야 한다는 것이다.

그러므로 노장이 말한 '무욕'과 공자가 말한 '무욕'의 구체적인 내용이 무엇인지를 살피지 않으면 자칫 같은 것으로 오해하기 쉽다. 그러므로 나는 공자의 극기와 노자의 무욕을 같은 것으로 보는 왕필을 타성적으로 추종하는 것을 반대한다.

31 유가의 인식론

초기 유학의 인식론

공자, 맹자 등 유가들은 묵자나 노자, 장자처럼 형이상학이나 인식론을 말하지 않는다. 그들은 "어떻게 행동해야 옳은가?" 또는 "어찌해야 나라가 평안한가?"를 물을 뿐이다. 그러므로 그들은 도덕과 정치를 말했을 뿐 형이상학이나 인식론에는 관심이 없었다. 그들은 천제天帝를 믿었으므로 형이상학이 필요 없었으며, 천리天理란 선천적으로 나의 마음속에 있으므로 상기想起해 내면 그뿐이며, 또한 가르침은 이미 성인들이 다 밝혀놓았으므로 후인들은 오직 그것을 의심하지 않고 그대로 학습하면 그뿐이라고 생각했기 때문에 인식론을 필요로 하지 않았다.

이처럼 인식의 문제를 자명한 것이라고 생각하는 선험론은 당시 동서양을 막론한 중세의 일반적인 경향이었다.

다만 『대학』에서 학습방법론으로 '격물치지格物致知'를 말한 것이 훗날 성리학자들에 의해 인식론의 근거자료로 주목받게 된다. '격물치지'란 일반적으로 '사물을 궁리하여 지식에 이른다'는 뜻으로 번역되고 있다. 그러나 '격물格物'과 '물격物格'을 동시에 말하는데 그것이 같은 말인지, 다른 말인지, 또 다르다면 어떻게 다른지 설명이 없다.

'격格'이란 글자는 원래 '긴 장대'를 뜻하는데 그 뜻이 '지至'·'내來'·'감통感通'으로 확대되었다. 그런데 이것이 시대에 따라 학자에 따라 여러가지로 다르게 해석되었다. 나는 격을 지 혹은 감통으로 읽고 번역했다. 만약 나의 번역이 옳다면 '격물'은 마음의 이가 사물의 이를 적극적으로 모사한다는 이른바 '모사설模寫說'과 비슷하고, '물격'은 사물의 이가 적극적으로 마음의 거울에 다가와 비춘다는 이른바 '반영설反映說'과 비슷한 것이 된다.

그렇게 해석하면 격물의 모사는 주관적, 선험론적이고, 물격의 반영은 객관적, 경험론적이다. '격물'의 문법대로 '물격'을 해석한다면 '사물의 이치가 나의 심리에 이른다'는 뜻이 된다. 이것은 인식 주체인 심리心理는 백지와 같은데, 사물의 물리物理가 운동하여 심리를 이루게 한다는 뜻이므로, 물리가 운동하여 심리에 도달하는 이른바 '이도설理到說'을 말한 것이 되므로 '격물'과는 전혀 다른 뜻이 된다. 즉 '격물'과 '물격'은 주어가 다르고 인식 주체가 전혀 달라 대립적인 인식론이 된다.

격물格物

대학大學/1장

몸을 다스리고자 하면 먼저 마음을 바르게 하고,	欲修其身者 先正其心.
마음을 바르게 하려면 먼저 뜻을 성실히 하고,	欲正其心者 先誠其意.
뜻을 성실히 하려면 먼저 지식을 이루어야 하나니,	欲誠其意者 先致其知.
지식을 이루는 것은 내가 물리에 이르는 데 있다.	致知在格[1]物.

물격物格

대학大學/1장

물리가 나에게 이른 연후에야(物格) 지식에 이르고,	物格而後知至.
지식을 얻은 후에야 뜻이 성실하고,	知至而後意誠.
뜻이 성실한 후에야 마음이 바르다.	意誠而後心正.

주자의 객관적 관념론

정주는 격格을 지至로 읽는 것은 같으나, 격물格物과 물격物格
을 다른 것으로 보지 않는다. 이들의 성리학은 모두 '천리를

---

1) 格(격)=至也. 諸家들의 '格'이란 글자의 해석은 다음과 같다.

學者	格	物	學者	格	物
後漢 鄭玄	來也	事也	明代 王陽明	正也(有恥且格 : 論語/爲政)	
北宋 司馬光	扞御也	外物也	淸代 顔元	擊也	
北宋 程頤	窮也	理也	淸代 阮元	格=至止也(太后議格:漢書)	
南宋 朱子	窮也(卽物 窮理)				

품부받은 인간 본성을 회복한다' 는 이른바 '복성설復性說' 을 기초로 하고 있으므로 격물도 물격도 다 같이 선험론으로 해석한다. 즉 심리가 운동하여 심리 속의 물리를 깨우치는 심의 내재적 운동을 인식이라고 본 것이다. 다만 물격은 격물로 얻어진 이理를 확장 보충하는 이차적인 것으로 이해했다.

대학장구大學章句/1장(주자 주)

격格은 이르는 것(至)이고, 물物은 사事와 같다.	格 至也. 物猶事也.
(내가) 사물의 이理에 궁지窮至하는 것은	窮至事物之理
그 극처까지 이르지 않음이 없도록 하는 것이다.	欲其極處無不到也.

주자어류朱子語類/권16/석격물치지釋格物致知

격물은 사물의 이를 궁리하여	格物 窮其事物之理
그 극진함에 이르지 않는 곳이 없고자 노력하는 것이며,	欲其極處無不到也.
물격은 극진함에 이른 물리로	物格 物理之極處[2]
매사에 적용하여 이르지 않는 곳이 없도록 하는 것이다.	無不到也.

대학장구大學章句/격물치지보망장格物致知補亡章

이른바 『대학장구』에서	
"지知에 이름은 격물(사물을 격格한다)에 있다"고 말한 것은	所謂致知在格物者
나의 지식을 이루고자 하면	言欲致吾之知
사물에 나아가 그 이理를 궁구함에 있음을 말한 것이다.	在卽物而窮其理也.

---

2) 極處(극처)=盡處, 至處, 本處, 高遠處.

대저 사람 마음의 영혼은 지각이 있지 않음이 없고,　　　　　蓋人心之靈 莫不有知.

천하 사물은 이가 있지 않음이 없으나,　　　　　　　　　　而天下之物 莫不有理.

다만 사물의 이를 궁구하지 못함이 있으므로　　　　　　　惟於理有未窮

따라서 사람의 지를 다하지 못함이 있는 것이다.　　　　　故其知有不盡也.

대학에서 처음 가르칠 때는　　　　　　　　　　　　　　是以大學始教

반드시 배우는 자로 하여금　　　　　　　　　　　　　　必使學者

천하 사물에 나아가　　　　　　　　　　　　　　　　　卽凡天下之物

자기가 이미 알고 있는 이로써　　　　　　　　　　　　莫不因其已知之理

더욱 궁구하여 그 지극함에 이르고자 하는 것이다.　　　而益窮之 以求至乎其極.

오랫동안 힘쓰게 되면　　　　　　　　　　　　　　　　至於用力之久

하루아침에 활연관통하여　　　　　　　　　　　　　　而一旦豁然貫通焉

여러 사물의 표리表裏와 정조精粗에 이르지 않음이 없을 것이니　則衆物之表裏精粗 無不到

내 마음의 전체 대용大用이　　　　　　　　　　　　　　而吾心之全體大用

밝아지지 않음이 없을 것이다.　　　　　　　　　　　　無不明矣.

이것을 일러 '물격物格(사물의 이가 이름)'이라 하고,　　　此爲物格

또 이것을 일러 '지지지知之至(앎의 지극함)'이라 한다.　　此謂知之至也.

　이로 볼 때 주자는 '격물'과 '물격'을 모두 천리天理＝인륜人倫＝성현聖賢＝처세사處世事 등 도덕학의 문제로만 이해했을 뿐 사물의 자연적, 객관적 진리의 인식 문제로 이해한 것이 아니다. 다시 말하면 인식이 타고난 선험인지 후천적 경험인지에 대해 의심하거나 묻지 않았다. 다만 그는 사물을 버리고 마음으로 달려가는 불교의 허무주의를 지양하려 했으므로 아직도 불교적 사고에 묶여 있는 육왕[남송시대의 육상산陸象山과 명나

라 시대 왕양명王陽明을 말함-편집자 주]과는 달리 객관적 진리
를 주관적 심리로 환원하지 않고, 존덕성存德性(덕성을 보존함)
에 앞서 사물에 대한 견문을 중시하는 도문학道問學(묻고 인도
받아 배움)을 강조함으로써 세상과 정치에 복무하는 유학에 충
실하려 했다. 그러므로 육왕을 '주관적 관념론'이라고 말하는
데 반해 주자를 '객관적 관념론'이라고 구분한다.

이정유서二程遺書/권25

"치지致知는 격물格物에 있다"는 말은	致知在格[3]物[4]
밖의 사물로 나를 밝혀주는 것이 아니고	非由外鑠[5]我也
나에게 본래부터 있는 것이다.	我固有之也.
오히려 사물로 인해 마음이 흐트러지면	因物有遷[6]
미혹되어 깨닫지 못할 것이니	迷而不悟
천리가 사라진다.	則天理滅矣.

주자어류朱子語類/권17/대학혹문大學惑問/상

이理는 사물에 있는 것이니	理之在物者
이미 극진함을 살피면 감추어짐이 남지 않을 것이며,	旣詣[7]其極而無餘蘊[8].
지식은 나에게 있으니	則知之在我者

---

3) 格(격)=至也.
4) 物(물)=猶理也.
5) 鑠(삭)=銷也, 光明也.
6) 遷(천)=離散也.
7) 詣(예)=至也, 進也, 造也, 學業深入.
8) 蘊(온)=藏也, 積也.

역시 그 깊은 살핌(조예)에 따라가면 다하지 못함이 없을 것이다.　　　　亦隨所詣而無不盡也.

　　첫째, 주자는 '격格'을 '궁窮'으로 해석하고 '사물의 이理를 내 마음에서 궁구한다'고 읽는다. 그러므로 그들의 '궁리窮理'는 견문과 실험으로 객관적 물리物理를 밝히는 것이 아니라, 만물의 이理가 내 마음속에 이미 갖추어져 있으니 그것을 상기해 내면 그만이다.

주자어류朱子語類/권9/학學 3

마음은 만리萬理를 품었으니,　　　　　　　　　　　　　　　心包萬理

만 가지 이理는 내 한 마음에 구비되어 있다.　　　　　　　　萬理具了一心.

주자어류朱子語類/권18/대학혹문大學或問/하

만물은 각각 하나의 이理를 가지고 있으며,　　　　　　　　　萬物各具一理

그것들의 모든 이理는 똑같이 한 근원에서 나왔다.　　　　　　而萬理同出一原

그런 까닭에 추리할 수 있으며 통하지 않음이 없는 것이다.　　此所以可推 而無不通也.

주자어류朱子語類/권5/성리性理 2

지각되는 것(인식의 객체)은 사물의 이理다.　　　　　　　　　所知覺者是理.

그 이는 나의 지각과 분리되지 않고,　　　　　　　　　　　　理不離知覺

나의 지각도 사물의 이理와 분리되지 않는다.　　　　　　　　知覺不離理.

지각의 주체는 심心의 이理며,　　　　　　　　　　　　　　　所覺者 心之理也.

깨달을 수 있게 하는 기능은 기氣의 영靈이다.　　　　　　　　能覺者 氣之靈也.

둘째, '사물'이란 성왕의 사적史蹟과 천지자연을 말한다. 그
러나 그들이 말한 천지자연은 자연과학의 대상으로서의 객관
적인 자연이 아니라 도덕적, 종교적 대상으로서의 주관적 천
지자연을 의미한다. 그들은 천리와 인륜, 존재법칙과 당연법
칙을 구분하지 않고 하나로 보기 때문이다.

회암문집晦庵文集/권39/답진제중答陳齊仲

격물치지는 천리를 궁리하고 인륜을 밝히고,	窮天理 明人倫
성현의 말씀을 배우고 세상사를 아는 것이다.	講聖言 通世故.

주자어류朱子語類/권17/대학혹문大學或問/상

천하 사물을 궁구하면	至于天下之物
반드시 그렇게 된 까닭과(존재법칙)	則必有其所以然之故
당연히 그러해야 하는 법칙이 있다(당위법칙).	與其所當然之則
이것을 이理라고 말한다.	所謂理也.

셋째, 유가들의 지식이란 가치중립적이고 객관적인 사물의
법칙이 아니라 의리義理를 행하기 위한 마음공부 즉 훈육 또는
의식화를 의미한다. 주자가 강조한 지선행후知先行後 지경행중
知輕行重의 의미는 '먼저 지식이 있어야 행할 수 있으나, 그 지
식은 성왕의 말씀을 행하기 위한 수단일 뿐'이라는 뜻을 함의
하고 있다.

지知와 행行은 항상 서로를 필요로 한다.　　　　　知行常相須.[9]

마치 눈이 없으면 발은 걷지 못하고,　　　　　　如目無足不行

발이 없으면 눈은 볼 수 없는 것과 같다.　　　　足無目不見.

선후를 논한다면 지식이 먼저다.　　　　　　　論先後 知爲先.

의리가 밝지 않으면 어떻게 실천할 수 있겠는가?　義理不明 如何踐履.

　이상에서 알 수 있는 것처럼 주자의 격물론은 "성인聖人인 봉건 군주의 말씀은 영원한 진리"라고 말하는 유교의 교리를 불변의 공리公理로 하는 수양론이다. 그러므로 정주는 도덕적 형이상학에 매몰되어 형이상학을 대체하는 인식론을 이해하지 못했다고 말할 수 있다. 달리 말하면 『대학장구大學章句』의 '격물치지'는 정작 경험론적 인식론을 말했으나 정주는 이를 후퇴시켜 성리학적 복성설復性說에 의한 수양론으로 축소 해석했다고 비판할 수도 있다. 즉 정주는 '사물의 이理를 인간이 인식 가능한가?'라는 문제를 제기하거나 의심하지 않았으므로 인식론으로 발전시키지 못했고 도덕적 수양론으로 머물게 하였다는 것이다.

　그러나 구태여 정주를 인식론적으로 설명한다면 '유심주의적 선험론'이라고 말할 수 있다. 동서양을 막론하고 고대로부터 근세 이전까지는 모두 선험론이었다. 기원전 5세기경 소크라테스의 스승 파르메니데스는 "생각할 수 있다는 것과 존재

---

9) 須(수)=需也, 求也, 待也, 資也.

할 수 있다는 것은 동일한 것"이라고 말한다. 동서양을 막론하고 영혼불멸설과 윤회설을 믿었던 고대인과 중세인들은 영혼은 신神과 같고 수만 년을 윤회했으므로 모르는 것이 없을 것이라고 믿었다. 소크라테스나 플라톤도 지식은 상기想起(Recollection)하는 것으로 이해했던 것이다. 그러므로 정주의 인식론을 봉건적이고 미개하다고 비난할 수는 없다. 더구나 훗날 정주를 비판하는 육왕의 인식론은 정주보다도 더욱 주관화되었기 때문이다. 다만 조선에서 육왕을 비판했던 퇴계와 고봉 간에 이루어진 이른바 '격물논쟁'에서 처음으로 '격물'을 경험론으로 해석하기 시작한 것은 당시로는 획기적인 사건이다.

주자와 육자의 아호사 논쟁

'아호사鵝湖寺 논쟁(1175년)'이란 여조겸呂祖謙(1137~1181)의 주선으로 당시 남송南宋 학계의 두 거봉巨峰인 주자와 육상산陸象山(1139~1193)이 신주信州의 아호사에서 상면하고 공부론에 관해 토론한 것을 말한다('사寺'는 후한後漢 이전까지는 호텔을 뜻하는 글자였다). 논쟁은 『중용』에서 말한 '존덕성存德性(덕성을 닦는 것)'과 '도문학道問學(물어 배우는 것)' 가운데 무엇이 더 공부에 중요한 것인가에 대해 토론한 것이다. 주자는 도문학을, 육상산은 존덕성을 더 중시했다. 주자는 육상산을 "너

무 간단하다(太簡)"고 비판했고, 육상산은 주자를 "너무 지리
하다(太支離)"고 비판했다.

중용中庸/27장

군자는	故君子
타고난 덕성을 높이고, 묻고 배움으로 인도하며,	尊德性而道問學.
넓고 크게 이르되 정미한 것까지 다한다.	致廣大而盡精微.
지극히 높고 밝아 중용으로 인도하고,	極高明而道中庸
옛것을 익히고 새것을 알며, 돈후함으로써 예를 숭상한다.	溫故而知新 敦厚而崇禮.

상산선생전집象山先生全集/권36

아호사 모임에서는 교육에 대해 논의했다.	鵝湖之會 論及教人.
주자의 의도는 사람들이 넓게 관찰하고 살핀 후에야	元晦之意 欲令人泛觀博覽
간략한 데로 돌아가게 할 수 있다고 생각했고,	而後之約.
육자는 먼저 사람의 본심을 밝게 발현시킨 연후에야	二陸之意 欲先發明人之本心
널리 살피게 할 수 있다고 생각했다.	而後使之博覽.
주자는 육자의 교육 방법이 너무 간단하다고 생각했고,	朱以陸之教人爲太簡.
육자는 주자의 교육 방법이 곁가지로 이탈했다고 생각했다.	陸從朱之教人爲支離.
두 사람의 차이는 합치되지 못했다.	此頗不合.

　이것은 불교의 돈점논쟁에서 영향을 받은 것으로, 신수神秀
(606?~706)의 '점오漸悟(점차로 깨달음)'는 주자가 강조하는
'도문학'과 비교되고, 혜능慧能(638~713)의 '돈오頓悟(갑자기
깨달음)'는 육자가 강조하는 '존덕성'과 비교될 수 있다. 그러

나 혜능의 '돈오'는 불립문자不立文字를 강조하므로 문文을 중시하는 유학에 큰 파문을 일으켰다. "도살부가 소의 눈물을 보고 도끼를 내려놓는 그 순간 그 자리에서 부처가 된다"는 혜능의 말은 『논어』「위정爲政」편에서 열다섯 살에 학문에 뜻을 두어 마흔에 불혹不惑에 도달했고 일흔이 되어서야 도덕적 완성을 이룰 수 있었다는 공자의 자기 고백을 단번에 무색하게 만드는 사건이었기 때문이다. 이것은 유학 전체를 흔들어놓은 폭탄이라고 해도 과언이 아니었다.

또한 멀리는 주자의 앎을 중시하는 합리주의적 경향은 아리스토텔레스를 닮았고, 육상산의 덕성을 중시하는 감성적 경향은 소크라테스에 가까운 것이라고 말할 수도 있을 것이다. 그러나 주자도 오늘날과 같은 '간교한 이성'을 예상하지는 않았지만 "아는 것이 힘"이라고 말하지도 않았으며, 육자역시 '변덕스러운 감성'을 말하지는 않았지만 "느낌이 최선"이라고 말하지도 않았다. 주자와 육자는 모두 외물에 의한 감각적 오류를 경계하고 마음의 사려와 자각自覺을 중시한 선험론이라는 점에서는 동일하다.

신수神秀의 게송偈頌

북종오방편문北宗五方便門

몸은 보리수요 마음은 명경대니,
때때로 부지런히 닦아내어 먼지를 끼지 않게 하라.

身是菩提樹 心如明鏡臺
時時勤拂拭 莫使有塵埃

육조단경六祖壇經/행유품行由品

보리는 본래 나무가 없고, 명경은 또한 대가 아니니,

본래 한결같이 사물이 없는 것을, 어디에 먼지가 낄 것인가?

菩提本無樹 明鏡亦非臺

本來無一物 何處惹塵埃

주자의 '격물치지의 학學'은 물어(問) 인도(道)함으로써, 성性 속에 내재한 천리天理를 깨닫는 것이 성을 보존하고 높이는 최선의 방법이라고 주장한다. 다만 주자의 도문학도 최종 목표는 존덕성尊德性하여 도덕적 인간이 되는 데 있다는 점에서는 육자와 다를 바 없다. 다만 그것을 이루기 위해서는 사물의 뜻을 궁리하는 것이 급선무라고 말한 것뿐이다. 주자는 선왕의 의리義理와 일용日用의 실공實功을 병행하자는 것이므로 유교의 세속화라는 측면에서 진일보한 것으로 평가할 수 있을 것이다.

반면 육자는 마음 밖에 이理가 따로 없다고 생각했으므로(心外無理) 밖에서 이理를 구하지 말고 안으로 마음을 수양하여 곧바로 양지良知에 이르는 것이 공부의 바른 길이라고 주장한다. 그가 "건乾은 쉽기에 지혜롭고(乾以易知) 곤坤은 간단하기에 능하다(坤以簡能)"는 『주역』의 말을 인용하며 군자가 되는 길을 쉽게 하여 무식한 민중에게도 개방하려 한 점은 평가할 만하다.

성리대전性理大全/권48/치지致知(주자朱子 저)

"궁리와 집의集義는 무엇이 먼저인가?"라는 물음에

問窮理集[10]義孰先.

---

10) 集(집)=會合, 和同.

주자가 답했다. "궁리가 먼저가 되어야 할 것이다.　　　　朱子曰 窮理爲先.

그러나 일률적으로 선후가 있다고 하는 것은 옳지 않다."　然亦不是截[11]然有先後.

"궁리란 사물의 이치를 궁구窮究 분석分析하는 것이고,　曰 窮是窮在[12]物之理

집의는 사물의 뜻을 종합綜合 정치定置하는 것이 아닌가?'　集是集處[13]物之義 否.

라는 물음에 주자는 "옳다"고 답했다.　　　　　　　曰是.

주문공문집朱文公文集/권74/옥산강의玉山講義

그러므로 군자의 학문은 '존덕성' 으로　　　　　　故君子之學 旣能尊德性

그 큰 것을 온전히 하고,　　　　　　　　　　以全其大.

'도문학' 으로 그 작은 것을 다해야 한다.　　　　便須道問學 以盡其小.

요컨대 그렇게 하는 것은 이유가 있으니　　　　要當使之有

서로 북돋우고 서로 밝혀　　　　　　　　　以交相滋益 互相發明

자연히 종합체계적으로 남김없이 통달하여　　　　則自然諧[14]貫通達

도道의 실체를 온전하고 흠결이 없는 경지에 처하게 하는 데 있다.　而於道體之全 無欠闕處矣.

상산선생전집象山先生全集/권5/여서서미與舒西美(육자陸子 저)

사람은 누구나 마음이 없으랴? 도를 밖에서 찾아서는 안 된다.　人孰無心 道不外索

병통은 마음을 잃어버리고 해치는 데 있다.　　　　患在傷賊之耳 放失之耳.

옛사람이 사람을 가르치는 방법은　　　　　　　故人敎人

심心을 간직하고 길러 잃어버린 심心을 찾는 것뿐이다.　不過存心養心求放心.

---

11) 截(절)=齊一也.

12) 在(재)=存, 察也.

13) 處(처)=位置, 定名也.

14) 諧(해)=和合, 調和.

상산선생전집象山先生全集/권35/어록語錄

학자는 모름지기 바탕이	學者須是打疊[15)
정결하게 되도록 거듭 힘쓰고	得田地淨潔
그렇게 된 연후에야 분발하여 바로 설 수 있다.	然後令他[16)奮發植立.
만약 바탕이 정결하지 못하면 책을 읽는다 해도 얻을 것이 없다.	若田地不淨潔 亦讀書不得.

양명의 절대관념론

왕양명은 육상산을 계승하되 더욱 주관주의로 흐른다. 그래서 그의 학문을 절대관념론이라고 말한다. 그에게는 사람의 주관적 의식만이 유일한 실체이며 객관 사물은 의식의 체현體現일 뿐이다. 사유 작용은 본체인 양지良知의 체인體認이다. '양지'라는 말은 원래 『맹자』에서 나온 것이지만 양명은 이것을 불교에서 말하는 "달은 하나이지만 온 천하의 시냇물에 박혀 있다"는 월인만천月印萬川으로 비유되는 심인心印과 같은 개념으로 해석한 것이다. 그러므로 심心은 인식의 주체이며 동시에 객체이다.

이것은 유학의 묻고 배워 견문을 넓히는 이른바 '도문학'의 학습론을 뒤엎어버리는 것으로, 불교 선종의 이른바 '돈오'를 그대로 빌려온 것이다. 또한 존재론적으로는 헤겔의 '절대정

---

15) 打疊(타첩)=포개다, 정돈하다, 준비하다. 打(타)=□□을 하다, 쌓다.
16) 他(타)=그(어세를 강하게 함).

신'과 같고, 인식론적으로는 버클리(G. Berkeley, 1685~1753)의 "존재하는 것은 곧 감지되는 것"이란 명제와 일치한다.

전습록傳習錄/중

심心의 기관은 사색을 하고 사색하면 알 수 있으니	心之官則思 思則得之
사색은 적어야 한다고 하겠는가?	思其可少乎.
그러나 선방의 좌선처럼 공空에 잠겨 적멸을 지키거나	沈空守寂
사색에만 몰두하는 것은	與安排17)思索
곧 자기 사사로움에서 지식을 이용하는 것이니	正是自私用知
양지良知를 상실한 것과 마찬가지다.	其爲喪失良知一也.
양지는 천리天理의 밝고 영명한 깨달음의 곳이다.	良知是天理之昭明靈覺處.
그러므로 양지는 곧 천리이며	故良知則是天理.
사색은 양지의 발용發用이다.	思是良知之發用.
만일 양지가 발현된 사색이라면	若是良知之發用之思
생각마다 천리가 아님이 없을 것이다.	則所思莫非天理矣.
만약 사사로운 사설邪設에 머문 사색이라면	若是私意安排之思
스스로 어지럽고 힘들어서	自是紛紜勞擾
양지 스스로 분별하여 알 수 있을 것이다.	良知亦自會分別得.
이른바 도적을 군자로 오인하는 것은	所謂認賊爲子18)
바로 치지致知의 학學이 밝지 못함이니	正爲致知學不明
양지에서 체인體認할 줄 모르기 때문이다.	不知在良知上體認之耳.

---

17) 安排(안배)=安置也.
18) 士大夫通日子(公羊宣6年傳) 참고.

전습록傳習錄/하

양명 선생이 남진에 유람할 때	先生遊南鎭
한 친구가 바위 사이의 꽃을 가리키며 물었다.	一友指岩中花樹問日
"천하에 심心 밖에 사물이 없다고 하지만	天下無心外之物
이 꽃처럼 깊은 산속에서	如此花樹在深山中
저 스스로 홀로 피었다가 지는데	自開自落
우리 심心과 무슨 상관이란 말인가?"	于我心亦何相關.
양명이 답했다. "그대가 이 꽃을 보지 않았을 때는	先生日 你未看此花時
꽃과 그대 마음은 다 같이 정적으로 돌아간다.	此花與汝心同歸于寂.
그대가 이 꽃을 보았을 때는	你來看此花時
이 꽃의 모습이 일시에 명백하게 생겨나는 것으로 보면,	則此花顏色 一時明白起來.
이 꽃이 그대 마음 밖에 있지 않은 것을 알 수 있다."	便知此花不在你的心外.

양명은 『대학』의 '격물格物'을 '정물正物'로 읽고 사물을 바르게 하여 위선거악爲善去惡하는 것으로 해석한다. '격물치지'에 대해 주자는 "사물에 대한 궁리를 지극히 하여(格=至) 사물의 지식知識을 이룬다"로 해석하고, 양명은 "사물의 이를 바르게 하여(格=正) 마음의 양지良知를 이룬다"로 해석한다.

전습록傳習錄/중

주자가 말한 이른바 '격물'이란	朱子所謂格物云者
'사물에 대해 그 이理를 궁구한다(卽物窮理)'는 뜻이다.	在卽物而窮其理也.
'즉물궁리'는 사물에 대해 그 사물을 이룬	卽物窮理 是就事事物物上
객관적인 이理를 구하는 것이다.	求其所爲定19)理者也.

이것은 나의 심리心理로 물리物理를 구하는 것이므로
심心과 이理가 쪼개어져 둘이 되게 하는 잘못이다.

是以吾心而求理於事事物
物之中 析心與理爲二矣.

전습록傳習錄/상

격물의 '격格'이란 글자는 『맹자』에서
"대인大人만이 군주 마음의 잘못을 바로잡을 수 있다(格)"고
했을 때의 격格이다.
이것은 그 마음의 바르지 못함을 버림으로써
본체의 바름을 온전히 하는 것이다.

格物如孟子
大人格君心之非.

是去其心之不正
以全其本體之正.

　왕양명의 인식론은 객관적 사물을 탐구하는 것이 아니라 심心의 의리義理로 사물을 바르게 한다는 뜻이다. 이것은 정주의 '즉물궁리卽物窮理'를 반대하기 위해 '즉심궁리卽心窮理'로 바꾼 것이며, 『대학』의 격물格物을 격심格心으로 바꾸어버린 것이다. 이것은 유심론이 극단까지 치달은 주관적 선험론이다.

전습록傳習錄/중

내가 말하는 격물치지란
내 심心의 양지良知(심리)를 사사물물에 이루게 하는 것이다.
내 심의 양지는 곧 천리天理이다.
그러므로 내 심중心中의 천리를 사사물물에 이루는 것은
곧 사사물물이

若鄙人所謂致知格物者
致吾心之良知於事事物物也.
吾心之良知 卽所謂天理也.
致吾心良知之天理於事事物
物 則事事物物

---

19) 定(정)=不易也, 心無慾也.

모두 그 이理를 얻는 것이 된다.   皆得其理矣.

내 심의 양지(心理)를 이루는 것은 '치지致知'요,   致吾心之良知者 致知也.

사사물물이 모두 그 이理를 얻는 것은   事事物物皆得其理者

'격물格物'이다.   格物也.

이것은 심과 이가 합하여 하나가 되는 것이다.   是合心與理 而爲一者也.

전습록傳習錄/하

천하의 사물(物理)은 본래 바르게 할 수 없으며,   天下之物本無可格[20]者

사물을 바르게 하는 공부는   其格物之功

내 몸과 마음(心理)을 바르게 하는 데 달려 있다.   只在身心上做.

전습록傳習錄/상

지知는 마음의 본체이니 저 스스로 알게 되는 것이다.   知 心之本體 心自然會知.

아버지를 보면 스스로 효를 알고,   見父自然知孝.

형을 보면 스스로 우애할 줄 알고,   見兄自然知弟.

어린이가 우물에 빠지는 것을 보면 스스로 측은해한다.   見孺子入井自然知惻隱

이것이 곧 양지이니, 밖을 빌려 구할 수 있는 것이 아니다.   此便是良知. 不假外求.

왕문성공전서王文成公全書/권1

격물(사물을 바르게 함)은 의식(意)을 성실히 하는 공부이며,   格物是誠意的工夫.

명선(선을 밝힘)은 몸(身)을 성실히 하는 공부이며,   明善是誠身的工夫.

궁리(이를 궁구함)는 성품(性)을 다하는 공부이며,   窮理是盡性的工夫.

---

20) 格(격)=正也.

도문학(인도하고 물어 배움)은 덕성을 높이는(尊德性) 공부이며, 道問學是尊德性的工夫.
박문(선왕의 글을 넓게 익힘)은 나를 예로 제약하는(約禮) 공부이며, 博文是約禮的工夫.
유정(생각을 정밀히 함)은 마음을 전일하게 하는(惟一) 공부이다. 惟精是唯一的工夫.

정암의 양명 비판

명대 성리학은 송대 이학理學과 심학心學의 갈림을 더욱 극단으로 밀고 나갔다. 양명은 상산을 계승하되 심학을 '양지학'으로 이단화했고, 정암 나흠순羅欽順은 정주를 계승했다고 하나 '이기일물理氣一物', '성즉기性卽氣'를 주장함으로써 이른바 청대 성기학性氣學의 문을 열었다. 그러므로 정암은 양명의 '양지良知＝천리설天理說'에 대해 불교에서 본성本性을 '각覺(깨달음)'이라 한 것에서 차용한 것뿐이라고 비판하고 정주의 일용사물학日用事物學을 더욱 강조했다.

정암에 의하면 양지良知는 그것이 생지生知(不待思慮而知)라 해도 역시 '안다'는 작용이므로 양지는 심心의 인식 작용일 뿐 심의 본체인 도道 혹은 성리性理가 될 수 없다는 것이다. 예컨대 산천과 만물에는 천리는 있으나 양지良知는 없기 때문이다.

만약 불교처럼 지각知覺을 성性이라 하거나 양명처럼 양지를 천리라고 말한다면 인간은 모두가 양지자良知者이므로 무지자無知者가 없을 것이며 객관적 물리를 배울 필요가 없을 것이다. 그러므로 정암은 선가의 견성성불見性成佛에 영향을 받은 육왕의 주관주의적인 존덕성尊德性 위주의 수양론을 반대하고, 사물에 대한 견문見聞을 중시하는 주자의 객관주의적인 도문학道問學을 지지한다. 그 이유는 천인일리天人一理이나 인간의 당연적 가치는 하늘의 자연적 진리를 어길 수 없다고 생각한 때문이다.

곤지기困知記/부록/답구양소사성숭答歐陽少司成崇 1

양지良知를 천리天理라고 하는 자들은 모른다,	今以良知爲天理 卽不知
천지만물이 모두 양지를 다 가진 것은 아니라는 사실을.	天地萬物皆有此良知否.
천은 높아서	天之高也
산하대지를 다 들여다보기 쉽지 않지만,	未易驟窺山河大地
나는 그것이 양지를 가지고 있다는 것을 알지 못한다.	吾未見其有良知也.
만물은 많아서	萬物衆多
초목 금석을 두루 들추기는 쉽지 않지만,	未易遍擧草木金石
나는 그것이 양지를 가지고 있다는 것을 알지 못한다.	吾未見其有良知也.

곤지기困知記/상

하늘의 도는 자연이 아닌 것이 없고,	天之道莫非自然
사람의 도는 모두 당연이다.	人之道皆是當然.
무릇 당연이란	凡其所當然者
모두 자연을 어길 수 없는 것이다.	皆其自然之不可違者也.
무엇으로 자연을 어길 수 없음을 알 수 있는가?	何以見其不可違
자연에 따르면 길하고 어기면 흉하기 때문이다.	順之則吉 違之則凶
그것을 일러 '천인일리' 라고 말한다.	是之謂天人一理.

곤지기困知記/속績 하

천지인물을 통틀어 그 이理는 본래 하나이지만
그것을 분별하면 서로 다르다.
반드시 분별의 다름을 살핀 뒤에야
하나인 이理를 볼 수 있다.

盖通天地人物 其理本一.
而其分卽殊.
必有以察乎其分之殊 然後
理之一者可見.

여왕양명서與王陽明書(경진하庚辰夏)

아我 입장에서 보면 물物은 물일 뿐이지만
이理의 입장에서 보면 나 또한 물이니
혼연히 일치할 뿐
어찌 내외를 구분하겠는가?
격물에서 귀한 것은
그 분수分殊에 나아가
이일理一을 보는 데 있다.

自我以觀 物固物也.
以理觀之 我亦物也.
渾然一致而已
夫何分於內外乎.
所貴乎格物者
正欲卽其分之殊
而有見乎理之一.

곤지기困知記/상

이理는 참으로 지극히 쉽고 간단하지만
쉽고 간단하게 천하의 이理를 얻는 것은
성대한 덕인의 경우뿐이다.
배우는 사람들은 박학博學 · 심문審問 · 신사愼思 · 명변明辯 ·
독행篤行 가운데 어느 것도 폐할 수 없다.
이들 공부를 순차적으로 밟아가는 것이
이간易簡(쉽고 간단한 길)에 이르는 방법이다.
만약 도문학의 번거로움을 싫어하여

此理誠至易誠至簡.
然易簡而天下之理得
乃盛德之事.
若夫學者之事 則博學審問
愼思明辯篤行 廢一不可.
循此五者以進
所以求至於易簡也.
苟厭夫問學之煩

이간의 지름길로 가려 한다면   而欲徑達於易簡之域

그것이 어찌 이른바 이간의 길이겠는가?   是豈所謂易簡者哉.

대개 높은 경지를 좋아하여 지름길로 빨리 가려 하는 것은   大抵好高欲速

배우는 자들의 공통된 폐단이다.   學者之通患.

곤지기困知記/속續 **하**

순임금이 위대한 성인으로   夫以大舜之聖

천하의 모범이 되어 후세에 전해지는 것은   爲法於天下 可傳於後世者

다름 아니라 오직 서물庶物을 밝히고   無他 惟是明於庶物

인륜을 살폈기 때문이다.   察於人倫而已.

청대 성기학의 경험론

고염무의 격물 해석

청대에 이르면 이학理學이 쇠퇴하고 유물론적인 기철학氣哲學이 득세하면서 선험론을 비판하고 경험론으로 기울기 시작한다.

그러나 이것은 시기적으로 조선의 퇴계와 고봉의 격물논쟁보다는 늦은 것이며, 이보다 뒤이지만 혜강의 유물론적 경험론에 비하면 아주 초보적인 수준일 뿐이다.

고증학의 시조라 불리는 정림亭林 고염무顧炎武도 묵자의 삼표론三表論을 이어받아 실증적, 실용적 학문을 강조했으나 본격적으로 경험론적 인식론을 말한 것은 아니다. 그는 '격물格物'은 경험적인 사물의 존재법칙(理)을 궁구하는 도문학道問學이라 말한 것이고, '치지致知'는 지지止知라는 뜻으로 해석하고, 선험적으로 알고 있는 인간관계의 당위법칙(義)을 이해하고 거기에 머무는 존심存心 수양修養을 뜻한다고 말한다. 이처럼 그는 격물치지를 둘로 나누고, 격물은 경험적 지식을, 치지는 선험적 지식을 얻는 방법이라고 이해했다(『일지록日知錄』 권6 「치지」). 즉 그는 도문학을 중시했으나, 여전히 존덕성이 근본임을 강조함으로써 양지론에 머물렀다.

일지록日知錄/권7/여일이관지予一以貫之(고염무 저)

저들 글 읽는 선비들은	彼章句之士
그 회통會通을 살피기에 부족하고	旣不足以觀其會通.
고명한 군자는	而高明之君子
덕성만을 말하다가 문학問學을 빠뜨렸으니	又或語德性 而遺問學.
둘 다 성인이 가리킨 뜻을 잃어버린 것이다.	均失聖人之指矣

정림시문집亭林詩文集/권3/여우인론학서與友人論學書

아! 선비가 우선 부끄러움을 말하지 않으면	嗚呼 士而不先言恥
근본이 없는 사람이다.	則爲無本之人.
옛 것을 좋아하고 많이 듣지 않으면 공허한 학문이다.	非好古而多聞 則爲空虛之學.
근본이 없는 사람이 공허한 학문을 강론하니	以無本之人 而講空虛之學
나는 그가 날마다 성인을 따라 일한다고 하지만	吾見其日從事於聖人
성인을 버리고 멀리 달아나는 것을 알겠다.	而去之彌遠也.

왕부지의 경험론적 경험

　강재薑齋 왕부지王夫之는 선험론을 거부하고 감각을 인식의 기초로 보는 경험론적 인식론을 말했다. 이는 묵자 이후 처음으로 경험론을 본격적으로 거론한 것으로 평가할 만하다. 그는 육왕의 주관주의적 심학心學을 전면 부정했다. 그러므로 그는 "마음이 곧 삼계요(三界惟心 而心卽界), 의식이 곧 법(萬法惟識 而識卽法)"이라고 말하는 불교의 유식론唯識論과, "사람이 산중의 꽃을 보지 못하는 동안에는 꽃은 존재하지 않는다"는 양명의 유심론唯心論을 반대한다.

선산유서船山遺書/장자정몽주張子正蒙注/태화太和

감관(形)과 정신(神)과 사물(物)의	形也 神也 物也
세 가지가 서로 만나야 지각이 발현된다.	三相遇而知覺乃發.
이理란 물物이 본래 그러한 것이고,	理者物之固然
사事가 그렇게 된 까닭이다.	事之所以然也.
그러므로 천하에 드러난 것으로써만 알 수 있는 것이다.	顯著于天下 循而得之.

선산유서船山遺書/상서인의尙書引義/고명顧命

오색은 천하에 본래부터 있는 것이기에	天下固有五色
사람마다 그것을 보는 것이 다르지 않다.	而辨之者人人不殊.
오성은 천하에 본래부터 있는 것이므로	天下固有五聲
예나 지금이나 그것을 듣는 것이 어긋나지 않는다.	而審之者古今不惡.
오미는 천하에 본래부터 있는 것이므로	天下固有五味
그것을 맛보는 것이 오래거나 잠깐이나 틀리지 않는다.	而知之者久暫不違.

그렇지 않고 색과 소리와 맛이 …不然 則色聲味

오로지 사람의 천명(선험적 관념)이라면 惟人所命

어찌 천하 모든 사람이 何爲乎胥天下

똑같은 빛과 소리와 맛을 공유할 수 있단 말인가? 而有其同然者.

선산유서船山遺書/상서인의尚書引義/소고무일召誥無逸

본래 주관적인 인식 작용(能)과 能所之分

객관적인 인식 대상(所)은 나뉘어 있다. 夫固有之

그러므로 석씨가 이를 나누고 이름을 붙인 것은 釋氏爲分授之名

나무랄 수 없다. 亦非誣也.

그렇지만 본래 천하에 인식 대상은 존재하지 않고 …而謂天下固無有所

우리 마음의 인식 작용이 인식 대상을 만들어낸다고 말한다면, 吾心之能作爲所

우리 마음이 만들지 못하면 則吾心未作

천하에 인식 대상은 본래부터 없다는 것인가? 而天下本無有所乎.

만약 귀로 듣지 못하고 눈으로 보지 못하고 耳苟未聞 目苟未見

마음으로 생각지 않은 모든 것들을 버리고 心苟未慮 皆將捐之

천하에 이런 것은 없다고 말할 수 있는가? 謂天下之固無此乎.

월나라에 산이 있는데 내가 월나라에 가지 못했으니 越有山 而我未至越

월나라에는 산이 없다고 말할 수는 없으며, 不可謂越無山.

내가 월에 가야만 則不可謂 我之至越

월에 산이 생긴다고도 말할 수는 없을 것이다. 者爲越之山也.

부父는 효의 대상이다. 所孝者父.

그러므로 효가 부를 만든다고 말할 수는 없다. 不得謂孝爲[21]父.

산은 등산의 대상이다. 所登者山.

그러므로 등산이 산을 만든다고 말할 수는 없다.   不得謂登爲山.

   이처럼 왕부지는 선험론을 부인하고, 경험론적 인식론을 주장했으므로 '격물과 치지'를 모두 경험론적으로 해석한다. 지금까지 선험론적 해석에서는 '치지'를 격물의 결과로만 보았으나, 그는 격물과 치지를 둘로 나누어 읽으며 격물은 감관感官 작용으로, 치지는 심관心官 작용으로 나누어 해석했다.

격물格物

선산유서船山遺書/독사서대전설讀四書大全說/권1

대서 사리를 궁구하는(格物) 공부는	大抵格物之功
심관心官(심규)과 감관感官(이목구비)을 두루 사용해야 하고,	心官與耳目均用
물어 배우는 것(道問學)을 위주로 하되	學問爲主
사변思辨이 이를 보조해야 한다.	而思辨輔之.
이때 생각하는(思) 대상과 분별하는(辨) 대상은	所思所辨者
모두 묻고 배우는(道問學) 대상인 사물이다.	皆其所學問之事.

치지致知

선산유서船山遺書/독사서대전설讀四書大全說/권1

앎에 이르는(致知) 공부는	致知之功
오직 심관心官에 있고,	則惟在心官
사변을 위주로 하고 도문학을 보조로 한다.	思辨爲主 而學問輔之.

---

21) 爲(위)=成, 有, 造作也.

도문학의 목표는 사변의	所學問者
의심을 결단하는 데 있다.	乃以決其思辨之疑.
그러므로 "치지는 격물에 있다"는 말은	致知在格物
감관이 심관의 작용에 기초가 되어야 하고	以耳目資[22]心之用
그것을 따르게 해야 한다는 것이다.	而使有所循也.
그렇지 않고 감관이 심관의 자루를 온전히 잡지 않으면	非耳目全操心之權
심관은 어지럽게 될 것이다.	而心可廢[23]也.

선산유서船山遺書/상서인의商書引義/설명說命

사물의 모양과 정세를 널리 취하고	博取之象數[24]
고금을 멀리 고증하여 조리를 끝까지 찾아내는 것이	遠證之古今 以求盡乎理
이른바 '격물'이다.	所謂格物.
빈 마음으로 그 밝음을 낳고,	虛以生其明
깊은 생각으로 은미한 것을 궁리하는 것이 이른바 '치지'이다.	思以窮其隱 所謂致知也.
'치지'가 아니면 사물은 재단할 수 없고	非致知 則物無所裁
사물에 탐닉하여 뜻을 잃을 것이며,	而玩物以喪志.
'격물'이 아니면 앎은 소용되지 않고	非格物 則知非所用
뜻을 방탕하게 하여 거짓에 빠질 것이다.	而蕩志以入邪.

안원의 실천적 인식론

습재習齋 안원顔元(1635~1704)의 인식론은 경험론적이며 더

---

22) 資(자)=操, 齊也.
23) 廢(폐)=壞亂也.
24) 數(수)=運命, 情勢.

나아가 실천적이다. 그에 의하면 인식의 기초는 생지生知나 의식意識 등 관념이 아니라 객관적 사물이다. 즉 사물과의 접촉이 인식의 기초라는 뜻이다. 그러므로 그는 격물의 '격格'을 '격擊'으로 읽는다. 이 격擊은 손으로 맹수를 잡거나 장난친다는 뜻으로 스스로 손을 움직여 행동하는 것을 의미한다.

이것은 도덕학을 뛰어넘어 객관적인 진리와 실용적 지식을 말한다는 점에서 멀리는 묵자의 삼표론, 가깝게는 마르크스와 마오쩌둥의 실천적 인식론과 궤를 같이하는 것이라고 말할 수도 있다.

또 한편으로는 유학이 본래부터 유사들의 관료 임용任用과 관료의 정신 수양을 위한 즉사실용卽事實用의 실천적 학문이라는 점에서 보면 안원의 실천적 인식론은 유학의 정통이라고 이해될 수도 있다. 지금까지 수천 년 동안 유학이란 것이 관료의 수양을 위한 실천 학문으로 봉사해 왔지만, 송유宋儒들은 관료학인 유학을 형이상학으로 개편하고 이것을 인간 일반의 자기완성을 위한 도덕학이라고 애써 선전하였다. 그런 점에서 비록 소박한 것이지만 안원의 실천적 인식론은 참으로 당연함에도 너무도 새삼스런 것으로 느껴질 만큼이나 유학 본래의 실학정신을 되살리려는 노력으로 평가할 만하다.

사마문정공집司馬文正公集/권71(사마광司馬光 저)

객관적인 사물을 다룰 수 있어야   能捍[25]御外物

---

25) 捍(한)=扞也=禦也, 觸也.

능히 지극한 도를 인식할 수 있다.

而後能知至道.

안이총서顔李叢書/사서정오四書正誤/권1(안원顔元 저)

지각은 실체가 없고 사물만이 실체가 된다.

知無體 以物爲體.

눈의 지각은 실체가 없고 형색만이 실체라 하는 것과 같다.

猶知目無體 以形色爲體也.

무, 채소 같은 하찮은 것은 비록 지혜가 높은 노대인일지라도

如此 蔬 雖上智老圃[26]

먹을 수 있는 물건으로 만드는 것을 알지 못할 것이다.

不知爲可食之物也.

혹은 모양과 색깔을 따라 음식으로 요리했다 해도

雖從形色料爲可食之物

역시 매운지 쓴지 그 맛을 알지 못한다.

亦不知味之如何辛也.

반드시 수저로 입에 넣고 나서야

必箸取而納之口

맛이 어떤지를 알 수 있다.

乃知如此味辛.

그러므로 손으로 물건을 다룬 이후에야 앎에 이른다.

故曰 手格其物而後知至.

대진의 경험론

고대와 중세에는 동서양을 막론하고 인식은 이성에 의한 것이며, 감각이나 경험은 인식에 방해가 된다고 믿었다. 근대에 들어와서 자연과학이 발달하자 감각과 경험이 중시되기 시작했다.

성리학은 '성즉리性卽理'를 기본 강령으로 하였으므로 이성 중심적이었다. 즉 인간의 심心에 천리天理가 내재한 것을 믿었으므로 심을 알면 천리를 알 수 있다고 생각한 것이다.

그러나 대진戴震은 이를 반대했다. 물리物理도 의리義理도 사

---

26) 圃(포)=大也, 博也.

물 속에 있을 뿐, 심리心理에 미리 갖추어져 있는 것이 아니라는 것이다. 그는 우주 만물을 음양오행의 기화氣化 유행流行으로 보았고 따라서 인식은 '혈기血氣와 심지心知'에 의한 사물의 분별이라고 생각했다. 즉 물리는 감관感官으로, 사리事理는 심관心管으로 분별한다는 것이다. 이것은 선험적인 천리로부터 연역하는 정주程朱의 선험론을 거부하고, 사물에 대한 감각과 지각에서 인식을 귀납하는 경험론을 말하고 있다.

다만 그의 이론에는 감성적인 혈기에서 이성적인 심지로 전달되는 데 대한 구체적인 설명이 결여되어 있다. 이에 대해 대진보다 1세기 선배인 안원은 앞서 말한 것처럼 그것을 '실천(行)'이라고 설명한 바 있다.

대진집戴震集/맹자자의소증孟子字義疏證/상/이理

맛과 소리와 색깔은 사물事物에 있으므로	味也聲也色也在物
그것이 나의 혈기에 접촉하며,	而接於我血氣.
의리는 사건事件에 있으므로 나의 심지에 접촉한다.	理義在事 而接於我之心知.
심관心官은 능히 이목구비의 감관感官을 부릴 수 있지만	心能使耳目口鼻
감관을 대신할 수는 없다.	不能代耳目口鼻之能.
그것들은 그 기능을 각각 자생적으로 구비했으므로	彼其能者 各自具也
서로 대신할 수 없는 것이다.	故不能相爲代.
심心의 기능은 이리와 의義를 분별하고,	心能辨夫理義.
이와 의는 사물과 감정을 가닥 지어 분석하는 데 있다.	理義在事情之條分縷析.
객관적인 사물과 감각이 주관적인 심지와 접촉함으로써	接於我之心知
그것을 분별하고 감흥을 느끼게 된다.	能辨之而悅之.

그러므로 이理와 의義는 다른 것이 아니고

비추고 살피어 오류가 없는 것이다.

무엇으로 오류가 없게 하는가? 바로 심의 신명이다.

오직 정情으로 정을 헤아리면 사리事理는

심지에서 나오는 사견私見으로 머물러버릴 것이다.

그렇다고 정情을 버리고 이理를 구한다면 그 이理는

사견 아닌 것이 없을 것이다.

그런고로 사물로 말하면

사물 밖에 따로 의리가 있는 것이 아니며,

인심으로 말하면 별도로 이理가 있어

(하늘에서) 품부되고 심에 미리 갖추어져 있는 것이 아니다.

육경과 공맹의 말씀과 전기, 서적 등에 이르기까지

이理라는 글자는 많이 보이지 않는다.

송 이후부터 비로소 습속이 이루어졌다.

그러나 이理는 당연히 사물에 있어야 하거늘,

어찌 하늘에서 얻어 인심에 선험적으로 구비되었으므로

심의 사견이 곧 이理라고 할 수 있겠는가?

故理義非他

所照所察者之不謬也.

何以不謬 心之神明也.

惟以情絜[27]情. 故其於事

也 心出一意見以處之.

苟舍情求理 其所謂理

無非意見也.

是故 就事物言

非事物之外 別有義理也.

就人心言 非別有理以予之

而具於心也.

六經 孔孟之言 以及傳記群

籍 理字不多見.

自宋以來 始相習成俗.

則以理爲如[28]有物

焉[29]得於天 而具於心

因以心之意見當之也.

완원의 격물론

운대芸臺 완원阮元(1764~1849)이 대학의 '치지재격물致知在格物'의 해석에 있어 "격格은 지至요 물物은 사事"라 한 것은 주자

---

27) 絜(혈)=度也, 約束也.

28) 如(여)=당연히 □□하지 않으면 안 된다.

29) 焉(언)=어떻게.

와 같으나, 그는 '사물事物' 을 '신심의지身心意知와 천하국가天下國家' 또는 '명덕明德과 친민親民' 을 모두 포함한 것으로 보았고, '치致' 를 '지지至止' 로 읽고 "사물의 이理에 이르러 머물 줄 안다(止)" 는 의미로 풀이한다. 이런 해석은 인식론이 아니라 공자의 경세학 내지 도덕론으로 풀이한 것이며 고염무를 그대로 따른 것이다.

연경실집擘經室集/대학격물설大學格物說(완원阮元 저)

'격물' 이란 사리와 물리에 이르러 머무는 것을 말한 것이다. 格物者 至止于事物之謂也.

'격물' 의 '격' 은 지至와 지止의 뜻을 겸한 글자이며, 格物者 以格字兼包至止

'물' 은 모든 사물을 아울러 뜻하는 글자이다. 以物字兼包諸事.

성현의 도는 실천 아닌 것이 없다. 聖賢之道 無非實踐.

공자께서 나의 도는 일관되게 孔子曰 吾道一以貫之.

'관寬' 이란 글자로 일을 행한다고 했는바 寬字行事也.

이 말씀은 '격물' 과 같은 도리다. 卽與格物同道也.

원래 '격물' 을 논한 것은 다른 것이 아니라 元之論格物 非敢異也

'실사구시' 일 뿐이다. 亦實事求是而已.

조선의 완당阮堂 김정희金正喜(1786~1856)가 쓴 것으로 알려진 「격물변格物辨」은 그의 글이 아니고 스승으로 모시던 완원의 글을 그대로 베껴놓은 것이다. 그러나 완원의 격물설은 행사行事의 실천을 강조했을 뿐 본격적으로 인식론을 말한 것이 아니라는 점에서 그보다 250년 전 퇴계와 고봉의 '격물논쟁' 에도 미치지 못할 뿐 아니라, 100여 년 앞선 왕부지와 안원의 인식론에도 미치지 못하는 것이다(이 책 32장 '퇴계와 고봉의 격물논쟁' 참조).

완당집阮堂集/격물변格物辨

그러므로 '격물'이란	故曰 格物者
"사물에 이르러 그친다"는 뜻이라고 말한 것이다.	至 止于 事物之謂也.
대체로 가국천하家國天下의 오륜에 대한 일은	凡家國天下 五倫之事
의당 몸소 친히 그곳에 이르러 실천하여	無不當以身親至其處
지선에 그쳐야 하는 것이니,	而履之 以止于至善也.
"물物에 이르다", "지선至善에 그치다",	格物 與止至善
"그칠 줄 안다", "인경仁敬에 그치다" 등의 일이	知止 止于仁敬 等事
모두 한 가지 뜻이요 두 가지 해석이 있는 것이 아니다.	皆是一義 非有二解也.
그러니 성현의 도는 전부 실천 아닌 것이 없으므로	聖賢之道 無非實踐
모두 '실사구시'의 뜻일 뿐이다.	而皆實事求是之義也.

32 퇴계와 고봉의 격물논쟁

신유학의 인식론

춘추전국시대의 원시 유학이나 한대 이후의 유교와는 달리 송대의 신유학인 성리학자들은 도덕정치론의 범위를 넘어 존재의 근원과 인간의 정신에 대한 형이상학적 문제에 관심을 옮겨갔고, 나아가 지식론을 언급한 '격물치지格物致知'라는 『대학장구大學章句』의 한 구절을 주목하기 시작했다.

형이상학은 인간과 만물, 세계와 우주의 존재적 근원이 무엇인가를 묻는 것이다. 성리학에서 말하는 태극도설과 이기론理氣論은 이런 물음에 대한 해답이었다. 반면 인식론은 인간은 어떻게 사물을 인식할 수 있는가, 그리고 그 인식한 사물이 실재인가, 아니면 의식이 만들어낸 가상에 불과한 것인가를 묻는 것이다. 성리학자들은 이에 대한 해답의 단서를 '격물론格物論'에서 찾으려 했다.

이들의 인식론은 대체로 보수적인 주리主理파는 선험론적이었고, 개혁적인 주기主氣파는 경험론적이었다. 그런데 명明 중기 이후부터 주기론적 경향은 '성기학性氣學'으로 달려가고 주리론적 경향은 '심리학心理學'으로 달려가는 극단적인 경향이 나타난다. 성기학은 사물에 대한 견문만을 중시하는 경험론에 경도되었고, 심리학은 마음 외에 사물이 없다는 선험론에 치우친다. 전자의 대표자는 나흠순羅欽順이고 후자의 대표자는 왕양명王陽明이다. 나흠순의『곤지기困知記』와 왕양명의『전습록傳習錄』이 조선에 수입되어 널리 읽히다가 출판되기까지 했다. 이는 정주이학의 한계와 도전을 의미하는 것이었다. 이에 대처하려 한 것이 퇴계와 고봉 간의 사칠논쟁四七論爭과 격물논쟁格物論爭이었다.

물격에 대한 해석의 갈림

격물논쟁에 앞서 조선의 성리학자들은 '격물格物'에서 '격格'자는 주자朱子를 따라 지至와 궁구窮究로 읽는 데 이론이 없었으나, '물격物格'에 대해서는 '물物'을 주어로 읽느냐 보어로 읽느냐로 의견이 갈려 있었다. '격물'의 해석은 "내가 물物을 (乙) 격格호매(乎麻)"로 읽는 데 이의가 없었으나, '물격'의 해석에서는 윤탁尹倬(1472~1534), 김식金湜(1482~1520), 박광우朴光佑(1495~1545) 등은 "물物이(是) (나를) 격格한다"로 읽음으로써 ‘물’ 이 주어가 되어야 한다고 주장하고, 이언적李彦迪 (1491~1533), 신광한申光漢(1484~1555) 등은 “(내가) 물物에 (厓) 격格한다”로 읽음으로써 ‘물’ 이 보어가 되어야 한다고 주장했다. 이러한 해석의 차이는 선험론이냐 경험론이냐의 중대한 갈림길이 된다. 이언적처럼 토를 ‘애厓’ 로 붙이면 ‘물격物格’ 은 ‘격물格物’ 과 같은 뜻이 되지만, 윤탁처럼 토를 ‘시是’ 로 붙이면 ‘격물’ 과 ‘물격’ 은 전혀 다른 뜻이 되기 때문이다.

이언적의 의견에 따르면 ‘물격’ 을 ‘물物에(厓) 격格하는(爲隱)’ 것으로 읽어야 하므로 ‘내가 물리物理에 이른 연후에야 앎에 이른다’ 는 뜻이 된다. 이렇게 되면 ‘물격’ 은 새로운 뜻을 말한 것이 아니라 ‘격물’ 의 효과를 다시 설명한 것이 될 뿐이다.

그러나 윤탁의 의견에 따르면 ‘물격’ 은 ‘물리가 나의 심리에 이른다’ 로 해석되므로 ‘물리가 나에게 궁리에 이르게 한다’ 는 뜻이 된다. 이러한 해석은 ‘밖에서 나를 녹여 만들어주는 것’ 이 되므로, 이것은 이른바 “밖에서 나를 녹여(밝혀)주는 것이 아니다(非由外鑠我)”라고 주장한 정자程子의 선험론을 반대한 것이 된다.

윤탁의 경우 ‘격물’ 에서는 심리心理가 주어이지만, ‘물격’ 에서는 물리가 주어가 되므로 크게 다른 말이 된다. 즉 ‘격물’ 은 선험적인 심리가 물리에 접해 스스로를 인식하는 것이므로 선험론적이고, ‘물격’ 은 물리가 운동하여 심리를 생生하게 하는 것이므로 경험론적이다. 후자는 물리가 운동하여 심리에 도달한다는 것이므로 학자들은 이것을 ‘이도설理到說’ 이라고 부른다.

고봉의 이도설

고봉이 물격설物格說에 대해 상세하게 설명한 문헌은 없는
것 같다. 다만 '석물격釋物格'이란 시에서 격물과 물격이 '표리
관계'라는 주자의 입장을 견지하고 있다.

석물격釋物格

고봉집高峰集/2집/고봉속집高峰續集/권1/석물격釋物格

기교를 이룸은 물건을 조각하는 데 있으며	致巧在雕物
물건이 조각되면 기교가 드러난다네.	物雕巧乃宣
물건의 조각이 조예 지극하면	物之雕詣極
나의 기교도 따라서 온전하다네.	我巧亦隨全

퇴계는 고봉의 위 시를 이도설로 간주하고 이에 대해 반론
을 제기했다. 퇴계의 반론 시詩는 인식의 주체는 심리일 뿐 물
리가 아님을 강조하고 이도설을 부정한다.

퇴계의 변답辨答

고봉집高峰集/2집/고봉속집高峰續集/권1/변답辨答

사람의 기교가 물건을 조각할 수 있을 뿐	人巧能雕物
조각이 어찌 사람을 기교 있게 하리오.	雕寧巧得人
심지心知가 물건을 궁리할 수 있다는 말이라면	謂知能格物
비유가 논리에 맞지 않은 것 같네.	取譬恐非倫

조각을 하여 조예가 지극하다면 　　　　　　　　雕而能詣極

조예한 것은 어찌 사람이 아니리오. 　　　　　　詣者豈非人

물건이 조각을 조예롭게 한다고 말하는 것은 　　謂物能雕詣

어찌 크게 어긋나는 말이 아니겠는가? 　　　　言何太不倫

　퇴계의 반론에 고봉은 다음과 같은 시로 화답하며 변론했
다. 이 시는 심리가 물리를 궁리하는 '격물'과, 이와는 반대로
물리가 심리를 이루게 하는 '물격'을 내외 선후로 겸용해야
도를 잃지 않을 것이라고 주장한다.

재석再釋

고봉집高峰集/2집/고봉속집高峰續集/권1/재석再釋

조각품의 조예가 지극하다면 　　　　　　　其雕詣極處

조예한 것은 조각품이지 어찌 사람이리오. 　　詣者豈伊人

물건을 조각하니 조각품이 조예하다는 　　　雕物而雕詣

이 말은 오히려 조리가 있네. 　　　　　　斯言曾有倫

심리는 물리를 궁리할 수 있고 　　　　　　人能格夫物

물리는 심리를 이루게 하나니, 　　　　　　物理妙于人

내외가 선후를 아우르면 　　　　　　　　內外兼先後

공부가 도리를 잃지 않는다네. 　　　　　　工程不失倫

일찍이 주자의 말을 살펴보면 　　　　　　嘗閱晦庵語

이理는 이르지 않음이 없다 했는데 　　　　理無不到云

그것을 '물격'의 해석에 인용한다면   求之物格訓
내 견해가 어찌 헛된 말이겠는가?   愚見豈空文

    학자에 따라서는 위 시에 대해 '격물'과 '물격'을 하나의 인식 작용의 내외로 보았을 뿐 '이도설'은 아니라고 주장한다. 그러나 나의 견해는 다르다. 그들은 고봉이 위의 시 '재석'에서 말한 '물리묘우인物理妙于人'을 '물리는 사람에게 정묘한 것이다'로 해석함으로써 참뜻을 곡해했기 때문이다. '물리묘우인'의 '묘妙'는 무슨 뜻인가? 묘는 동사로 쓰이면 '예쁘게 꾸미다'는 뜻이다. 형용사로는 호好, 선善이라는 일반적 의미 외에 신묘하다(神化不測也)는 뜻이다. 형명사形名詞로 쓰이면 정미精微한 것, 즉 '미지극微之極'을 뜻한다.

    그러나 여기서는 '묘'를 '성成'으로 해석해야 한다. 『주역』「설괘전說卦傳」에는 '신야자神也者 묘만물妙萬物 이위언자야而爲言者也(신은 만물을 이루는 자를 말한다)'라 했는데, 이때 '묘'는 '성成'으로 읽는다. 마찬가지로 위 시의 '묘우인妙于人'도 '성우인成于人'으로 읽고 '인人(心理)을 이루다'로 해석해야 한다. 그렇다면 '물리묘우인'은 '물리가 사람의 심리를 이룬다'는 뜻이 되므로, 고봉의 시 '재석'은 '이도설'을 말한 것으로 읽어야 옳을 것이다. 또한 이도설을 변호하고 있는 고봉이 퇴계에게 보낸 답신도 이를 뒷받침하고 있다.

답퇴계선생문목答退溪先生問目

퇴계 선생의 문목에 답함. '물격에 대하여'

주자의 「무신봉사戊申封事」의 이도理到라는 말에 대해

그 뜻을 밝히는 글에서 '불가견' 항목의 아래 '통서' 주에는

"그 장소에 따라서 이理가 이르지 않음이 없다" 하였고,

『대학혹문大學或問』 주에는

"털끝만큼도 이르지 않음이 없다" 하였으니,

이러한 말은

결국 이理의 분별은 지극하여

지극한 곳에 이르지 않음이 없다는 뜻이니

저의 의견과 같이 해석하는 것도 불가함은 없을 듯합니다.

『주자대전朱子大全』 44권의

체계통에게 답한 글에 이르기를

"모름지기 보는 것이 영롱하고 투명하여

서로 막히거나 장애되지 않으면

바야흐로 물격物格을 한 징험(驗)"이라고 하였습니다.

'영롱하고 투명하다' 고 말한 것은

바로 밝게 해석하여 벗겨낸다는 뜻과 다름이 없을 것입니다.

다시 한 번 마음에 두고 완색하는 것이 좋을 듯합니다만

어떻겠습니까?

答退溪先生問目 物格.

戊申封事 理到之言

發微 不可見條下 通書注.

隨其所寓而理無不到.

大學或問注

無一毫不到處.

以此等言句反覆求之

則理諸其極

及極處無不到者

如鄙意釋之 固無不可也.

朱子大全四十四卷.

答蔡季通曰

須看得玲瓏透脫.

不相防礙.

方是物格之驗[1]也.

玲瓏透脫之云

正與融[2]釋脫落之意無異.

幸更留心玩索

何如.

---

1) 驗(험)=證 察辨也.

2) 融(융)=明也, 通也.

퇴계의 반론

퇴계는 이언적의 주장을 적극 지지하고 고봉의 '이도설'을 완강히 반대했다. 그 요지는 인식의 주체는 심리心理여야 한다는 것이다. 즉 인식은 이미 마음속에 있는 이理를 상기하는 것에 지나지 않는다는 선험적 관념론을 고수한 것이다.

퇴계집退溪集/서書4/격물물격속설변의格物物格俗說辨疑

답정자중答鄭子中

오로지 모든 사물의 이理는	惟其事事物物之理
곧 내 마음에 갖추어져 있는 이理이니,	卽[3]吾心所具之理
사물事物이 밖에 있다 해서 이도 밖이라 할 수 없으며,	不以物外而外
또한 이가 안에 있다 해서 사물도 안이라 할 수는 없는 것이다.	亦不以此內而內.
그러므로 선유들이 이가 사물에 있다고 하였지만	故先儒 雖謂之理在事物
이理를 버리고 물物을 말한 것은 아니며,	非遺此而言彼也.
사물에 이른다고 하였지만	雖謂之卽事卽物
나를 버리고 물을 따른다는 것은 아니다.	非舍己而就彼也.
또한 조예가 지극하다	雖曰詣其極
또는 극처에 이른다고 하였지만	曰到極處 曰到盡處
역시 마음이 몸을 떠나	亦非謂心離軀殼而
여기서 저기로 간다는 뜻은 아니다.	自此走彼之謂也.
비유를 들자면 어떤 사람이 고을을 두루 지나서(格物)	比如有人自此歷行都邑

---

3) 卽(즉)=至也.

서울에 이르고자 하는 것(致知)은

격물치지格物致知의 공부와 같은 것이요,

이미 고을을 두루 지나서(物格)

이미 서울에 다다른 것(致知)은

'물격物格' 지지知至의 공효功效와 같은 것이다.

어찌 이처럼 두루 지나서 바야흐로 이른 것에 대해,

'사람이 고을에(厓) 두루 다니고 지나서(物格)

서울에 오게 되었다'라고 말하는 것이 옳으며

공부하는 사람의 학설이라고 할 수 있을 것인데,

이미 지나고 이미 이른 것에 대해 이를 바꾸어 말하기를

'고을이(是) 이미 지나고(物格),

서울이 이미 이르렀다'라고 해석하는 것이

어찌 공부라고 말할 수 있겠는가?

만일 이렇게 설명한다면

두루 다닌 것은 사람이 아니고 고을이며,

이른 것은 사람이 아니고 서울이 되는 것이다.

이런 식으로 물격을 풀이한다면

격格하는 것은 내가 아니라 물物이며,

지到한 것은 내가 아니라

극처가 되는 것이다.

이것은 말이 되지 않으며 의리에 맞지 않는

고집과 오류이며 통할 수 없는 주장이니 따를 수 없다.

위에 말한 것은 모두 예로부터 전해오는

여러 주장에 대해 논한 것이다.

至京師

猶格物致知之工夫也.

已歷郡邑

已至京師

猶物格知至之功效也.

豈可謂 於方行方至

可以言 郡邑(厓)歷行(爲也)

京師(厓)來至(他爲也)

以爲工夫之說.

於已歷已至 必變辭曰

郡邑(是)已歷(爲也)

京師(是)已至(羅沙)

乃可謂工夫耶.

若如此說

則已歷者非人 乃都邑也.

已至者非人 乃京師也.

推之以釋物格

則格者 非我乃物也.

釋極處 則到者

非我乃極處也.

此不成言語 不成義理

誤謬不通之說 不可從也.

右皆就舊傳諸說而論之

嘗欲以愚意

일찍이 나로서는 물격에 대해
"물物마다 격格을 한 후에"라고 해석하는 것이 내 의견이다.
이렇게 한다면 그 속에
주자가 말한 "이르지 않음이 없다(無不到)"는 뜻도 포함되고,
서로 다툴 단서도 없을 것이다.

爲物格之釋
曰 物(麻多)格(爲隱後厓).
如此則
中含無不到之意
而無兩爭之端.

퇴계의 수용

퇴계는 제자 정암靜菴 김취려金就礪(김이정)를 통해 고봉의 물격설을 전해 듣고, 종전의 자신의 주장이 오류라고 인정하고 이도설을 받아들인다.

퇴계는 경오庚午년(1570년) 가을에 자신의 물격설이 잘못되었음을 인정하고 이를 수정하는 편지를 써서 서울의 정암에게 주어 고봉에게 부치도록 부탁했다. 그리고 또다시 같은 해 10월 15일에 마침 인편이 있어 같은 뜻을 간략히 적은 편지를 보낸다.

고봉은 10월 15일자의 편지를 받고 퇴계와 이도설에 일치를 본 것에 뛸 듯이 기뻐하며 한 달 후 11월 15일에 답서를 보낸다. 그리고 고봉은 미진한 부분에 대해 더욱 깊은 논의가 계속되기를 희망했다.

그러나 퇴계는 정암에게 부탁한 서신이 고봉에게 전달되지 않을까 염려하여 한 달 후 11월 17일 병석에 누운 몸으로 아들

에게 대필시켜 자신의 물격설을 수정하는 세 번째 편지를 고
봉에게 보낸 것이다. 이것이 퇴계의 마지막 저술이다.

이로써 퇴계가 물격설에 대한 자신의 오류를 수정하는 일에
대해 얼마나 노심초사했던가를 짐작하게 한다. 그러나 퇴계는
고봉의 기뻐하는 답서를 받지 못하고 그해 12월 8일에 서거했
다. 이렇게 논쟁이 끝나고 후학들의 분발도 없었으니 아쉽기
그지없는 일이었다.

퇴계(1570년 10월 15일)

고봉집高峰集/3집/왕복서往復書/권3/

명언령전배백明彦令前拜白 기승지택奇承旨宅

중간에 김이정이 기록해 보여준	中間而精[4]錄示
귀하의 '이도理到'와 '무극無極'에 대한 가르침을 보고	所教示理到無極等語
지난날 저의 견해가 잘못되었음을 깨달았습니다.	方覺昨非.
저대로 깨달은 바를 별지에 기록하였으니	所得數語 錄在別紙.
살펴주시면 다행이겠습니다.	令照幸甚.
고향 친구가 무안 현감이 되었는데	鄉舊爲務安
그 자제가 무안으로 가는 길에 편지를 전할 수 있다기에	其子弟將之 可以傳書
대충 적어 보냅니다.	立談間草草奉報.

---

4) 而精(이정)=名은 金就礪, 號는 靜菴, 字는 而精.

고봉집高峰集/3집/왕복서往復書/권3/

명언령전배백明彦令前拜白 기승지택奇承旨宅/별지別紙

물격物格과 무극無極 등에 대한 훈고에 대해	物格無極等訓
어리석음을 굽어 살피시어	乃蒙俯察
평소 어지럽게 왕복하던 것이 끝내 일치로 귀착되었으니	平日繳[5]紛往復者 竟歸一致.
평생에 이보다 더 행복한 일이 어디 있겠습니까?	平生之幸. 孰大於是.
단지 발을 구르고 손을 흔들어 춤을 추는 즐거움 정도가 아닙니다.	非特手舞足蹈之爲樂也.
물격物格 이도설理到說에 대한 상세한 가르침을 받자오니	物格理到之說
기쁘기 말로 다할 수 없습니다.	伏蒙詳論 忻幸不可言.
혜량하시기를 엎드려 바랍니다.	伏希鑑諒.
삼가 절하며 답서 올립니다.	謹拜答上狀.

고봉집高峰集/3집/왕복서往復書/권3/

명언령전배백明彦令前拜白 기승지택奇承旨宅/별지別紙

종래의 '물격설'과 '무극이태극설'은	向來 物格說 無極而太極說
저의 견해가 모두 잘못되었으므로,	鄙見皆誤
설을 고치고 필사하여 김이정에게 부탁하여 공에게 부쳤으나,	亦已改說 寫寄于而精
아마도 전달되지 않은 듯하므로	恐或失傳
지금 다시 편지를 보내오니 양찰하시기 바랍니다.	故今呈一紙竝照諒.

---

5) 繳(격)=얽히다.

근심과 어지러운 가운데 대략 적었습니다.
계절에 따라 더욱 몸을 아끼고 보호하며,
부지런히 학문에 정진하여 시대의 소망에 부응하시기를 바라며
삼가 답서를 올립니다.

憂撓草草.
惟冀以時 益自珍衛
進學不倦 以副時望
謹拜復.

이처럼 퇴계는 고봉의 의견에 촉발되어 자신의 물격설을 수정했다. 이것은 고봉의 '이도설理到說'이 오히려 퇴계 자신의 '이동설理動說', '이발설理發說' 등 이신론理神論적 이기론理氣論에 상응하는 인식론이라고 판단했으므로 자신의 종전 주장을 철회한 것이다. 원래 퇴계의 이기론은 주자와는 달리 이理가 스스로 운동한다는 '이동설'을 강조한다. 그러므로 인식론에 있어서도 '격물格物'은 마음의 이理가 운동하여 사물의 이理에 도달하는 것이고, '물격物格'은 사물의 이가 운동하여 마음의 이에 도달하는 것이라고 해석하는 것이 옳다고 생각한 것 같다.

비유를 들자면 '격물'은 마음의 이가 사물의 이를 적극적으로 모사한다는 이른바 '모사설模寫說'과 비슷하고, '물격'은 사물의 이가 적극적으로 마음의 거울에 다가가 비춘다는 이른바 '반영설反映說'이라 말할 수 있을 것이다.

그러나 퇴계와 고봉의 이도설은 마음의 선험적인 이의 확인이 곧 인식이라고 보았으므로 엄격한 의미에서는 선험적 관념론인 것이다. 그렇지만 물격설은 물리에 의해 심리가 물들여진다는 것을 인정했다는 점에서 묵자의 경험론적 인식론에 한 발 다가서는 것이었다.

퇴계(1570년 10월 15일)

고봉집高峰集/3집/왕복서往復書/권3/

배답상장拜答上狀 기승지택奇承旨宅

"물物이 격格한다", "물리物理는 극진하여	格物 與 物理之極處
이르지 않는 곳이 없다"는 귀하의 가르침을 삼가 들었습니다.	無不到之說 謹聞命⁶⁾矣.
이전에 내가 잘못된 주장을 고집한 까닭은	前此 滉所以堅執誤說者
단지 "이理는 정의情意도	只知守朱子 理無情意
헤아림도 조작도 없다"는 주자의 설을 지키려고 한 때문입니다.	無計度 無造作之說.
그래서 '내 마음이 물리의 지극한 곳에 이를 수 있는 것이지,	以爲我可以窮到物理之極
어찌 물리 스스로	處. 理豈能自至
지극한 곳에 이를 수 있겠는가?'라고 생각했던 것입니다.	於極處.
그러므로 완고하게 '물격物格'의 격格과	故硬把 "物格"之格
'무부도無不到'의 도到는	"無不到"之到
모두 '자기가 격하고' '자기가 도한다'고 이해했던 것입니다.	皆作己格己到看.
지난날 서울에서	往在都中
이도설을 가르침받고도	雖蒙提諭理到之說
역시 아무리 생각해도 의혹이 풀리지 않았습니다.	亦嘗反復細思 猶未解惑.
근자에 김이정을 통해서 전해 듣고	近金而精傳示
귀하가 생각한 출처인 주자의 말과	左右所考出朱先生語
'이도理到'의 몇 가지 조목을 살피고 난 연후에야	及理到處三四條 然後
비로소 내 견해가 오류임을 알게 되었습니다.	乃始 恐怕⁷⁾己見之差誤.

---

6) 命(명)=敎也.

7) 恐怕(공파)=億度也.

선생전상장先生前上狀 판부사택判府事宅

"이가 만물에 편재해 있으나, 그 작용에서 보면   其曰 理在萬物 而其用

실은 한 사람의 마음 이외의 것이 아니다"라는 주자의 말로 보면,   實不外一人之心.

이가 스스로 작용할 수 없으므로   則疑若不能自用

반드시 인심을 기다려 작용한다는 뜻인 듯하니,   必有待於人心

"이가 스스로 이른다"고는 말할 수 없을 것 같았습니다.   似不可謂 自到爲言.

그러나 또 주자의 "이에는 반드시 작용이 있는데   然而 又曰 理必有用

왜 또 심심의 작용을 말할 필요가 있겠는가?"라는 말로 보면,   何必又說 是心之用乎.

이理의 작용은 비록 인심 이외의 것은 아니지만,   則其用 雖不外乎人心

그 이의 작용은 신묘한 까닭에,   而其所以爲用之妙.

실로 이의 발현은 인심이 이르는 곳에 따라,   實是理之發見者 隨人心所至

이르지 않는 곳이 없고   而無所不到

완전하지 않는 것이 없다는 뜻이니,   無所不盡.

다만 저의 격물이 이르지 못함을 걱정할 일일 뿐,   但恐吾之格物有未至.

이가 스스로 이르지 못함은 걱정할 것이 없을 것입니다.   不患理不能自到也.

그렇다면 바로 그 '격물'이란 진실로   然則方其言格物也.

'나의 심리가 궁구하여   則固是言 我窮

물리의 극처에 도달하는 것'을 말한 것이며,   至物理之極處.

'물격'이란 '물리의 극처가 나의 궁구하는 바에 따라   及其言物格也 則豈不可謂

이르지 않음이 없다'고   物理之極處 隨吾所窮

해석하는 것이 어찌 불가하겠습니까?   而無不到乎.

이로써 알 수 있듯이   是知

정의情意도 조작造作도 없는 것은   無情意造作者

이理 본연의 체體이며,

곳에 따라 나타나 이르지 않는 곳이 없는 것은

이理의 신묘한 작용作用입니다.

이전에는 다만 본체가 무위無爲인 줄만 알고

묘용妙用이 나타나고 운행한다는 것을 알지 못하여

이理를 죽은 물건으로 인식할 뻔했으니

어찌 도리에서 멀리 떠난 것이 아니겠습니까?

그러나 지금 고명한 가르침에 따라

잘못된 견해를 버리고

새로운 뜻을 얻고 새로운 격조를 키우게 되었으니

매우 다행입니다.

此理本然之體也.

其隨寓見而無不到者

此理至神之用也.

向也 但有見於本體無爲

而不知妙用之能顯行.

殆若認理爲死物.

其去道不亦遠甚矣乎.

今賴高明提誨之勤

得去妄見

而得新意 長新格

深以爲幸.

평가와 반성

퇴계와 고봉 간의 '사칠논쟁'에 이어 두 번째 논쟁인 이른바 '격물논쟁'은 동서양은 물론 인류사에 유례가 없는 최초의 인식론 논쟁이다. 이러한 논쟁이 있었던 16세기는 서양에서는 중세 암흑시대였다. 암흑시대라 함은 스콜라철학이 모든 학문을 지배하였으므로 신의 계시만이 유일한 인식의 근원이었기 때문이다. 모든 존재에 대한 의심으로부터 시작되는 인식론은 신에 대한 불경이 되는 것이므로, 이 시대에 인식론을 말한다는 것은 화형을 감수하지 않는 한 불가능한 일이었는지도 모른다.

서양에서 인식론이 철학의 중심 과제로 등장한 것은 중세가 끝나는 계몽주의시대인 17세기 말부터였다. 데카르트(R. Descartes, 1596~1650)의 『방법서설(1637)』, 로크의 『인간오성론(1690)』, 칸트의 『순수이성비판(1781)』은 그 대표적 저술이다. 이 저술들은 그들의 후배인 헤겔에 의해 인식론을 어리석은 시도라고 비난받았을 정도로 선구적인 것이었다. 그러나 그것은 고봉과 퇴계가 인식론을 논쟁한 지 120년 내지 211년 후에 발표된 것임을 기억해야 한다. 그러므로 세계에서 최초로 인식론 논쟁을 한 곳은 우리나라였다고 말할 수 있는 것이다.

근세에 들어 서양 철학의 중심 과제가 인식론이 되었다는 것은 신의 존재와 영혼 불멸 등에 대한 비판과 함께 신으로부터의 인간의 해방, 인간 이성의 존중 등 근대적인 인간중심 사상의 대두와 더불어 촉발되었다는 점을 주목하게 한다. 그리고 그러한 주목은 고봉과 퇴계의 인식론이 비록 봉건시대라는 시대적 한계를 가지고 있고 그 영향력이 크지 않았다 해도 그의의는 선구적이라는 인식에 다다르게 한다.

인식론이란 본래부터 형이상학을 대체하는 것이기 때문에 여전히 관념론과 유물론 등 세계관과 밀접한 관련을 가진다. 고봉과 퇴계의 인식론의 차이도 '이동理動'·'이발理發'을 인정하느냐, 아니면 '기발氣發'만을 인정하느냐의 우주관과 밀접하게 관련될 수밖에 없는 것이다. 특히 고봉이나 퇴계는 존재론에서 소이연所以然과 소당연所當然, 즉 존재(Sein)와 당위(Sollen)를 구분하지 않고 통합함으로써 인식론에서도 도리道

理와 물리物理를 혼동하였다. 물론 이 논쟁을 통하여 어느 정도 선험론의 독단론을 경계하는 계기가 되었으나 여전히 유심주의唯心主義에서 벗어나지는 못한다.

그럼에도 불구하고 고봉과 퇴계의 격물설은 주자와는 분명 다른 새로운 개척이다. 율곡학파인 우암尤庵 송시열宋時烈과 간재艮齋 전우田愚(1841∼1922)까지도 이도설到說은 주자와 다르다고 주장했다. 다만 이 논쟁은 퇴계와 고봉이 잇달아 서거하였으므로 심화 진전되지 못한 채 끝났고 후학들에 의해서도 발전되지 못했다. 오히려 조선 학자들이 아니라 훗날 청대의 기철학자들에게서 괄목할 만한 성과로 발전되었다(이 책 31장 '유가의 인식론' 중 '청대 성기학의 경험론' 참조). 이처럼 중국에서 청대에 들어와 인식론에 관심을 가지게 되었다는 것은 유학에 대한 비판정신이 고조되었음을 반증한다. 이에 비하면 조선의 학자들은 퇴계와 고봉의 격물논쟁에도 불구하고 이에 주목하지 못하고 구학에 안주함으로써 비판정신의 고갈을 드러낸다.

특히 오늘날의 우리는 사물의 인식이 불가능하다는 불가지론적 경향인 포스트모더니즘 시대를 살고 있다. 기호논리학에 의하면 우리가 사물은 인식하는 것은 사물 그 자체가 아니라 우리에게 우연히 전승된 언어 구조 내지 인식 구조로 사물을 그리거나 조각하는 것뿐이라는 것이다. 그림이나 조각은 아무리 정교해도 사물 그 자체는 아니다.

이러한 인식 불가능성은 진리를 해체한다. 우리가 진리라고 알고 있는 것이 진실이 아니라 인간의 언어 구조 또는 논리 구조에 불과하다면 진리는 해체되고 인간도 해체되지 않을 수 없다. 나아가 포스트모더니즘은 신을 죽이고 신 대신 이성을 믿어 왔던 근대를 해체한다. 그러나 이러한 해체는 역설적으로 인간을 새롭게 발견하려는 노력이기도 하다.

그러므로 우리는 진리와 가치의 부재를 말하는 불가지론에 안주할 수만은 없다. 퇴계와 고봉의 인식론에 대한 고민은 지금에서 보면 단순하고 봉건성을 벗어나지 못한 것이라 할지라도 오늘날 혼돈의 시대를 극복해야 하는 우리에게는 자랑스러운 자산임이 분명하다.

일반적으로 사람들은 서양은 경험론적이요 동양은 선험론적이라고 말한다. 물론 성리학은 조선의 고봉처럼 일부 경험론적인 견해를 말하는 이가 있었지만 대체로 선험론이다. 이학理學은 인간의 본성은 천리天理이며 선善하다고 생각했고, 특히 심학心學에서는 마음은 선험적으로 양지良知 양능良能한 것으로 보았기 때문이다. 때문에 동양에서 과학의 발달이 늦어진 것이 이러한 선험론 때문이라고 탓하는 이도 있다.

그것은 일면 타당한 지적이다. 동양에서는 귀납법과 실험적 방법의 발견이 늦어져 과학 발달이 늦어진 것으로 보아야 하기 때문이다. 그러나 경험론은 진보적이고 선험론은 미개한 것이라고 단정하는 것은 옳지 않다.

예컨대 수학은 경험으로 이해되는 것이 아니라 선험적인 형식이다. 과학적 발견도 실험 이전에 선험론적인 일반이론의 모형 발견이 선행되는 경우가 많다. 명왕성 및 해왕성의 발견은 관찰에 의해서가 아니라 천체물리학자들이 별들의 운행을 수학적으로 계산하면서 발견된 것이며, 상대성이론도 관찰과 실험으로 발견된 것이 아니다. 오늘날 과학문명의 총아인 반도체도 견문이나 실험으로 발견된 것이 아니고 먼저 일반이론이 정립된 후 실험을 거쳐 물건을 만들었던 것이다. 이상으로 알 수 있듯이 경험론만이 옳고 선험론은 옳지 않다고 말하는 것은 잘못이다.

33 혜강의 유물론적 인식론

실학의 철학적 정초

혜강惠崗 최한기崔漢綺는 조선의 개항을 앞두고 혼란과 위기에 처한 한말의 유학자로서 동양사상을 중심으로 세계철학을 종합하는 동서융합의 철학을 시도한 걸출한 학자였다.

명남루총서明南樓叢書/최병대난필수록崔柄大亂筆隨錄/제문祭文

삼대三代 이후 수천 년 동안	三代以後數千年來
도술道術은 세대마다 교敎를 같이하지 않았고,	道學之術 世不同敎.
성리性理의 설은 사람마다 의론을 달리하였다.	性理之說 人各異議.
선생은 널리 경적經籍을 모아 사물을 궁격窮格하였고,	先生博採經籍 窮格事物
'기氣' 자를 끄집어내 만화萬化의 근본을 나타냈으며,	拈出氣字 以見萬化之本
'추측推測'을 드러내 성리性理의 본체를 밝혔다.	著論推測 以明性理之體.
사주 길흉의 논의를 물리치고	闢干支吉凶之論

방술 화복의 설을 배척했으며,

斥方技禍福之術.

앞사람이 밝히지 못한 것을 발명하여

發前人之未達.

후생의 미몽을 깨우쳤으니

覺後生之迷夢

사문에 공이 맹자孟子보다 못하지 않을 것이다.

有功斯門 不下孟子.

혜강은 성리학으로 출발했으나 성리학을 공자의 도가 아니라고 공격한다. 이는 성리학을 해체한 왕부지 등의 청대 기철학의 맥을 잇고 있다는 점에서 새로운 것은 아니다. 다만 청대 기철학은 정주를 비판한 것일 뿐 이기론의 기본 틀을 버린 것은 아니었다. 그러나 혜강의 유물론적 기학氣學은 기존 이기론의 틀을 벗어난 창안創案이며 신학新學이라고 할 만하다. 먼저 그는 형이상학적 접근방법을 바꾸어 근대적인 인식론으로 접근했으며 새로운 개념을 창안하고 옛 개념들에도 새로운 의미를 부여했다.

기측체의氣測體義/서序

주공과 공자의 학문은 실리實理를 좇아 지식知識을 확충하고

周孔之學 從實理而擴其知

이로써 나라를 다스려 천하를 평화롭게 하는 데 있다.

以冀進乎治平.

그런데 내가 말하는 기氣는 실리의 근본이요,

則氣爲實理之本

추측推測은 지식을 확충하는 추뉴樞紐이다.

推測爲擴知之要.

명남루총서明南樓叢書/권5/기학氣學/권1/31면

기학氣學은 우주와 인간이 다 같이 따르고

若夫氣學 乃宇宙人之所共

다 같이 행해야 할 것이다.

由 所共行.

인정人政/권9/원유기학元有氣學

기학으로써 천하의 보고 들은 것들을 뒤흔들어 떨쳐버리고	以氣學 掀撼天下之視聽
이목을 새롭게 하며	以新耳目.
천하의 학문을 하나로 통일하여	一統天下之學文
기존의 학습과 물듦을 씻어내야 한다.	以湔習染.

명남루총서明南樓叢書/권5/기학氣學/권2/35면

문자가 생긴 이래 사오천 년 후에야	造書契後四五千年
처음으로 기학이라는 이름이 세상에 드러났다.	氣學之名始著.
이전에 활동운화活動運化의 성性질을 안 자가 있었는지는	以前則 見其活動運化之性
알 수 없으나	者 未知或有歟
이후에는 기학만이 천년만년	以後則 氣學流傳
제한 없이 전파될 것이다.	無有限於屢千萬載.

새로운 개념틀

혜강은 유물론적 기일원론氣一元論으로 기존의 모든 철학을 통합한 철학자이다. 그러므로 기존 성리학의 제 범주들을 버리고 이를 다시 새로운 개념틀로 수정 정리한다. 그것들은 글자는 같지만 기존의 개념과는 전혀 다른 그만의 독특한 것이다. 그러므로 이 점을 놓치면 그의 신학新學을 구학舊學의 한 형태로 치부해 버리는 오류를 범하게 된다. 그가 처음으로 창안한 새로운 철학적 개념들은 대충 다음과 같다.

신기

전통적인 '기氣' 개념은 청대 기철학에 와서 대체로 '원기元氣'로 바뀌었는데, 혜강은 이를 다시 '신기神氣'라는 새로운 개념으로 발전시켰다. 본래 원기란 '원동자元動者인 기氣'라는 뜻으로 『황제내경黃帝內經』 등 의학에서 사용하던 신기 개념을 철학적으로 구분하고 변용한 것이다. 그런데 혜강 자신은 유물론인데도 종전의 신비주의적인 의학용어인 '신기'를 그대로 사용한다. 그가 '신기'라고 말하는 것은 살아 움직이는(活動) 기이며, 천지를 운행運行하며 우주를 조화造化하는 운화運化의 기라는 뜻이다. 그러므로 신기란 '기의 물성物性이 곧 신성神性'이라는 함의가 있는데 혜강은 이런 의미와 함께 신명한 지력智力과 조화의 역행力行을 강조하고자 이 용어를 선택한 것 같다.

그가 말하는 기는 오늘날 천문학과 물리학에서 말하는 에너지와 동일하다. 성리학에서의 기는 천리를 싣고 천리가 명하는 대로 따르는 종과 같았다면, 혜강의 기는 스스로 법칙성을 내장한 독립적이고 자주적인 주인이다. 그리고 그 기는 신비한 형이상의 공허한 것이 아니라 일상에서 이용하는 형이하의 실체적인 물질이다.

따라서 혜강의 '기'는 종래 이학理學에서처럼 청탁淸濁 수박粹粕이 있는 '이理의 질료'가 아니라 이제 '이理의 주인'이 되었으며, 혜강의 '이'는 종래 기학에서처럼 '기의 조리條理'가 아니라 이제 '기의 사무事務' 일 뿐이므로 이는 기에 흡수되고, 기는 시종始終이 없는 자기 원인의 원동자原動者요 유일자唯一者로 격상된다. 이는 형이상학에서는 천제天帝→태극太極→기氣로 전환하여 기가 창조주로 되는 유물론에 이르고, 인식론에서는 물성이 곧 신성이 되어 '기는 곧 양지良知'가 되는 변증법적 유물론(변유론)에 근접하게 된 것으로 평가할 수 있을 것이다.

다만 그의 '신기' 개념은 유물론이므로 여전히 유물론의 한계를 극복하지 못한다. 즉 독립적인 무형의 이理를 소거해 버림으로써 정의正義·선악·미추 등 인간적 가치를 에너지운동으로 흡수하여 인간을 물화物化한다는 비판을 받는다.

신기통神氣通/권1/지각우열종신기이생知覺愚劣從神氣而生

신神이란 기氣의 정화요,	神者 氣之精華.
기란 신의 기질基質이다.	氣者 神之基質也.

명남루총서明南樓叢書/권5/기학氣學/권1/49면

기氣의 능함이 신神이다.	氣之能曰神.
신은 기운화氣運化의 능함이다.	神者 乃指氣運化之能.
그러므로 운화하는 기가 곧 신이다.	故運化之氣 卽是神也.

운화

'운運'이란 운동運動을 뜻하고, '화化'란 조화造化를 뜻하며, '운화'란 기氣가 우주에 충만하고 끊임없이 유행하며 만물을 창조한다는 뜻이다. 이처럼 운화는 '살아 움직인다'는 '활동活

動'과 비슷한 말이나 이보다 더 거시적이고 우주적인 함의가 있다. 즉 주체에 해당되는 일신운화一身運化는 사회에 해당되는 통민운화通民運化에 포섭되고, 다시 천지운화天地運化에 포섭됨으로써 인간과 사회는 우주질서의 일환이 된다.

종래 성리학에서 주리론자들은 이선理先 이동理動을 주장했고, 주기론자들은 기선氣先 기동氣動을 주장했으나, 청대의 유물론적 기철학자들인 왕부지, 대진 등이 '원기불멸元氣不滅', '기화일신氣化日新'이라는 기일원론적 개념으로 발전시켰으며, 이것을 혜강은 '기운화氣運化'라는 새로운 개념으로 근대화시킨 것이다.

원래 '기'란 글자는 '숨소리'란 뜻이었다. 숨소리는 사람이 살아 있다는 생명의 징표다. 그것이 발전하여, 산 위의 구름과 서늘한 기운은 산의 숨소리요, 들의 안개와 무지개는 들의 숨소리로 생각하게 되었고, 하늘의 별들에게도 생명이 있는 것으로 상상함으로써 기는 '우주생명의 숨소리'로 개념화된 것이다. 그리고 더 나아가 다 타버린 식은 재와 돌과 흙에도 생명의 기가 정靜의 형태로 보존되어 있다고 생각했다.

이러한 전통적인 기 개념이 바로 우주유기체론의 키워드인 것이다. 그런데 혜강은 지구가 자전과 공전을 하고 우주가 운행하고 있음을 알고 이것이 동양의 우주유기체론을 증험한다고 믿었다. 즉 우리 몸이라는 생명체에 붙어 있는 생명의 찌꺼기인 비듬과 마찬가지로, 생명이 식은 돌과 흙 역시 우주 안에서 지구라는 생명체의 비듬처럼 지구의 일부로 운동하고 있음을 발견한다. 그리고 그 운동이 우주의 생명을 낳고 잠자게 한

다는 것을 깨달은 것이다. '운화'라는 말은 이러한 의미들을
모두 포괄하는 개념이다.

그러나 운화론은 주체의 소멸이라는 함정이 있다. 성리학은
주체 속에 천지를 내재화하지만 유기론唯氣論은 천지 속으로
주체를 흡수해 버리기 때문이다.

명남루총서明南樓叢書/권5/기학氣學/권2/21면

'운運'은 끊임없이 돌고 돌아 막힘이 없다는 뜻이다.　運有旋轉不息 周遍無碍之義.

대기大氣의 운동은 생성 활동이 있어　大氣之運 由於活動之性

쉬지 않고 유행하는 사이 스스로 큰 힘이 생겨난다.　而旋轉不息之間 自生大力.

태양은 비록 작지만 그처럼 힘을 내는데,　飛輪雖小猶生其力

하물며 대기의 운동은 어떻겠는가?　況大氣之運乎.

'화化'자를 훈고하면, 만물이 낳고 죽는 것을 화라 했고,　…化字訓詁 萬物生息 曰化

덕으로 민을 교화하는 것을 화라 했다.　以德化民 曰化.

운화의 '화'는 '운'의 운동을 따라 수시로 조화造化하되　化之義 從其運轉而隨時有化

일시의 조화가 아니라 그침이 없다는 뜻이다.　非一時化之而止之也.

살아 움직이는(活動) 운화는 기학의 종지이다.　活動運化 氣學之宗旨.

우주를 가득 채운 기에 대해　充塞宇宙之氣

사람들이 활동운화의 물건이 아니라고 말한다면　天下人謂非活動運化之物

기학은 거짓말이 될 것이다.　則氣學爲妄言.

인간과 사물의 기에 대해　人物之氣

사람들이 활동운화의 물건이 아니라고 말한다면　天下人謂非活動運化之物

기학은 빈말이 될 것이다.　則氣學爲虛言.

일신一身의 마음에 대해　一身之心

사람들이 활동운화의 물건이 아니라고 말한다면   天下人謂非活動運化之物

기학은 무용지물이 될 것이다.   則氣學爲無用矣.

명남루총서明南樓叢書/권5/기학氣學/권2/22면

활活(삶) 속에 동動하는 운화가 있고,   活中有動運化

동 속에 활하는 운화가 있다.   動中有活運化.

운運 속에 살아 움직이는(活動) 화化가 있고,   運中有活動化

화 속에 살아 움직이는(活動) 운이 있다.   化中有活動運.

살아 있으므로 동할 수 있고, 동하므로 운행할 수 있으며,   …活故能動 動故能運.

운행하므로 조화할 수 있고, 조화하므로 삶이 있다.   運故能化 化故能活.

통

'통通'이란 소통한다는 뜻으로 여기서는 천天의 신기와 인人의 신기, 사물의 신기가 서로 소통함을 말한다. 따라서 통은 천·지·인의 기가 소통해 천인합일이 되는 수단이며, 인식의 첫 단계이자 최종단계이기도 하다. 혜강은 첫 단계의 통인 감각 또는 지각의 경험 없이는 인식은 불가능하다고 본다. 그것은 2단계로 유행流行의 천기天氣에 통해야 하며 최종적으로 안민安民에 실용적인 것으로 검증돼야만 완전한 소통이 이루어진다.

신기통神氣通/권1/통천하일체通天下一體

무릇 하늘의 신기는   蓋天之神氣

본래 천하를 일체로 삼지만   本來以天下爲一體.

사람의 신기는 스스로 체질의 모양에 국한되어 있는 것이므로   人之神氣 自局於軀質之背形

통하지 못하면 다만 자기 몸이 있는 것만 알거나   未得其通 則或只知有其身
아니면 몸이 있는 것조차 알지 못한다.   或不知有其身.
그러나 만일 통함을 얻어 미루어 넓힌다면   如得其通而推擴
바로 천하를 일체로 삼아   則以天下爲一體
자기 몸의 신기가   在身之神氣
하늘의 신기에 통달하여   通達于在天之神氣.
남거나 부족한 것을 깨닫지 못한다.   不覺其有餘不足也.

신기통神氣通/권1/제규통기諸竅通氣

신체의 구멍들이 천지의 기에 통달함이   又有諸竅之通達天地
잠시도 막히거나 끊어지지 않는다.   未嘗須臾隔絕.
본원인 천지의 기를 회복하는 공부는 비교적 쉽지만   返本還源之功差易
본성을 거스르거나 배치되는 것을 익히기는 진실로 어렵다.   拂性背馳之習誠難矣.

신기통神氣通/권1/통유상응通有相應

통하게 하는 것은 기의 힘이고,   盖能通之者 氣之力也.
통하려는 대상은 막히고 가려진 사물이다.   所欲通者 障蔽之事物也.
먼저 천지의 신기神氣에서 법칙을 취해   先取則於天地之神氣
내 몸의 신기에 범위範圍를 세우고   以立在身之神氣範圍
그 뒤에 좌우로 취하여 근원과 말단에 적용함으로써   然後左右取用 有源有委
안을 길러 밖을 통하고, 앞을 들어 뒤를 통하는 경지에 이르면   至於將內而通外 擧前而通後
어느 것이나 마땅하지 않는 것이 없게 된다.   無處不當.

신기통神氣通/권1/지각우열종신기이생知覺愚劣從神氣而生

신기가 신체의 구멍들과 촉감에 통한 것을 따라   從神氣之通於諸竅諸觸

인정人情과 물리物理를 거두어 모으고   而收聚人情物理

하나 둘 우열을 비교하고   一事二事 比較優劣

두 번 세 번 성패를 시험하면   再度三度 試驗成敗

신기의 밝은 지혜가 점점 열리고   神氣之明知漸開.

안에 습염習染된다.   而習染于內者.

이외에 다시 다른 것은 털끝만치도 덧붙여 쌓여 있는 것은 없다.   …更無他一毫積累.

승순사무承順事務/신기추측병위승순神氣推測并爲承順

체감으로 통하고, 눈과 귀로 통하고,   體通 目通 耳通

입과 코로 통하고, 생명으로 통하고, 손과 발로 통하고,   口通 鼻通 生通 手通 足通

두루 통하고(周通) 변화로 통함은(變通)   周通 變通.

하늘에서 품부받은 몸의 신기로써   以在身神氣稟受於天者

밖의 만물이 고르게 가지고 있는 신기에 통하는 것이다.   通在外萬物陶均之神氣

이것이 곧 지각知覺의 원천이다.   卽知覺所得之源.

추측

그가 발명한 가장 빛나는 것은 '통通'과 '추측推測'이다. '통'이란 우주 만물이 똑같이 신기의 조화이므로 상통한다는 것이며, 상통하므로 지각知覺이 가능하다는 것이다. 즉 지각의 근원이 신기의 통함이다. 반면 '추측'이란 사람의 뇌가 '지각한 것을 미루어, 지각하지 않은 것을 헤아린다'는 뜻이다. 추推도 측測도 모두 지知요 탁度이지만, 추는 '미루어 안다'는 뜻이 강하고, 측은 '계량하여 비교한다'는 뜻이 강하다.

그리고 추측으로 기를 통한다는 것은 '기의 사무事務'인 이
理를 인식한다는 뜻이다. 여기서 '사무'라고 말한 것은 이理가
유형有形임을 말한 것이다. 또한 유형의 이理란 '경험적인 이'
이며 '검증 가능한 이'이다.

추측록推測錄/서序

하늘을 이어받아 이룬 것이 성性이요	繼天而成之爲性
성을 따라 익히는 것이 추推요,	率性而習之爲推
추로써 바르게 헤아리는 것이 측測이다.	因推而量之爲惻
추와 측의 문은	推測之門
예로부터 만인이 함께 따르는 대도大道이다.	自古蒸民所共由之大道也.

추측록推測錄/권1/동작물추측動作物推測

모든 동물은 환경과 학습에 따라	一切動作之物 皆因所處所習
추측이 생긴다.	而推測生焉.
굴에 사는 놈은 비를 알고, 둥지에 사는 놈은 바람을 알며,	穴居者知雨 巢居者知風
개는 늘 보던 사람은 짖지 않고, 말은 늘 꼴을 주는 자를 알아본다.	狗不吠常見人 馬能識常飼者.

승순사무承順事務/신기추측병위승순神氣推測并爲承順

사물을 추측(미루어 헤아림)한다는 것은	推測事物
천기天氣를 받들어 일을 행하고(行事) 업무를 이루는(成務)	
이른바 '승순사무承順事務'를 위해 반드시 필요한 단계이다.	爲承順事務之階級.
'추'는 기왕의 사물에 대한 견문을 미루어 아는 것이요,	推 已往之見聞事物

'측'은 장차의 사물에 대한 조저와 실천을 헤아리는 것이다.

이처럼 인식을 쌓아가고 기르고 보존하여

이것과 저것을 통하고 알게 되면

자연히 예와 지금이 이어지고 앞뒤에 간격이 없으리니,

하늘의 기를 받들어(承) 하민下民의 사업을 따르게 하면(順)

어찌 상하가 멀어지겠는가?

저절로 상하 일체의 재용財用을 이룰 것이다.

測 方來之措行事物.

積累存養

通達彼此

自然古今相接前後無隔

承帝上之氣 順下民之事

豈有上下之遠

自成一體之用.

유행의 이 · 추측의 이

유행流行의 이理는 자연自然의 이理이며(자연법칙 또는 존재법칙), 추측推測의 이理는 당연當然의 이理이다(인간의 도리 또는 당위법칙). 자연의 유행하는 이는 유형의 이며, 심心으로 추측하는 이는 무형無形의 이다. 추측의 이는 유행의 이에 의해 검증되지 않는 한 진리가 아니다. 그러므로 추측의 이는 자연의 이와 반드시 일치한다는 보장이 없다. 따라서 추측의 이인 당위법칙은 유행의 이인 존재법칙을 승순承順(받들고 따르다)해야만 선善이 된다.

명남루총서明南樓叢書/권5/기학氣學/권1/49면

운화의 기는 곧 유형의 신神이요

유형의 이理이다.

신과 이理는 기가 운화하는 중에 나타나는 사무事務이다.

신은 이미 유형이므로 드러내어 현저한 것이며

있는지 없는지 알 수 없는 무형의 존재가 아니다.

運化之氣 卽有形之神

有形之理.

神與理 乃氣化中之事.

神旣有形所見顯著

非無形之有疑惑.

이理는 이미 유형이므로 들어내어 쓸 수 있는 것이며
불필요한 무형의 혼돈이 아니다.

理既有形 擧而措之
非無形之多渾淪.

추측록推測錄/권2/자연당연自然當然

자연은 천지의 유행지리流行之理이며,

自然者 天地流行之理也.

당연은 인심의 추측지리推測之理이다.

當然者 人心推測之理也.

학자는 자연을 표준으로 삼고,

學者 以自然爲標準

당연을 공부로 삼는다.

以當然爲功夫.

자연은 천天에 속하므로

自然者 屬乎天

인력으로 늘리거나 줄일 수 없다.

非人力之所能增減.

당연은 인人에 속하므로

當然者 屬乎人

그것을 기르는 것을 공부로 삼는다.

可將此而做工夫也.

요컨대 자연을 표준으로 삼는 것이

要以自然爲標準.

공부의 정도이다.

是乃功夫之正路也.

추측록推測錄/권2/유행리추측리流行理推測理

인심은 스스로 추측의 능함이 있어

人心自有推測之能

그 유행의 이理를 사후에 측량하거나

而測量其已然.

또는 미연에 측량할 수 있다.

又能測量其未然.

이것이 곧 인심의 '추측의 이理'이다.

是乃人心推測之理也.

추측록推測錄/권2/천인유분天人有分

기질(형체)의 이는 유행(運化)의 이理며(존재법칙),

氣質之理 流行之理也.

추측(마음)의 이는 자기가 깨달은 이理다(당위법칙).

推測之理 自得之理也.

학습이 비롯되기 이전은 단지 유행의 이理일 뿐이며   未有習之初 只此流行之理.

학습이 있은 이후에 비로소 추측의 이理가 있게 된다.   既有習之後 乃有推測之理.

만약 추측의 이理가   若謂推測之理

유행의 이理에서 나온다고 말하면 옳지만   出於流行之理則可.

추측의 이理가   若謂推測之理

곧 유행의 이理라고 말하면 옳지 않다.   即是流行之理則不可.

추측록推測錄/권2/천인유분天人有分

유행(運化)의 이理는 천도天道요,   流行之理 即天道也.

추측의 이理는 인도人道이다.   推測之理 即人道也.

인도는 천도에서 나오고, 추측은 유행에서 나온다.   人道出於天道 推測出於流行.

이렇게 해석한다면   既有此飜譯

천도와 인도의 분별이 없을 수 없고   則天道人道不可無分別.

유행과 추측도 저절로 분별이 있게 된다.   流行推測 亦自有分別.

만약 분별이 없이 인도를 천도라고 하거나   若無分別 以人道爲天道

추측을 유행이라고 한다면 착오가 많이 생긴다.   以推測爲流行 則錯誤多端.

추측록推測錄/권2/추측이류행리위준推測以流行理爲準

천지만물의 유행의 이理는   天地萬物流行之理

그 가운데 의지하여 건순健順하고 화육化育할 뿐   付諸健順化育之中

사람이 증감할 수 없다.   非人之所能增減.

반면 추측의 이理는   若夫推測之理.

자기가 낳고 성숙함에 따라 득실의 나뉨이 있으므로   自有生熟得失之分

마름질하고 변통할 수 있다.   可以裁制變通.

이학의 이리, 태극의 이리 등

모든 서적에서 말하는 이리는

모두 추측의 이리일 뿐이다.

그러므로 추측의 이리는 유행의 이리를 표준으로 삼아야 하고,

유행의 이리는 기氣와 질質에 의해 분별해야 한다.

理學之理 太極之理

凡載籍之論理者

儘是推測之理也.

推測之理 以流行之理爲準的.

流行之理 以氣質爲分別.

승순사무

승순承順은 '승천承天 순인順人'의 준말로 천인운화를 받들고(承) 따른다(順)는 뜻이다. 다시 말하면 천기天氣에 순응하여 천도를 받드는 일과 인정人情에 따라 인도에 순응하는 것을 말한다. 이것은 뭇 별들이 서로 받들고 따르며 조화롭게 운행하는 우주 질서가 인간의 질서와 같은 것이라는 깨달음에서 연유된 것이다.

사무事務는 '행사성무行事成務'의 준말로 승순함으로써 '일을 실행하여 각각의 직무를 이루는 것'을 말한다. 이는 대기의 순환 변화로 계절과 주야를 틀림없이 이루는 것에서 깨달은 것이다.

혜강은 승순사무가 세계 공통의 진리라고 주장한다. 그러나 '승순'은 보편성을 중시함으로써 개별성과 주체성이 소외될 수 있는 함정이 있다.

승순사무承順事務/신기추측병위승순神氣推測并爲承順

밖의 사물에서 얻은 지각을 이용하여

爰¹⁾以得於外之事物知覺

---

1) 爰(원)=발어사. 於也, 引也, 換也.

안의 신기神氣를 보존하고 길러

이로써 사물을 측량하고 무한히 단련함으로써

일을 행함에 당하여 밖의 사물에 적용하고

항상 천기를 받들고 인정을 따랐는가(承順)를 감찰하여

의문점이 있으면 본바탕으로 나아가고

어긋남이 있으면 바로잡아야 한다.

이것이 바로 체體와 용用이 완비한 '승순'이며

천과 인이 어긋나지 않는 '승순'이다.

存養於內神氣.

推測事物 無限鍛鍊

臨行事而發用於在外事物.

常照察于承順

有疑則就質

有差則規正

是乃體用完備之承順

天人無違之承順.

승순사무承順事務/중서통용기수도리中西通用氣數道理

천지운화는 중국과 서양이 조금도 다름이 없으니

따라서 중국과 서양의 백성들이 승천承天 순인順人함도

역시 다를 바 없다.

서양의 기수학氣數學(천문학과 수학)이 중국에 들어온 지

이미 300여 년이 지났고

기계와 실험도 다소 계몽 개발되었다.

수數리가 밝아지면 기氣도 밝혀지며,

기氣가 밝아지면 수數도 밝혀진다.

기器계를 발전시키려면 기氣(에너지)를 이용해야 하며

기氣운을 이용하면 기器계도 효과가 있다.

서양은 예로부터의 천문수리天文數理의 학설에 익숙해서

기器계를 장려하고 기氣를 이용하는 데는

중국보다 상세하다.

반면 중국의 도리와 시비만을 거론한다면

天地運化 無小異於中西.

則中西民隨行承順

亦無不同.

西方氣數之學 入於中國

已過三百餘年.

器械驗試多少啓發.

數明而氣明

氣明而數明.

將器而用氣

用氣而器驗.

比諸中國自古流傳氣數之說

其所詳於中國者

由於將器驗氣.

中國之但擧道理而是非者

중국의 법을 서양에 시행할 수 있으며

中法之可行於西國者

도리를 정政치와 교教화의 대략적 범위로 삼을 수 있을 것이다.

道理爲政教之大略範圍.

역시 이는 승천기承天氣 순인정順人情의 한 사례로서

亦承順事務之條例也.

필경 중국과 서양은 서로의 좋은 법도를 취할 것이다.

畢竟中西相取善法.

서양의 좋은 법이 중국에서 시행하면 가감이 있을 것이며

西之善法行於中而損益焉.

중국의 좋은 법이 서양에서 시행하면 변통이 있을 것이니

中之善法行於西而變通焉

그리하면 세계는 하나같이

是爲統一四海之

승천 순인하고 행사行事 성무成務할 것이다.

承順事務也.

경험론

혜강은 "만리萬理가 다 내 마음에 갖추어져 있다"는 맹자의 선험론을 반대하고, 묵자의 소염론所染論을 계승한다. 또한 청대의 왕부지, 대진 등 기철학의 경험론을 계승 종합하여 이를 근대 과학이론에 부합하도록 정교하게 다듬었다. 어쩌면 기철학의 완성이라고 말할 수도 있다. 그의 신기론과 추측론은 로크의 오성론悟性論보다 150여 년 뒤늦은 것이지만 그의 이론은 현대에도 정합성을 가지는 정교한 것이다.

신기통神氣通/권3/촉대견문觸待見聞

침이나 송곳이 옆에 있으면 찔릴까 두려운 것은

針錐在傍而畏刺者

전일前日에 보고 듣거나 찔린 경험이 있기 때문이다.

以有前日見聞閱歷也.

만약 전일에 보고 듣지도 못하고 경험도 없다면	若無前日見聞閱歷也.
비록 침이나 송곳이 옆에 있다 해도	雖見在傍之針錐
처음 당하는 일이니	初當而不知爲何物
무슨 물건인지 무슨 용도인지 알지 못하고	而何所用
또한 피부에 찔리면 상처가 난다는 것도 알 수 없을 것이다.	又不知刺膚有傷也.
그러나 한 번이라도 보고 듣거나 경험이 있다면	一有見聞閱歷
찔리는 것을 두려워하지도 않을 뿐 아니라	則非惟畏針錐之見刺
또한 가시나 까끄라기 같은 물건을	亦能於荊棘芒刺之類
모두 알아서 그것을 삼가고 피할 것이다.	皆得謹避之矣.

추측록推測錄/권1/애경출어추측愛敬出於推測

태어나 부모 형제 옆에서 자란 아이는	生養於父兄之側者
보고 들으며 물들여 쌓이므로	自有積染之見聞
두세 살이 되면 부모를 사랑하게 되고	至二三歲孩提時 愛其親
커가면서 형을 공경하게 된다.	及其長也 敬其兄.
만약 태어나면서 곧장 남에게 맡겨 기르며,	若使出胎時 卽爲他人收養
말로 표정으로 드러내지 않으면	不露言論氣色
십수 년이 지나도	雖至十數年
어찌 영감이 통하여 부모를 알아볼 수 있겠는가?	斯人何能靈通而識得.
이른바 사랑과 공경이	…所謂愛敬
양지양능良知良能에서 나온다고 말하는 것은	出於良知良能者
'물들임과 학습(染習)' 이후를 말하는 것일 뿐	特擧其染習以後而言也.
그 이전의 일을 말하는 것이 아니다.	非謂染習以前之事也.

승순사무承順事務/신기추측병위승순神氣推測并爲承順

신기통神氣通은	又有神氣通
승순사무承順事務를 위한 통법通法이다.	爲承順事務之通法.
승순의 공부는 오직 추측에 달려 있으며	承順工夫 惟在推測
상세한 것은 『추측록』에 기재되어 있다.	詳載推測錄
추측의 기본 벼리를 말한다면	推測提綱
기氣를 미루어 이理를 헤아리고	推氣測理
동動을 미루어 정靜을 헤아리고	推動測靜
정情을 미루어 성性을 헤아리고	推情測性
나로 미루어 남을 헤아리고	推己測人
물物을 미루어 사事를 헤아리니	推物測事
이 모두가 천기를 받들어 인정을 따르는 승순의 요점이다.	皆是承順之要訣.

추측록推測錄/권1/측우측종測隅測終

한 모퉁이를 들어 세 모퉁이를 돌아본다면	擧一隅而三隅反
남의 가리킴을 기다리지 않고도	不待人之指示
비롯됨을 물어 끝남을 알 것이니	問其始而知其終
어찌 거북점과 산대로 추측하는 것이 어리석지 않겠는가?	何庸問于龜筮推.

그러므로 혜강은 『대학』의 격물格物을 '선험론적인 거경궁리居敬窮理'로 해석한 주자를 반대한다. 퇴계와 고봉의 격물논쟁으로 말한다면 혜강은 선험론적인 '격물'을 인정하지 않고 경험론적인 '물격일도설物格一途說'을 지지한 것이다. 다시 말하면 그는 '격물치지格物致知나 물격지지物格知至나 모두 밖에서

얻는 지각과 경험으로 해석했고, 성의誠意 정심正心은 안에 간직하는 기억과 수양으로 해석했고, 수신제가修身齊家 치국평천하治國平天下는 밖으로 쓰는 도덕과 실천으로 재해석했다.

추측록推測錄/권2/주리주기主理主氣

주리론主理論은 추측의 이(주관 · 단위)와	主理者 推測之理
유행의 이(객관 · 존재)를 혼잡시킨다.	渾雜於流行之理.
혹은 유행의 천리天理를	或以流行之天理
추측의 심리로 오인하고	認作推測之心理
혹은 추측의 심리를	或以推測之心理
유행의 천리와 혼동한다.	視同流行天理.
궁리窮理와 추측은 제목부터가 이미 다르며	窮理推測之題目旣異
입문도 역시 다르다.	入門亦異.
궁리설을 반드시 폐할 필요는 없겠지만	不必毁窮理
궁리설의 폐해를 살펴보면 오로지 나를 위주로 하는 점이다.	而察窮理之弊 專主乎我.
『대학』에서 말한 격물은	大學說格物
궁리를 말한 것이 아니라는 것을 알 수 있을 것이다.	而不言窮理者 可見其義.

인정人政/권8/인위주기위주人爲主氣爲主

옛사람들의 학문은 다분히 인사를 위주로	古人之學 多以人事爲主
천도를 미루어 헤아릴 뿐,	而推度天道.
운화의 기를 위주로 이를 받들고 따르는 것(承順)을	鮮能以運化氣爲主
인도人道로 삼은 자는 드물었다.	而承順以爲人道.
위주로 함이 다르면 도달하는 결론도 역시 다르다.	所主不同 而所推達者亦異.

사람을 위주로 하는 자는

내 몸이 있으므로 천지만물이 있다고 생각할 뿐

내 몸이 없을지라도

억조 생령이 스스로 이어왔고

무궁한 운화에 따르고 있음을 도무지 알지 못한다.

以人爲主者

有吾身則有天地萬物

須不知 雖無一身

而億兆生靈自在承續

率循無窮之運化.

추측록推測錄/권6/궁리불여추측窮理不如推測

격물을 오로지 궁리窮理라고 해석하면

'이理' 에는 추측(주관)과 유행(객관)의 분별이 없고,

'궁窮' 에는 종합하고 비교하는 검증의 기회가 없다.

추측으로 발명하면

'추推' 에는 추측과 유행의 분별이 있고,

'측測' 에는 설득하고 경계하며 옳고 그름의 실험(검증)이 있다.

'궁리' 만 힘쓰는 자는

모든 이理가 내 마음에 구비되었다고 생각하므로

오로지 나를 연구함이 미진했다고만 걱정한다.

반면 '추측' 을 힘쓰는 자는

지난날의 보고 듣고 맛보고 냄새 맡고 감촉한 기氣를 미루어(推),

그 가부를 헤아리되(測)

가可하면 그것으로 그치고,

부否이면 그 미루어 함(推)을 바꾸어 측測이 가可하기를 기약한다.

惟言窮理

則理無分於推測流行

窮無際於溱2)泊3)比擬.4)

發明推測

則推有分於推測流行

測有驗于勸懲可否.

務窮理者

以爲萬理皆具於我心

猶患我究之未盡.

務推測者

推其前日見聞臭味觸之氣

而測其可否.

於此可則止之

否則變通其推 期測其可.

---

2) 溱(진)=會, 競進.
3) 泊(박)=止舟, 安靜.
4) 擬(의)=度, 疑, 比也.

대개 거경궁리居敬窮理를 말하는 이학理學은	蓋窮理者
천지만물의 이를 하나의 이로 생각하므로	以天地萬物之理爲一理
내 마음을 연구하여 지극한 데 이르면	故究我心窮至
모든 이를 갖출 수 있다고 한다.	則可該諸理.
반면 추측을 말하는 기학氣學은	推測者
인성과 자연(天)은 분별이 있고, 사물과 나는 차별이 있으므로	性與天有分 物與我有別
이것을 미루어(推) 저것을 증험하여(驗)	推此驗彼
그것을 헤아리는(測) 것만이 일치한 것으로 생각한다.	而測之者一也.

명남루총서明南樓叢書/권5/기학氣學/권1/98면

천인운화天人運化는 경험을 쌓아 밖에서 얻고,	天人運化 累驗而得之於外
얻은 것을 인상印象으로 만들어 안에 간직하며,	成象而藏之于內
간직한 것을 기계機械를 따라 밖으로 사용한다.	隨機而用之於外.
『대학』8조의 격물치지格物致知는	卽大學八條 格物致知
밖에서 얻는 것이요(경험),	得之於外也.
성의정심誠意正心은 그것을 안에 간직하는 것이요(인상),	誠意正心 藏之于內也.
수신제가修身齊家 치국평천하治國平天下는	修身齊家治國平天下
그것을 밖으로 쓰는 것이다(기계).	用之於外也.
이로써 천인운화를	…是以 天人運化
경험을 쌓아 얻으면 격치格致가 되고	累驗而得之 爲格致
천인운화를 인상을 이루어 간직하면 성정誠正이 되며,	成象而藏之 爲誠正
천인운화를 기계로서 쓰면 수제치평修齊治平이 된다.	隨機而用之 爲修齊治平.
그러므로 8조 가운데는 천인天人의 도道가 완비되어 있다.	八條之中 天人之道完備.

그러나 혜강은 정주학의 선험론적인 거경궁리의 '격물설'을 부정하는 것으로 그치지 않고 고봉과 율곡의 견문見聞 중시의 '물격설物格說'도 선험론으로 비판한다. 성리학에서 말하는 견문은 추측의 전제조건으로서의 객관적인 경험이 아니며 여전히 자기 마음을 위주로 하는 주관적인 것이기 때문이다.

그러므로 혜강은 경험을 심心경험과 기氣경험으로 구분하고, '도문학道問學'과 '물격설'의 견문을 심경험(주관)으로 규정하여 이는 진정한 경험이 아니라고 비판한다. 그리고 기경험만이 진정한 경험이고 이를 다시 일신운화一身運化 · 교접운화交接運化 · 통민운화統民運化 · 천지운화天地運化로 나눈다.

추측록推測錄/권1/인물기다소지분人物氣多少之分

바닷가 백성들은 어업과 염업에 대한 추측이 절실하고	濱海之民 推測切於魚鹽.
산골 백성들은 나무하고 나물 캐는 데 추측이 깊다.	山居之民 推測深於樵採.
이처럼 기의 추측은 장소가 없으면 있을 수 없고(공간)	氣之推測 無處不在
때를 따라서만 작용할 수 있다(시간).	隨時有用.

추측록推測錄/권1/소습각이所習各異

익힘은 환경에 따르고,	所習由於所處
견문은 익힘에 말미암고,	見聞由於所習.
추측은 견문에 말미암는 것이니	推測由於見聞
한 사람의 견문으로는	而一人之見聞
천하 고금을 두루 섭력하기란 어렵다.	難得遍天下歷千古.

그런즉 가문을 미루어(推) 나라를 헤아리고(測),	則推家而測國
나라를 미루어 천하를 헤아리며,	則推國而測天下
오늘을 미루어 옛날을 헤아리는 것이니	則推今而測古
이를 대동大同이라 말한다.	是謂大同.
만약 헤아림도 없이 견문만으로는	若無所測 只以見聞
착오에 이르기 쉽다.	易致差誤.
그러므로 부질없이 견문만 넓히는 것은 부러울 것이 못 되며	…徒博見聞 不足羨也.
견문을 거쳐 추측이 생겨야	由見聞而推測生
진실로 얻게 될 것이다.	則是謂實得.

인정人政/권13/무탈우명상毌奪于名象

학문과 교법敎法을 논함에는	論學問敎法
마땅히 심心경험과 기氣경험을 알아야	當知心經驗氣經驗
이로써 학문과 교법의 대소 허실을 분별할 수 있다.	可以辨別學問敎法大小虛實.
'기경험'은	氣經驗
처음부터 천지와 인물의 기를 좇아 경험을 얻고	始從天地人物之氣得經驗
이를 신기에 저장하였다가	而貯神氣
다시 천하인물의 기를 경험함에 적용하여	用經驗於天下人物之氣
앞뒤 경험의 합치 불합치를 경험으로 삼는다.	前後之合不合爲經驗.
반면 '심경험'은 천문, 관상, 수학, 지리를	心經驗 以曆象數學地志
우원한 불급의 일이라 간주하고	爲迂遠不急之務.
사물 기계를 비천하고	以物類器械 爲卑賤
사소한 일이라 하여 모두 홀대하고	瑣屑之事 總歸忽略.
다만 마음 위주로 사물을 경험함으로써	只主於心 而經驗事物

방안의 견문을 사해로 확장하고   以房闥之見 爲四海之廣

한 모퉁이 부합한 것을 만사의 법칙으로 삼는 폐단이 있다. 以一隅之合 爲萬事之則.

인정人政/권9/지지병知之病

지식은 운화運化의 경험에서 생기는 것이다.   知生於運化之經驗.

그러므로 오직 일신一身운화만 알고   惟知一身運化

교접交接운화를 모르면   而不知交接運化

그 지식은 미진한 것이며,   所知未盡也

오직 교접운화만 알고   惟知交接運化.

통민統民운화를 모르면   而不知統民運化

그 지식은 미진한 것이며,   所知未盡也.

오직 통민운화만 알고   惟知統民運化

천지天地운화를 모르면   而不知天地運化

그 지식은 미진한 것이다.   所知未盡也.

이처럼 운화는 4단계가 있는데   運化有此四等

대기大氣운화를 안 연후에야   則知到於大氣運化然後

통민운화를 알 수 있고   方可知統民運化

교접운화와 일신의 운화를 알 수 있다.   交接運化 一身運化也.

다만 이것들도 경험의 지식일 뿐   猶是經驗之知

그 원인에 대한 지식은 아니다.   非所以然之知.

인정人政/권9/지지병知之病

그런데 한 사람의 마음으로 헤아린 것을 지식이라 하고 況以一心之料度事物爲知

다시 천지만물을 지식으로 추구하지 않는다면   而更不求天地萬物而爲知

이는 곧 지식의 병통이다.

대체 병통이 없는 지식을 얻기란 지극히 어렵다.

경험을 추측하고 이를 점차 모아

운화를 깨닫는 것을

지식으로 삼는 것만이 병통이 없는 지식이다.

기존의 물듦과 학습을 생각지 않고

오늘 사물의 지각을

천성이 품부한 지식으로 생각하는 것은

바로 병통이 있는 지식이다.

병통이 없는 경험론적 지식의 앎은

모두 살아 있는 법도이므로 추측과 검증과 변통이 생기지만

병통이 있는 선험론적 지식의 앎은

모두 죽은 법도이므로 고루하고 침체함이 심한 것이다.

是乃知之病也.

…蓋知之無病極難.

以經驗推測 漸次收聚

達[5]於運化

以爲知 則乃無病之知也.

不念前日之習染

擧今事物之知覺

以爲天性所品之知

乃有病之知也.

無病之知所知

皆活法而推驗變通生焉.

有病之知所知

皆死法而泥着固滯甚焉.

　그는 인식認識의 기관인 심心의 본체를 정천井泉에 비유하고, 추측을 샘물의 거울에 반영되는 물상物象에 염습染習된 경험이라고 말한다. 이러한 반영설反映說은 묵자의 '마음은 백지白紙' 또는 '마음은 무지無知'라고 주장하는 인성소염론人性所染論을 곧바로 계승한 것으로 주목되는 점이다.

추측록推測錄/권1/본체순담本體純澹

마음의 본체는 비유하자면 순수하고 맑고 고요한 샘물과 같다.

心之本體 譬如純澹之井泉.

---

5) 達(달)=通, 暢, 曉也.

이 샘물에 먼저 청색을 풀고   就井泉而先添靑色

다음엔 홍색을 더하고 또 황색을 더하고,   次添紅色 次添黃色.

잠시 후 관찰해보면 청색은 없어지고   稍俟而觀之 靑色泯滅

홍색도 점점 혼미해지다가 황색만 남는다.   紅色漸迷 黃色尙存.

그리고 남은 황색도 오래지 않아 없어진다.   所存黃色 亦非久泯滅.

여기에서 알 수 있듯이 담백한 샘물은   於此可識 純澹之井泉

오색을 받아 조화하되 고요히 기다리면 본체로 환원되므로   受和五采 而俟靜還本

오색이 담백한 본체를 빼앗을 수 없다.   五色不能奪純澹之體.

그런즉   …然則

순수 담백함은 샘물의 본체이며,   純澹者井泉之本色也

물들인 색깔은 샘물의 경험이다.   添色者 井泉之經驗也.

물들인 색깔이 비록 없어지더라도   添色雖泯

본체 속에는 경험이 스스로 남는다.   純澹之中 經驗自在

그리고 그 경험이 누적되어 추측이 저절로 생긴다.   至于積累 推測自生.

추측록推測錄/권1/만리추측萬理推測

마음이란 사물을 추측하는 거울이다.   心者 推測事物之鏡也.

그 본체를 말하면 순수하고 맑고 비어 있으며 밝을 뿐   語其本體 純澹虛明

그 가운데는 아무것도 없다.   無一物在中.

단 견문을 거치며 학습이 쌓이면서   但見聞閱歷 積具成習

추측이 생기는 것이다.   推測生焉.

맹자가 "만물이 나에게 구비되었다"고 했고,   …孟子曰 萬物皆備於我矣.

주자가 "모든 이理를 갖추어 만사에 호응한다"고 했는데   朱子曰 具衆理應萬事.

이것은 추측의 위대한 작용을 찬미한 것일 뿐,   此皆贊美推測之大用也

결코 만물의 이가 처음부터 내 마음에 구비되었다는 말이 아니다.　決非萬物之理素具於心也.

후인들이 혹 그것을 잘못 이해하여　後人或隱僻解之

선천적으로 이가 사물에 구비되지 않음이 없으니　以爲先天之理無物不具

기질이 가려지는 것만 규명하고 탓한 것이다.　惟責究於氣質之蔽.

이는 문자로 미루어 잘못 헤아린 것으로　此亦出於推文誤測

그로 인해 학문의 길이 판이하게 된 것이다.　而門路判異.

추측록推測錄/권1/여경여수如鏡如水

거울은 물건을 비추면 먼지와 때로 가려진 경우가 아니면　鏡之照物 不爲塵垢所蔽

천하의 물건을 다 비추어도　則照盡天下物

나타내는 데 부족함이 없다.　未見其不足也.

이것은 어찌 만물의 상이 거울 속에 들어 있었겠는가?　是豈萬物之像 具在鏡中耶.

마음이 사물을 비추어보는 것도 이와 똑같다.　…心之於物 亦猶乎是

다만 같은 종류의 사물로서 비교측정하고 인도할 뿐　但能引事類而測途

만물의 이理가 처음부터 마음에 구비된 것은 아니다.　非萬物之理 素具于心也.

또한 그는 염染과 습習을 중시하고 이러한 경험의 울타리에 묶임을 경계한다. 그러므로 그는 추측과 검증을 강조한다. 이 것은 묵자의 삼표론三表論과 학습설學習說 및 송견의 별유론別囿 論을 그대로 빼닮았다.

추측록推測錄/권1/습변習變

유년시절의 견문과 소년시절의 물들임과 학습은　幼時聞見 少年染習

가장 중요한 관건이 된다.　最爲關重.

휜 옷감에 처음 물들이는 것과 같아서   如素帛之初染

뒤에 비록 씻어내고 세탁해도 끝내 처음과 같아지지 않는다.   後來雖洗浣 終不若初染

또한 옷감의 질을 변색시키니 어찌 심히 경계하지 않겠는가?   且帛質受蔽 豈非深戒耶.

학습을 버린다 해도 추측은 상존하여   所習雖去 推測尙存

평생 작용하는 것이니 학습은 참으로 중대한 것이다.   爲平生之須用 大哉習也.

인간이란 학습이 없을 수 없으니   天下之人莫不有習

선하든 악하든 모든 일이 모두 학습이 있어 이루어지는 것이다. 善惡諸事皆有習而做去.

『논어』에서 성性은 서로 가깝고 습習은 서로 멀다고 하면서   論語曰 性相近也 習相遠.

성을 말하고 습을 말한 것은   言性言習

만사를 포괄하는 중대한 말씀으로 실로 만세의 표준이다.   包括甚大 實萬世之表準.

인정人政/권12/이착제거泥着除去

사람의 학습은   人之所習

작게는 먼저 들어온 견문見聞에 구속되고   小泥着於先入之見.

크게는 살아가는 환경에 구속되기도 한다.   大泥着於所居之地

만약 천하 대동大同의 표준을 모르고   …若不知有天下大同之準的

선입견에 구속되면 그 죽은 법도로 조처할 터이니   泥着先入之見 以死法措置

어찌 살아 움직이는 기氣가 때를 따라 변통할 수 있겠는가?   活動之氣何能隨時變通.

혹 사는 환경에 구속되면   又或泥着於所居之地.

치우친 지방습속으로 헤아릴 것이니   以偏方土風料度

운동 조화의 기가 어찌 도처마다 증험될 수 있겠는가?   運化之氣 何能到處得驗.

구속된 사람은 스스로 자기의 구속을 모르고   泥着之人 不自知其泥着.

자기 소견에만 기필 독실하고 소이小異를 자랑함이 심할 것이다. 自恃必篤 伐異亦深.

이것은 억지힘으로는 깨부술 수도 없는 것이니   不可强力撲破

모름지기 견문의 운화로 교화해야 한다.　　　　　　　　須教見聞運化.

　　그의 인식론의 특징은 우주에 가득한 신기神氣에 통通하는
감각과 이를 비교 종합하는 추측만이 진리에 접근하는 유일한
수단이라는 것이다. '추측'이란 감각으로 경험한 것을 기초로
미루어(推) 아직 경험하지 않은 것을 헤아리는(測) 것으로 경
험의 확충을 의미한다. 그러므로 '측'은 반드시 신기통神氣通
을 전제해야 한다는 것이다.

기측체의氣測體義/서序

기氣는 실체적인 이理의 근본이 되고,　　　　　　　　氣爲實理之本.
추측은 지식을 확장함의 요체가 된다.　　　　　　　　推測爲擴知之要.
이 기에 연유되지 않는　　　　　　　　　　　　　　不緣於是氣
연구는 모두 허망하고 거짓된 도리이며,　　　　　　則所究皆虛妄愧誕之理.
추측으로 말미암지 않은　　　　　　　　　　　　　不由於推測
지식은 증거 없는 언설일 뿐이다.　　　　　　　　　則所知皆無據沒證之言.

추측록推測錄/권1/성학급문자추측聖學及文字推測

눈으로 이미 본 것을 미루어　　　　　　　　　　　推目之所嘗見
아직 보지 않은 것을 헤아리고,　　　　　　　　　　測其未及見者.
귀로 이미 들은 것을 미루어　　　　　　　　　　　推耳之所嘗聞
아직 듣지 못한 것을 헤아린다.　　　　　　　　　　測其未及聞者.
코의 냄새, 혀의 맛, 신체의 촉각에 이르기까지　　　至於鼻之嗅 舌之味 身之觸
모두 그렇지 않은 것이 없다.　　　　　　　　　　　莫不皆然.

신기통神氣通/서序

인정人情과 물리物理는 구멍(감각기관)을 따라 통하는데
밖에서 얻어 들이고, 안에서 습염習染시키며,
그것을 발용發用하여 밖에 시행한다.
이처럼 들어오고 머무르고 다시 나가는
3단계의 자취가 뚜렷이 있게 된다.

人情物理從竅通
而得來於外. 習染於內.
及其發用 施之於外.
宛然有此入也留也出也
三等之迹.

추측록推測錄/권1/사기불가捨其不可

인할 인因 자字, 써 이以 자, 말미암을 유由 자,
미칠 수遂 자 등은 '추推'의 뜻이요,
헤아릴 양量 자, 헤아릴 탁度 자, 깨달을 지知 자,
통할 이理 자 등은 '측測'의 뜻이다.
그 이외에 의擬(비교)·유類(비견)·방倣(준거)·사似(같음) 등
추측에 관련된 글자를 일일이 거론한다면 겨를이 없을 것이다.

因字 以字 由字 遂字
乃推之義也.
量字 度字 知字
理字 是測之義也.
其餘擬類倣似之字
不暇推擧.

그러나 추측만으로 다 해결되는 것은 아니다. 추推(미루어 보
는 근거)와 측測이 인과관계가 아닌 것일 수도 있고, 추推가 두
루 통한 것(周通)이 아닐 수도 있고, 시기가 지나 변통變通이 필
요한 경우도 있을 수 있기 때문이다. 그러므로 귀납과 연역 등
여러 가지로 검증해야 한다. 다시 말하면 감각적 경험을 기초
로 하여 사유적 추측과 실천적 검증을 거치는 것만이 참이라
는 것이다.

추측록推測錄/권1/추측원위推測源委

하나를 미루어 만 가지를 헤아리는 것은	推一測萬
곧 근원을 미루어 가지를 헤아리는 것이요(연역법)	即是推源測委也.
만을 미루어 하나를 헤아림은	推萬測一
가지를 미루어 근원을 헤아리는 것이다(귀납법).	即是推委測源也.

추측록推測錄/권1/추측상참推測相參

부질없이 미루어 비교하기(推)만 하고 계량함(測)이 없다면	徒推而無所惻
정靜은 굳어버리고 동動은 정체될 것이며,	動靜皆固滯.
부질없이 계량만(測)하고 미루어 비교함(推)이 없다면	徒測而無所推
어찌 허망한 것이 아니겠느냐?	豈不是虛妄.
모름지기 추와 측이 서로 참여해야만 마땅함을 얻을 것이다.	必須推測相參 乃得其宜.

추측록推測錄/권1/사기불가捨其不可

만약 볼 수 없고, 들을 수 없고,	若求測其不可見 不可聞
냄새 맡을 수 없고, 맛보고 감촉할 수도 없는 것을	不可臭 不可味觸者
헤아리고자(測) 하면, 이는 미루어 알 수 있는	是無所推
근거(推)가 없는 것이므로 허망에 빠질 것이다.	而殆涉虛妄.
그러므로 잘 측測한다는 것은	故善測者
측하지 못하는 것이 없다는 뜻은 결코 아니다.	非謂其無不可測也.

일찍이 묵가와 노장은 공맹의 명분론名分論을 비판하고 경계한 바 있다. 묵자는 이미 고대에 명名과 실實의 불일치를 폭로하고 명에 얽매이지 않는 '무실務實'을 강조한 바 있다. 이에

대해 혜강은 선험적 절대지식이나 고루한 관념적 지식을 비판하는 것에서 그치지 않고 무실의 철학적 기초를 제공한다.

'무실' 또는 '실사구시實事求是'에 대해서는 명말의 고증학이나 율곡·이수광·이익의 무실론을 비롯하여 유형원·홍대용·박지원·정약용 등 실학자들이 누누이 강조한 것이다. 이처럼 명名에 구속되는 것을 경계하는 동양철학의 경향은, 중세의 막을 내리게 한 이른바 '보편논쟁'에서 유명론의 대표자인 베이컨(F. Bacon, 1561~1626)의 '시장市場의 우상偶像'[6]에 맞닿아 있다고 말할 수도 있을 것이다. 그러나 무실의 근원을 올라가면 묵자의 명실론名實論과 삼표론에서 찾아야 한다.

인정人政/권13/무탈우명상毌奪于名象

사람들이 명목名目을 만든 것은	人所設之名目
사물을 지칭하여 구별하기 위함일 뿐	但爲人與人指別乎事物.
실제로 기질氣質의 운행과 조화에는 상관없는 일이다.	實無關於氣質之運化.
물은 습하고 불은 건조한 것은	水之濕 火之燥
물과 불의 기질일 뿐,	在於水氣質 火氣質.
물과 불이라는 명칭에 달려 있는 것은 아니다.	不在於水火之名 火之名.
만약 처음으로 명칭을 만들어 내려줄 때	自初錫名時
물을 화火 자로 쓰고, 건조한 것을 물이라 하고	以水名火 燥在水矣

---

6) 市場의 偶像=프랜시스 베이컨은 인간에게 과오를 범하게 하는 것으로 네 가지 '우상'을 말한다. 인간에게만 있는 감정과 믿음이 오류로 이끄는 '종족의 우상(idols of the tribe)', 개인적 편집을 의미하는 '동굴의 우상(idols of the cave)', 언어의 규정력이 마음에 실제인 양 각인되는 '시장의 우상(idols of the market)', 기성 사상체계나 전통을 무조건 신봉하는 '극장의 우상(idols of the theatre)' 이 그것이다.

불을 수水 자로 쓰고 습한 것을 불이라고 말할 수도 있었다. 　以火名水 濕在火矣.

이처럼 명칭은 바꿀 수 있지만 기질은 바꿀 수 없는 것이다. 　名可換而質不可換矣.

이것 외에 다른 명칭과 표상들도 다 이와 같지 않은 것이 없다. 　一切名象 莫不皆然.

그런데 후인들은 명칭과 표상에 마음을 빼앗겨 　後人之奪於名象

명칭을 진실로 삼고 　以名象爲眞

습한 것을 수水 자에서 찾고, 건조한 것을 화火 자에서 찾으니, 　求濕於水字 求燥於火字.

어찌 수 자로 화재火災를 구하고, 　豈可以水字求火災

화 자로 수해水害를 막을 수 있겠는가? 　以火字壓水災乎.

명칭과 표상의 학문이 사람의 이목을 가리고 　名象學問 蔽人耳目

사람의 심지를 어지럽힌 지가 너무 오래고 심하다. 　渾人心志 愈久愈甚.

문자를 만들어 사물을 이름 붙여 지목하는 일은 　造設文字 事物名目

폐지할 수 없는 일이지만, 　所不可廢.

만약 명名과 상象에 구속되어 운화를 잊는다면 　若泥着于名象 頓忘運化

성誠과 실實의 교학은 스스로 단절되고 말 것이다. 　乃自絶于誠實敎學.

인정人政/권11/사무진학문事務眞學問

무릇 백 가지 행사行事 성무成務가 모두 진정하고 필요한 학문이다. 　凡百事務 皆是眞切學問

이러한 사무事務를 버리고 학문을 구하는 것은 　捨事務而求學問

공중에 매달린 학문일 뿐이다. 　乃懸空底學.

신기神氣(신령한 기)는 　…神氣

사무로 격물格物을 하고 　以事務爲格物

사무로 치지致知하는 것이며 　以事務爲致知

사무로 존양存養하고 　以事務爲存養

사무를 단련하고 　以事務爲鍛鍊

사무로 덕을 이루는 것이며,　　　　　　　　　　以事務爲成德

사무로 후생을 가르치는 것이다.　　　　　　　　以事務教後生.

사무가 아니라면 신기는 무엇으로 성취할 것인가?　若非事務 神氣何以成就.

실증주의

　묵자는 2,500년 전에 이미 인민의 정사에 적용하여 이로운 것으로 증험證驗된 것만이 학문이라고 주장했다. 마르크스는 인식을 사회적 실천이라고 말한 바 있다.

　혜강은 자신의 기학氣學을 실학實學으로 정의했다. 백성들이 실제 이용하는 것, 세계의 정치가 반드시 따르는 것, 형체가 있어 파악할 수 있는 것, 사물에 적용하여 검증할 수 있는 것만이 실학이며, 무릇 학문이란 이러한 실학이 되어야 한다는 것이다.

　이를 한마디로 정리하면 증험된 추측만이 참된 지식이라고 말한 것이다. 이것은 서양의 실증주의實證主義(positivism) 내지 실용주의와 비슷한 것으로 이해할 수 있을 것이다.

명남루총서明南樓叢書/권5/기학氣學/권1/16면

온 천하 학문이 옳은가 그른가는　　　　　　　統天下學問是非

다음과 같은 실학의 조건에 우열을 가려 정해야 한다.　論定優劣

천하인민이 살아가는 데 실용實用하고,　　　　以天下民生所實用

천하의 정사에 필요하며,	四海政治所必有.
형체가 있어 파악할 수 있고,	有形可執
사물에 조처하여 효과를 검증 가능한 것만을 실학이라 한다.	處物可驗 爲實學.
실학은 인간이 버리려 해도 버릴 수 없고	欲捨而不能捨
어기려 해도 어길 수 없는 것이다.	欲違而不能違.

인정人政/권8/교학허실敎學虛實

크게는 천지운화의 기氣가 있어	大則有天地運化之氣
일월성신을 배열하고 만물을 화생한다.	排布[7]星曜 化生萬物.
다만 이것들을 바탕으로 의지하고 받들어 따라 행할 뿐	但當資賴依據 承順遵行
왜 그렇게 되었는지 원인은 궁구할 수 없다.	不可究其所以然.
지극히 비근하고 날마다 사용하는 몸의 형체도	至近切用之一身形體
다만 학습한 대로 활용할 뿐	但當隨習須用
진실로 그 원인을 궁구하기는 어려운 것이다.	固難究其所以然.

　원래 실증주의란 사회학의 아버지 콩트의 저서『실증철학강의』(1830~1842)에서 나온 말이다. 혜강의 『기측체의氣測體義』가 1836년에 저술되었으므로 실증주의는 프랑스와 한국에서 비슷한 시기에 나란히 제기된 셈이다. 콩트는 인간의 지식의 진보는 신학적 → 형이상학적 → 실증적으로 발달했으며, 또한 실증과학은 수학 → 천문학 → 물리학 → 화학 → 생물학 → 사회학의 순서로 발전했다고 말했다.

---

7) 排布(배포)=配列하다.

‘포지티브(positive)’ 란 말은 확실하다는 뜻으로 실증주의란 확실한 것만이 지식이라는 학문 태도를 말하며 그것은 인간의 인식을 아프리오리(a priori)⁸⁾한 것을 배격하고 경험적 사실에 한정시키는 현상학적인 학문방법론이다. 그 후 빈학단은 감각소여感覺所與에 의한 ‘검증 가능성’을 유의미한 것으로 간주하였으므로 이를 논리실증주의라고 불렀다. 이로써 알 수 있듯이 실증주의에서는 형이상학적 진술은 무의미한 것이 되어버리고 수학과 경험과학의 진술만을 유의미한 것으로 간주된다.

특히 영국의 과학철학자 포퍼는 빈학단에 참가했으나 ‘검증 가능성’을 비판하고 ‘반증 가능성’을 대안으로 제시하여 비판적 합리주의를 주창했다. 그런데 오히려 혜강은 포퍼에 가까운 듯하다. 왜냐하면 비판적 합리주의에서는 역사법칙주의, 우주와 사회의 유기체론, 결정론적인 유토피아주의는 반증 가능성이 없으므로 사이비 과학으로 간주되지만 반면 혜강에 있어서는 형이상학도 반증 가능성 또는 반박 가능성이 있는 열린 사고라면 유의미한 인식이 될 수 있기 때문이다.

신기통神氣通/권1/통허通虛

사물이 없는데 신기神氣만이 발동한다면	無物無事 而神氣徒發
우리는 그것을 인식할 방도가 없으며,	無所通也.
사물이 있으나 신기가 발동하지 않는다면	有事有物 而神氣不發

---

8) 아프리오리(a priori)=인식 형식인 카테고리와 연역적 추리 등 경험에 의존하지 않는 선천적 인식을 말한다. 그 반대인 경험적인 후천적 인식은 아포스테리오리(a posteriori)라고 말한다.

역시 인식할 방도가 없을 것이다.

사물이 있으면 반드시 신기가 발동하므로

우리가 인식할 수 있는 것이다.

그러나 신기는 살아 움직이는 것이요,

고정된 것이 아니므로 환상을 망상하기 일쑤다.

따라서 우리는 사물에서 연구하고

사물에서 증험해야 하며,

증험할 수 없는 것은 연구를 기대할 수 없고

증험할 수 있는 것만을 연구할 수 있는 것이다.

만일 증험은 상관없이 사물을 인식하려 한다면

망망대해에서 표준이 없는 것 같아

밝은 앎을 어찌 성취할 수 있겠는가?

신기만 점점 어지럽게 될 것이다.

無所通也.

有事有物 而神氣隨發

方有所通也.

蓋神氣原是活動之物

難得常靜 易致幻妄.

須從事物上硏究

又從事物上試驗.

不可試驗者 不必硏究

當待驗試者 亦可硏究.

若不顧驗試 徒欲通事物

滉瀁無準的

明知何可進就

神氣漸趨荒亂.

신기통神氣通/권3/주통원위周通源委

오직 알았다고 주장해도 그 우열을 알기 어렵고,

반드시 증험한 연후라야 그 앎을 믿을 수 있는 것이다.

惟言其得則難知其優劣

用驗以後 方信所得也.

신기통神氣通/권1/물아증험物我證驗

통하고 불통함을 어찌 스스로 단정하고 만족할 것인가?

반드시 사람에게 실험함으로써

그 불통한 것을 통하도록 하고

그래도 석연치 않으면 사물에 실험해야 하며

요컨대 자연과 인간의 신기 상통相通을 어기지 않음이 중요하다.

通與不通 豈可自斷自足

必須驗之於人

以通其所不通.

猶未釋然 又須驗之於物

要無違於天人之神氣相通也.

마음의 추측이 의거할 증험證驗이 없으면　　　　　心之推測 不有依據證驗

공허하고 잡됨에 빠지기 쉽다.　　　　　　　　　易入于虛雜.

운運동과 조화化를 무시하고,　　　　　　　　　不顧運化

주관적인 심리心理로만 궁구수색하면　　　　　而只以心理究索于內

이것은 혼자만의 연출이요 주장일 뿐이니　　　是自排布9)自主張.

이것을 사물에 시행하고 사람에게 적용하면　　及其施諸事 加諸人

오차가 많고 부합이 적을 것이다.　　　　　　多差誤少符合.

이는 객관적인 운동과 조화를　　　　　　　　以其在外者皆是運化

주관적인 심리로 추측하려고 하기 때문이다.　而惟將心理揣10)度也.

그러므로 처음부터 대기大氣운화에서 얻은 것을　是以自初得於運化

심기心氣운화로 삼고　　　　　　　　　　　　以爲心氣運化

인물人物운화에 시행하면　　　　　　　　　　施行於人物運化

증험에 의거한 추측을 가질 수 있다.　　　　　乃有依據證驗之推測.

그리하면 심리의 조목도 번다하지 않고　　　心理條目不必繁多

통하고 행할 수 있는 도를 가질 수 있고　　　而有可通行之道

천지의 운화는 증험을 따라　　　　　　　　　天地運化循其證驗

사람들을 깨우치고 인도함이 있을 것이다.　而有曉牖11)於人.

　　이처럼 혜강은 인식을 추측과 실험(測驗)에서 이루어지는 것
으로 보았으므로 당연히 실험이 없는 학문은 허학虛學으로 단

---

9) 排布(배포)=配列→演出.
10) 揣(췌)=度也.
11) 牖(유)=誘, 導也.

정했다. 특히 혜강은 이기理氣를 신비한 형이상학이 아니라 인간이 경험할 수 있는 형이하학적 실체로 보았으므로 천天과 신神도 측험할 수 있는 물건으로 보았다. 이로써 성리학을 해체하고 조선 최초로 경험과학을 수립한 것이다. 혜강의 경험과학은 그 목적을 실용지학에 둔 것이므로 실학의 근대적 전통에서 자라난 것임을 알 수 있다. 그는 경험과학을 개물성무開物成務(물을 개명하여 직무를 이룸)라 하고, 이용학을 행사성무行事成務(일을 실행하고 직무를 이룸)라고 말한다. 그러므로 그의 실학은 사물학事物學 또는 사무학事務學이라고 말할 수 있다. 서양의 정치학, 경제학, 과학 등 경험과학이 본격적으로 수입된 것은 조선이 망하고 일제 식민지하에서였지만 그 기초는 조선 내부에서 홍대용, 정약용 등을 거쳐 혜강에 이르러 본격적으로 주창되기 시작한 것이다. 또한 혜강의 경험과학은 기계학으로 발전했다. 그는 천지, 인간, 우주를 하나의 기器로 보았다. 따라서 실학은 이들 기계를 잘 이용하는 기용학器用學이 되어야 한다고 말한다. 이것은 "기氣는 곧 기器"라는 것이므로 기氣＝도道＝이理＝기器라는 도식이 승인되는 혁명적인 발상이며, 형이상의 도道와 형이하의 기器를 분리·구분하는 성리학의 도기론道器論을 전복하는 것이다. 따라서 유가들의 우주일가론宇宙一家論, 인간소우주론人間小宇宙論 등 우주를 유기체로 보는 전통적 사고의 기조도 수정되어 '우주기계론宇宙機械論', '만물기계론萬物機械論'으로 지양 발전한다. 이로 볼 때 혜강의 기학氣學은 공자로부터 시작된 경세학經世學을 근대적이며 세계화된 실학實學으로 발전시켰으며, 이기이원론에 매여 있는 성리학을 지양할 뿐 아니라, 실학을 학문으로 정초하는 '과학철학'으로 발전시켰다고 말할 수 있을 것이다. 총체적으로 말하면, 혜강은 공자와 성리학 등 구학舊學을 대체할 수 있는 신학新學을 주창한 것으로 평가할 수 있을 것이다.

제7부

선비 정신

옛날부터 선비(士民)는 글을 읽고 가르치는 것을 직업으로 하는 무산계급을 말한다. 그러다가 중세에 들어와 사민士民 계급들이 지주가 되어 중산층이 되었다.

조선의 경우에도 선비는 중산층으로 관직에 나갈 수 있는 나라의 중심 계급이었다. 그러므로 선비들에게는 나라를 책임지고 있다는 자부심이 있었다. 마치 서양에서의 시민계급과 비슷하다. 따라서 조선의 선비 정신은 서양의 유산계급인 시민 정신과 대비될 수 있다.

우리나라는 글 읽는 선비를 존경하는 풍습이 있었는데 조선이 망하고 일제시대가 되면서 글 읽는 선비를 쓸모없게 여기게 되었다. 나는 선비계급이 몰락한 일세 말기에 서당을 다녔는데, 이웃에서 "시장바닥을 아무리 둘러보아도 글 사자는 놈 없더라!"며 핀잔을 주었다. 일제의 학교에 들어가 일본말을 배우지 않으면 출세는 엄두도 낼 수 없었기 때문이다. 그래서 대부분의 선비는 일제의 학생이 되었고, 일부는 의병항쟁과 독립운동에 투신했고 일부는 자포자기하여 시詩나 읊으며 농촌에 파묻혔다.

그때부터 우리의 선비 정신에 대해 혼동이 생겼다.

조선시대에 이름을 떨쳤던 선비의 후손에게 선비란 무엇이냐고 묻는다면 어떻게 대답할까?

그 질문에 학행일치學行一致 혹은 학예일치學藝一致라고 말할 수도 있을 것이다. 그러나 이것은 선비가 아니라도 어느 나라든 양식 있는 시민이라면 다 해당되며 심지어 일제의 학생도 배운 대로 행하고 학문과 예능에 밝았던 자들이다.

혹자는 곧은 지조를 선비의 특성이라 말할 것이다. 분명 우리 선비들은 지조를 생명보다 귀하게 여겼다. 그러나 지조를 지키는 것은 우리나라 선비만의 특징은 아니다.

혹자는 퇴계, 율곡, 다산을 들먹이며 선비정신은 청렴결백이라고 강조한다. 그러나 선비가 아니라도 청렴결백한 공직자와 학자들은 많다.

이처럼 우리는 선비 정신의 참뜻을 잊어버렸다.

어느 유명 대학 교수가 선비에 대한 책을 냈지만, 일상에서 겉으로 드러난 학예일치의 생활사를 기술하는 것으로 그쳤다. 학행일치, 학예일치, 청렴결백은 선비가 없는 나라에서도 얼마든지 발견할 수 있다.

그렇다면 그처럼 고결한 삶을 살았던 그들의 정신적 신념은 어떤 것일까? 과연 선비가 서양의 신사와 어떤 점이 다를까? 선비는 독실한 기독교도나 불교도와는 다른 독특한 사상적 경향이 있었던가? 또한 선비는 오늘날 자본주의 지식인과 무엇이 다른가?

이런 질문에 대한 대답이 바로 선비 정신일 것이다. 그러므로 나는 선비라면 누구나 가지고 있어야 할 정신적 소양이나 신념이야말로 선비 정신의 핵심이라고 생각한다.

제7부는 이런 관점에서 간추려본 선비 정신에 대한 글이다.

34 선비 정신은 조선의 정체성

중도와 재야정신

선비 정신을 알려면 먼저 선비의 정체를 알아야 한다. 본래 선비는 무산계급이면서 중도주의를 표방한 지식인이다. 그들은 위로 지배계급에 굴하지 않고 아래로 민중에 아첨하지 않는 중용의 도를 지키는 재야在野 세력임을 자임했다. 이들 지식인계급도 중세에 이르면 중산中産계급으로 발전했으나 중도주의와 재야 정신은 그대로 간직하려고 했다.

옛 선비는 피지배계급인 사농공상士農工商의 사민四民 중의 하나였다. 당시 유사儒士는 지배계급인 공후백자남公侯伯子男 등 가문의 대인大人이나 제후에게 고용되어야만 먹고 살아갈 수 있는 사람들이었다. 더구나 그들은 '관사불섭官事不攝' 정책에 따라 다른 직업을 겸직할 수 없었다. 제나라의 경우 관자에 의한 '사민四民 분업分業 정거定居' 정책에 따라 계급마다 지정된 지역에서만 살 수 있었으므로, 유사들은 다른 계급과 같은 지역에서 섞여 살 수도 없었다.

또한 선비들은 대부가 되지 않는 한, 예禮는 적용되지 않고 가혹한 형벌만 적용되는 민民에 해당되는 계급이다. 그러므로 오늘날로 말하면 유사들은 지식을 팔아 먹고살아야 하는 샐러리맨과 같은 처지였던 것이다. 자본주의로 말하면 손노동은 아니지만 정신노동을 팔아 먹고사는, 생산수단이 전무한 프롤레타리아(proletariat)에 해당된다.

공자는 유사계급의 계급 정체성을 주장하고 반패도反覇道 중도사상을 창도함으로써 유사계급의 사표師表가 되었다. 다시 말하면 공자는 지식인계급의 시조라 할 수 있다. 기원 전후에 한漢대에 들어와서 동중서의 건의로 무왕이 '독존유술獨尊儒術' 정책을 편 이후부터 유사는 농공상農工商과는 달리 지배자와 피지배자의 완충적인 중간계급으로 성장한다.

그러므로 당초 유사 정신이란 공자가 강조한 중간계급으로서 천하의 도리에 따라 행동하는 중도주의 정신을 말하는 것이다. 제후와 대부에게 고용되어 먹고살지만 종이 아니므로 굶어 죽는 한이 있더라도 미련 없이 사표를 내고 그 곁을 떠나고, 아무리 배가 고파도 도리를 벗어난 귀족에게는 고용되지 않는다는 지식인의 긍지 같은 것이다.

그래서 유사들은 자기 스스로를 군자君子라고 자부했다. 군자는 어느 귀족 개인의 종이 아니라 '군주의 명을 받은 선생'이라는 뜻이다. 요새 말로 하면 공무원들이 상급자 개인의 소유물이 아니라 '국가의 공복'이라는 자부심과 같은 것이다.

    그러나 공자가 죽은 지 1,200여 년이 지난 후인 기원 736년 당唐 현종이 공자에게 문선왕文宣王이라는 제후의 작위와 봉지封地를 내림으로써 그를 귀족계급이 되게 했다. 그것은 유학이 봉건 통치에 필요했기 때문이기도 했으나, 그보다 앞서 당나라 고종이 기원 674년에 노자에게 태상현원황제太上玄元皇帝를 봉하고 도교를 국교로 한 것에 대한 유가들의 불만을 무마시킴과 동시에 공자를 노자의 신하가 되게 하기 위한 조처였다. 그의 후손들은 귀족이 되고, 유가들은 지배계급이 되는 혜택이므로 환영했다. 그러나 유사계급은 문벌 사족이라는 새로운 지배계급을 지향함으로써 사민을 대변할 수 있는 중도계급의 정체성을 스스로 훼손했다.

    그 후 공자가 죽은 지 1,600여 년이 지난 11세기에 성리학이 일어나 유학이 다시 부흥했다. 이때는 당초 무산자였던 선비가 이미 중소지주계급이 되어 있었으나 성리학은 천리天理를 앞세워 중도사상의 전통을 회복하려 했다. 이론적으로는 이를 중도사상이라고 할 수 있겠으나 그 중심인 선비들 대부분이 청한淸閑을 버리고 민民에 군림하는 문벌을 지향했으므로 중도계급으로서의 역할을 다하지 못했다. 성리학이 오늘날 비판되고 부정되는 것은 바로 그들이 민民을 대변할 수 있는 정체성을 잃은 데 있는 것이다.

청한淸閑

　재야 정신의 조건은 청한이다. 청빈하고 한가로운 삶은 바로 물욕, 권력욕, 명예욕에서 해방됨을 의미한다. 물욕과 권력욕은 군주에게 중도를 지킬 수 없고, 명예욕은 대중에게 중도를 지킬 수 없다. 원래 서양에서 청한은 중세에 영지를 가진 한량계급의 징표로서, 이는 노동을 천시하는 봉건지배계급의 반동적인 정신이다. 그러나 선비들의 청한은, 고대에는 무산자였던 지식인계급에게 있어 자신들이 굶어 죽어도 군주의 권력에 굽히지 않는다는 자존심의 징표였으며, 중세에는 중산계급이 된 지식인들이 물욕을 버리고 최소한의 청빈한 생활을 함으로써 토호들이나 거상들과 구분되는 고귀함의 징표로 삼은 것이다.

　어떤 이는 선비의 정체성을 학예일치에 있다고 말한다. 그러나 그것은 조선 선비만의 특성이 아니다. 동서양을 막론하고 중세의 지식인은 모두 학예일치였다. 조선의 선비들 역시 자신들의 임무인 안민치국安民治國을 위해 학문과 예술로 인격 수양을 해야 하는 '학생'이었다. 『논어』에서 시로써 인의仁義의 뜻을 일으키고(興於詩), 주례로써 표준을 세우고(立於禮), 악樂으로 민民을 편안하게 하는 정치를 편다(成[1]於樂)는 공자의 말은 곧 이것을 뜻하는 것이다(『논어』「태백泰伯」9).

　그러므로 그들의 학문은 관장官長이 되기 위한 군자학君子學이었으며 그들의 예술은 초야에 있을 때 안민입정安民立政을

---

1) 成(성)=安民立政也.

위한 예악禮樂이었다. 선비들은 관직을 얻지 못해 초야에 있어
도 치국을 위한 수신의 임무를 버리지 않았는데, 그 방법은 효
孝로써 정치를 하고 악樂으로 정치를 하는 것이다. 그것을『논
어』에서는 "효를 정사에 펴는 것이 곧 정치(惟孝施於有政 是亦爲政
:『논어』「위정爲政」21)"라고 했고, "부하면 하혜지도下惠之道인
예로 안민安民하며, 가난하면 악으로 안민한다(富而禮 貧而樂 :
『논어』「학이學而」15)"고 말한 것이다. 또한『대학』에서는 "효
는 군주를 섬기는 방법(孝者所以事君也)"이라고 말한 것이다.

다만 중세에 들어와 한량계급이 된 일부 선비들이 노장에
심취하여 안민입정을 내팽개치고 산림에 숨어 청담清談에 골
몰하고 예藝를 즐기는 죽림의 선비로 타락했다. 이들의 정신은
본래의 선비 정신이 아니다. 또한 오늘날과는 달리 당시엔 안
민치국을 생각지 않는 그림쟁이나 노래쟁이와 같은 장인들은
천민으로 멸시받았다. 그러므로 선비의 정체성을 학예일치라
고 말하는 것은 잘못이다. 선비들은 자신들의 예藝는 장인의
예藝와는 다르다고 생각했기 때문이다.

기절氣節과 신독愼獨

어떤 이는 선비 정신이란 '학행일치'라고 말한다.

그러나 이는 옳은 대답이 아니다. 우리 옛 선비들은 유일·
절대의 이데올로기였던 신념인 성리학을 배웠고 그것을 옳다
고 믿었기에 평생을 성리학에 따른 삶을 살아왔다. 그러나 공
산주의자들은 마르크스나『마오쩌둥어록毛澤東語錄』이나『김일
성선집』을 배웠고 그것이 옳다고 여겨 평생 배운 대로 살아왔

다. 히틀러 · 무솔리니 · 일왕 · 친일파도 자기가 배운 것을 옳다고 여겨 실천하며 살아왔다. 그러므로 그들 모두는 학행일치를 한 것이다. 다만 다른 것은 그들이 옳다고 믿은 배움이 다를 뿐이다. 그러므로 선비 정신이 무엇인가에 대한 바른 답변을 위해서는 선비들이 배워 옳다고 믿은 정신이 무엇인가를 먼저 말해야 한다.

우리는 남한에 살았기에 자본주의를 배웠고 배운 대로 실천하고 살아왔다. 반면 북한의 동포들은 북한에 살았기에 공산주의를 배웠고 배운 대로 실천하고 살아왔다. 그러나 지금 우리의 학행일치와 북한 동포의 학행일치를 선비 정신이라고 말할 수는 없다.

그렇지만 배운 대로 거짓 없이 사는 것, 즉 자기를 속이지 않는 마음가짐이야말로 선비 정신의 기초가 된다는 데는 딴말이 있을 수 없다. 옛 선비들의 정신을 지배했던 성리학이 더이상 지배이념이 될 수 없는 자본주의사회를 살아가는 지금의 우리에게 그분들의 정신을 묻는다면 학행일치라고 대답할 수밖에 없을지도 모른다. 그러므로 거짓 없는 삶이야말로 오늘날 우리가 옛 선비들에게 배울 가장 중요한 덕목일 수 있다.

그러므로 "선비정신은 학행일치"라고 말한 진정한 뜻은 선비들의 언행일치言行一致, 선공후사先公後私, 외유내강外柔內剛, 신독愼獨, 청한淸閑의 지사志士적 삶을 그렇게 표현한 것뿐이다.

또 어떤 이는 선비라면 죽림칠현竹林七賢을 상상할 수도 있다. 그러나 이것은 노장의 가르침대로 사는 것을 말할 뿐 선비의 본령은 아니다. 왜냐하면 선비란 치인治人의 자리에 나아가

평천하平天下하겠다는 이상과 포부를 실현하기 위해 부단히 수기修己하는 학생을 말하기 때문이다. 그래서 지금도 제사 때 무관無官의 선조들은 그 위패에 '학생學生'이라고 쓰고 있는 것이다.

이처럼 선비 정신이라면 무엇보다 뼈를 깎는 부단한 자기 수양과 굳건한 기개, 절조를 꼽을 수 있다. 그들은 밖에서나 안에서나 의관을 정제하고 행동거지를 공경스럽게 했으며 심지어 아무도 보지 않는 곳에서도 몸가짐을 삼가는 '신독'을 생활 규범으로 삼고 그 어느 독실한 수도사 못지않게 일상의 생활을 근엄하게 살아왔다. 그리고 목숨보다 절조를 지키는 강인한 기개를 지켜 왔다. 목숨을 버릴지언정 자기의 신조를 결코 굽히지 않았다. 이러한 정신이 국난을 당했을 때는 의병 정신으로 나타났고, 나라를 잃었을 때는 독립운동으로 나타났던 것이다.

그런데 선비들은 신神을 믿고 신에 귀의한 것도 아니며, 신의 진노를 무서워하거나 혹은 신에게 복을 빌지도 않았다. 하지만 어느 종교의 사제보다도 순교자적 삶을 살았다. 그것은 어디에서 오는 것일까?

그들은 천인합일天人合一의 삶이 인간 본연의 삶이라는 신념을 가지고 있었다. 하늘마음은 만물의 생명을 차별 없이 살리는 '생생지심生生之心'이라고 생각했으며, 인간은 그 하늘마음을 품부받았다고 믿었다. 그러므로 하늘마음으로 생명살림의 삶을 사는 것이 인간 본연의 자연적 삶이라고 생각했다. 또한 그것은 자연대로의 본연의 삶이며 동시에 당연한 도리이며 임무라고 생각했다. 그것은 하늘의 명령이기 때문이다.

이처럼 그들은 천명天命사상을 가지고 있었던 것이다. 자기의 태어남도 하늘 명령이고 자기의 삶도 하늘 명령이었다. 그것을 따르는 것은 어떤 계약법에 의한 의무이거나 복을 받기 위한 수단이 아니라 인간의 당연한 도리라고 여겼다. 그러므로 그들은 조상에게 제사를 지내고 천제와 지신과 산천에 제사를 올리는 것을 복福이라 말하지 않고 비備라고 말한다. 비란 천명에 따라 인간의 도리를 다했다는 뜻이다.

그런데 천명론은 운명론적이다. 운명론이란 길흉화복이 태어날 때부터 이미 정해져 있음을 말한다. 묵자가 운명론은 폭군이 지어낸 술책이라고 비난한 바 있듯이 자기의 노예적 삶과 빈천을 운명으로 체념하는 부정적인 역할을 하기도 했다.

그러나 선비들은 이것을 체념이 아니라 분수에 넘는 사욕을 억제하고 깨끗한 삶을 살아갈 수 있는 힘으로 전환시켰다. 그리하여 자기의 고단한 삶에 자족自足하며 정신적 삶을 살아가는 강고한 의지로 승화시킨다. 그렇기에 그들의 운명론은 진인사盡人事 대천명待天命의 신조로 극복 지양된다. 이 신조는 인간이란 역사에 참여하여 자기가 품부받은 성품을 다하고 그 결과는 천명에 맡긴다는 인생관을 말한다. 이러한 인간관은 체념적이지만 천심天心을 품부받은 인간 정신에 대한 믿음과 그것을 다하여 인간 최고의 경지를 개척할 뿐이라는 비장한 것이기도 하다. 참으로 이러한 비장감이야말로 선비의 특성일 것이다. 그러므로 그들은 성공에 도취하지도, 실패를 두려워하지도 않는다. 인간은 천품을 다할 뿐 결과는 천명에 속하는 것이기 때문이다.

대의명분

우리 옛 선비들은 명분名分에 어긋나는 행동을 극도로 삼갔다. 명名이란 군주와 신하, 아비와 아들, 남편과 아내, 사람과 동물처럼 '이름을 명령하는 것'이며, 분分이란 그 이름에 따른 분수分數를 뜻한다. 분수란 맡은 직분職分과 책임責任을 말한다. 그러므로 명분이란 이름값에 따른 직분을 어기지 않으며 직분에 따른 책임을 다한다는 뜻이며, 정명正名이란 명분을 바르게 한다는 뜻이다. 그런데 중요한 것은 이러한 명은 천자天子만이 명명命名할 수 있다고 믿었다는 데 있다.

자로子路가 어느 날 공자에게 "선생님께서 정치를 맡게 되면 제일 먼저 무엇을 하겠습니까?"라고 물었을 때 공자는 서슴없이 명분을 바로잡겠다고 대답했다. 그리고 제나라 군주가 공자에게 정치를 물었을 때 공자는 "군주는 군주답고, 신하는 신하답고, 아비는 아비답고, 아들은 아들답게 하는 것"이라고 대답했다. 이 두 가지 대답은 같은 뜻으로, 공자는 정치의 근본을 정명이라고 본 것이다.

이처럼 공자 본래의 정명은 신분계급 질서를 유지한다는 함의가 숨어 있는 봉건적인 개념이었다. 그러나 후세로 가면서 명분론은 대의大義를 위해 자기 직분을 다한다는 뜻으로 변해 갔다. 그래서 우리 선비들은 대의명분大義名分을 위해 목숨을 초개草芥같이 버리는 것이 선비답게 사는 것이라고 생각했다. 선비들에게 명분은 천명이었기 때문이다. 그러므로 선비 정신이란 대의를 따르고 자기 책임을 다하는 데 몸과 마음을 다 바치는 정신이다.

공동체 정신

인간은 고립해서는 살 수 없는 동물이다. 인간은 태어날 때부터 부모와 자식 그리고 형제 등 혈연적 관계를 짊어지고 태어난다. 그리고 종족을 보존해야 하기 때문에 부부 관계를 맺고 또 자식을 낳아야 한다. 그것은 우리의 선택이 아닌 인간으로서 벗어버릴 수 없는 한계상황이다. 그뿐만이 아니다. 인간은 연약한 동물이라서 협동해야만 살아갈 수 있다. 그러므로 집단을 이루고 살아가야 한다. 그래서 우리는 누구의 벗이어야 하고, 어느 집단의 성원이어야 하고, 어느 국가의 국민이어야 한다. 국가라는 것도 인간이 만들어낸 것이지만 인간은 그것을 벗어던질 수 없다. 이처럼 인간은 관계의 그물에 갇혀 살아가고 있다.

그래서 인간은 이 관계를 어떻게 조화롭고 평화롭고 복되게 할 것인가를 고민해 왔다. 그것을 공公이요 도덕道德이요 인륜人倫이라고 말한다. 그러므로 인간에게 도덕과 인륜은 저버릴 수 없는 당위이다. 다만 그것을 영원불변이라고 교리화하여 형해화하면 오히려 도덕으로부터 인간이 소외될 수 있다. 그러므로 항상 지혜를 모아 공통의 가치를 합의하고 정립해 나가는 열린 도덕이야말로 이념의 노예 됨으로부터 해방될 수 있을 것이다.

인간은 그 관계를 떠나 나만의 본질이 무엇이며 그 가치는 무엇이어야 하는가를 고민하는 동물이다. 그것을 사私라고 하고 기己라고 한다. 이러한 기를 관계보다 강조하는 것이 개인주의이다. 오늘날의 신자유주의는 사회적 관계를 개인으로 환원시키는 극단적 위아주의爲我主義의 전형적인 모습이다. 그러나 이는 인간의 해방이 아니라 오히려 동물적 쾌락주의로 타락시켜 자본이라는 물신物神에 의해 인간이 소외되는 결과를 가져온다.

선비 정신은 관계도 중시하고 인간의 본질도 살려나가는 정신이다. 인간의 본질인 성性은 하늘이 준 것이므로 천명天命이며, 따라서 인성人性은 천성天性을 품부받은 것이다. 그리고 천성은 만물을 낳고 북돋아 기르는 생생生生의 마음이므로 인간의 본질은 이러한 생생의 마음을 보존하는 것이며, 인간의 관계는 공존 상생의 관계가 되어야 한다는 것이다. 그래서 '관계'를 무시한 양주의 '위아주의'가 아니면서도 관계 속에서 '위아'를 이루고, '본성'을 무시한 묵자의 '평등주의'가 아니면서도 분별 속에서 '평등'을 이루는 도리, 그 도리가 바로 경敬이요 성誠이다.

그래서 주자와 퇴계는 "이理가 하나로 통일되나 만 가지로 달라지니, 비록 천하가 한 집안이요 나라가 한 사람 같지만 묵자처럼 겸애의 폐단으로 흐르지 않으며, 이가 만 가지로 다르나 하나로 관통되니, 비록 친소에 따라 정이 다르고 귀천의 등급이 다르지만 양주처럼 위아의 사사로움에 묶이지 않는다"고 말한 것이다.

공자처럼 너무 관계를 강조하면 개인의 본질이 소멸되기 쉽다. 그러나 계몽적인 퇴계는 인성을 신성神性과 동일시함으로써 개개인의 본질을 중시한다. 그에 의하면 인간은 모두 천성을 품부받았으므로 경敬으로 수양하면 천심과 인심이 합일된 선비가 될 수 있으며, 인간이 이러한 선비 정신을 가지면 자연과 인간, 인간과 인간의 관계가 조화롭게 상생할 수 있는 공동체를 이룰 수 있다고 본 것이다.

이러한 우주적 공동체 정신은 예술에서 잘 표현된다. 선비들은 차별을 표상하는 예禮를 중시하면서도 이에 못지않게 조화를 표상하는 악樂을 중시했다. 옛 선비들에게 예와 악은 필수 조건이었다. 예는 질서 있는 인간 관계를 위한 행동을 요구하며, 악은 자연과 인간, 인간과 인간의 조화를 이루는 인격을 요구한다. 선비들의 예술은 개성을 드러내면서도 조화를 중시한다. 그러므로 선비들은 감성을 발현하되 그것을 이성으로 조화하는 절제미를 강조한다.

선비사상

인본주의

우리는 신을 인정하되 역사의 주인은 인간이라는 신념을 인본주의라고 말한다. 기원전 7세기에 계량季梁은 "신의 주인은 민民"이라 말했고, 태사 은嚚은 "민을 따르면 나라가 흥하고, 신을 따르면 나라가 망한다"고 말했다. 기원전 6세기의 공자는 신을 섬기되 인人이 우선이라고 주장했다. 그래서 그는 "신을 공경하되 신을 멀리하라(敬神而遠之)"고 요구했다. 성리학의 성리性理란 인간의 본성은 천심天心이며 이성이라는 뜻이다. 그리고 그 이성이 우주를 지배한다는 것이다. 또한 그 이성은 천심이며 그 천심은 만물을 낳고 기르는 생명살림(生生)의 의지를 뜻한다. 그러므로 퇴계는 인간은 누구나 이러한 천성天性을 품부받아 이성적이며, 이러한 천성을 잘 보존하고 수양하면 인정人情이 천리天理와 일치하는 천인합일의 인극人極(인간의 극치)을 이룰 수 있다고 말한다.

반패권 중도주의

원래 봉건제도는 씨족 연합체인 제후국과 제후국의 연합체인 천자로 구성된다. 그러므로 천자나 제후는 가문과 호족들에게 중도中道를 지켜야 했다. 또한 왕과 군주의 명을 받는 군자가 되기를 소망했던 선비들도 마땅히 중도를 표방했다. 유사들은 사민四民의 하나인 사민士民이었으나 중간계급으로 성장하여 계급적 중립을 표방하고 스스로를 반패도反覇道 왕도주의라고 주장했던 것이다.

이것이 유가들의 중도 정치사상으로 발전되었고, 더 나아가 중용中庸 또는 중화철학中和哲學으로 정리된 것이다.

중中은 불편불의不偏不倚 무과불급無過不及의 원만함을, 용庸은 온화溫和함과 평상平常을 의미한다. 이러한 중도주의적 선비 정신은 미학美學에도 나타난다. 다이아몬드처럼 모가 나고 번쩍거리는 규각圭角보다 옥처럼 모가 나지 않고 부드러운 빛의 곡옥曲玉을 귀하게 여긴다. 맹자는 공자의 도통을 이었으면서도 너무 강경하고 모가 난다 하여 성인은커녕 아성亞聖의 다음으로 불리게 된다.

특히 우리나라의 지붕 · 치마의 선 · 버선콧날 · 탑의 선이, 하늘로 치솟는 것도 아니고 땅으로 곤두박질치지도 않는, 지나침도 모자람도 없는(無過不及) 모습인 것도 중도적 선비 정신이 표출된 것이다.

공자는 이러한 중도사상을 계급적으로 확대했다. 즉 선비는 천자의 신하이며 중도계급으로서 도리를 따를 뿐 모든 가문과 제후들에게 중립을 지키며, 귀족이든 민중이든 어느 계급에게도 의부倚附하지 않겠다는 것이다. 이것은 지식인들의 계급 정체성을 주장한 것으로, 지배계급인 왕과 귀족, 피지배계급인 사농공상의 두 축으로 된 사회구성체를 변화시켜, 유사를 독립적인 중도계급으로 설정하여 삼각 구도로 바꾸고자 한 것이다. 이런 관점에서 그는 개혁가였던 것이다.

또한 유사는 군자君子 즉 '군왕의 신하'가 될 수는 있어도 어느 공실公室의 가노家奴가 될 수는 없다고 주장한다. 즉 유사는 수기 치인하여 도道를 따라 '평천하'를 위해 살아갈 뿐, 이에 어긋나는 군주의 명령은 따를 수 없다는 것이다.

오늘날 사회는 자본과 노동계급이 첨예하게 대립하고 있다. 특히 우리는 남북 분단의 질곡을 떨쳐버리지 못하고 있다. 만약 남북의 모든 지식인이 남과 북 어느 쪽에도 치우치지 않는 중도주의로 나온다면 계급과 이념의 대결도 극복할 수 있을 것이다.

생명주의

퇴계는 천인합일의 방법으로 경敬을 강조했다. 경이란 마음 속에 선험적으로 내재되어 있는 만물을 낳고 기르는 생명살림 의 천심天心을 공경하고 보존한다는 뜻이다. 그리하여 천심처 럼 이웃과 만물을 기르고 살리는 마음으로 살아가는 것이 선 비 정신이다. 주자에 의하면 인성人性의 사덕四德인 인의예지仁 義禮智라는 것은 천지의 사덕인 생명살림의 원형이정元亨利貞을 품부받은 것이다. 원元은 개물個物의 생명의지(生意)이며, 형亨 은 생명의지의 소통이며, 이利는 생명의지의 성취이며, 정貞은 생명의지의 저축을 뜻한다. 그러므로 주자는 인仁은 인간이 천 지의 만물을 살리는 마음(生物之心)을 품부받은 것이라고 말했 고, 퇴계는 천지의 가장 큰 덕은 생명生命이라고 말했다(『퇴계 집』소疏2 「무진육조소戊辰六條疏」6조).

선비의 수양 방법으로 율곡은 성誠을, 다산은 서恕를 강조한 다. 성은 하늘처럼 진실眞實 무망無妄한 것이며, 서는 자신의 진 실한 마음을 남에게 미치게 하는 것으로서 내가 원하지 않는 것을 남에게 행하지 않고 내가 원하는 바를 남에게도 베풀도록 하는 것이다. 다만 경敬도 성誠도 서恕도 모두 생생生生(생명살 림)의 천심을 회복하자는 것에는 동일하다. 인격이 공경恭敬스 러우면 행동이 하늘처럼 성실해지고 인간관계에 신뢰가 생기 고 남을 이해하고 존중하는 추서推恕가 되며 공존 상생의 공동 체를 이룰 수 있다는 것이다. 추서는 근래에 후설(E. Husserl, 1859~1938)·하버마스(J. Habermas, 1929~) 등이 말하는 간 주관성間主觀性 또는 상호주관성相互主觀性과 비슷한 개념이다.

균분주의

생생주의生生主義는 경제생활에서 당연히 균분均分을 강조한다. 그러므로 공자는 국가를 중시하는 부국강병의 패권주의를 반대하고, 개인의 삶을 중시하는 균분과 인정仁政의 소국주의小國主義를 주장했다. 국가와 민족 또는 단체를 중시하는 것은 보수주의 본령이며, 개인생활과 사회생활을 중시하는 것은 진보주의 본령이라면 부국강병을 반대한 공자는 진보주의적이라 할 수 있다. 이처럼 균분이냐 부국강병이냐의 노선투쟁은 2,500년부터 시작되어 지금까지 계속되고 있다.

그런데 과격한 맹자는 부국강병에 대한 비난이 지나쳐 땅을 개간하여 세금을 거두는 것까지 중벌重罰로 처벌해야 한다고 주장했다. 그러나 맹자를 반대하는 순자는 묵자와 공맹의 균분을 비판한다. 즉 균분은 백성을 가난하게 할 것이며, 오히려 능력에 따른 차등差等 배분配分이 생산을 증대할 것이라고 주장한다.

균분은 창고를 비워 재물이 흩어져야 한다는 것이고, 부국강병은 창고가 차야 한다는 것이다. 균분주의는 재물이 모이면 백성이 흩어진다고 보았고 부국강병주의는 재물이 모이면 백성이 모여든다고 보았다.

요즘 말로 하면 재물이 흩어지는 것은 사회보장을 의미하고 재물이 모인다는 것은 자본축적을 의미한다. 그러나 생산의 중심이 농업에서 공업으로 바뀐 지금은 재물이 모이지 않으면 공장을 지을 수 없게 되고 재물이 흩어지지 않으면 소비가 되지 않는다.

오늘날 자본주의는 부국을 주장하고 사회주의는 균분을 주장한다. 부국도 균분도 모두 버릴 수 없는 가치일 것이다. 그러나 선비 정신은 부국보다도 균분을 우선하는 정신임을 주목해야 한다.

만물동체주의

장횡거張橫渠는 만민萬民은 한 동포이며 만물萬物은 함께 살아야 할 공동운명체라는 '민포물여民胞物與사상'을 주장했다. 이러한 사상은 정자·주자를 통하여 퇴계로 이어졌다. 이것은 국가를 '가족공동체'로, 우주를 '천신天神의 가족' 또는 '우주공동체'로 보는 것이다.

만물공동체사상은 자연적인 차별을 인정하지만 기본적으로 인간 평등을 수용한다. 퇴계는 만물을 평등하게 길러주는 천심을 보존하는 경敬사상과 민포물여사상으로 묵자의 겸애사상을 포용했던 것이다.

따라서 만물동체萬物同體사상은 공동체사회를 지향한다. 공동체란 마르크스가 적절히 지적한 대로 개개인이 소외되지 않고 공동체가 실현됨으로써 개별성과 공공성이 조화 통일되어 인간의 '유적본질類的本質(Gattungswesen)'이 구현되는 삶의 틀을 말하는 것이다.

유적본질 또는 '유적존재'란 이른바 사私와 공公이 통합되고 본질과 관계가 조화 통합되는 인간 본성이 구현되는 사회적 인간상을 말한다. 이러한 공동체는 대체로 공동생산 공동분배이므로 '공산사회'라고 말하기도 한다.

공산사회는 생시몽이나 마르크스가 처음 말한 것이 아니다. 노자와 장자가 주장한 것도 공산사회이며, 『예기』에서 말하는 대동사회大同社會도 공산사회인 것이다. 기원전 5~3세기의 공맹孔孟은 대동사회는 시대가 변하여 유지될 수 없다고 보고 예치禮治의 소강사회小康社會를 주장했다(『예기』「예운」편). 소강사회는 효제孝悌를 통치 이념의 기본으로 삼아 천하를 하나의 종중宗中과 같이 일가一家를 이룬다는 것이므로 가부장적 혈연공동체를 말한다.

12세기의 정주程朱는 효제를 혈연적 개념이 아니라, 민포물여사상으로 설명함으로써 인仁을 공동체적인 겸애로 확장하고 천하일가사상을 철학적으로 강화한다. 퇴계는 양주楊朱의 개인주의와 묵자의 평등공동체주의를 '이일理一을 버리고 분수分殊로 달려나간 것'으로 보았다. 즉 도리의 한 측면만 강조한 극단적인 것으로 보았다.

이에 비해 성리학의 만물동체의 천하일가사상은 양묵楊墨의 폐단에 빠지지 않으면서도 개인성과 공공성을 종합하는 '만수일관萬殊一貫'의 사상임을 강조한다.

이러한 퇴계의 사상을 이어받은 정약용은 마을공동체가 토지를 '공동소유'하고 '공동생산'하여 '공동분배'하는 여전제閭田制를 주장했는데 이것도 공산사회를 지향한 것이다.

이처럼 선비 정신은 구체적으로 공산사회를 주장하는 것은 아니지만 사와 공을 통합하는 공동체를 지향한다. 그러나 공을 위해 사를 제약하는 극기克己를 강조함으로써 사私와 이利 또는 육체적 쾌락을 죄악시하는 경향이 강하게 남아 있다. 그러므로 여전히 공을 앞세우고 사를 무시한다는 비판을 받는다.

그러나 오늘날 광기의 쾌락주의 시대에 인간의 절제節制와 과욕寡慾을 강조하는 만물공동체사상은 인간을 회복하고 지구를 살리는 길이 될 것이다.

우리 민족은 남북으로 갈라져 반세기 동안 피비린내 나는 열전과 증오와 적대의 냉전을 벌여온 비극의 역사를 살아왔다. 만약 남북 지식인이 생명살림의 천심天心을 보존하고 민포물여·만물공동체의 선비 정신을 되살린다면 전체주의적인 주체주의도, 약육강식의 신자유주의도 지양될 수 있을 것이다. 그러므로 선비 정신은 오늘날 지구가 파괴되는 인류 문명의 위기를 구하는 사상적 자양이 될 수 있는 인류의 소중한 유산이 아닐 수 없다.

전통 속의 선비문화

입춘대길

우리 선비들은 입춘立春을 만물이 소생하는 생생生生의 달로 생각하고 명절로 기렸다. 그래서 대문에 커다랗게 '입춘대길立春大吉 건양다경建陽多慶'이라고 써붙이고 경축했다. 왜 우리 선비들은 생생의 달을 그토록 기렸을까?

선비들의 꿈은 인자仁子이며, 인자는 천인합일天人合一의 인간을 말한다. 천인합일이란 천심天心을 품부받은 내 마음속에 천성을 회복하는 것을 말한다. 그런데 그 천심은 만물을 두루 낳고 기르는 생생의 마음이라고 생각했다. 그러므로 생생의 달인 정월正月을 명절로 기린 것이다.

'건양建陽' 이란 무슨 뜻인가? 건양은 정월을 의미하는 태괘 泰卦(☷☰)의 모습을 표현한 것으로 '양陽(☰)이 기초를 이루고 군건히 섰다' 는 뜻이다. 『주역』에서는 64괘 중에서 태괘가 '건양' 의 괘이므로 가장 경사로운 괘라고 생각한다. 태괘의 모습은 지地(☷)가 위에 있고 천天(☰)이 아래에 있는 거꾸로 된 모습이다. 이러한 모순이 운동을 낳고 운동이 생명을 낳는다고 보았다. 그러므로 입춘을 건양이라고 말했고 그것은 생생을 의미하는 것이다.

또한 태괘는 안으로는 이理를 중시하는 군자(☰)가 기초를 군건히 지키는 정의로운 사회, 밖으로는 이利를 중시하는 소인 (☷)의 삶이 풍요로운 사회를 의미하며 외유내강外柔內剛의 선비의 모습이기도 하다.

태극기

우리나라의 상징인 태극기太極旗도 생생과 상생相生을 표현하고 있다. 현대물리학의 아버지며 노벨물리학상 수상자인 닐스 보어(N. Bohr, 1885~1962)가 백작 작위를 받으면서 자신의 양자역학 이론의 '상보성 원리' 가 태극과 같다고 말하며, 자기 가문 문장에 태극을 그려 넣고 "대립적인 것은 상보적이다"라고 써넣은 것은 유명한 일화다.

'태극' 은 우주 만물의 생성과 변화의 근원적이며 총체적인 도리道理를 말한다. 건乾≡ 천天, 곤坤≡≡ 지地, 감坎≡≡ 수水, 이離≡≡ 화火의 4괘는 태극의 본질인 음양의 변화와 우주의 동서남북을 가리킨다.

중앙의 원圓은 태극이며 그 안에 청홍靑紅이 꼬리를 물고 있는 것은 양이 음을 낳고 음이 양을 낳는 상생 운동 즉 천지天地의 '생생'을 표현한 것이다. 그러므로 태극기는 선비 정신의 우주상생관宇宙相生觀과 홍익인간관弘益人間觀을 표현한 것이다.

절하기

우리의 절하는 모습은 세계에서 그 유례가 없는 복잡하고 독특한 우리만의 전통이다. 여기에도 상생의 선비 정신이 나타난다.

우리는 절을 하기 전에 준비 동작으로 공수拱手를 한다. 공수는 두 손을 맞잡는 것으로, 그 방법은 양陽과 끝(亥=Ω)을 상징하는 좌수左手에, 음陰과 처음(子=A)을 상징하는 우수右手를 얹어 태극을 만든다. 그것은 생생의 천심天心을 우리 마음으로 한다는 뜻이며 이러한 마음을 한결같이 하여 공경恭敬하는 모습을 표현하는 것이다.

첫 번째 동작으로 읍揖을 한다. 읍은 공수한 손을 머리까지 올려 경천敬天을 표현한다.

두 번째 동작으로 궤를 한다. 궤는 땅에 무릎을 꿇어 지순地順을 표현한다.

세 번째 동작으로 헌신獻身을 한다. 헌신은 몸을 굽히고 머리를 숙여 공경을 나타낸다.

이처럼 우리 절은 천지인天地人의 삼위일체三位一體와 상생을 표현한 것이다.

곡선미

우리의 주변을 둘러보면 곡선이 많다. 우선 우리 산야는 외국과는 달리 원만한 곡선을 이루고 있다. 첩첩한 산들과 유장한 강물과 너른 들이 모두 곡선으로 보인다. 우리의 얼굴 모습과 몸짓과 춤도 곡선이다. 우리의 노래도 끊일 듯 이어지는 곡선이다. 우리의 옷과 버선, 갓과 상모도 곡선이며, 우리의 도자기도 곡선이고, 초가집과 기와집, 처마와 탑들도 곡선이다.

일본의 미학자인 야나기 무네요시柳宗悅(1889~1961)는 인류가 창조한 미를 서양의 입체미, 중국의 형태미, 일본의 색채미, 조선의 곡선미 등으로 구분했다. 어떻든 한국적 미의 특성이 곡선미인 것은 쉽게 알 수 있을 것 같다.

격정적이지 않고 온화하고 느릿한 우리 소리의 유장한 곡선미, 날아갈 듯한 한복과 버선콧날의 곡선, 신비스런 도자기의 곡선, 내려오는 듯 올라가고, 올라가는 듯 내려오는 기와지붕과 탑들의 곡선, 붙임성 있는 배흘림기둥의 곡선, 하늘로 승천하는 듯한 벽화 속 비천상의 곡선, '둥둥둥' 북소리에 흩날리는 상모돌리기의 곡선, 이런 곡선들은 우리 민족의 마음일 것이다.

이 마음은 모가 나지 않는 원만함이요, 별처럼 반짝임도 태양의 작열함도 아닌 달처럼 은은함이요, 유유히 흐르는 강물 같은 유장함이요, 만물을 품에 안는 너그러움이요, 차별과 배척이 없는 아우름이요, 하늘로 뛰어오름도 땅으로 곤두박질침

도 아닌 중용의 자족함이라 할 것이다.

이런 마음씨는 음양 상생의 태극의 정신이요, 만물을 품어 안고 두루 살리는 하늘마음이요, 기절氣節과 중용의 조화로운 선비의 마음과 같은 것이다. 이것이 세계에서 찾아볼 수 없는 우리 문화의 뿌리다.

민족통일과 선비 정신

이 시대는 이념적 혼돈의 시대다. 그러나 이러한 이념의 부재는 역설적으로 민족의 화해와 통일의 기회이기도 하다. 우리에게 지금은 통일의 시대다. 그러므로 이를 준비해야 한다. 그리고 우리가 통일의 주체 세력이 되어야 한다.

그 첫째 조건은 부국강병이다. 가난하고 힘없는 세력은 민족의 주인이 될 수 없다. 이 점에서 경리輕利와 균분均分을 강조하는 선비 정신은 중리重利와 부국富國을 포용하고 타협해야 할 것이다.

둘째 조건은 인류적 보편가치의 담보다. 이른바 문화선진국이 되어야 한다는 것이다. 세계 진운에 낙오된 세력이 민족의 주인이 될 수는 없기 때문이다. 이 점에서 선비 정신은 세계화되어야 한다.

셋째는 민족 정통성의 계승이다. 남북이 공유할 수 있는 민족의 문화와 전통을 계승하지 못한 세력이 민족의 주인이 될 수는 없다. 우리는 미국으로 통일하자는 것도, 러시아로 통일하자는 것도, 중국으로 통일하자는 것도 아니기 때문이다. 이것은 민족 통일의 절대적인 필요조건이기도 하다. 이 점에서 선비 정신은 쇄국주의를 경계하고 개방적이야 할 것이다.

그런데 우리는 불행히도 자신의 정신적 국적을 잃어버렸다. 우리는 반세기 일제 강점에 이어 미군정의 지배를 받았다. 일제하에서는 일본사람으로 교육을 받았고 미군정 이후에는 미국인으로 교육을 받고 자라났다. 그래서 "한국에는 한국사람이 없다"는 자조가 들 정도로 우리 모두가 한국인의 정체성을 상실하고 말았다.

'어린이헌장'에는 "어린이는 빛나는 우리 문화를 이어받아 미래를 가꾸는 새로운 문화를 창조하고 발전시키도록 이끌어야 한다"고 천명하고 있다. 그러나 빛나는 문화를 누가 가르칠 수 있는가? 우리 모두가 반성해야 한다. 우리는 모두 재교육 대상임을 스스로 인정해야 한다.

더구나 우리는 반세기 동안 남북 분단과 냉전으로 전쟁과 광기와 독재라는 힘의 질서에 길들여진 탓에 참다운 민주적 질서를 체험한 적도 없다. 학술·문화 등 모든 부문에 걸쳐 우리의 의식구조는 왜곡되었으며, 왜곡된 우리의 의식을 개혁하지 않고는 통일 시대의 주역이 될 수도, 21세기를 창조적으로 응전할 수도 없을 것이다.

지금 우리는 가치 혼돈 시대를 살고 있다. 이를 극복하기 위해서는 21세기의 문예부흥과 백화제방百花齊放이 반드시 요구된다. 이를 위해서는 세계 문화를 열린 마음으로 받아들이되 우리 옛 조상들의 사상을 되돌아보는 작업이 선행돼야 한다. 우리부터 먼저 정신적 국적을 되찾아 우리 민족의 정체성인 선비 정신을 인류 공동의 가치로 발전시켜야 한다. 그것만이 민족의 동질성을 회복하고 통일의 주체가 될 수 있는 길이다.

35 21세기와 선비 정신

선비 정신과 자본가 정신

자본가 정신은 세속적 가치를 지향하고, 선비 정신은 고귀한 가치를 지향한다는 점에서 목적부터 다르다. 전자는 근대적이고 후자는 중세적이다. 원래 근대적이란 재물과 기술 등 세속적인 것을 중요한 가치로 생각하는 풍조를 말한다.

선비 정신이란 하늘의 생생지심生生之心을 자기 마음으로 하는 천인합일天人合一의 군자다운 기품을 말한다. 그러므로 생생과 평천하平天下를 추구할 뿐, 사私와 이利를 추구하지 않고 육체적 쾌락을 탐하지 않는 것이다.

우리의 선비 정신에 비교될 수 있는 것이 서양의 기사도騎士道 정신과 일본의 무사도武士道 정신이다.

서양의 자본가 정신은 기사도의 환경에서, 일본의 자본가 정신은 무사도의 환경에서 자란 것인데 서양의 기사도 정신은 경신敬神 · 예의 · 용기를 고귀하게 여기고, 일본의 무사도 정신은 충성 · 의협 · 책임을 중시한다. 기사도 정신이나 무사도 정신 모두 재물보다도 덕과 명예를 고귀하게 생각하기는 선비 정신과 마찬가지며 이것은 중세의 특징이기도 하다. 이처럼 우리뿐 아니라 서양과 일본의 전통도 자본주의적인 것이 아니었다.

그러나 서양과 일본의 후예들은 자신들의 전통을 버리지 않고 도리어 그 정신을 창의적으로 계승하여 그것을 기본基本(principle)으로 삼아 훌륭한 자본가가 되었고 근대화를 이룩했다. 반면 우리는 너무 고루하여 선비 정신을 발전시키지 못하고 세속적인 것을 천시함으로써 근대화에서 낙후될 수밖에 없었다.

하지만 우리도 어느덧 와트(J. Watt, 1736~1819)의 증기기관을 중시하고 애덤 스미스의 국부론을 공맹보다 더욱 중요하게 생각하게 되었다.

그런데 지금은 보이지 않는 돈인 '신용'과 보이지 않는 자본인 '정보'가 지배하는 새로운 제3의 혁명이 일어났고 우리는 이에 대비한 새로운 세상을 준비해야 한다. 신용과 정보는 의제된 재물일 뿐 물질적 재물이 아니다. 이제 이것들은 우상이 되고 권력이 되어 인간을 지배한다. 우리는 보이지 않고 들리지 않는 피리소리에 혼을 빼앗겼지만 이를 의식하지도 못하고 있다. 여기서 해방되기 위해서는 무엇보다 황금지상주의적인 현대 문명에 저항해야 한다. 그 방법은 우선 조상들의 선비정신과 도덕적 가치를 되찾는 것이다. 최소한 인간다운 자본주의가 되기 위해서도 선비 정신이 자본가 정신의 기본이 되어야 하는 것이다.

자본가 정신은 대체로 모험과 부富의 증식을 고귀하게 여기지만, 그 기본인 기사도와 무사도 전통을 다 버린 것은 아니다. 그러므로 반드시 재물의 소비와 육체적 쾌락을 인간의 행복이라고 여기는 것은 아니다. 오히려 진정한 자본가 정신은 근검 · 저축 · 투자를 중시한다. 즉 자본가 정신은 그들의 전통적인 기사도 정신과 무사도 정신에 뿌리박고 있음을 알 수 있다. 그래서 이러한 기본 정신이 결여된 부자들을 '천민賤民 자본가'라고 부른다. 또한 이들을 관자管子가 말한 사유四維, 즉 예의와 염치를 모르는 '졸부'라고 한다.

학자들은 자본가 정신의 뿌리를 청교도 정신에서 찾으면서, 『신약성서』「마태복음」25장의 비유를 들곤 한다. 오랫동안 집을 떠났다가 돌아온 주인이, 자신이 맡겼던 돈으로 사업을 하여 두 배로 증식시킨 종에게는 "착하고 충성된 종아! 네가 작은 일에 충성하였으니 내가 많은 것을 네게 맡기리니 네 주인의 즐거움에 참여할지어다!"라고 칭찬한 반면, 실패할까 두려워 주인이 맡긴 돈을 땅에 묻어두고 증식하지 않은 종에게는 "악하고 게으른 종"이라고 질책하며 어두운 밖으로 내쫓고 그 돈마저 빼앗아 앞의 '착한' 종에게 맡긴다는 이야기다.

그러나 뮈르달(G. Myrdal, 1898~1987)은 『아시안 드라마(Asian Drama)』에서 일본의 자본가 정신은 무사도 정신에 뿌리를 둔 책임 정신이라고 보았다. 즉 청교도 정신이 아니라도 사회에 '기본'이 서 있으면 경제가 발전할 수 있다는 것이다.

또 어떤 학자는 자본가 정신을 '창조적 모험 정신'이라고 말한다. 그렇다면 자본가 정신은 조금은 다르지만, 음양의 변증법적 모순과 변화를 '하늘이 낳고 기르는 생명운동'으로 보고 날마다 새로워지려는 선비 정신과 양립할 수 없는 것이 아니다. 우리 옛 선비들은 날마다 새로워지기 위해 탕임금이 목욕통에 새겨놓았다는 "해가 새로이 떠오르듯 날로날로 새로워지고 다시 날로 새로워져라(苟日新 日日新 又日新)"는 글귀를 거울과 그릇에 새겨넣거나 글씨로 써붙이고 날마다 그것을 보며 항상 자신을 경계했다. 이것은 변화를 두려워하지 않는 모험 정신과 크게 다르지 않다.

또한 신사紳士 정신이 자본가 정신과 다르다고 하여 영국인들이 자신들의 전통을 폐기했다는 말을 들어본 적이 없다. 재물만이 우리 삶의 전부는 아니다. 재물과 다른 가치들이 공존하고 조화를 이루어야 한다. 우리는 선비 정신에 뿌리를 둔, 기본이 바로 선 자본가 정신을 창조해야 하는 것이다.

기본이 서 있지 않은 근대화는 사상누각砂上樓閣일 뿐이다. 기본이 없으면 질서 없는 관중이요 규칙 없는 경기와 같을 것이기 때문이며, 이러한 사회는 아무리 부유해도 약육강식의 난세일 뿐이다. 우리는 그 기본을 선비들의 전통적인 경敬·성誠·추서推恕의 인격 존중 사상에서 발견할 수 있을 것이다.

그런데 문제는 선비 정신과 자본가 정신의 차이가 아니라 대량생산과 대량소비에서 발생한다. 선비는 소비절약이 요구되는 검소한 삶을 요구하고, 자본은 대량생산에 따른 대량소비를 요구하기 때문이다. 다만 이런 갈등은 치유할 수 없는 괴리는 아니다. 한편으로 자본가의 대량생산의 일정한 억제로, 한편으로 절도 있는 풍요로움으로 서로 접근될 수 있기 때문이다. 즉 생산자와 소비자 모두 광기를 없애는 것이다. 생산자는 자본이라는 물신物神이 아니라 신사적이고 품위 있는 자본가로 변해야 하고, 소비자는 끝없이 확대되는 욕망과 채워지지 않는 갈증의 노예에서 풀려나 절도 있으면서도 풍요로운 삶을 영위하는 방향으로 조절해야 한다는 것이다. 그것만이 선비의 절검과 자본가의 넉넉한 생산이 조화롭게 공존할 수 있는 방법이다.

따라서 생산자나 소비자가 모두 물신의 노예가 되기를 거부하고 인간을 회복하는 것만이 공존의 관건이다. 이를 위해서는 무엇보다 인간의 얼굴을 한 자본가 정신을 되찾는 인간주의로의 회복이 요구된다 하겠다.

신지식인과 선비 정신

오늘날 세계화는 신지식인新知識人을 요구한다. 신지식인은 기술인인 동시에 시장에서 돈을 잘 버는 유능한 상인이어야 한다. 또한 신지식인은 기술인에 그치는 것이 아니라 정보인情報人이어야 한다.

그런데 그 기술·돈·정보는 인간이 없다면 아무 의미도, 가치도 없는 것이다. 인간이 더불어 살기에 기술과 돈과 정보

등 세속적 가치만으로는 부족하다. 기술과 효율이 유일한 가치가 된다면 시장은 난장판으로 타락하고 끝내는 아수라장이 되고 말 것이다. 거기에서는 인간다운 삶도 행복한 삶도 담보되지 않는다. 그것들이 우리에게 좋은 것이 되기 위해서는 '세속적인 가치' 이외에 '고귀한 가치'가 필요하다.

더구나 정보가 무한정으로 확장됨으로써 인간의 관계는 전 지구적으로 확대되고 밀접해졌다. 이제 그 확대된 인간 관계를 평화롭고 복되게 해야 한다. 이를 위해 우리에게는 기술·정보·돈이 아닌 인간의 가치가 더욱 필요하게 되었다. 시장과 기술과 정보가 구원의 신이 될 수는 없기 때문이다. 그런데 현대사회는 기술과 돈과 시장이 새로운 신이 되려고 한다.

때문에 더욱 절실하게 된 '고귀한 가치'는 세속적 가치와는 달리 시장에서 돈을 주고 구매할 수 없는 것이다. 그것은 역사와 전통의 모태에서만 탄생되는 것이다. 창조는 아기가 태어나거나 새순이 돋고 꽃이 피듯 언제나 옛것이 가야 새것이 오는 종말적인 것이지만, 그 창조의 모태는 늘 묵은 그루터기다.

우리 옛 선비들이 고귀한 가치에 집착하여 세속적 가치를 너무 천시함으로써 근대화에 낙오되었다면, 지금은 반대로 세속적 가치를 너무나 중시하다 보니 고귀한 가치를 잃어버렸다. 애덤 스미스를 따르려면 공자와 퇴계를 버려야 한다고 생각하는 것이다. 그러나 이제 애덤 스미스도 퇴계도 버려서는 안 된다. 세계화 시대인 지금은 신지식인의 돈과 기술과 정보도 필요하지만 고귀한 가치인 정신문화도 필요하다.

선비 정신은 사私를 존중하지만 공公을 우선하는 정신이다.

우리 마음속의 생명살림의 천심天心을 보존하여 만물을 살리는 사람이 돼야 한다는 선비 정신인 경敬사상이 신지식인에게 고귀한 가치가 돼야 한다. 그러나 지금 우리는 돈 잘 버는 사람을 신지식인이라고 칭찬하고 가난한 자의 돈을 빼앗아 더 보태어준다. 그래서 이 사회가 더욱 부패하게 된 것이다.

세계화와 선비 정신

개방화·세계화의 역사

우리나라의 5,000년 역사는 개방화, 국제화의 역사였다. 수천 년에 걸친 한반도 이동, 한반도의 지정학적 위치, 부존자원의 부족 등으로, 우리 민족이 고립해서는 살 수 없었기 때문일 것이다. 6세기의 백제 무령왕릉, 8세기의 신라 석굴암을 보면 당시의 세계 예술을 다 섭취하고 그것을 더욱 발전시켰음을 금방 알 수 있다. 종교를 보아도 불교·유교·도교·기독교 등 온갖 외래 종교를 다 수용했다.

오히려 이러한 개방과 국제화로 우리 민족은 중국 문명에 동화되지 않은 자기만의 강인한 문화적 정체성을 가질 수 있었던 것이다.

그러나 17세기 인조반정(1623년) 이후 존명반청尊明反淸정책으로 1635년 병자호란을 불러들였고, 청이 중국을 차지한 이후에도 서인 정권은 명분과 의리를 앞세워 이미 멸망해 버린 명나라를 섬기는 정략적 북벌론北伐論을 펼쳤다. 이런 식으로, 당시 세계의 3분의 1이 넘는 부를 가진 청을 배척하고 300여 년간 고립정책을 고수하다가 서방 외세의 강요에 의한 개방으로 나라를 잃고 말았던 것이다.

세계화의 원칙

21세기는 세계화 시대다. 누구도 정보화와 신자유주의가 강요하는 세계화 물결을 거스를 수 없다. 거스를 힘이 있다고 해도 우리만 국제적으로 고립되어 살 수는 없다. 우리가 살 길은 오직 그러한 세계화의 성난 파도를 타고 넘는 길뿐이다. 이를 위해서는 물러설 수 없는 세계화의 몇 가지 원칙을 고수해야 한다.

첫째, 민족의 '자주독립과 자존'을 담보하는 것이어야 한다. 세계화는 세계국가를 지향하는 것이 아니다. 상품과 통신의 국경이 없어진다 해도 나라의 국경이 없어지는 것은 아니기 때문이다. 요즘 선진국들이 지적재산권 보호와 이민법을 강화하는 것은 그 반증이다. 이런 현실에서 자주독립과 자존을 지켜내지 못하면 후발국들은 식민지로 전락하고, 언어와 문화까지 말살되고 말 것이다.

둘째, 세계화는 선발국이든 후발국이든 대국이든 소국이든 '주권 평등의 원칙'을 훼손해서는 안 된다. 나라마다 기후와 토양이 다르고 살아온 풍습이 다르기 때문에 의식주와 문화는 공산품이나 통신 기술처럼 비교우위론이 적용될 수 없는 것이다. 우리나라처럼 수전水田이 많은 나라에서 한전旱田에서 나는 밀가루와 빵을 먹도록 강요당한다면 국가와 민족의 자존을 지킬 수 없다.

셋째, 세계화는 '공평성의 원칙'이 지켜져야 한다. 황새와 뱁새가 동일한 규칙으로 달리기 경주를 하는 것은 공평하지 못한 것이다. 황새와 뱁새는 서로 간섭하지 않고 자유로운 삶의 선택을 인정받아야 한다. 동일하지 않은 것을 동일하게 취급하는 것은 불공평이다. 세계무역기구(WTO) 본래의 기본 원칙도 공평성의 원칙이다. 나라마다 자연환경뿐 아니라 역사와 문화가 각각 다르다. 그러므로 특수성에 따른 규칙의 차별성이 인정돼야 한다. 특수성을 무시한 일률적인 규칙은 불공평한 규칙이다. 만약 세계화란 이름으로 모든 나라에 선발국의 규칙을 일률적으로 강요한다면 후발국들은 공룡이 된 다국적 기업의 하청 산업기지 또는 소비시장으로 전락하고 급기야 멸망하고 말 것이다.

넷째, 자기 삶을 자주적으로 영위할 수 있는 '문화정체성'을 지켜야 한다. 오늘날 강대국의 패권주의에서 약소국이 자주독립을 지켜내며 세계화를 이루려면, 세계적 표준화(global standard)에 적응하는 보편화의 노력과 더불어 민족마다 특수한 자기정체성을 지켜내는 특수화의 노력이 동시에 요구된다. 공업 · 무역 · 정보 · 통신 등 국제적으로 표준화되어야 할 부분도 있지만 우리의 먹을거리 · 의복 · 도덕 · 문화까지도 강대국 문화에 표준화돼서는 안 된다. 세계화를 강요하는 패권주의에 우리가 대항하기 위해서는 부국강병도 필요하지만 신뢰사회의 조건인 문화와 도덕이라는 제3의 힘으로 대응해야 한다.

선비문화의 세계화

우리는 세계화라고 이름 붙은 지구적 무한경쟁을 피할 수는 없다. 오히려 적극적으로 대응해야 한다. 세계화와 민족문화는 미개국에게는 모순관계지만 문화국민에게는 보완관계가 될 수 있다. 그러므로 우리에게 세계화는 한국화와 반대의 길이 아니라 상보相補의 길이어야 한다. 그런데 세계화 물결이 한편으로는 민족국가의 정통성 강화의 역逆파문을 동반하게 마련이다. 요즘 각국에서 고유문화에 대한 각성이 이는 것은 이것을 반증한다. 만약 세계화 시대에 자기정체성을 잃으면 민족은 소멸되고 국제 미아로 전락할 것이다.

우리는 세계화 물결을 민족문화의 세계화 기회로 삼고, 신자유주의의 광기와 혼란과 반동을 막아야 한다. 세속적인 가치의 승리로 인해 버려졌던 이성과 책임과 도덕 등 고귀한 가치를 복원시켜야 한다. 그리하여 새로운 시대의 새로운 문명을 일으켜야 한다. 이를 위해 민족문화의 뿌리인 동양 사상을 비판적으로 발전, 육성시키는 일이야말로 가장 화급한 일이다. 뿌리 없는 세계화는 새로운 사대주의일 뿐이기 때문이다.

우리가 할 일은 먼저 우리의 정체성을 찾는 것이다. 우리는 세계인이 되기 전에 먼저 한국인이 되어야 한다. 한국인의 정체성은 서양문화를 흉내내는 것으로는 결코 얻어지는 것이 아니다. 한국인의 정신은 한국적인 것이어야 한다. 한국인은 서양인이나 일본인이 될 수 없다.

그렇다면 한국인이 되는 길은 무엇일까? 그것은 한국인의 정신을 찾는 것이다. 한국의 정신은 우리의 전통인 선비 정신에 있을 것이다. 우리의 선비 정신은 서양의 기사도나 일본의 무사도보다 훨씬 훌륭한 전통이다.

가치 혼돈의 시대인 현재, 화급히 필요한 것은 공공심公共心을 회복하여 사회의 기본을 세우는 일이다. 다행히도 우리는 그 기본을 선비 정신에서 발견할 수 있다. 이러한 시대적 요구와 당위성으로 인해 기술과 효율 이외에 우리의 전통인 선비 정신이 한국의 징표가 되어야 한다. 그리고 선비 정신을 비판적이며 창의적으로 발전시켜 세계화하여 우리 민족의 브랜드로 만들어야 한다. 이것이 성공적인 세계화를 이루고 민족을 통일하는 절대 조건이기도 하다.

이제 우리는 경제적으로는 세계 10위권에 진입하여 경제협력개발기구(OECD)에 가입할 정도로 성장했다. 기술도 세계에서 다섯손가락 안에 들 정도로 비약적으로 발전했다. 그러나 국가 이미지와 경쟁력은 30위에도 못 들 정도라고 한다. 왜 그런가? 한국이 아직도 문화민족 대열에 끼지 못하기 때문이 아닐까? 반론도 있겠지만 과연 우리는 5,000년의 찬란한 역사를 갖고 있는 문화민족이라 자부할 수 있는가? 우리는 과연 진정한 한국인일까? 외국인을 만나면 무엇이 한국인의 정신이고 무엇이 한국의 문화인가를 말할 수 있는 한국인이 몇이나 될까? 경제도 기술도 중요하지만 이제는 문화가 더 중요하다.

이제 한국과 한국인의 정체성 찾기에 나설 때다. 그러기 위해서는 쓰레기통에 버린 우리 선조들의 정신문화를 되찾아 더욱 발전시켜 세계화해야 한다. 즉 우리의 선비 정신을 되살려내야 하는 것이다. 세계의 그 누구를 만나도 한국을 물으면

"선비의 나라!"라고 대답할 수 있어야 한다. 그리하여 세계 그 누구라도 '한국' 하면 "아! 선비 정신이 살아 있는 나라"라고 말하게 해야 한다. 그 길만이 한국의 경쟁력을 높일 수 있는 유일한 방법이다.

신자유주의와 선비사상

오늘날 세계화는 신자유주의를 강요하고 있다. 그러나 세계화, 정보화와 신자유주의는 구분되어야 한다. 오늘의 세계화는 정보기술의 발전에 따른 지구화 현상이기도 하지만 그보다는 선발국의 패권적 강요에 의한 것이기도 하다. 즉 자본을 위해 편리한 환경을 조성하는 것이다. 이것을 신자유주의라고 말한다. 그러므로 세계화를 반대하는 것은 정보화를 반대하고 고립화를 주장하는 것이 아니라 세계화에 숨겨진 신자유주의적 패권주의를 반대하는 것이다.

원래 자유주의는 상업과 자본의 자유를 의미한다. 그러나 상업과 자본의 자유로부터 인간의 자유는 소외되었다. 그래서 인간은 자신의 존립조건인 생산기능을 자본이라는 물신에게 넘겨주게 되었고, 생산요소인 노동비용으로 전락하였다. 이것은 생산과 노동으로부터의 소외이며, 인간 자체의 소외를 의미한다.

이처럼 인간이 소외된 토양이 '사회주의'를 잉태한 것이다.

그러나 현실의 사회주의는 자본주의의 공격에 대항한다는 핑계로 또 다른 자본주의인 '국가자본주의' 체제로 변질되었다. 그것은 효율 면에서 자본주의를 상대할 수 없었으므로 불행히도 그 실험은 일단 패배했다.

그러나 사회주의 없는 자본주의도 동시에 한계에 부딪혔고 이 한계를 돌파하기 위해 자본의 초국적 자유를 요구하며, 자본의 자유에 걸림돌이 되는 인간의 생활과 문화까지도 획일화하려고 한다. 이를 일컬어 신자유주의라고 하는 것이다.

이처럼 신자유주의는 인간의 자유를 위한 것이 아니라 자본의 자유를 위한 것이다. 신자유주의는 자본의 대량생산, 대량소비를 지탱하기 위해 인간을 파괴적인 '소비도구'로 전락시켰다. 오늘날 우리의 삶은 상품 광고가 지배하게 되었고, 인간은 아무리 먹어도 배가 부르지 않고 더욱 갈증을 느끼는 불가사리가 되어 지구를 파괴하고 있다. 이 불가사리는 스스로를 초인으로 착각하고 있으나 사실은 시장과 광고 등 익명의 권위에 조종되는 자동인형(golem)에 불과한 물신의 노예일 뿐이다.

이러한 대량생산, 대량소비는 시장이라는 인공괴물(Leviathan)을 전지구적으로 확대시켰고 그것이 우리의 삶을 지배하게 되었다. 이제 인간은 시장을 외면해서는 살아갈 수 없게 되었다. 시장이 인간을 지배하는 시대가 된 것이다. 신자유주의에서 모든 논리는 시장논리에 의해 지배된다.

시장논리는 나라와 나라, 너와 나, 일터에서 가정까지, 우리 삶의 모든 곳, 모든 부문에서 무한경쟁을 강요하고 있다. 지구상에서 인간의 삶터였던 주거지역이 공업지역이 되더니 다시 상업지역이 되었고 이제는 온통 보이지 않는 전쟁지역이 된 것이다. 다만 오늘날의 전쟁은 열전熱戰도 아니고 냉전冷戰도 아닌, 효율만이 유일 가치가 되는 물신의 전쟁이다. 인간의 삶 전체가 물신을 위한 전쟁터가 된 것이다. 그래서 인간은 시장을 물신의 왕국으로 섬기지 않을 수 없게 된 것이다. 거기에는 자본이라는 '보이지 않는 손'이 질서와 조화를 가져다줄 것이라는 고전적 신앙이 자리잡고 있다.

그러나 그것은 사교邪敎다. 오늘날의 시장경쟁은 야수적인 살인경쟁이 되어 물신과 접신하는 광기의 사육제다. 오직 정글의 법칙만이 존재한다. 물신의 전쟁터에서는 효율과 승리라는 시장논리만이 유일한 가치 기준이 되어 우리의 삶터와 마음까지 살인경쟁의 정글이 되게 만든다. 정글의 법칙은 야수적인 약육강식이다. 이러한 야수적인 게임법칙은 자본의 자유를 위해 '인간이 인간 됨의 자유'를 희생시킨다.

거기에는 허위와 마수가 드리워져 있다. 사적 자본의 계획과 권력이 작동하고 있기 때문이다. 그것은 공공의 권력을 배제하고 자본 스스로 권력이 되는 것이다. 이제 그 누구도 시장논리와 기업권력을 벗어나서는 살아갈 수 없다.

지금 시장주의자들은 무책임과 무질서도 공공의 선이 될 수 있다며 공공의 질서는 필요 없는 것처럼 떠들고 있다. 그러나 우리에게는 지금까지 부정不正한 사적私的 권력이 지배하는 시장이 있었을 뿐 진정으로 자유로운 시장은 없었다. 다만 그것이 있다고 착각하고 있었을 뿐이다.

설령 시장의 질서가 작동하고 있다 할지라도, 원래 시장이란 유효수요有效需要, 즉 돈이 없거나 경쟁에서 패배한 자는 배제해 버린다. 더욱이 산업이 고도화하면 할수록 '노동의 종말'은 아닐지라도 고실업高失業 사회로 가는 것은 분명하다. 이들을 모두 시장에서 배제할 수는 없으므로 공공의 권력이 이들을 도와 다시 시장에 참여시키는 생산적 사회복지를 위해서도 국가의 공공 계획이 요구되는 것이다. 또 이러한 모순되고 불행한 토양이 제3의 길을 모색하게 만들었다. 그러나 그것은 새로운 길이 아닌 것으로 판명되고 있다. 제3의 길도 신자유주의처럼 황금이 유일 가치가 되는 것은 마찬가지기 때문이다. 모든 가치가 황금을 위해 봉사해야 하는, 그래서 인간이 황금의 노예가 되는 것이 '제3'의 길이 될 수는 없다.

원래 경제학에서 찬양하는 시장의 자유경쟁은 찰스 다윈이 말한 자연의 생존경쟁과는 다른 것이다. 경제학상의 자유경쟁은 여러 가지 법률적 안정장치로 둘러싸인 인공적 경쟁이다. 그것은 마치 엄격한 규칙을 따르는 경기장 같은 것이다. 그러나 다윈의 생존경쟁에는 자연법 이외의 그 어떤 법률의 그물과 같은 규칙은 존재하지 않는다. 자연의 경쟁이 적자생존이라면 시장의 경쟁은 공생공존이어야 한다. 그러므로 시장에는 자유로운 계약을 이행할 책임, 즉 시장질서를 담보하는 공공의 권력이 필요한 것이다. 시장에 질서가 없으면 계약자유도 담보되지 않는다.

또한 계약자유가 담보되었다 해도 패자는 언제나 존재하기 마련이다. 이들 패자를 일으켜 세워 시장에 재편입시켜야 한다. 그러므로 사회의 법칙은 인간적인 상부상조여야 한다. 이것 또한 공공 부문이 맡아야 한다. 그러나 신자유주의에 세뇌된 사람들은 얼토당토않게 이 계획을 공산주의요 시장의 적이라고 터부시한다.

계획과 질서는 인간의 사회적 필요조건이다. 다만 인간을 억압하는 수단이 되어서는 안 된다. 이것이 성공하기 위해서는, 이미 마련된 사회의 기본에 뿌리를 내려야만 한다. 기본이 서 있지 않은 사회에서는 계획이 성공할 수 없다. 규칙과 질서는 허울뿐이고 지배자를 위한 도구에 지나지 않을 것이기 때문이다.

우리에게는 시장이 반드시 필요하다. 시장은 더불어 살아가는 공동체를 위해 인류가 발명한 편리한 도구이기 때문이다. 그러나 그것이 스스로 목적이 되어서는 안 된다. 무엇보다 가정과 학문까지 시장이 되어서는 안 된다. 또한 시장의 경쟁이 필요하지만 경쟁에도 질서가 필요하다. 따라서 우리는 정글의 경쟁법칙을 바꾸어야 한다. 사私를 존중하지만 그 사를 위해서 공公도 존중해야 한다. 여기에서 다시 공공 권력이 요구된다. 우리는 결코 사적 자본의 권력에 예속될 수 없다. 인간이 결코 자본의 노예가 되어서는 안 되기 때문이다.

오늘날 인류에게 무엇을 추구하느냐고 묻는다면 아마도 돈과 쾌락이라고 대답할 것이다. 돈이란 내가 원하는 물건과 사람을 살 수 있는 '구매력'을 말한다. 사실 오늘날 인간은 인간이 만들어낸, 그리고 보이지도 않는 정체불명의 구매력이라는 것을 위해 살아가고 있는 것이다.

그러나 돈은 행복을 사는 수단에 불과하다. 게다가 '행복'이 무엇인지도 잊어버렸다. 사실 돈은 쾌락을 보증하는, '시장'이라는 난장판의 입장권이다. 그러므로 오늘날 인간은 모두 쾌락주의자다. 오늘날 인류의 스승은 예수도 석가도 공자도 소크라테스도 플라톤도 아리스텔레스도 아니다. 오늘날 인간을 지배하는 스승은 위아주의자爲我主義者인 양주楊朱와 쾌락주의자인 에피쿠로스다. 오늘날 세계의 모든 사람이 저도 모르게 에피쿠로스와 양주의 제자가 된 것이다.

그러나 에피쿠로스와 양주가 인류를 진정 행복하게 할 수 있을까? 설사 인간이 서로 너 죽고 나 살자며 살육을 하지 않는다 해도 인간만의 쾌락을 위해, 생명의 원천인 영양분을 만드는 자연과 그 터전인 지구를 파괴하고도 살아남을 수 있을까?

이미 인류의 선각자들은 에피쿠로스와 양주가 행복을 말했지만 그것은 진정 인류의 행복에 도움이 되지 않는다는 판단을 내린 지 오래다. 그럼에도 지금 인류는 그들의 열렬한 신봉자가 된 것이다.

지금 인류는 잘못 가고 있는 것이 분명하다. 인간은 돈과 물질과 쾌락을 최고가치로 인정할 수 없다. 인간은 빵만으로는 행복할 수 없는 존재이기 때문이다. 인간이 인간다운 것은 빵만이 아니라 고귀한 정신적 가치를 추구하는 존재라는 점에 인류가 가야 할 길이 있다. 그러므로 인류 역사는 이러한 가치를 찾아내고 발명해 내고자 노력해 온 기나긴 역정이었다.

그리고 인간은 그러한 인간의 가치가 발현되는 공동체 사회

를 꿈꾸고 그것을 구현해 내고자 끊임없이 모색해 왔다. 우리
가 읽은 『예기』의 대동사회大同社會, 묵자의 안생생安生生 사회,
퇴계의 만물일체萬物一體사상, 마르크스의 유적존재類的存在 등
도 모두 인간이 존중되는 공동체를 말하는 것이다.

오늘날 신자유주의는 인간보다 물질이 존중되는 사회를 자
유사회라고 강변하고 있다. 그러나 신자유주의는 인류가 꿈꾸
어 오던 공동체가 결코 아니며, 오히려 이러한 물질만능주의
는 인류생존의 절대조건인 환경을 파괴하고 있다.

한 연구소가 펴낸 1999년 세계현황보고에 의하면 지난 1세
기 동안 세계 인구는 4배로 늘어났고 연간 총생산은 17배로
늘어났다고 한다. 그러나 이처럼 급속한 팽창은 환경을 파괴
해 지구가 감내할 수 없는 지경으로 몰아가고 있다. 또한 인구
의 20%는 충분한 식량을 공급받지 못하고 있는 실정이다. 자
본주의가 이대로 지속된다면 지구와 인류는 파멸되고 말 것이
다. 자본주의는 결코 오래 지속되어서는 안 된다.

이제 21세기는, 환락과 광기와 황금에 취해 인간이 소외되
고 대량생산과 대량소비로 지구가 파괴되는 인류 멸망의 길을
재촉하느냐, 아니면 새로운 문명을 창조하느냐의 인류사적 전
환점이 될 것이다. 그러므로 사私인 기업이 공公인 가치를 지
배함으로써 자본주의 수명을 연장하려는 수단인 신자유주의
는 반드시 지양되어야 한다. 지금의 세대가 그것을 해낼 여유
가 없다 해도, 그리고 지체된다 해도 인류는 반드시 그 새로운
길을 찾아낼 것이다.

자연과 인간, 공과 사가 공존 · 조화되는 '민포물여民胞物與',

'만물동체萬物同體', '만물일체' 사상과 생명을 낳고 기르는 생생生生의 천심天心을 내 마음으로 하려는 경敬사상은 오늘날 지구가 파괴되고 인간이 실종된 살인경쟁 시대에 인류에게 하나의 등불이 아닐 수 없다. 우리는 이 등불을 밝혀야 한다. 기름을 붓고 심지를 돋우어야 한다. 조그만 등불 하나, 여린 나비의 날갯짓처럼 애달파 보인다. 그렇지만 나비는 날갯짓을 계속한다.

그 집념은 언젠가는 나비 효과로 나타날 것이다. 그래서 어느 외진 시골 바닷가 숲의 여린 나비의 날갯짓이 바다 건너 지구 반대편에서는 폭풍을 일으킬 수 있을 것이다. 그리고 작은 등불이 폭풍 속에 표류하는 인류에게 새로운 길을 열어줄 것이다. 우리는 마음씨 고운 새신부처럼 그 새싹을 위해 기도하고 잉태할 마음의 준비를 해야 한다. 이 글이 그런 계기가 되기를 바란다.

ㅈ

다음은 본문에 인용된 다른 학자들의 번역의 출전임

김경탁, 『노자』, 명지대출판부, 1977년

김달진, 『장자』, 고려원, 1987년 초판

김동길, 『주주논어』, 창지사, 1994년 2쇄(1992년 초판)

김동성, 『장자』, 을류문화사, 1974년 16판(1963년 초판)

김학주, 『장자』, 을류문화사, 1986년 5판(1983년 초판)

       『논어』, 서울대출판부, 2003년 전정판(1985년 초판)

김형효, 『노장사상의 해체적 독본』, 청계출판, 1999년 1판 1쇄

남만성, 『논어』, 서문당, 1974년

노태준, 『노자』(신역), 홍신문화사, 1979년

도올, 『노자 : 길과 얻음』, 통나무, 2002년 1판 13쇄(1989년 초판)

       『도올논어』(1), 통나무, 2000년 1판 4쇄(2000년 초판)

       『도올논어』(2), 통나무, 2001년 1판 2쇄(2001년 초판)

       『도올논어』(3), 통나무, 2001년 1판 2쇄(2001년 초판)

       『노자와 21세기』(상), 통나무, 2000년 2판 9쇄

       『노자와 21세기』(하), 통나무, 1999년 1판 1쇄

       『노자와 21세기』(3), 통나무, 1999년 2판 1쇄

로버트 앨린슨(김경희 옮김), 『장자, 영혼의 변화를 위한 철학』, 그린비, 2004년

시모무라 고진(고운기 옮김), 『논어』, 현암사, 2003년 초판

안동림, 『장자』, 현암사, 2001년 개정판 4쇄(초판 1993년, 초판 7쇄, 개정판 1쇄 1998년)

오강남, 『도덕경』, 현암사, 2003년 19쇄(1995년 초판)

윤재근, 『노자 – 오묘한 삶의 길』, 나들목, 2003년 초판

이경숙, 『도덕경』, 명상, 2004년 1판

이백순, 『사서해』, 학민문화사, 1997년

이석명, 『백서노자』, 청계출판, 2003년 초판

이석호, 『노자 · 장자』(노자 : 장기근 옮김, 장자 : 이석호 옮김), 삼성출판사, 1982년

임채우, 『왕필의 노자』, 예문서원, 2001년 5쇄(1997년 초판)

차상원, 『서경』, 명문당, 1979년 9판(1971년 초판)

허세욱, 『장자』(문고판), 범우사, 2003년 3판 1쇄(1986년 초판)